TRESPASSES

越 界

[美] 三好将夫 (Masao Miyoshi) 著

埃里克·卡斯汀 (Eric Cazdyn) 编　苏仲乐 译

中国社会科学出版社

图字号 01 - 2016 - 6275

图书在版编目(CIP)数据

越界／(美)三好将夫著；(美)埃里克·卡斯汀编；苏仲乐译.—北京：中国社会科学出版社，2016.8

书名原文：Trespasses：Selected Writings of Masao Miyoshi

ISBN 978 - 7 - 5161 - 8188 - 1

Ⅰ.①越… Ⅱ.①三…②埃…③苏… Ⅲ.①世界文学—文学评论—文集 Ⅳ.①I106 - 53

中国版本图书馆 CIP 数据核字(2016)第 123828 号

出 版 人	赵剑英
选题策划	郭沂纹
特约编辑	丁玉灵
责任编辑	张 湉
责任校对	韩天炜
责任印制	李寡寡

出　　版	中国社会科学出版社
社　　址	北京鼓楼西大街甲 158 号
邮　　编	100720
网　　址	http://www.csspw.cn
发 行 部	010 - 84083685
门 市 部	010 - 84029450
经　　销	新华书店及其他书店

印刷装订	北京君升印刷有限公司
版　　次	2016 年 8 月第 1 版
印　　次	2016 年 8 月第 1 次印刷

开　　本	650×960　1/16
印　　张	24
字　　数	325 千字
定　　价	69.00 元

《知识分子图书馆》编委会

总　序

　　1986—1987 年，我在厄湾加州大学（UC Irvine）从事博士后研究，先后结识了莫瑞·克里格（Murray Krieger）、J. 希利斯·米勒（J. Hillis Miller）、沃尔夫冈·伊瑟尔（Walfgang Iser）、雅克·德里达（Jacques Derrida）和海登·怀特（Hayden White）；后来应老朋友弗雷德里克·詹姆逊（Fredric Jameson）之邀赴杜克大学参加学术会议，在他的安排下又结识了斯坦利·费什（Stanley Fish）、费兰克·伦屈夏（Frank Lentricchia）和爱德华·赛义德（Edward W. Said）等人。这期间因编选《最新西方文论选》的需要，与杰费里·哈特曼（Geoffrey Hartman）及其他一些学者也有过通信往来。通过与他们交流和阅读他们的作品，我发现这些批评家或理论家各有所长，他们的理论思想和批评建构各有特色，因此便萌发了编译一批当代批评理论家的"自选集"的想法。1988 年 5 月，J. 希利斯·米勒来华参加学术会议，我向他谈了自己的想法和计划。他说"这是一个绝好的计划"，并表示将全力给予支持。考虑到编选的难度以及与某些作者联系的问题，我请他与我合作来完成这项计划。于是我们商定了一个方案：我们先选定十位批评理论家，由我起草一份编译计划，然后由米勒与作者联系，请他们每人自选能够反映其思想发展或基本理论观点的文章约 50 万至 60 万字，由我再从中选出约 25 万至 30 万字的文章，负责组织翻译，在中国出版。但

1989 年以后，由于种种原因，这套书的计划被搁置下来。1993年，米勒再次来华，我们商定，不论多么困难，也要将这一翻译项目继续下去（此时又增加了版权问题，米勒担保他可以解决）。作为第一辑，我们当时选定了十位批评理论家：哈罗德·布鲁姆（Harold Bloom）、保罗·德曼（Paul de Man）、德里达、特里·伊格尔顿（Terry Eagleton）、伊瑟尔、费什、詹姆逊、克里格、米勒和赛义德。1995 年，中国社会科学出版社决定独家出版这套书，并于 1996 年签了正式出版合同，大大促进了工作的进展。

为什么要选择这些批评理论家的作品翻译出版呢？首先，他们都是在当代文坛上活跃的批评理论家，在国内外有相当大的影响。保罗·德曼虽已逝世，但其影响仍在，而且其最后一部作品于去年刚刚出版。其次，这些批评理论家分别代表了当代批评理论界的不同流派或不同方面，例如克里格代表芝加哥学派或新形式主义，德里达代表解构主义，费什代表读者反应批评或实用批评，赛义德代表后殖民主义文化研究，德曼代表修辞批评，伊瑟尔代表接受美学，米勒代表美国解构主义，詹姆逊代表美国马克思主义和后现代主义文化研究，伊格尔顿代表英国马克思主义和意识形态研究。当然，这十位批评理论家并不能反映当代思想的全貌。因此，我们正在商定下一批批评家和理论家的名单，打算将这套书长期出版下去，而且，书籍的自选集形式也可能会灵活变通。

从总体上说，这些批评家或理论家的论著都属于"批评理论"（critical theory）范畴。那么什么是批评理论呢？虽然这对专业工作者已不是什么新的概念，但我觉得仍应该略加说明。实际上，批评理论是 60 年代以来一直在西方流行的一个概念。简单说，它是关于批评的理论。通常所说的批评注重的是文本的具体特征和具体价值，它可能涉及哲学的思考，但仍然不会脱离文本价值的整体观念，包括文学文本的艺术特征和审美价值。而批评理论则不同，它关注的是文本本身的性质，文本与作者的关系，文本与读者的关系以及读者的作用，文本与现实的关系，语言的作用和地位，等等。换句话说，它关注的是批评的形成过程和运作方式，批评本身的特征和价值。由于批评可以涉及多种学科和多种文本，所以批评理论不限于文学，而是一个新的跨学科的领域。它与文学批评和文学理论有这样那样的联系，甚至有某些共同的问题，但它有自己的独立性和自治性。大而化之，可以说批评理论的对象是关于社会文本批评的理论，涉及文学、哲学、历史、人类学、政治学、社会学、建筑学、影视、绘画，等等。

批评理论的产生与社会发展密切相关。60 年代以来，西方进入了所谓的后期资本主义，又称后工业社会、信息社会、跨国资本主义社会、工业化之后的时期或后现代时期。知识分子在经历了 60 年代的动荡、追求和幻灭之后，对社会采取批判的审视态度。他们发现，社会制度和生产方式以及与之相联系的文学艺术，出现了种种充满矛盾和悖论的现象，例如跨国公司的兴起，大众文化的流行，公民社会的衰微，消费意识的蔓延，信息爆炸，传统断裂，个人主体性的丧失，电脑空间和视觉形象的扩展，等等。面对这种情况，他们充满了焦虑，试图对种种矛盾进行解释。他们重新考察现时与过去或现代时期的关系，力求找到可行的、合理的方案。由于社会的一切运作（如政治、经济、法律、文学艺术等）都离不开话语和话语形成的文本，所以便出现了大量以话语和文本为客体的批评及批评理论。这种批评理论的出现不仅改变了大学文科教育的性质，更重要的是提高了人们的思想意识和辨析问题的能力。正因为如此，批评理论一直在西方盛行不衰。

我们知道，个人的知识涵养如何，可以表现出他的文化水平。同样，一个社会的文化水平如何，可以通过构成它的个人的知识能力来窥知。经济发展和物质条件的改善，并不意味着文化水平会同步提高。个人文化水平的提高，在很大程度上取决于阅读的习惯和质量以及认识问题的能力。阅读习惯也许是现在许多人面临的一个问题。传统的阅读方式固然重要，但若不引入新的阅读方式、改变旧的阅读习惯，恐怕就很难提高阅读的质量。其实，阅读方式也是内容，是认知能力的一个方面。譬如一谈到批评理论，有些人就以传统的批评方式来抵制，说这些理论脱离实际，脱离具体的文学作品。他们认为，批评理论不仅应该提供分析作品的方式方法，而且应该提供分析的具体范例。显然，这是以传统的观念来看待当前的批评理论，或者说将批评理论与通常所说的文学批评或理论混同了起来。其实，批评理论并没有脱离实际，更没有脱离文本；它注重的是社会和文化实际，分析的是社会文本和批评本身的文本。所谓脱离实际或脱离作品只不过是脱离了传统的文学经典文本而已，而且也并非所有的批评理论都是如此，例如詹姆逊那部被认为最难懂的《政治无意识》，就是通过分析福楼拜、普鲁斯特、康拉德、吉辛等作家作品来提出他的批评理论的。因此，我们阅读批评理论时，必须改变传统的阅读习惯，必须将它作为一个新的跨学科的领域来理解其思辨的意义。

要提高认识问题的能力，首先要提高自己的理论修养。这就需要像经济建设那样，采取一种对外开放、吸收先进成果的态度。对于引进批评理论，还应该有一种辩证的认识。因为任何一种文化，若不与其他文化发生联系，就不可能形成自己的存在。正如一个人，若无他人，这个人便不会形成存在；若不将个人置于与其他人的关系当中，就不可能产生自我。同理，若不将一国文化置于与世界其他文化关系之中，也就谈不上该国本身的民族文化。然而，只要与其他文化发生关系，影响就是双向性的；这种关系是一种张力关系，既互相吸引又互相排斥。一切文化的发展，都离不开与其他文化的联系；只有不断吸收外来的新鲜东西，才能不断激发自己的生机。正如近亲结婚一代不如一代，优种杂交产生新的优良品种，世界各国的文化也应该互相引进、互相借鉴。我们无须担忧西方批评理论的种种缺陷及其负面影响，因为我们固有的文化传统，已经变成了无意识的构成，这种内在化了的传统因素，足以形成我们自己的文化身份，在吸收、借鉴外国文化（包括批评理论）中形成自己的立足点。

今天，随着全球化的发展，资本的内在作用或市场经济和资本的运作，正影响着世界经济的秩序和文化的构成。面对这种形势，批评理论越来越多地采取批判姿态，有些甚至带有强烈的政治色彩。因此一些保守的传统主义者抱怨文学研究被降低为政治学和社会科学的一个分支，对文本的分析过于集中于种族、阶级、性别、帝国主义或殖民主义等非美学因素。然而，正是这种批判态度，有助于我们认识晚期资本主义文化的内在逻辑，使我们能够在全球化的形势下，更好地思考自己相应的文化策略。应该说，这也是我们编译这套丛书的目的之一。

在这套丛书的编选翻译过程中，首先要感谢出版社领导对出版的保证；同时要感谢翻译者和出版社编辑们（如白烨、汪民安等）的通力合作；另外更要感谢国内外许多学者的热情鼓励和支持。这些学者们认为，这套丛书必将受到读者的欢迎，因为由作者本人或其代理人选择的有关文章具有权威性，提供原著的译文比介绍性文章更能反映原作的原汁原味，目前国内非常需要这类新的批评理论著作，而由中国社会科学出版社出版无疑会对这套丛书的质量提供可靠的保障。这些鼓励无疑为我们完成丛书带来了巨大力量。我们将力求把一套高价值、高质量的批评理论丛书奉献给读者，同时也期望广大读者及专家学者热情地提出建议和批评，以便我们在以后的编选、翻译和出版中不断改进。

王逢振

1997 年 10 月于北京

目　录

序　言

［美］　弗雷德里克·詹姆逊

新的历史境遇要求新的话语，即便不是新的话语，那么也是对既有话语重新从概念上进行界定，而这一点在三好将夫的著述及其流布当中再清楚不过地表现了出来。在他的著作当中，我们必须面对的是两种范式（而且这两种范式也互相牴牾），一者是知识分子及其专业化的范式，另一者是民族及其去国者（exiles）的范式。

现在仍然存在着流亡者和流落者的苦难，它甚至比世界历史上任何时候都显得既深且广，而且我们姑且称之为现代去国者的人（从浪漫主义时期到西班牙内战），今天他们的悲楚即便没有被新的世界主义所淡化，也变得更加沉重。在新的世界主义之下，全球化的知识分子用多种语言给普通公众写作，而且他们在互联网无形的国界间自由穿越。

在学术界，一位专治维多利亚时期文学的学者转而成为一位日本学者、一位有关全球化的理论家，他记录了美国大学体系的结构性衰败，而他同时还是艺术评论家和杰出的摄影家——对于这样一位人物，同样也需要重新从概念上进行界定。其激进程度比之曾经发端于被习称为"后结构主义"时代，而至今仍被奉为"理论"的那一套东西有过之而无不及。

这个三好将夫是谁？或者用一句耳熟能详的套话说：他是何

方神圣？他本人坦陈自己在不断地跨越边界。然而奇怪的是，不独在美国，在日本他也在不断跨界。或者，你不妨将大学想象为他的故园，但是可以看到他现在也还是在不遗余力地不断跨越着界限。同样，在他作为视觉艺术家的另一种生活当中，他可以搁置其他工作，在那个领域里纵横穿梭。总之，他足之所至，无物能安。这是气质、性格抑或仅仅只是陋习使然？

关于维也纳讽刺作家卡尔·克劳斯（Karl Kraus），本雅明曾经写过一篇晦涩的文章，题为《毁灭性人格》（*The Destructive Character*）。这篇文章给我们目前有关否定性和批判理论的整体探讨以新的启迪："毁灭性人格只有一个口号：腾出地盘；只做一件事情：清理一切。他需要新鲜的空气和宽敞的空间，其欲望之强烈无以复加。毁灭性人格是年轻的、快乐的。因为通过清理我们时代留下的踪迹，破坏行为重新焕发了活力。"本雅明又补充道："没有什么景象可以给毁灭性人格以灵感。他基本一无所需，他们根本不想知道，用什么来替代被毁坏之物。"

这话与"法兰克福学派"官方代表们的哀叹相比何其悬殊、又何其振奋——毫无否定性的凝滞，而实证主义的世界的消逝、它的慢性窒息、它的不断强化的压力都让他们哀叹不已。霍克海默说"我知道我该反对什么，但不知道我该赞成什么"。此言虽然不无道理，但对否定性和批判思维的末世论式的抹杀也容易——特别在阿多诺那里——出现，就像在新的，美国化的，应用科学和消费主义泛滥的美丽新世界中守旧的政党领袖和学院知识分子的牢骚和抱怨那样（从吉尔·德勒兹对这种不无道理的抱怨——（la plainte）所给予的赞扬当中，我们不难看出对这种观点的有益修正）。这种对批判的特殊批判、对否定性的否定，往往会演变为普遍的反智主义。

尽管那特定的几位知识分子，几乎无人能够逃脱他的审判，但三好向来就不是一位反智主义者。他的审判所指乃是知识分子向其俯首称臣的制度腐败；首先就是大学本身的腐败。所以这并非是对学界知识分子的怨愤，也非对自由职业"公共"知识分子往昔美好时光的追忆，更非批评性文章大行其道的时代激进的表达。它是对历史境遇本身毫不伪善的批判。如果生态上的战斗精神给今日知识分子以富有价值的暂时性任务，那么我们也必须在自得之余面对三好关于人类灭绝的思考（无论如何，其根据就在于我们必须首先了解等待着我们人类的是什么）。

事实上，应对三好工作当中这一否定的、批判的和破坏性的焦点进行强调，唯其如此才能正确对待那些看似异质性的主题和论题，而这一焦点就像一束让人目炫的光束持续地发挥着作用。激进艺术、大学的商业化、民族—国家、日本和西方、文化研究、主观性和代词、生态、从朝鲜到墨西哥边界的状况，或者从红衣主教纽曼到第十届卡塞尔文献展，这些看似异质性的材料在三好的努力下结合在一起，而三好为之努力的就是让美学与政治、对艺术以及全球化的关注在冲突中达成统一。这也是三好以毕生之力呈献给我们的理想。

在其具体关注的过程中，三好的态度不偏不倚：在日美之间，他并没有偏向任何一方，他毫不迟疑地抨击西方对于日本的误解（所谓"感兴趣"用意何在？为什么要将《源氏物语》变为美国小说？想通过这个文学上的意外之财，来说明日本的第一人称小说怎样别出心裁地发挥作用）；但是当这批评的焦点转向日本本身之后，对其成功、骄纵以及褊狭，更不必提对其沙文主义，也进行了严厉的批判。三好有本篇幅不长的精心之作描写在美国海军舰队司令佩里访问日本之后，日本第一批造访美国的人，这本书标题《当我们看到他们的时候》（*As We Saw Them*）中的人称代词的内涵和"转换装置"都很不稳定。它可以指代我们中的任何一方，反之亦然。两个批评观点本身都被纳入民族—国家这一失败的范畴，并未念及开明和宽容的多元文化世界的利益、他超越所有的民族立场，对人文主义进行了否定。

　　尼采认为，悲观主义应当是生机蓬勃、富有活力的。三好的写作亦是如此，使我们免受那些被迫为之、"建设性的"、持平公允的陈词滥调之苦，同时它以布莱希特式的愉悦冷眼审视着，今天这个世界何以变得如此不堪。在这一点上，无人可与三好比肩。

文学之阐发

［美］ 三好将夫

该文分明就是为《越界》（*Trespasses*）这本书而写的。在这篇文章当中，三好将大学史的研究与当代生态保护的思想与实践相结合，进而提出关于当代大学的一种全新图景，那就是倡导不同学科的学者放弃自我设限的学术地盘，以跨学科的方法研究当代生态状况。——编者

我们人类肯定能将自身毁灭，而且还能同时让很多物种为我们陪葬，但是我们几乎不可能消减细菌的多样性，而且肯定不能使难以胜数的昆虫和寄生虫消失殆尽，我们的这个星球能够保护自己，并且让时间来消弭人类一切恶行的后果。
——摘自史蒂芬·杰伊·古尔德（Stephen Jay Gould）《八只小猪》（*Eight Little Piggies*）（1993）中"黄金定律：我们环境危机的恰当尺度"（The Golden Rule: A Proper Scale For Our Environmental Crisis）。

在西方世界，中世纪的大学最初只是由教师和学生所组成的行会而已，时至今日教师们还互相帮助、彼此提携，似乎同属一个工会。然而，大学的社会角色一直变动不居，这种变化最初是缓慢的，进入 19 世纪以来，在民族—国家和工业资本主义的框

架之内，变化陡然加速。我首先准备结合教学、专业化和公用事业来审视高等教育当中的教师和知识分子，进而我将以文学的没落，这其中也包括了文学领域一些还算新颖的课题的没落为例，叩问人文学科曾经的显赫和明显的崩解。从这一脉络入手，我先将目光投向大学的起源，以追溯学术以及社会所发生的那些引人注目的重大变革，然后转向业已普遍商品化的高等教育和文化当下所面临的危机。这种普遍存在的急迫感可以被看作重重危机的集中体现，而这些危机则是由自然以及社会环境恶化所致。人文学科分崩离析、几无所剩，大家认为环境研究是我们对希望的继续追寻，这种追寻不独是为了大学的生命，更是为人类存在本身而计。本文包括三个部分："今日之大学"、"昨日之大学"以及"环境研究与人类的灭绝"。

今日之大学

我们在学术机构之内浸淫已久，极易认为任何时候我们都能放眼世界，没有什么可以遮蔽我们的视线，没有什么可以歪曲我们的所见。我们对自己的学术训练和专业知识充满信心，简单地认为自己的思考是准确而全面的。尽管我们在有限的领域内越来越专业，但是对自己在整体的学术和知识上的地位仍然深信不疑，这种现象在文学以及整个人文学科尤其如此。大学之外的公众使我们的这种自信越发强烈，而且出于种种原因，也使我们对自己所获的权威感心安理得。诸如《纽约时报》、英国广播公司（BBC）这些主流媒体对我们既报道又引用，似乎视学术界为信息和思想最可信赖的来源。但是，我们这种自命的权威具有合法性吗？

我们对自身这种权威性的接受有多重原因，而不同的原因对社会、对人类自身带来的结果则有所不同。首先，我们当中的大多数都获得知名学府的文凭；其次，我们都担任教职。大家普遍认为我们比学生有更多的知识，何况在课堂上学生们采取的多是合作而非对抗的态度。他们总是认为自己正在接受的教育是正规的。如果说我们好为人师，这不仅仅是因为有服膺我们的听众自是乐事一桩，也是因为教书使我们变得越发自信。我们觉着自己所知甚多、自己能言善辩、自己深谋远虑。"教授"这一头衔尽管有揶揄的味道，不免使人联想到不着边际的空想家或者志得意满的讨厌鬼，但是仍然不失为一个让人肃然起敬的头衔。作为这一学术官僚体系的支柱，我们在校园里声名卓著、不可或缺。信步校园，我们觉得这方天地就是归自己所有，我们就是这个机构的栋梁支柱。这种官僚体制给予的舒适感自是诱惑难挡，于是我们对这个体制的忠诚感也与日俱增。如此一来，我们与那些校园之外的人很少接触；我们就这样安稳地生活在这个自我封闭的群体之内。当然，我们虽对学校也时有抱怨，但说到底还是与之心气相通。我们所写的那些书评总是彬彬有礼、赞赏有加。作为圈内人，我们肯定得互相提携。我们所有的人都想摇身变成所谓的"公共知识分子"，不管什么地方但凡有点什么事情发生，不管这件事情与我们的专业如何风马牛不相及，我们总盼着媒体能找上门来。长此以往，我们当中的有些人事实上已经不再是为媒体服务了，而是听命于比媒体更具体、更重要的对象——政府机构和私有企业。正是因为那些预设的学术的独立性和完整性，我们的权威才得以巩固。当学界与外部机构一旦达成了契约关系，这并不意味着这种权威性会立即大打折扣。来自学界的意见可能具有真正的调解作用。以"政府间气候变化专门委员会"（The Intergovernmental Panel on Climate Change，IPCC）这个近来声名卓著的机构为例，它的作用就是使很多互相矛盾的关注点变得清晰明了，并能形成定论。① 然而，不可否认的是，这些学术性的努力往往承受着来自特殊利益的巨大压力。换句话说，我们关于世界的看法可能被某些倾向性因素所左右。

这些教育的、制度的、公共的以及资政性质的多重角色互相交织在一起，共同推动了我们权威的形成。这种分类既非累积式，也非层级化：教书并不能巩固教师在体制内的地位；校园的优越也不能延伸到大学之外；媒体的渠道并非一定会让你成为顾问。而且课堂仍然还是这整个事业的基础所在，其余的一切都由此而产生，并最终作用于课堂——不管是发表的研究性成果、面对公众的表态，还是专业性的咨询莫不如此。这些当然都是事实，实际上其千真万确的程度远远超出了我们所能接受的程度。但是，问题在于我们并没有让自己对这一现象有充分的认识。② 我们已经心有旁骛，大学则忙于在多个方面的重要发展。

其一，权威的观念已经被专家的观念所取代。尽管社会大众似乎仍然对学术界普遍心存敬仰，而且我们对自己的知识分子身份颇为自信，但现在我们是专家而非权威。这种区分绝非微不足道：作为权威，不但通晓自身的专业，而且也了解它在整个知识体系中的位置；但是，专家接受的只是专业领域内的训练，不愿迈出自己专业领域一步。其二，学界的专业主义已经渐居主导地位。现在的学者现已成为专家，何为专业，何为

---

① 不仅仅是来自能源工业的那些人，而且连大家认为的进步作家亚历山大·科伯恩（Alexander Cockburn）都在 2007 年春季号的《国家》（*The Nation*）杂志上刊发系列文章，认为 IPCC 的那些报告谎言满篇、不值一顾。尽管如此，我还是认为他的那些观点和证据未免固守一端、难言明智且于理无据。

② 2007 年秋，也就是发生在 20 世纪 60 年代的大学改革运动之后整整 40 年之后，由哈佛大学校长领衔的一个特别工作小组发布了一项报告，吁请教师"重新思考"教学的重要性。见 Sara Rimer, "Harvard Task Force Calls for New Focus on Teaching and Not just Research," *New York Times*, May 10, 2007。

不专业，他们可是一清二楚。训练有素的专家从不越雷池一步，很大一部分知识都被他们当作业余的东西而弃之不顾。[①]所谓知识必须是能够确认、可以传承的。权威—专家这一矛盾是在知识领域内而言，而业余—专业这两端是在职业领域内而言。其三，职业主义已经与专业主义相伴而生。学者一旦成为一种职业，教授们就不再羞于他们的目标仅在于对成功的追求。他们的目标已不仅仅只是奋力攀爬社会之梯，还在于在一些具体事情上的成功，从他们所写的著作到所追逐的荣誉和奖励。求知欲和知识本身已经不再重要，重要的是成功和认可。教书这一副业，曾经都被认为安稳平淡，而现在已经彻底变成了一个公开竞争的职业，在这里学生、教授以及管理者一干人等把成绩、职衔和收入看得比什么都重。

　　且以高等教育界尽人皆知的一个变化为例，目前教书已经被认为是一种契约性的搬运行为。在每学期开始之前，教授总会将所要传输的内容明白无误地和盘托出。教学计划总是一成不变，而且还要将期末考试的内容当做样题公告大家，以免到时吓着了列位。开列的书目虽缺乏特点，但却整齐划一，于是几乎所有的教授和研究生，他们所参阅的书目、所做的援引，从标题到作者都一模一样。简而言之，标准化发挥着质量控制的作用。教授这样解释他们的评分标准：我要把租给学生的知识悉数收回，在这一交易过程中不得有任何的破损和丢失。这一过程容不得任何背

---

　　① 　或许还有人记得 R. D. 布莱克默（R. D. Blackmur）70 余年前的一篇文章，《批评家的得意之作》（*A Critic's Job of Work*），见 *Language as Gesture：Essays in Poetry*（New York：Harcourt，Brace，1952），pp. 372—399. 参见萨义德（Edward Said）的《专业人员与业余分子》（*Professionals and Amateurs*）一文，该文见 *Representations of the Intellectual：The 1993 Reith Lectures*（New York：Pantheon Books，1994），pp. 65—83；亦见罗宾斯（Bruce Robbins）所著《世俗的使命：知识分子、专业主义、文化》（*Secular Vocations：Intellectuals，Professionalism，Culture*，London：Verso，1993）。

离和偏差，不管是学生、助教还是教授都概莫能外。期末考试结束之后，这下该是学生给教授打分，对他们在包装和运输过程中的服务质量做出评判，这就显得包装和运输的过程远比所包装的内容更为重要。对于这一依约进行的交易而言，预习和功课就好比投资，而分数等级则好比利润，教授和学生对此都锱铢必较。对学校优劣的划分，根据的则是学校对考生的吸引力、所授予的学位数、毕业时的就业率，以及获得诸如诺贝尔、布克、普利策、麦克阿瑟、古根海姆等显赫荣誉和奖项的人数，这足以作为他们学术水平卓尔不凡的明证。显而易见，名牌大学的文凭就是市场价值和声誉上涨的保证。这样，不管教师还是学生都不再指望能从课堂上获得更多的知识。反正他们已经据有一席之地，持有一只股票的股份，对他们而言这一事实才是王道。在这个商业企业当中，全体教职员工，也就是我们大家都是全额参与人。在这些商业关系面前，我们的世界观能够不为所动吗？

　　绝大多数人都会认为这是教育史上一个堪忧的异象。我们当中的许多人也为此骇然，而且在部分导师和研究生当中也可以看到道德退化的现象，尽管在管理者当中似乎并没有那么严重。早在冷战缓和、资本主义日益强势，而世界贸易已经实现了跨国化的几十年前，人们对专门化、专业化以及职业化在高等教育中大行其道这一现象已经有所讨论。或许不应该让所谓"全球"经济来为教育的这一反常现象独担责任，首先要问的是，全球经济因何而来？但是，如果我们要对高等教育中的"知识分子"进行严肃的思考，首先应该反思的还是全球经济的若干特征。原因就在于，目前摆在我们面前的问题是：我们——人文学科的学者——能否应对"全球化"的力量，并且能够在关于世界的看法上秉持己见？"全球化"的哪些特点影响了人文学科？

　　首先就是效率。驱动"全球"经济的正是对效率（即金钱）和扩张（即权利）最大化的追求。近海转运所追求的无非是最廉价的劳动力，再加上最少的管制，而可以培训的劳动力比比皆是。不管是在国内还是国外，少数掌握了高技术工具的专家便可以轻易取代不计其数的代价昂贵的工人。我们这些职业性的专家建立了这样的用工体系，而这也对那些工人们构成了威胁。制造商、投资商让其货币、投资、技术以及产品在整个世界范围内任意东西。事实上，五花八门的金融投机行为已经取代制造业成为聚敛财富的主要手段，而大量的财富迅速转移到极少数人手里。在一些基金组织以及非政府组织的项目当中，我们也经常担任顾问或者参与其中，他们都标榜自己无意赢利、专为他人，但事实往往并非如此。学者也几乎以同样的速度在世界上四处奔走。我们的奔走并不仅仅只是身体的移动而已，而是在帮助消弭地理上的差异。尽管存在着地域差异，我们所说的、所教的都是相同的语言，那就是效率。举一个现成的例子，"效率教育"的一个实例就是发明了虚拟大学和店面大学（storefront university），在这里为数不多的专家支配着很多尚未取得合格证、薪酬微薄的指导教师。正如我们所熟知的，在我们那些研究型大学里，是研究生承担了本科教育的重负。[①] 我们何以抵制这"全球化的"剥削势力？尤为重要的是，我们又何以明白，我们自己在剥削上的这种同谋关系，不会使我们自己的世界观受到歪曲？

　　其次便是跨国主义。"在全球"经济里，参与者对所谓民族—国家的疆域和统一视而不见。国家对我们并无多少限制，却有更多的自由去挑战法律以及政治的限制。民族亲和性的松弛或许有助于我们挑战国家的权力和控制，20世纪正是这些权力在许多地方恣意施暴。这里我们应该追溯一下历史，人文学科历经几个世纪的演变，就是为了让现代国家合法化，而且若非借爱国

---

　　① 参见 Kevin Robbins and Frank Webster, eds. , *The Virtual University? Knowledge*, *Market*, *and Management*（Oxford: Oxford University Press, 2002）.

主义之名，在很多国家事务中，这些学科早已串通一气。因此，人文主义的衰落也未必完全是坏事一桩。然而，跨国主义从整体上削弱了曾经催生了现代艺术和学科的社会想象和感受力，也正是现代艺术和学科事实上在过去推动了公共服务和公共网络的发展。以一己之利和个人利益来取代公共服务和社会网络已经是灾难性的。社会的碎片化和疏离以及贫富之间日益扩大的裂隙，都是一些显而易见的后果。这所谓"全球化"了的学者与其说是受害者，还不如说是施暴者。

最后是实用主义。从传统上而言，实用并非包括文学、艺术、哲学、历史等在内的人文诸学科题中应有之义，而是致力于促进人的知识与理解。至少迟至 20 世纪中叶，这些学科还以对资产阶级社会一无所用而自豪。① 之所以说人文学科产生并哺育了公共知识分子，原因就在于此。但这已经发生了巨大的变化：当今之世，人们希望人文学科能够为社会，尤其是为高居社会上层的人们所用，而且还得在新自由主义的大学证明自己存在的合法性。于是对教授的成果从数量和质量两个方面进行评估。诸如"生产力"、"效率"、"推介"、"市场"以及"管理"这些过去在学术界很少出现的字眼，现在则被一些"名牌"大学念念不忘。对于人文学科的一些人而言，专门化和专业化则是他们为证明自身在全球经济中的存在而付出的努力。事情绝非仅仅如此。效率这一名目同样为他们的职业主义推波助澜。在对实用和成功

---

① 　查尔斯·波德莱尔便是一例，参见其"在我看来，对社会亦无所用似乎总是一件让人可耻的事情"（My Heart laid Bare, 9）。亦可参见尼采《论我们教育制度的未来》（On the Future of Our Educational Institutions）："我们是多么的无用啊！而我更为此感到无上光荣！我们曾经为谁更配享有更加无用这一荣耀而争执不下。"该文出自奥斯卡·列维（Oscar Levy）编著的《尼采全集》（The Complete Works of Friedrich Nietzsche）第三卷《论我们教育制度的未来及荷马和古典哲学》（On the Future of Our Educational Institutions［and］Homer and Classical Philosophy, New York: Russell and Russell, 1964: 32），该文是其中的第一篇讲稿（发表于 1872 年 1 月）。这些讲稿今天虽然鲜有问津，但其对大学及其文化的许多评说仍然是尖锐而清醒的。

竞相追逐的过程当中，学术的非功利性能够得以保全吗？对正义的追求能不受到动摇吗？更为重要的是，所谓"正义"还有迹可寻吗？

　　人文学科在新自由主义的大学还能得以生存吗？只有一个简单的答案：不能。消失则是可能的，而且很可能在最近的将来就消失了。不过，人文学科还可能以这样或者那样的形式苟延残喘，甚至在为数不多的学院以及大学当中，对少数作家的经典作品的研究仍会存在。为了精英人物的优越感和功利计，部分学生仍然可能去听听课，读读老师们那年代久远的书目和讲义。但是对从 20 世纪 40—80 年代学术界触目可及的主要文学作品，现在则几乎没有人撰写郑重其事的分析，读的人就更少了。需要说明的是，尽管我这里所说的也可推及其他学科，但针对的主要还是文学。我们只稍稍留意一下，便会发现名曰文学批评的那个部分已经从书店和大学出版社的书目上消失了。

　　作为代用品的人文学科显然已经出现。首先，一直遭到忽略的女性作家以及少数族裔作家的作品出来救场了。这一变革最初极为重要，它为实现种族和性别平等做出了政治上的贡献。但是这一代用品现在则不似当初那样前途光明。其原因是显而易见的。对于性别和少数民族文学、艺术、历史等方面的研究几乎总是走向无谓的重复和身份上的例外论（"日本文学是日本人的"以及"日本文学是独一无二的，它只有日本人才能理解"，如此等等）。身份政治，不管是男性或者女性，同性恋或者异性恋，白人或者有色人种，国家的或者区域的，最终都不可避免地越过自信，只可能变得僵化和喋喋不休地重复着同样的内容。但是，尽管种族和性别的偏见不绝如缕、无处不在且形式多样，都不应该将学术上的这种单一主义与世界范围内为争取种族、性别平等而进行的政治斗争混为一谈，后者永远都具有解放性。反对歧视和隔离的政治激进主义致力于消灭不平等和阶级划分。这种普遍平等的目标也能够被普遍地分享，然而族群和性别研究总是努力去坚持甚或强化每个群体的独特和完整。但是，没有什么群体可以长久地保持其完整，甚至从来都不可能是"纯而又纯的"。一个群体一旦得到了确认，便会分化成许多不同的部分。正如女性主义和种族主义的小圈子一样，派别之争便会出现，他们各执其身份的一端并形成互相分离的亚群体。身份政治以抵抗运动而始，以画地为牢而终。尽管对终结欧洲中心、男子霸权以及憎恨同性恋的时代，身份研究做出了重要的贡献，但是指望他们能开辟一个享有政治自由、承担政治责任，且富有求知欲望的新局面，其前景似乎非常有限。

　　其次，比身份研究更加让人怀疑的则是"地区研究"。曾经因为与第二次世界大战和冷战政策暗通款曲而臭名昭著的地区研究专家们，再次悄然现身——这次来为的是在跨国公司的劫掠中分得一杯羹。对于拯救日渐凋敝的人文学科，地区研究的专家们有两条理由。其一，地方性的知识显然对"全球"扩张分子大有裨益。尽管英语基本上就是我们这个时代的通用语（至少在21世纪末它可能被汉语取代之前，情况就是如此），但是为了剥削原住民，剥削者仍然需要与他们进行交流。专家们则可以充当推手。通过将世界划分为各不相同的地区，他们可以掩盖全球帝国主义这一宏大计划。其二，地区研究专家主张多学科性。这次对多学科研究的需要更为迫切：那些被所属院系的专业主义和领地思想搞得四分五裂的大学，需要做重新整合的表面文章。当政者对院系那几乎等于自治的权利心知肚明，而且他们也不愿意看到自己的权利被分散，这次就和那些要求全面教育、反对专业分割的本科生们达成一致。尽管任何地方的当政者都惮于挑战院系的权力结构，但都乐于鼓励多学科研究的方法。但问题是，在这个专业化的时代，地区研究不可能是多学科的。分处不同院系、研究同一地区的专家们很少往来，尤其是学习某一个冷僻地区的语言及其文化，需要耗费大量的时间和精力，如此一来，他们根本就无暇他顾。于是研究中国音乐学的专家根本就无意与研究中国经济的专家们探讨交流。他们能谈些什么？虽然可能在某个中心、协会或者论坛聚首，但最后还是各归其所，回到各自不同的院系，那才是事关受聘、解聘和晋升的至关重要的地方。多学科研究并非跨学科研究。地区研究并不会提供一个自由研究的区域。地方还是那个地方，并不能从知识上扩展到空间和环境中去。[①]

最后，如果人文学科不能指望通过转变为身份研究而自保、如果地区研究并不能给多学科研究带来什么希望，人文学科能乞灵于其他形式的知识来观照世界，而不被利润和统治所歪曲？那最热门的莫过于"文化研究"了，至少目前它也和对于习俗、种族或者地区的研究一样遍地开花。目前它一般寄身于历史、文学、社会学和人类学等院系里，回避对自己进行任何定义。

从文化作品到政治发展，文化研究将任何事件和情况都可以作为自己的文本，从这个程度而言，它似乎是一个大有前途的方向，可以避免人文学科的衰退和萎缩。

然而，文化究竟是什么？

我们不妨先从马修·阿诺德开始，19 世纪中期此君在《文化与无政府状态》一书中策略性地运用了"文化"一词。正如当时的激进分子弗里德里克·哈里森（Frederic Harrison）所调侃，也如阿诺德在回应中欣然赞同的那样，这一概念是"无聊或者空疏的"。这并不仅仅是因为这个词刚从德语中引进，而且因为"文化"一词在他的这本书中所扮演的双重角色从根本上

---

① 参见 Masao Miyoshi and H. . D. Harootunian, eds., *Learning Places: the Afterlife of Area Studies.* Durham: Duke University Press, 2002。

并不明晰。① 另外，阿诺德通过这个词来指"（人类）知识和思想的精华部分"，也就是文学、艺术以及人类生命活动中的"精华"② 另外，他坚持认为对于阶级来说，文化是中立的，但是不曾像其在社会学当中的使用那样，用该词来指某种"生活方式"。很多读者都忘记了，该书的副题是"政治与社会批评"。结合该书出版的时间语境（1866—1869），"无政府状态"乃是指在革命一触即发之时，以产业工人的暴动为代表的社会动荡。"在街头举行大游行，强行闯入公园等，诸如此类的行动即使借着支持美好的意图的名义，也应该毫不手软地严禁和镇压。……那就必须要有国家，国家的法律必须有至高无上的权威，必须有一套维持公共秩序之强有力的持常的程序。……因此，在我们看来，无论由谁治理国家，国家的基础架构本身及其外部的秩序都是神圣不可侵犯的。"③ 在阿诺德看来，文化是国家的工具，用来镇压革命。

尽管贵族阶级（"野蛮人"）与中产阶级（"非利士人"）互相鄙视，但是特权与金钱的合流则是不可避免的。到了 19 世纪末期，工业以及金融阶级已经在民族—国家这一框架之

---

①　不管是在在英语、法语还是德语中，"文化"一词的使用，其历史都是漫长而复杂的，可以一直追溯到 16 世纪甚至更早。英国浪漫主义对"文化"的使用更纯粹一些，而阿诺德借用的则是德语中的 Kultur（德语则是借自法语 cultur）。然而，人类则是从一种特殊的生活方式出发使用这一词，这在泰勒（E. B. Tyler）的《原始文化》（*The Primitive Culture*, 1871）一书中可以看到。阿诺德即从纯粹的角度，又从社会学和人类学特指生活方式的角度赋予该词双重意义，他这样做的根源是在该词本身。雷蒙·威廉斯（Raymond Williams）在《关键词：文化和社会的语汇》一书中指出"英国人对于'文化'一词的敌视似乎是从对阿诺德文化观的批判开始的"（Key Words: A Vocabulary of Culture and Society. New York: Oxford University Press, 1983: 92）。

②　一个世纪之后，比尔·雷丁斯（Bill Readings）在其著作《废墟中的大学》（*The University in Ruins*, Cambridge, Mass: Harvard University Press, 1996）中，分析说，"精华"这一个没有准确定义，且无明确所指的概念成为大学存在的唯一理由。

③　Matthew Arnold, "Conclusion", *Culture and Anarchy*, ed. J. Dover Wilson (Cambridge: Cambridge University Press, 1961), pp. 203—204.

内，战胜了贵族阶级。这一框架于是就成了国家以及国际政治和经济的手段。在那个新的时代，诗人以及艺术家处在什么位置呢？他们与掌权者保持着一定距离，很多人以浪漫的反抗者和批评家自居。他们为自己的独立、孤立而自鸣得意。正如阿诺德所见，在英国的文化和无政府体系当中，国家是与上层阶级而非下层社会（"平民"）为伍的。艺术家对帝国资本主义国家持有矛盾的态度。尽管文化人对中产阶级颇多批评、对他们的态度也多有保留，但是他们明白自己的艺术和诗歌只能卖给那些懂得欣赏而且掏得起钱的人。他们既表示轻蔑，又需要金钱和荣誉，就在这种背离、这种精神分裂当中，现代艺术和文学产生并发展了起来。

　　每个诗人和艺术家都曾以自己特有的方式展示过这种精神分裂。有人把自己想象为贵族，对农民表示同情；有人加入共产党，但却从不参与任何革命。有很多人放弃了高雅文化，私下里却又因为这种退缩而自我贬低。但是，总有少部分人毫不妥协，对高雅文化一往情深的人，时常把高雅文化的来源和运用去政治化，只专注于其形式和结构。文化就这样不停地发展着，走过了镀金时代、世纪末的颓废、怒吼的20年代、大萧条，还走过了法西斯主义的淫威、第二次世界大战以及战后的富足。在这个过程当中，贯穿着关于艺术以及文化作用的争论。比如，阿多诺和本雅明，前者信奉艺术的真实性，后者至少对电影这一新的机械化的艺术形式表示欢迎。还有马塞尔·杜尚和达达派对高雅艺术的嘲弄。后来是雷蒙·威廉斯和斯图亚特·霍尔为一方，而平民主义者为另一方继续着这场争论。但是，一如某些神圣的所在，高雅艺术的地位纹丝未动。然后就是20世纪60年代了，出事儿了。

　　60年代真是一个非同寻常的十年。尽管第二次世界大战不啻是一场真正的危机，但是冲突一旦结束，却发现西方文明的基础不但没有受到丝毫的撼动，甚至还得到了重新确认。但是在 60 年代，各种矛盾没有来由地汇聚在一起，这些矛盾为数颇多、互相交错，我清楚我这里所说的也只能是几个明显的结点而已。

1953 年，朝鲜战争结束仅仅几个月，艾森豪威尔开始支持法国在越南的殖民。在肯尼迪执政之初，他便给东南亚派遣所谓"顾问"，截至 1961 年 11 月，美国在越南已经驻扎了 16000 名军人。1961 年当然也是猪湾危机的灾难之年。整个 60 年代对越南都在持续增兵，从肯尼迪、约翰逊到尼克松、福特，终于在 1975 年一个关键性的失败之后停止了。这最终的失败对美国人的心理造成了深重的影响，以致我们谁都无法淡忘。非殖民化在世界各地继续发展。长期受到压迫的各民族所谓的解放运动很可能就是动荡不安的 60 年代的重要推动力之一。60 年代的学生造反根本就不是什么革命，而是与反战、大学改革、女性主义以及第三世界运动合流的、为争取民权而进行的抗议，它对 50 年代资产阶级的很多臆想构成了严重的挑战。权威历来都被赋予政府、大学、警察、教堂、博物馆、新闻业以及其他社会和文化机构，现在则从根本上受到了置疑。当马丁·路德·金反抗阿拉巴马法律的时候，同时也是在质问美国人，种族主义仅仅只是美国机能失常的唯一之处吗？那些计划在南方协助选民登记的学生们，回到北方的家里面对的却是大学粗暴的规章制度、法律的滥用，以及整个社会随处可见的对于妇女的家长制压迫，财富分配的不公，当然还有对于越南人、美国人生命的戕害。即便是现在也难以估量这种变化是何等的重要（别忘了，伊拉克战争还在继续）。然而，对于自身与权力结构的联系方式，人们也不再乐观。而且，这一问题并不仅仅只是局限于美国和西方，几乎整个世界范围内都是如此，从 1968 年各处的学生造反当中我们也看到了这一点。①

　　不过，关于60年代，让人瞩目的是，那些学子和年轻人无疑都在努力抵制富裕的父辈们的文化，按理说他们应该是"激进的"，但是他们对自己前进的方向并不甚清楚。但是，可供选择的方案倒是有的：寻求和平，让地球上所有之物安然无恙，就像马丁·路德·金、R. 卡森（《寂静的春天》（Silent Spring，1962）以及《地球目录》（Whole Earth Catalog，1968）所表达的；还有就是通向自我实现的道路，蒂莫西·利里（Timothy Leary）、阿比·霍夫曼（Abbie Hoffman）、杰利·鲁宾（Jerry Rubin）及其追随者都曾流露过这种心愿。这两种方案并非毫无关联。此二者都反对阿诺德所说的"文化"，即捍卫和统治国家的手段。在60年代，对于权力的侵蚀已经远远超越了政治性的反主流文化，并延伸到文学、艺术和学术诸领域。随着安迪·沃霍尔（Andy Warhol）、甲壳虫乐队以及阿米里·巴拉卡（Amiri Baraka）等人物的出现，流行文化和高雅文化之间的界限也相应地消解了。就连酷爱高雅艺术的那些人也不得不承认这些人物是不可抹杀的。对于那些反传统的批评家和学生来说，这些艺术家有着巨大的影响力。在很短的时间内，越来越多的俗世凡人开始接受他们的作品，但是那些精英们却一退再退，面对的只是博物馆和学术界专家和鉴赏家们这些有限的观众。在文化和反主流文化的重新配置过程

　　① 关于60年代的著述数不胜数，但这其中大多只是描述性的，缺少分析，即便有，也是寥寥可数。况且，大多也只是局限于各自的范围。甚至连那些研究反战抗议运动的著作往往也只是针对当地、本国或者本地区。以亚瑟·马威克（Arthur Marwick）所著的《六十年代：英国、法国、意大利和美国的文化革命（1958—1974）》（The Sixties: Cultural Revolution in British, France, Italy and the United States, c. 1958 - c. 1974. Oxford: Oxford University Press, 1998）为例，尽管写了903页，但是有些国家和地区（比如南美和亚洲）并未涉及。大卫·考特（David Caute）的《68年：路障之年》（Sixty-Eight: The Year of the Barricades. London: Paladio, 1988）同样未能将政治、经济、社会、教育和文化结合起来，而且还没有阐明为什么是在1968年，以及为什么在几乎每一个国家都发生了这样的事情。60年代值得进行更加深入的研究。

中，形成了一种新奇的现象。到了 70 年代，即便是高雅文化也不再属于少数人，而且新的文化在广泛传播和买卖。

在那十年当中，政治和娱乐结合之后产生了爆炸性的能量，1969 年的伍德斯托克音乐节或许足以为证。两个初出校园的年轻人掷出从家里拿来的数千万美元资金，为反战举行了一次盛大的演出。或许连他们本人对自己的意图都不甚清楚。这是一个反主流文化的盛会，是一个包含了性、摇滚和毒品的狂欢，是对金钱的疯狂攫取，也是一次和平的抗议。正如当时一家报纸所描述的，昨日的花季少年此刻已经成为出众的商人。即便在那些冷静的反战活动家当中也有部分人对这次活动多有讥讽，但他们也不能认为这 40 万之众的聚会是琐屑小事而不值一顾。这是民间音乐和摇滚音乐的一次结合，后者的代表人物有琼·贝兹（Joan Baez）、阿罗·古斯瑞（Arlo Guthrie）、拉威·香卡（Ravi Shankar）、詹尼斯·乔普林（Janis Joplin）、杰斐逊·爱普兰（Jefferson Airplane）、谁人乐队（The Who）、吉米·亨瑞克斯（Jimi Hendrix）以及其他等，而这次结合并不仅仅只是一场司空见惯的流行音乐的即兴演出。要探讨伍德斯托克的流行音乐，那种非经典即流行、非文化即反主流文化的二元对立方法是行不通的。这万众云集的酒神迷狂也是世界人口激增的一个象征（正如我们后来所见），就连训练有素的经典音乐家都洞察这些新的声音所具有的力量，这些新的声音就像文艺复兴之前的音乐一样，它属于人民，而不像现代音乐与大多数听众格格不入。换句话说，伍德斯托克音乐节也是一个文化事件。将地点选择在 Catskills 农场，本身就已经说明对绿色森林和广阔田野的向往。进一步说，尽管它是一次反主流文化的庆典，但是它并不抵制商业、不反对金钱。伍德斯托克音乐节是反主流文化自身转变为赢利商品的先声。

总之，在这十年期间高雅文化与流行文化得到了融合（它不啻为先锋主义的新面目）。这种新出现的文化反对排他主义和精英主义。它活力四射、魅力十足。它不惧粗鄙，也就是不惧浅薄和庸俗。与此同时，这种新的文化并不标榜自己与消费有什么不同。为了迎合政治经济的新结构，消费被抬升到艺术和品位的高度，那些跨国商业巨头煞费苦心，通过艺术和科学的手段对此进行推广。从音乐（音乐会和声像制品）到艺术（设计）、从文学（畅销书）到戏剧（演艺）、从历史（景观）到地理（旅游），文化的所有分支都与消费，也就是花钱和赢利以新的方式纠结在一起待价而沽。人们被重新训练，要他们在消费中去寻找乐趣、目的实现和公共服务。于是大家都在消费，可获利的只是极少数人。在这几十年间，这种错位在世界范围内造成了财富和收入前所未有的不平等，不管是在一国之内还是国际范围内莫不如此。现在尽人皆知，美国真正的财富仅仅集中在只占人口总数1%甚至1‰的那部分人手中。1998年，世界最富的225人占有总计一万亿美元的资产，相当于占全球人口总数47%的贫困人口全年的总收入。2007年3月，《财富》杂志报道全球现有946名亿万富翁，他们的资产净值已经达到3.5万亿美元。甚至劳伦斯·萨默斯（Lawrence Summers）都承认"愈益不平等的趋势还在继续，甚至还在加剧"①。全球六分之五人口的财富被抢占，

---

① 这些数据来自联合国开发计划署《1998年人类发展报告》（*Human Development Report 1998*. New York：Oxford University Press，1998：30）、劳伦斯·萨默斯：《让共同繁荣驾驭市场力量》一文（*Harness Market Forces to Share Prosperity*），该文原载2007年6月24日《金融时报》（*Financial Times*），以及路易萨·克罗（Louisa Kroll）、阿里森·法斯（Allison Fass）《世界上的亿万富翁》一文，该文原载2007年3月8日 www. Forbes.com。包括联合国大学发展经济学国际研究院、巴黎经济学院托马斯·派克特（Thomas Piketty）、加利福尼亚大学伯克利分校伊曼纽尔·塞斯（Emmanuel Saez）的很多研究都认为美国以及世界范围内的收入不公在持续加剧。可参见 E. 波特的刊于2006年12月6日《纽约时报》（*New York Times*）的《研究显示世界范围内的财富不公正在加剧》一文。"（发展经济学国际研究院的资料显示）在2000年，世界百分之一的人口，大约3700万人的资产净值至少达到515000万美元，约占全球资产净值的40%。占全球一半的底层人口所拥有的资产净值仅占全球财富的1.1%。"

留下不计其数的底层人口。① 好像所有利润都被富人吸走，同时还造成了欲壑难填、骄奢淫逸的消费主义，它弥漫于整个文化空间。阿诺德现在或许该给他的著作起"消费与无政府状态"这样一个书名了。②

为文化辩护的人当然不会接受这种悲观论调。在他们看来，伟大的文学和艺术仍然能够启人心智，使普通的批评上升到谋求改革的政治行动主义。他们或许言之成理：曾经有过这样的时期，高雅文化的标志被视为权力的对立面和对大众的悲悯。而且，即便是现在有些文化产品依然能够对个体具有激发的作用，并且引导他们进行自我否定，并献身正义。进而言之，文化在社会当中的状况和配置或许能重新发生变化，这取决于世界的政治经济。但是目前，文化作为一种历史性的力量却被消费主义无情地同化了。

在这种消费主义当中，文化研究这一学科何以立足？

设有文化研究的大学现在处在买卖大潮的漩涡当中，跨国商业巨头这一结构驱动着这股大潮，而且如我所述，大学现在热衷的是专门化、专业化和职业化，而在文化研究这个学科之内，指望我们能够以权威的姿态对一切文化现象评头品足，而我们或许能够，或许不能获得具备获得这种权威的合法性。无政府状态是文化研究本身的一部分，但也是文化研究检视的对象，它能否逃脱这种无政府状态，我并不看好。难道文化研究可以逃脱这诱人

---

① Paul Collier, *The Bottom Billion：Why the Poorest Countries are Failing and What Can be Done about It.* Oxford：Oxford University Press, 2007.

② 关于财富分配不公这一问题，近三年来相继有三部饶有趣味的书出版，这三本书的角度各不相同，它们是：Jeffery D. Sachs, *The End of Poverty：Economic Possibilities for Our Times.* (New York：Penguin, 2005)；William Easterly, *The White Man's Burden：Why the West's Efforts to Aid the Rest Have Done So Much Ill and So Little Good.* (New York：Penguin, 2006)；Collier, The Bottom Billion。科里尔在其著作的最后部分，对萨克斯和伊斯特里的思想进行了探讨，我对他的观点表示赞同。然而，这一部分题为"普通人能做什么？"这一问题直到书的结尾都没有得到回答。

的悖论，即可以无视它自身和它所诊断的病症之间的联系？就好像反艺术的艺术一样，对普遍的商品和消费主义进行审视的这个文化研究本身就不是商品吗？① 一个消费者或许可以佯装不是在消费，而是在干别的什么事情，但是文化研究本身和消费主义纠缠不清，学习这一学科的学生就不能从一个无利害的角度来批判消费主义。我本人的研究显然也不能例外于这一要求。我们需要将大学、消费主义——以及文化——放置在整个世界的序列当中去。

在这个让人几近绝望的知识环境里，我却看到一个研究和批评的领域，它有可能获得政治和经济的独立，这便是关于环境正义的研究。在跨国资本主义的摆布下，当包括环境管理和可持续性技术在内的所有学术努力都最终简化为消费主义之时，以广泛的社会正义为基础的生态保护应该能够超然自处于公司和国家权力之外。目前地球上的生命危机四伏，这是不言自明的事情。②

---

① 关于艺术的可靠性——"博物馆化的"艺术——有颇多质疑，哈尔·福斯特（Hal Foster）、道格拉斯·克伦普（Douglas Crimp）、克雷格·欧文（Craig Owen）、汉斯·哈克（Hans Haacke）以及其他不少人便是如此。也有不少人在批评诸如第十届卡塞尔文献展、圣地亚哥提华纳在现场特定地点那样的反艺术的艺术作品和活动，权美媛（Miwon Kwon）在其著作《一个地方有一个地方：特定地点艺术和方位身份》（*One Place after Another: Site-Specific Art and Locational Identity*. Cambridge, Mass.: MIT Press, 2002）对这一艺术就有批评。同时参见拙作《"全球化"、大学和博物馆》（"*Globalization*," *the University, and the Museum*）。

② 就在当政府间气候变化专门委员会（IPCC）的第三份评估报告《2001年气候变化》发布的当年，仍然有1/8的美国人不相信全球变暖会真的发生。在科学家当中也存在着不同的意见，而布什总统（包括老布什在任期间）以此作为借口，而不对企业行为进行约束。此后不久，科学家已经一致接受了全球变暖这一事实（当然，例外总是有的。关于比约恩·隆伯格（Bjorn Lomborg）将来用金钱解决问题的主张，约翰·蒂尔尼（John Tierney）曾撰写《关于气候的"感觉好"和"做好事"》（"*Feel Good*" *vs.* "*Do Good*" *on Climate*）一文表示赞同，见2007年9月11日《纽约时报》）。关于政府间气候变化专门委员会的报告以及其他报告的接受效果，斯宾塞·R.沃特（Spencer R. Weart）的《全球变暖的发现》（*The Discovering of Global Warming*. Cambridge, Mass.: Harvard University Press, 2003）一书的第八章"发现的确证"中有很好的叙述。2007年秋，政府间气候变化专门委员会发布了第四份评估报告《2007气候变化》，可以登录 www.ipcc.ch/ipccreports/assessments-reports.htm. 查阅。

对所有人而言，不管是贫是富、是男是女，不管你在城里还是乡下，是做工还是放牧，地球都是一个整体。在环境危机面前无人可以独存（尽管到那时富人当然想尽办法想比穷人多活些时日），也没有哪一部分生命可以幸免。所以，唯独环境主义是跨学科的，而且也是全球性的。环境正义的研究也因此应该在大学里获得无可替代的中心地位。即便你是竞争的资本主义最狂热的维护者，也得明白在这个不断变化的环境中，资本主义不可能继续扩张。知识的其他分支，从经济学到历史、从艺术史到物理都需要根据环境正义重新表述。这一观点的逻辑绝对是有说服力的，或者说应该具有绝对的说服力。但是事实并非如此。我们还不得不面对那愚蠢的自私自利，他们有本事认为所谓无可争议的危机仅仅只是一个理论、一个不可能的幻想。面对保护环境的需要，如果这个世界上最富有、最强大国家的首脑可以只是耍耍嘴皮子，但却或盲目或明白地追逐商业利益，那么关于环境的所有忧虑都可以置之不顾。人自我毁灭的愿望之强烈真是不可理解。① 在下文当中，我将探讨使环境主义成为我们国家以及全球生活中心的可能途径。

如果生态学都不能对人文学科进行重组，或者取代人文学科，那别的学科就更不可能做到。如果没有一个批评性的、可估

---

① 美国政府的所作所为向来都是自我毁灭式的。自 20 世纪 70 年代设立环境保护署、施行《净化空气法案》以及《清洁水条例》之后，历届美国政府，不管是共和党还是民主党，都故意不按法律规定行事。参见帕特里克·霍塞（Patrick Hossay）《不可持续：全球环境和社会正义初级读本》（*Unsustainable: A Primer for Global Environmental and Social Justice.* London: Zed Books, 2006）的第 5 章"篡改规定"。同时还可参见注 i。劳伦斯·萨默斯现在似乎是不情愿地承认气候变暖是不可否认的事实（见其 2007 年 4 月 30 日发表于《金融时报》上的《我们应该从气候唯心主义的迷梦中醒来》（*We Need to Bring Climate Idealism down to Earth*）一文）。但是，15 年前时任世界银行首席经济学家的他言之凿凿地称，环境主义"外在于"经济学，因而也是不可接受的。亦可参见赫尔曼·E. 达利所著《超越增长：可持续发展的经济学》（*Beyond Growth: The Economics of Sustainable Development.* Boston: Beacon Press, 1996）一书的序言，特别是第 6—12 页。

价的学科作为知识的支柱，大学将会沦落为培训工人和专业人才的学校。事实上，大学也正在朝这个方向滑落。仅仅作为一个技能培训的所在，大学还能存在吗？在现代大学的语境下，答案将必须是否定的。今天在我们看来是偏差的东西，曾经恰恰是再正常不过的教育模式。这里我们不妨将话题扯开，看看现代大学是如何形成的。

昨日之大学

　　高等学习可以追溯到古代，或者数千年之前的埃及、美索不达米亚、印度、中国等各处。但是，从制度层面上而言，今天的大学，其根源则可以追溯到欧洲中世纪的教会学校。到了 11 世纪，秩序已经从罗马帝国崩溃所造成的混乱中得到恢复。欧洲人正在向穆斯林文明和拜占庭帝国学习，后者曾经吸收了希腊—罗马的知识。① 修道院和教堂在学校里授课，这些学校建立在大教堂所在的市镇。中世纪的经济和社会生活在不断多元化，此时已经需要制度性地培训律师、医生和神学家的服务，于是教会学校应运而生。在这些学校当中，巴黎和博洛尼亚最为突出。在巴黎，教师和学生一般都会聚集在"学校"（studium）② 里，那里有颇具声望的学者吸引着学生。教师们组织起行会，这与当时的鞋匠行会、织工行会以及今天的工会非常相似。这个行会警惕地保护着他们发放证书和学位的垄断权，这一传统一直延续到今

---

　　①　关于古希腊的高等教育，我在此处不能详述，但是最起码我能推荐 H. I. 马鲁（Marrou）的史学力作：《古代教育史》（*A History of Education in Antiquity*, trans. George Lamb. Madison：University of Wisconsin Press, 1956）。还可参阅皮尔·哈道特（Pierre Hadot）《何为古代哲学?》（*What Is Ancient Philosophy*?, trans. Michael Chase, Cambridge, Mass. ：Harvard University Press, 2002）。

　　②　在中世纪的拉丁语中，studium 和 university 都可以用来表示大学，前者意为高等教育机构，而后者表示行会。——译者注

天。"民族团"（nations）是按照各自的地理来源而组成的团体。文学院的科目由"三艺"（文法、修辞和论辩术）和"四艺"（数学、音乐、几何和天文学）两部分组成，神学、法律和医学教师则在另外的学院。文学院所授课程被认为是"低等"的，因为一般认为这些课程不过是为专业学习神学、法律和医学这些"高等"课程做准备罢了。这种结构与今天本科生和研究生的划分约略相似。在高等学院里，民法和教会法规是显学，医学次之。对学生们最无吸引力的莫过于神学了。中世纪的大学在修辞课程之下甚至还设有书记和公证的课程，这与今天的助理律师培训有点类似。[①] 换句话说，大学首先培养的是世俗的和宗教的管理者以及专业人才，而非哲学家、纯粹的科学家或者人文学者。当然，在一个信仰和理性的关系纠缠不清而又无处不在的世界，比如说选择做一个修道士、以沉思冥想为业，也不能轻看为不学无术和急功近利，而且中世纪的大学并非没有培养出人类历史上的伟大思想家，像阿伯拉尔（Abelard）、阿尔伯特·马格纳斯（Albertus Magnus）、波拿文都拉（Bonaventura）以及托马斯·阿奎那（Thomas Aquinas）就是，阿奎那的《神学大全》系统综合了亚里士多德哲学和基督教神学，提供了一个新的视角。尽管中世纪的时候，宗教生活比今天任何单一的职业都包含了更多的东西，但是大学作为一种机构与今天的专业学校很是相似。就像今天的研究生助教一样，当时文学院的教师本身也是学生，只不过入学攻读更高的学位。每个民族团都由推举出来的"校长"（rector）或者"学监"（proctor）领导。教师们定期举行各级会议，比如文学院、理事会或者校议会。大学从一开始，在民族团

---

① Willis Rudy, *The Universities of Europe, 1100 – 1914: A History* (Madison, N. J.: Fairleigh Dickinson University Press, 1984), 32.

和学院内部以及二者之间的争斗和嫌隙就从没停止过。①

　　早期的中世纪大学根本没有固定的校园。这就是说，为了寻求更好的生活和学习环境，教师们可以相当随意地将授课地点从一个市镇迁往另一个市镇。同样，对于学生而言，旅行和迁移不会带来任何交流上的问题，因为他们的教育中使用的都是拉丁语，于是随时可以和异乡的师生进行交流。从其他市镇和外省来的学生需要住宿的地方，这就演变成了招待所和宿舍，继而在14世纪的时候成为学院。学生们不但一起住在学院里，而且他们是在校方的保护和监管之下。在牛津、剑桥两校，能够住宿的学院是能够自己组织教学的半自治机构。

　　在博洛尼亚，民族团不是教师的行会，而是学生的。首先，外来的学生成立了互助组织，往往是为了对抗当地官员的欺侮。修习法律的学生大多是很成熟的外来者，率先成立了相互分离的区域性民族团，就是为了保护自己免受房东、地方税收以及征召兵役的侵害。后来他们与其他的学生融合在一起，组成了三两个较大的团体。博洛尼亚和巴黎的市政当局时时挑战学生的民族团。但是，学生们则挑拨市政当局与公国、君主甚至神圣罗马帝国争斗以达到保护或者扩大自己利益的目的。他们同样也采取一些直接的行动，比如全体离开巴黎或者博洛尼亚，这样就可以使

---

　　① 截至目前，关于中世纪大学的文献资料很丰富。其中，*A History of the University in Europe*, Vol. 1, *Universities in the Middle Ages*, ed. Hilde de Ridder-Symoens (Cambridge: Cambridge University Press, 1996) 是最新、最全面的研究。亦可参见 James Bowen, *A History of Western Education*, Vol. 2, *Civilization of Europe*, *Sixth to Sixteenth Century* (New York: St. Martin's Press, 1975). Charles Homer Haskins's *The Rise of Universities* (Ithaca: Cornell University Press, 1966), originally published by Henry Holt in 1923, 该作虽然在有些方面略显陈旧，但仍然不失是一本有用且有趣的书。参见 also Nathan Schachner, *The Medieval Universities* (New York: A. S. Barnes, 1938); Hastings Rashdall, *The Universities of Europe in the Middle Ages* (Oxford: Oxford University Press, 1895); and Lowrie J. Daly, S. J., *The Medieval University*, 1200—1400 (New York: Sheed and Ward, 1961).

当地损失可观的商业收入。他们有时也会采取罢课、抵制等手段与教师作对。博洛尼亚的学生几乎把持了学校的各个方面，包括招聘和解雇教师、确定薪酬标准、批准或者驳回请假，最后就使教师沦落到从属的地位。教师不得不讨好那些实际上可以操纵和胁迫他们的学生。①

　　在宗教和世俗事务上，地方权威和中央权威之间还有其他冲突。教师和学生，或者说作为整体的大学，为了生存不得不学会一些权力斗争的艺术。这一时期黑死病在欧洲肆虐，欧洲和亚洲的人口减少了三四成，此外英法之间还发生了"百年战争"。尽管有此等恐惧和灾难，在13世纪和14世纪，从意大利到斯堪的纳维亚、从英格兰到波西米亚仍然建立了很多新的大学。截至14世纪末，欧洲共有79所大学。② 由于大学学会了在许多政权中心之间周旋，这就避免了与各种权威发生程度惊人的冲突。镇压和迫害异己分子的事情很少发生，这一点就与后来几个世纪所发生的事情不同。当新人文主义、新教改革以及天主教的反改革浪潮席卷欧洲的时候，在中世纪与教皇关系虽然微妙，但还能够共存的学术界就与宗教分开了。③ 尽管也有偶然的中断，但是教师、学生以及其他人教书和学习的自由基本上还是得到了保障，但是这种独立更是一种专有的工作权利，而非现代意义上的

---

① 参见 See Pearl Kibre, *Nations in the Medieval European Universities* (Cambridge, Mass.: Medieval Academy of America, 1948), Publication No. 49, 其中仅列出了欧洲国家的大学并未界定"国家"的含义。

② Christopher J. Lucas, *American Higher Education: A History* (New York: St. Martin's Press, 1994), 48. 这本书的主要议题是美国高等教育，但对中世纪及其后期的欧洲大学有简要介绍。大学的数量并不确定，同时大学的地位也存在争议。例如，雅克·韦杰在希尔德·德·里德《欧洲大学史》第二卷第二章"模式"里就给出了不同的数字，第60—65页。

③ Henry Elmer Barnes, *An Intellectual and Cultural History of the Western World* (New York: Dover Publications, 1963), 1: 147.

"学术自由"①。学生这一群体规模仍然较小，而且大多来自市民阶层，他们当然渴望能够在政府或者教会的体系之内谋得一席之地。没有哪个学生的出身是社会上层（贵族、将军或者地主），因为大学对他们几乎没有什么用处。

15 世纪的意大利，不管是男人还是女人都在古典文学当中发现了解放，新人文主义于是就在他们中间迅速传播。就在这些人追求着世俗和物质世界的知识带来的快乐时，这其中包括希腊和拉丁文学、诗歌、历史、柏拉图哲学、希伯来语、演讲术等等，而大学对这些学问仍然怀有敌意并拒之门外。高等教育是讲求实用并为职业做准备的，学院知识和传统的"三艺"（trivium）、"七艺"（quadrivium）② 仍然居于主导地位。那时，学校经费的一大部分和现在一样被分配给法律和医学的研究。博洛尼亚闻名于法律，帕多瓦闻名于医学。对于亚里士多德哲学则是选择性的学习，为的是这些中世纪的学者可以获得一些理论基础。但是大学仍然将对于世俗的人文主义的作品的认真研究拒之门外。握有绝对之道，未许普遍之理。那些充满激情的学者，其人数不断增长，他们必须在大学之外寻得一个学习的所在，于是"学会"就应运而生。学会既不授课也不授予学位，它是对文学以及解经学研究有着共同兴趣的学者们自愿组成的非正式团体。这些大学之外饱学之士在私宅定期聚会，讨论文学以及知识问题。摆脱了僵化的教条、严格的神学或者行会的专断，人文主义者的学会在 15 世纪、16 世纪欧洲的知识生活中发挥着举足轻重的作用。

法国和德国的情形与意大利也相差无几。训练神职人员仍然是大学的主要任务，在神学之外，保守的文学教师围绕着法

---

① 参见 Haskins, *The Rise of Universities*, pp. 52—57。

② trivium 指文法、修辞、辩论，而 quadrivium 在文法、修辞和辩论之外再加上算术、几何、天文、音乐。——译者注

律和医学的学习而进行教学。巴黎大学是反对新人文主义的中心，同时德国的大学也对新的知识大加抨击。对于保守的学者来说，这些他们所不熟悉、脱离实际的课程对他们是一个威胁；他们认为希腊语是异教的，对于反对闪米特的老师而言，希伯来语则招人厌恶。此外，德国学者对意大利也是心存芥蒂。但是到了16世纪，新成立的法兰西学院为希腊语、拉丁语、希伯来语、法语以及哲学都留出了位置，新的知识在欧洲的北部慢慢流布开来。

英格兰对于新知识的态度就比较友好。尽管传统学问仍然处在支配的地位，大部分教师和学生也不乏敌意，在16世纪初剑桥大学校长延请伊拉斯谟（Erasmus）来讲授希腊语。曾经因为离婚一事与罗马交恶的国王亨利八世对陈腐的学校教育产生怀疑，在牛津、剑桥两校设立注册教授职位（Regis-Pro-fessorships），讲授神学、民法、物理、希伯来语和希腊语。大约就在这一时期，牛津和剑桥的学生主体也开始发生变化，由原来那些追求职业训练的市民家庭的孩子转变为王公贵族的子弟，他们需要的是"优雅的学问"，这是在文明社会中成为"绅士"的先决条件。这推动了新人文主义，或曰人文教育（liberal education）的传播。当牛津大学新成立的基督圣体学院因为人文主义的研究而备受其他学院的抨击之时，国王亨利八世下令导师们不得恐吓，而且伊拉斯谟的朋友托马斯·莫尔谴责了那些反人文主义的教师。在16世纪，新知识在整个欧洲逐渐生根发芽，这些知识不再是照本宣科、为世俗和宗教的职业服务，而是鼓励每个精英学生的个体发展。人文艺术的理念于是得以产生——构成了今日人文教育，或普泛地讲，通识教育的基础。

宗教改革时期，大学师生活跃于整个欧洲。茨温利（Ulrich Zwingli）先后求学于维也纳大学、巴塞尔大学，后来在苏黎世组建了一所大学；约翰·加尔文（John Calvin）先是求学于索邦大学，然后辗转于不同的城市，最后定居于日内瓦并在这里修改《基督教原理》（*Institutes of the Christian Religion*），这一著作或许是新教发展史上最具影响力的文献。马丁·路德追求（基督教）向原初简单状态的回返。不同的是，加尔文尽管也反对剥削和放纵自我，但他接受了资本主义，并鼓励贸易和生产。就像荷兰的莱顿大学、苏格兰的爱丁堡大学以及新英格兰的哈佛大学，日内瓦大学俨然是新教大学的典范。

　　亨利八世在英格兰建立英国国教会，这里的信教改革最初仅仅事关政策而非教义。此时，英国国教的反罗马立场得到了完整表述。普遍认为，在亨利八世、爱德华六世、伊丽莎白、詹姆士一世、查尔斯、奥利佛·克伦威尔、查尔斯二世以及威廉和玛丽时期，英格兰明显在两个极端之间摇摆不定：一端是亲罗马、反新教、反清教；另一端是反罗马、亲新教、亲清教。当然，也有人认为英国国教其实比罗马更具使徒精神，因而比罗马教皇更像天主教，所以最终走了中间道路，既非天主教也非清教。由于英国国教会在这两端之间不停地摇摆，不仅宗教教诲而且大学教学都必须与其保持一致。宗教法曾经是获得显赫宗教职位必须学习的显学，现在则被剔出了新教大学的课程表。王权作为英国国教至高无上的领导，反对它就是犯了谋反和变节的罪行。书报检查和宗教迫害的威胁无处不在，议会的一系列法案又进一步加强了这些法规和制度，这其中包括《1552 年统一法案》（*the Uniformity of 1552*）、《1554 年最高法案》（*the Act of Supremacy of 1554*）、《1554 年谋反法案》（*the Treasons Act of 1554*），以及 1562 年至 1565 年间的《克莱伦登法典》（*the Clarendon Codes of 1562—1565*），根据这一法典，非英国国教的教徒被逐出了牛津和剑桥大学。德国爆发了"三十年战争"，而法国血腥的"胡格诺战争"远不止 30 年。大学这一共同体的成员被迫在天主教和新教之间来回摇摆，更关键的是，他们不得不提防着教会和国家对大学生活无微不至的监视。

冲突不独存在于新教和天主教之间，也存在于路德派、加尔文派和茨温利派之间。更有甚者，甚至在路德派，或者加尔文派内部各派别之间，残酷的自相残杀和争斗一直没有止歇。这些派系使形成于中世纪的学者和学生群体分裂了。就像罗马教会数百年来的一贯所为，一旦某个小派别得势，就有可能镇压其他的派别。被路德感化的萨克森公爵将莱比锡大学所有反对路德教义的教授尽数开除。然而，在信奉天主教的维也纳，所有的神学教授都必须坚持天主教的教条。迫害和审判的幽灵依然存在。不管是在天主教和新教哪一边，很多学者都成了宗教迫害的牺牲品，我仅列举几个为人熟知的人物：托马斯·莫尔、开普勒、伽利略、乔达诺·布鲁诺。

16 世纪和 17 世纪，经验主义科学的崛起在欧洲的大学里同样没有得到体现。第谷·布雷赫（Tycho Brache）、伽利略、开普勒以及牛顿等人的新发现、培根在《新工具》（1620）、笛卡尔在《方法论》（1637）中的探索在大学里都没有讲授。及至17 世纪末和 18 世纪，知识分子逐渐汇聚在大学之外的学术团体当中，如伦敦皇家学会、柏林科学院、巴黎科学院以及罗马的里森科学院。就像一个多世纪之前，人文主义知识在欧洲知识分子当中的传播那样，传统大学里的学者还是固守着他们的神学教条和派别之争，顽固不化。这与迅速形成的现代世界越来越失去了联系。在过去，贵族阶级为了在不断发展的社会当中确立自己的地位而追求新知识。到了现在，随着国家的扩张和贸易的发展，不断增长的贸易和国家的需要成为动力之源。但是，大学里的人面对威胁着自己的训练和专长的新知识、新方法，又一次心惊胆战。15 世纪末期较长的一段时期，还有 18 世纪末期都是欧洲大学最为不堪的时期。① 于是，从蒙田到培根、从伏尔泰到吉本，那个时代的伟大思想家都对大学教师那迂腐的假学问嗤之以鼻。事实上，斯宾诺莎、笛卡尔、蒙田（以及此后 17 世纪和 18 世纪的莱布尼茨、孟德斯鸠、休谟、卢梭以及狄德罗）也都未在大学里担任过教职。大学与时代的脱节同样在法律和医学领域有所体现。14 世纪日益频繁的房地产交易需要大量世俗的熟悉习惯法的从业人员，但是大学却不能提供此类人，这才直接导致了英国伦敦培养律师的四个学院（the Inns of Court）的建立。这是高等教育的第一个世俗大学。这四所学院能够提供大学所不能提供的专业训练。外科学的境况更加糟糕。传统医学院仅仅局限于书本知识，而这些书本知识都是以希波克拉底、盖伦以及亚里士多德等古代权威为基础的。另外，最起码在英格兰，外科学被当做一门手艺活儿，根本不配在大学里立足。众所周知，外科医生领不到承认他们这个行业的执照，于是他们只能挂靠在理发师这个行业以便取得行业身份，并在 1540 年成立了理发师—外科医生公会（the Company of Barber-Surgeons），此后这个组织一直存在了 200 多年之久。② 1724 年威廉·哈维（William Harvey）关于心脏功能的发现，在英格兰甚至在一个世纪之后方得到承认。英格兰以外的地方，情况则要稍好一些：尤其像法国和意大利，医学学校里所教的都是从对实践的观察中而来的。

即便是在那些年月里，还是有个别学校对新知识表示欢迎。像德国的哈雷大学、哥廷根大学、荷兰的莱顿大学、乌德勒支大学、苏格兰的爱丁堡大学、格拉斯哥大学等都接受了当时的新科

① 参见 C. E. McClelland, *State, Society, and University in Germany, 1700—1914*, (Cambridge: Cambridge University Press, 1980), pp. 1—98.

② Marjorie Reeves, "The European University from Medieval Times, with Special Reference to Oxford and Cambridge," in *Higher Education: Demand and Response*, ed. W. R. Niblett (London: Tavistock Publications, 1969), pp. 71—72, quotation at 82.

学以及后来的启蒙思想。即便是在牛津、剑桥两校也有少数人在尝试着介绍一些实验的和技术性的教育。但是从整体上而言，大学并未完成自身作为知识生活中心的使命。尽管大学要努力保护在高等教育上的垄断权不被触动，在英格兰，自17世纪末期开始，科学教育还是流布到圣詹姆斯宫的皇家实验室、伦敦的皇家学会以及伦敦之外不信奉英国国教的许多大学。1714年的教会分裂法案试图消除这种教育的传播，但是国家和工业对应用性技术的需要还是逐渐压倒了这最后的防线。那些抨击时局的学者被排除在课堂之外，而课堂上的讲义正如巴特勒主教所言"了无生机、陈腐愚钝"①。

在欧洲的其他地方，状况也不比这里为好。就在康德的《科系之争》（*The Conflict of the Faculties*）发表的1798年，即启蒙运动行将落幕之际，现代大学的理念已经广为传播。这本小书，面对神学、法律和医学这些为教会和国家所控制的所谓的"高级"学科，雄辩而有力地为哲学以及批判性研究这些所谓的"低级"学科辩护。康德使用的还是中世纪的术语且没有进行任何说明，这似乎说明18世纪的德国大学仍然在大量地使用这些术语，似乎此前的几个世纪并未成为过去。当时，教会和国家对于高级学问的干预并非什么新鲜事情，这就和我们今天一样。

康德的目的是挑战弗里德里克·威廉二世统治时期那反对启蒙的书报检查制度。他坚称：

> 对于学者共同体来说，在大学里必须有一个在其学说上独立于政府命令的（哲学）系科，这个系科并不发令，但却对一切加以评判，它拥有对于科学兴趣——即真理——的

---

①　Reeves, "The European University," p. 81.

自由，在这里真理必须有权公开说话。①②

《科系之争》首要关注的是自由以及公开研究的首要地位，以及公众自由使用其理性的权利。自从康德此书出版之后，尽管科系或曰学科的规模和数量已经激增，但是他对于当时大学的评说仍然证明，在此前的两个世纪情况并未发生大的变化。作为一个公共机构，大学面对的是"批量生产"的全部知识内容。大学进行"学科分类"，这每一个科学的分支下都有教授和专家，并由系主任（院长）领导。这些公共的教师共同组成了"名曰大学的学者共同体"。与传统的大学一脉相承的是，大学本身就有授予学位、培养博士的权威（《科系之争》，第 23 页）。

对于那些愿意与实行书报检查制度的政府妥协的大学教授的存在，康德抱着警惕的态度，称他们为"知识商人或技术员"，是"政府的工具"。另外，康德也清醒地看到"从总体上说，学者并不属于大学，仅仅只是从事着知识上某一方面的工作，既不组成什么独立的组织，比如各种名目的研究会（成为学会或者科学协会），也不像一个非专业人员那样……生活"（第 25 页）。对于康德而言，关于此前以及以后的学者，机构性的自治是一件最为重要的事情。他是一位现代学者，一方面小心翼翼地要求哲学的自由；另一方面，对于那些国之大事，又赋予国家干涉的权力，比如神学、法律和医学。这里构成康德这一论说策略的是他在传统大学和现代大学之间的居间地位，将这两者联系在一起的是同样的术语和难题性。尽管康德坚持没有随心所欲的自由探

---

① 此处引用了赵鹏翻译的《论教育学》（世纪出版集团 2005 年版：63）（——译者注）

② Immanuel Kant, *The Conflict of the Faculties* (*Der Streit der Fakultaten*), trans. Mary J. Gregor, Lincoln：University of Nebraska Press, 1979, pp. 27—29. 如无另外说明，此段引用均包含在第 27—29 页内。

索，这给予他以现代主义者的身份，但是自中世纪以来，大学为职业做准备的结构基本没有发生变化，实际上直到今年才发生些许变化。作为一种制度，大学向来要比我们想象的更懒于探索、更保守，也更加一成不变。①

如同历史上的其他事物，现代大学的出现并非一个独立事件。从个人生活到公共领域、从地区事务到国内国际，所有细微的发展如网般相互交错，共同导致了大学的产生。我无意在此指出大学产生的各种可能因素，但发现探讨若干有目共睹的并发事件不无裨益，我们可更好地思索与之关联甚密的大学晚期阶段。相关的事项，无论是因是果，都明显相互关联，每一个都决定并适应其他事情的进程。无论如何，与现代大学的崛起关系最为紧密的、足以打动任何人的事实应该是：人口的加速增长、启蒙运动、美国和法国大革命、民族国家的成立、资本主义的发展、民主和个人主义的崛起、城镇化和工业革命、贫富之间日益加宽的裂隙、伴随着民族国家演进的殖民主义和帝国主义，还有文化与文明之观念和项目的形成。以大学的建立及其余波作为焦点，我只想具体探讨其中一个事件，即人口增长，因为它将成为本文意图的关键所在。

康德发表《科系之争》（1798）的同年，托马斯·马尔萨斯发表了《人口原理》。这本册子反驳威廉·戈德温和马奎斯·德·孔多塞的进步及人类完美性的观念，是对法国大革命及其余波的保守派反应。作为对人口增长及其含义最早的论述之一，他的人口分析与其说是基于人口统计学的经验调查，不如说是一个意识形态的策略陈述，反对蕴涵在大卫·休谟、罗伯特·华莱士

---

① 康德在格尼斯堡大学担任全职哲学教授，此外他还数度担任哲学系主任，1786 年他甚至当上了学校的校长，但是他却不是个成功的管理者，因为他并未曾考虑到实际的操作情况。Manfred Kuehn, *Kant: A Biography* (Cambridge: Cambridge University Press, 2001), pp. 314 – 316.

和大卫·史密斯等先辈经济学家著作中的《济贫法》。但是，对于这些思想家而言，人口增长是繁荣昌盛的标志，而非马尔萨斯所认定的绝对灾难。他关于人口几何增长和食物线性增加的论文，即使在当时也证明是一派胡言。然而，他仍旧相信，为防止供求失衡而导致的其他劫难，必须将人口数量（意指穷人）控制到零增长。据马尔萨斯所言，应采取概括为"贫困和罪恶"的"人口抑制"措施。在一个无法立刻理解的分类中，马尔萨斯进一步将这种"抑制"分为"预防抑制"和"积极抑制"。前者对应着推迟婚姻并克制婚前性行为组成的现代家庭，而后者意味着由人口增长和极端贫困——底层民众的营养不良、繁重劳作、脏乱住处，且他们"在女人、大城市、有害制造、奢华、瘟疫和战争"方面的邪恶习俗——会引发死亡率的提高。[1] 在准科学证据的基础上，马尔萨斯有力地支持了当时主导英国的反济贫观念。"底层民众"在这种观点"看来总是过着现挣现吃的日子……他们极少思考将来……超越他们当下需求的所有东西就在……啤酒屋"（第五章）。《济贫法》假定确保底层民众享有舒适生活，使他们不劳而获，因此只会鼓励懒惰、无能，削弱了"对节制、勤奋、并从而获得幸福，一个最为强大的诱因"。他鼓吹对于无法养活孩子的那些已婚穷人，应停止公共救济。他们

---

① Thomas R. Malthus, *An Essay on the Principle of Population As It Affects the Future Improvement of Society*, with Remarks on the Speculations of Mr. Godwin, M. Condorcet, and Other Writers, Great Minds Series（a facsimile of the first edition of 1798）（Amherst：P'rometheus Books, 1998）, chap. 5. 托马斯·R. 马尔萨斯：《人口原理：影响社会未来发展》和对于葛德文先生、孔多塞先生及其他作者思想的评论，《思想大家系列》（1978 年第一版的仿本）（阿莫斯特：普罗米修斯出版社 1998 年版）第五章。马尔萨斯认为预防抑制适用于欧洲，而积极抑制适于非欧洲地区，特别是中国。这种东方主义的观点在人口学家中间被广为接受，但最近詹姆斯·李和王丰依据对新旧材料的巧妙研究，对它做出了挑战。参见他们所著的 *One Quarter of Humanity*：Malthusian Mythology and Chinese Realities, 1700—2000（Cambridge, Mass.：Harvard University Press, 1999）。

只能依靠个人的施舍，这样他们的苦难可以作为其他穷人的教训。《救济法》除了剥夺富人辛勤劳动的成果以外，一无是处。它的"邪恶"追随者们"无可救药"（第五章）。他甚至竟然说："在任何一段婚姻都不要孩子……才有资格得到教区的援助。"[1]

他的反救济提案，其严酷卑鄙，令人瞠目结舌，即便当今的读者早已见惯了 1980 年之后罗纳德·里根、玛格丽特·撒切尔等人对公共福利的类似攻击，也不免会感到吃惊。他对反雅各宾统治者和当权的经济学家们大加颂扬，因此，尽管遭到了威廉·科贝特、S. T. 柯尔律治、威廉·赫兹里特、托马斯·卡莱尔、查尔斯·狄更斯、马克思与恩格斯等社会改革家和人道主义者的猛烈抨击，他的影响力仍然延伸至当时的政治领袖如小庇特、国教的主要神职人员、《自由爱丁堡评论》圈、詹姆斯和约翰·斯图亚特·穆勒，当然还有达尔文。这里可补充一点，仿佛为了印证康德关于某些教授甘当"政府工具"的观点，[2] 马尔萨斯在"东印度公司为教育雇员们而建立"的学院任教时，成为了英国第一位历史和政治经济学的教授。

人口增长和救济项目为何在当时引发了如此之多卑鄙的愤恨？这个问题饶有意思，可作进一步考虑。第一，法国大革命引起了英国统治者的恐慌，他们防备着，把"底层"——或大众——看作至少是潜在危险的和颠覆性的。他们即使不被消灭，也要受到镇压。第二，18 世纪末期至 19 世纪初期，开始了几个世纪、一直断断续续的农村圈地运动最终达到高潮。被驱逐出村

---

① Thomas Malthus, *An Essay on the Principle of Population*, 2nd ed. （1803），ed. P. James（Cambridge：Cambridge University Press for the Royal Economic Society, 1990），2 Vols., chap 8, excerpted in the Norton Critical Edition of the Essay, ed. Philip Appleman（New York：W. W. Norton, 1976），135.

② Elie Halevy, *England in 1815*, trans. E. I. Watkin and D. A. Baker（New York：Barnes and Noble, 1961），pp. 574—575.

庄的人们成了流浪者——如同现在的"无家可归者"——在城市和新兴工业中心的街道上游荡。第三，《济贫法》救助之初花费惊人，统治者和政治经济学家们都迫不及待地要削减费用。第四，虽然马尔萨斯文章中的统计资料没有建立在可供证实的计算之上，[①]人口的确在快速增加，不止在英国，还有全世界。这种人口增长的速度在历史上前所未有，这里需要做更多的论述。

　　普遍相信，直至 18 世纪初期，世界人口的增长十分缓慢，但是自那以后的高强度加速发展，即便现在人们普遍都没有察觉。1700 年左右，世界人口估计为 6.8 亿人，比起一百年前的 1600 年，增加了不到 1 亿人。18 世纪，人口大幅增长，从 1750 年的 7.71 亿人增加到 1800 年的 9.54 亿人。1850 年，半个世纪之后，增加到 12 亿人，1900 年攀升至 16 亿人。1950 年，第二次世界大战刚过——仅仅半个世纪之前——世界人口是 25 亿人，比起 1900 年多了不到 10 亿人。但是，在 1950 年之后的半个世纪里，人口翻了一倍多，2007 年达到了 66 亿人。[②]为充分理解增长速度的变化，让我用一个表来说明，横坐标代表年份，纵坐标代表人数。自 25 万年前"智人"物种开始存在，到公元前几世纪人类文明诞生，人口的增长几乎无法察觉。[③]公元元年，人

----

　　①　英国第一次正规的人口调查开展于 1801 年。马尔萨斯在文章中估算为 700 万人，而真实的数据是 1000 万人。因此马尔萨斯被迫在 1803 年扩展了的第二版中修正了部分理论。

　　②　此处所举的历史人口数据引自 Massimo Livi-Bacci, *A Concise History of World Population*, 2nd ed., trans. Carl Ipsen (Oxford: Blackwell, 1997)。马西姆·利维·巴茨《世界人口简史》第二版，卡尔·易普森译（牛津：布莱克威尔出版社 1997 年版）。近期的数据，见世界银行《步入 21 世纪：1999/2000 世界发展报告》（纽约：牛津大学出版社 2000 年版）。另外参见美国统计局的国际项目中心，www.census.gov/cgi-bin ipc/popelockw。

　　③　根据对人类与其他动物差别的定义不同，人类起源的时间有不同的计算。但是，多数学者同意，直到几个世纪之前，人口几乎没有明显的增长。参见利维·巴茨《世界人口简史》；皮特·D.瓦尔德、唐纳德·E.布朗尼《地球殊异：为何复杂生命在宇宙中并不普遍？》（纽约：哥白尼出版社 2000 年版），第 284—285 页。

口学家同意，人口数量大致是 2.5 亿人。图上，纵坐标的 1 厘米代表 10 亿人，横坐标的 1 厘米代表 1 世纪。那么，曲线显示人口数几乎没有从横坐标上升多少。在这个左转的"L"形图标中，距离纵坐标 3 厘米处，上扬的曲线开始离开底部，一直升到 6 厘米，然后更高升并与纵坐标交会（代表现在）。简而言之，几乎整个上升，都是发生在最右边的 3 厘米内。那么，从一万年到两千万年前的史前时代呢？1 厘米代表一世纪的横坐标将会向左延伸一米到两百米。

　　当然，增长速度从大洲到大洲、从地区到地区、从地方到地方都差别迥异。比如，公元 200 年至 600 年，亚洲、欧洲和非洲人口减少了，而美洲增加了；1700 年到 1800 年，几乎所有大洲都大幅增长了，正如上文所提到的，而非洲人口减少了。1750 年到 1850 年，英国人口翻到了三倍，从 5700 万人到 1.65 亿人，而同期德国人口翻了不到一倍，从 1500 万人增到 2700 万人。法国人口仅仅增加了 40%，从 2500 万人增加到 3580 万人。[①] 但是，在 1950 年至 2000 年，几乎每一个大洲、每一个国家的人口都大量增加了，即使增长速度各不相同。近年来人类生活各方面发生的变化，包括现代大学的发展，都应和人口史结合起来考虑。

　　如果横向的缓慢行进意味着持续的慢速变化，纵向的上扬则表示突然的转型。特别是后 50 年里，即图标上的五毫米，人口增长的速度和广度都前所未有（这个势头仍在继续：根据国家统计局的数据，2008 年世界人口超过 68 亿人，比 2000 年增加了 7.5 亿人）。数量影响质量。当然，让我重复一下，地区和地方间的差异仍旧巨大。农村和内城正在被逐渐空置，内陆上越来越多的人涌向沿海地区。发达国家的人口增长不仅放缓，而且正

---

　　① 利维·巴茨：《世界人口简史》，第 75 页。

在持平，甚至绝对数量减少。因此人口增长的主要部分发生在发展中国家，特别是在城镇中心附近。[①] 但是毫不夸张地说，对于几乎每一个人，在 21 世纪继续活着则意味着要面对前所未有的人口拥挤——和所有无法预料的后果。

　　首先，马尔萨斯的计算错得不着边际，他担忧的最终食物供应匮乏也没有发生。农业技术的进步已经——目前——足够避免地球上几乎任意一地的饥饿。如果还有饥荒和营养不良——甚至在工业化国家里——它们往往是因为分配不公，而不是食品生产不足（马尔萨斯所预言的）。[②] 他对于《救济法》的扭曲观点，虽然仍在传播，却并未占主导地位，这可谓幸事一桩。然而，关于食品生产的最终章节，并未书写过度使用化肥、杀虫剂和其他化学品，因而污染地表水源、海洋和食物，由此引发的各种后果可能迫使人们最终必须面对。气候变化和需求增加可能耗竭蓄水土层。[③] 转基因种子的未来尚且未知。更有趣的是，人口增长和生产增加与马尔萨斯所预言的恰好相反：1950 年至 2000 年之间，经济扩张了七倍。那意味着消费和浪费显著增多，产生的诸多问题至少与人口增长所引发的同样危险，甚至更为严重。[④] 人

---

　　① 有关世界各大城市的最近状况，见世界银行《进入 21 世纪》第 6 章和第 7 章，第 125—155 页。

　　② 阿马蒂亚·森：《以自由看待发展》（纽约：艾普佛雷德·A. 诺普夫出版社 1999 年版）；阿马蒂亚·森与让·德雷兹：《饥恶与公共行为》（纽约：牛津大学出版社 1989 年版）和《贫困和饥饿：论权力和剥夺》（纽约：牛津大学出版社 1981 年版）。另外，见世界观察研究所《2007 年世界状况报告：我们城镇的未来》（纽约：W. W. 诺顿，2007 年）。

　　③ 提摩西·伊根：《辽阔》，《纽约时报》2001 年 8 月 12 日，第 1 页和第 16 页。马尔萨斯的另一个错误之处在于：随着生活水准的提高，人口增长会趋平。因此联合国推测，世界人口至多 106 亿人、2005 年中 89 亿人、2039 年只有 75 亿人。莱斯特·R. 布朗：《B 计划：拯救压力下的地球和困境中的文明》（纽约：W. W. 诺顿，2003 年），第 177 页。不过，马尔萨斯式的担忧并未消失。比如，见加勒特·哈丁《鸵鸟心态：我们人类的短视》（纽约：牛津大学出版社 1999 年版）。

　　④ 艾瑞克·阿萨多利安：《经济增长缓慢上升》，见世界观察研究所出版《2003 年关键特征》（纽约：W. W. 诺顿，2003 年），第 44—45 页。

口和移民的快速增长引发了这样或那样明显的后果：城市里人口拥挤，基础设施不足——没有房子、没有公正的雇佣、没有城市规划、没有警力、没有学校、没有卫生、没有医疗、没有劳动法、没有饮用水、没有下水道、没有理性的交通体系、没有洁净的空气、没有能源、也没有光。可是，富人们挥霍腐化、用着愚蠢的奢侈品，连伊夫·圣·罗兰和古琦的品牌所有者都感叹，这是一个"非理性的时代"①。而隐性的后果至少也令人不知所措：对于将来的普遍不确定感、身处的空间从时间和地理、从家庭和同伴中分离而导致的孤独与漂泊感、对于所得的智慧和先前认可的专家持有的不足感。过去，学习常常围绕着历史经验而展开，现在则往往由抽象的思索和分析所构建。家庭、社区和部族——信息、知识和学习传递的这些团体已不复盛行。为迎接挑战，必须发明组建一个机构以应对这些变化。向来迟缓和保守的大学能应对挑战吗？

在讨论 20 世纪初形成的现代大学之前，我们必须先简单回顾一下我们的祖先，即那些北美殖民地的大学。北美首所高等教育机构创建于 1636 年，这种"美式移植"注定带来宗教和制度上的动荡不安，扰乱当时的剑桥大学和牛津大学。剑桥大学伊曼纽尔学院是当时英国两大高等学府中最大的清教徒学院之一，随着斯图亚特对改革运动控制的加强，学院的毕业生认为"在海外新建一个英格兰"的时刻到来了，而这个新的英格兰也必须要有一所新的伊曼纽尔学院。因此，在 1646 年移民到新英格兰的 130 名英国大学生中，有 35 名就来自伊曼纽尔学院。② 伊曼纽尔学院创始人对该使命的阐述也可应用到哈佛学院上，即

---

① 范妮莎·弗瑞德曼：《我们正步入非理性时代》，《金融时报》2007 年 5 月 5 日。

② 萨缪尔·艾略特·莫里森：《哈佛大学的创建》（马萨诸塞州，剑桥：哈佛大学出版社 1935 年版），第 95、107 页。

"教育那些学有所成并充满热忱的传教士，要利用自己的技能为改革信仰服务"①。清教徒的热忱很可能在小学校的非正规大学生活中逐渐传播开来，因为这些学校的师资较少（只有校长和两名至三名导师），学生数量也不多，一般在十几名。在教学方面，课程包括传统的三门基础课程和四门高级课程，这些课程均受到了人文主义的影响，比如希伯来语和希腊语，还有清教改革。但在神学、医学和法学方面却缺乏师资。②

　　学习、信仰与知识的脱节是全世界所有大学的通病，很少有大学能将它们贯通起来。纵观教育史，这个问题表现形式多样、严重程度不一。然而与欧洲大学相比，美国大学在这方面却有着本质的区别。美国没有一个中央教会能与中世纪欧洲的罗马天主教会、英国国教教会，甚至是北欧一些地区的路德教会相提并论。在殖民地时期，美国甚至没有联系各殖民地的一个政府，英国统治者（也是国教教会的领袖）普遍对此漠不关心。即使以前存在统一的殖民地政权，一个中央教会仍然不会在北美出现，因为政权和教会在北美殖民地创建过程中就是绝对分离的。因此，创建于美国独立战争之前的九所大学在教派所属关系上就是多样化的。哈佛大学属于清教派，耶鲁大学属于改革后的清教派，威廉玛丽学院和哥伦比亚大学③属于英国国教，布朗大学属

---

　　①　莫里森：《哈佛大学的创建》，第41—46页。也可见劳伦斯·A.克里敏所著《美国教育：殖民地经验》，（1607—1783）（纽约：哈珀与罗出版社1970年版），第21页。

　　②　信息来自1643年在伦敦匿名发行的宣传册《新英格兰最初的果实》，后由劳伦斯·A.克里敏复印于《美国教育：殖民地经验》（1607—1783），第213—216页。

　　③　哥伦比亚大学，也称国王大学，其创建故事很复杂，在吉根·赫伯斯特所著的《危机重重：美国教育政府》（1636—1819，哈佛大学出版社1982年版）一书中有详细讲述。在第二章的"文化多元性和大觉醒"中，作者追溯了国王大学所属的宗教派别，但最终并未归结到神学上，而是政治上。做出这个决定的多方人士对此都不是很感兴趣。

于浸礼派，达特茅斯学院属于公理会，普林斯顿属于长老派，罗格斯大学属于荷兰归正会，而宾夕法尼亚大学则独立于各个教派。① 这种教派所属关系的多样化反映出美国是个权力分散的殖民地。宗教控制在地方可以很严，甚至严苛（如马塞诸塞州），但宗教矛盾也只限于当地，不会影响到整个殖民地。从长远来看，这无疑会形成一种对教派的宽容氛围，从而有助于将宗教从集权化力量化为个人生活，进而加强教会与政权在美国的分离。这在欧洲是从未发生过的。

　　大学里的宗教派系间能相互宽容还有其他一些原因。异见者若想在新大陆寻求宗教庇护，他们首先必须能在这个世界立足。这里迫切需要实用知识，教会间的矛盾可以等到物质条件改善以后才会形成。此外，殖民地间的教派多样化避免了某个教派长期控制它创立的大学。虽然加尔文教派和英国国教以及浸礼会之间针锋相对，但没有一所大学可以要求入学新生、毕业生或教职工必须参加宗教考试。这和剑桥、牛津两校有很大差异，它们直到 1877 年都还有宗教考试。美国大学还有更为紧迫的事情需要做。它们必须培养与收获人才，能够进行生产和获利。它们还要和土著印第安人抗争，剥削奴隶，还有更广阔的领土等待他们去开发。贫富差异在日益扩大，在弗吉尼亚州大量的富人家庭中，每位家庭成员平均拥有 5 万英镑财产。但同时，这里也有无数人充当奴隶和仆人。英国国王赋予贵族完全控制马里兰州的权利。在 17 世纪 60 年代，约翰·洛克为卡罗莱纳州起草了宪法。该法规定封建贵族中的八位男爵可拥有全州 40% 的土地。在更早的 1630 年，马萨诸塞湾殖民地领导人约翰·温思罗普为新大陆创立了阶级制度："无论在哪个

---

　　① 这些大学和学院的原名都不同：纽黑文的州立学院被重新命名为耶鲁大学，新泽西学院成了普林斯顿大学，见卢卡斯《美国高等教育》，第 105—107 页。

时代，都有部分人必定成为富人，部分成为穷人，有些人必定位高权重，另外一些人则卑微低贱。"① 精英阶层形成与延续的社会诉求显然比培养宗教信仰更为迫切。在 17 世纪 70 年代哈佛大学的开学典礼上，有人曾高呼："（没有哈佛大学）统治阶级必将屈服于机械工人、补鞋匠、裁缝；上等人士必将受制于流氓、无赖和恶棍，这些人感情用事，毫无理性而言……那样，我们就失去了值得维护的权力、荣誉和体现权威的法令，剩下的只有平民热衷的公决和革命。"②

在殖民地早期，大学尚未成为主要的社会机构。正如我们已经看到的那样，大学的规模在最初是很小的。在整个 17 世纪，哈佛总共招收了不到 600 名学生，其中只有 465 人顺利毕业。而且在 18 世纪前，除了哈佛大学外，只有一所成立于 1693 年的威廉玛丽学院。第三所美国大学——耶鲁大学创立于 1701 年，当时叫做康涅狄格州州立学院。1710 年，哈佛大学招收了 123 名学生，耶鲁只招了 36 名，到了 60 年后的 1770 年，哈佛大学录取人数增加到 413 人，耶鲁增至 338 人。其他六所于独立战争前创建的大学都在多年以后才开始招收学生，大致在 1746 年（普林斯顿大学）和 1769 年（达特茅斯大学）之间。"据估计，在殖民地每一千人中还不到一人进入到 1776 年前成立的大学，获得文学学位的人数就更寥寥无几了。"③ 不管是大学还是从这些大学毕业的学生，都还不足以影响殖民地和 19 世纪早期的历史进程。由于制度贫瘠和政治孤立，美国大学必须要再等一个多世纪才能发挥重要的作用。目前我们仍然找不到 1776 年获得学士

---

① 由哈佛·辛在《美国的人民史》（纽约：哈珀与柯林斯出版社 2005 年版）一书中引用，见其第三章，第 48 页。作者的《境况卑微的人们》很有用处，提供了很多很少被引用的史料。

② 莫里森：《哈佛大学的创建》，第 250 页，由卢卡斯引用，见其所著《美国高等教育》，第 104—105 页。

③ 卢卡斯：《美国高等教育》，第 109 页。

和更高学位的文字记录。1870 年，美国总共颁发了 9372 个学位，其中只有一个是博士学位。[①] 虽然精英阶层的培养与传承无疑是早期殖民地大学极其紧迫的要务，然而那些少数进入大学的学生基本上都是神职人员、执政官、律师、店主和富农的后代。还有一部分学生出生于工匠、仆人或者穷人家庭。殖民地精英根本不会将他们的儿子送到大学接受教育。[②]

　　美国大学与欧洲大学早期的另一个显著区别就是学校的经济结构。我们看到，中世纪的大学都是教会学校的产物，之后又受到教会或国家的资助。直到 19 世纪后期，市场力量才开始参与到学术机构里来。但是在美国，大学创立之前市场经济就已开始完全运作，远比美利坚合众国成立要早得多。虽然后来联邦政府与州政府发挥了重要作用，但殖民地政府并未给大学提供稳定而可靠的资金扶持。比如，马萨诸塞湾公司的法院承诺过给一所大学 400 英镑的资助，但最终未能兑现。一位名叫约翰·哈佛的牧师助理将自己的土地、一半财产（799 英镑）和一个有 320 册藏书的图书馆捐赠给这所大学，这所大学后来就以他的名字命名[③]。另一个例子是耶鲁大学。当时有一个名叫科顿·马瑟的人想当这所大学的校长，但耶鲁大学的前身康涅狄格州州立学院没有给他提供场所，于是他请一个名叫伊利胡·耶鲁的人捐赠，并承诺学校以他的名字命名。耶鲁当时是伦敦一位富有的英国商人。他在被任命为马德拉斯市圣乔治堡的总督前为英国东印度公司服务，后因商业丑闻被辞退。罗德岛学院是以尼古拉斯·布朗的名字命名的，他是一位成功的奴隶贩子，同时还是一位生产商

---

　　① 美国商务部统计局：《美国的历史数据：从殖民时期到 1970 年》（白原市，纽约：克劳斯国际出版集团 1989 年版）第一部分，第 386 页。

　　② 克里斯托弗·简科斯、大卫·里斯曼：《学术革命》（纽约：双日出版社 1968 年版），第 91 页。

　　③ 这些人物与情形并不确定，见吉根·赫伯斯特《危机重重：美国教育政府》（1636—1819，哈佛大学出版社 1982 年版），第 1—17 页。

和慈善家。

一位研究高等教育的社会学家从五个方面分析了美国大学和英国大学的差别。这里我只阐述其第一点，而这一点我也已经提到过："在美国，市场引导社会及其高等教育机构。"[①] 教会和国家支持的相对缺失无论是因还是果，美国大学都必须从各种可能的渠道寻求资助。我们已经知道，来自殖民地剥削和奴役奴隶的慈善捐赠丝毫不会产生道德上的敏感；钱不论出处，后来的历史也反复证明了这个道理。[②] 大学的资金来源包括学生学杂费、校友捐助、投资、富人的捐赠、各类机构、基金会、企业以及教会和政府等等渠道。这种资金来源的多样化使得大学管理者专注于"各类资助团体的需求和利益"。如果说类似的行为偏离办学宗旨，对高等教育造成了损伤，那么它同时也有助于"确保大学，甚至是公共服务机构的相对自主权，以便直接控制和管理各州和中央政府的各类机构"[③]。

毋庸置疑，美国大学需要对各种资金来源的要求很敏感。不过为满足这些需求采取的措施，也会视资金来源和机构的社会角色不同而不同。从学生的学杂费角度来看，学生和他们的父母无疑是消费者，因为他们为大学的服务提供费用。但是，一名学生的招收和录取并不等同于商品的买卖。支付学杂费并没有完成整

---

① 马丁·特罗：《英美高等教育对比》，见谢尔顿·洛特波拉特、维特洛克《1800 年以后的欧美大学：历史学与社会学论文集》（剑桥：剑桥大学出版社 1993 年版），第 282、284 页。

② 三名耶鲁大学毕业生的确研究过耶鲁大学参与过的奴隶贸易，对于他们对耶鲁大学简介的批评，约翰·麦克沃特，《输掉比赛：美国黑人的自我破坏》的作者认为："根据当时尚不存在的道德标准来评判某人的个人生活是不合时宜的。"凯特·泽尼克在《纽约时报》（2001 年 8 月 13 日）发表了《耶鲁大学过去的奴隶主是补偿辩论的焦点》一文。亨利·翁塞克反驳约翰·麦克沃特的观点，认为那是现代主义的例证。他引用托马斯·杰斐逊和乔治·华盛顿的话，说他们都深受后期奴隶问题的困扰。《耶鲁大学与奴隶制的代价》，见《纽约时报》2001 年 8 月 18 日。

③ 马丁·特罗：《英美高等教育对比》，第 286 页。

个交易，它仅仅为学生提供投资和投机的机会。大学自始至终都不能保证最终的成品，学生和家长也不能对大学有这种期盼。在这里，大学就像是生产者，而学生更像顾客这一角色。当然，学生为大学的运行和教职工的工资提供资金来源，教职工也就有责任尽量满足学生的需求，尽管如今的大学教职工并不像数世纪前的博洛尼亚那样，直接为学生个体的需求服务。学生需求的准确性质既不统一，也无法准确定义。

资金来源多样化会促进大学的独立和自主吗？一所由政府扶持建立的大学很少有力量和独立性来坚持毫不保留地批评政府的政策和表现。这样的大学常常全力支持政府的政策，即使其中有些人表示反对。在第二次世界大战时期的纳粹德国和法西斯国家日本，我们都看到大学完全屈服于政府的例子。这种状况的形成并非一蹴而就。在德国，黑格尔的纯粹哲学对德国政权的贡献，费希特在其《对德意志民族的演讲》（1807—1808）中反对拿破仑的爱国主义言论，以及威廉·冯·洪堡特对大学进行民族主义的重组（深受阿诺德的赏识），都是海德格尔与希特勒合作的先驱。[①] 事实上，甚至尼采都在关于大学的文章中坚信，当时的大学已经背离了真正的德国文化，他心目中真正的大学应该是德国文化忠诚的保卫者。从这个角度来看，乔治·华盛顿欲为美国建立一所国家大学的梦想破灭是值得庆幸的。即使在美国，高等教育也受到了联邦政府的极大诱惑。

不过准确地说，高等教育的危险不是来自政府的参与，而是市场的参与。如果没有约束和压力，商业本身就能凝聚意志，吸

---

① 海德格尔与希特勒的关系并未让所有人都满意，但是基于《德国大学的自主》与《1933—1934 年的教区长：事实与思想》，卡斯滕·哈里斯译（共同发表于《玄学评论：哲学季刊》第三期，第 38 页，1985 年 3 月），我发现几乎不可能排除海德格尔支持希特勒的嫌疑。海德格尔在演说中曾说，政府，即便不是纳粹，也对复习过德国大学思想至关重要。见佛里德里希·梅纳克的《德国的灾难：反思与追忆》，由西德尼·费翻译（波士顿：灯塔出版社 1963 年版）。

引如饥似渴的合作者。一旦商业成为大学众多资金来源之后，我们也就没理由去思前想后了。再者，如果大学的作用像 17 和 18 世纪时的美国那样微乎其微的话，那么大学的办学宗旨实际上也就与社会福利没有太大关系了。但是，现在研究型大学在信息和技术进步上发挥了主导作用。除了大学外，独立的教学机构，如早期现代一直到 19 世纪都有的书院，已经日益稀少了。一些接近于中立和研究型的机构的非政府组织和基金会可能会吸引一些学者。同时，许多非政府组织仍然接受了政府和企业的资助，即使这本身不能证明它存在某些偏见或者教化意味。而且，当经济体成为了包罗万象的机构——指导大学的管理者，立法者、校友、媒体集团、宗教领袖、学生以及教职工——我们仍然很难对高等教育和企业惯例进行严格的监督。

我在第一部分结尾部分提到，只能用环境正义研究来代替目前死气沉沉的人文学科。环境危机无关乎国界，因此该学科可用来服务公平正义。但是，类似的学科虽然几乎存在于每一个研究机构，学术和机构性质的生态项目却并未建立。它变动不居，仰赖偶尔待在学校的教职工们有无兴趣。如今，地球物理学、生物学、城市研究、地球科学、海洋生物学和工程学等核心科学领域，都至少有部分学者对生态学感兴趣；而经济学、法学、政治学和其他人文学科的情形却不好预测。环境正义研究很大程度上是跨学科的，而非囿于某一院系，这即是它的优点。

另外，我从一些大学的概述中发现两个共同点。其一，几乎每个涉及生态的项目，都是从传统学科的角度付诸实施的。因此，气象变化的研究资料会由海洋生物学提供。显然，这是学术发展的自然进程，无须为之感到不快。我要提议的正好相反，即生态保护的视角将给予传统学科以何种启发？这不是开辟了思索世界的一条新途径吗？其二，专注于环境和可持续性的项目，想当然地以为文明将会持续存在。就学术研究而言，环境灾难依然是一个幻觉或一场噩梦。

传统学科对于持续性的设定，不仅符合逻辑，而且理应如此。但在环境正义研究中，我们不应认清这种恐惧和"危机"的现状吗？如果地球生命的灭绝只是一种世界末日的幻觉，我们不应在生态政策和计划中充分考虑这种情形吗？环境的可持续性又有何道理呢？

环境研究作为独立的学科虽未建立，它的众多分支领域却有大批的专家。这也是学术发展的寻常进程。由于水、石油或食品的供应面临威胁，废料、污染物和病原体增加，干旱、洪涝和极端天气变化频繁发生，迫切需要通晓这些具体问题、训练有素的人们。一位环境教育的专家，他的意向（若非论点）恰好与我的观点有几处巧合。[①] 我没有兴趣也没有办法涵盖所有这些知识与技能分支的发展。但是，以环境研究替代人文学科作为限度，此处必须讨论前人研究的一些基本要点。之后，我将会回到灭绝的主题上。

我查到在 2003 年至 2004 年间，出版了九本有关生态危机的英文书，数字之多出人意料。丰收年的一个原因或许是"政府间气候变化专门委员会 IPCC"（由世界气象组织 WMO 和联合国环境规划署 UNEP 成立）于 2001 年出版的《第三次评估报告》。这份报告广受赞誉，由 130 多个国家的成千上万名学者调研编写，始于 1988 年甚至更早。该报告极为严谨，但明确断言，气候变暖关乎人类的生存与发展。当时的反响引人注目，我们将要谈到。关于危机的一些书，比起另一些显得尤为冲动激昂；一些

---

①　C. A. 博维斯写了一系列该主题的书，仅举其中两例：《关于生态可持续文化的教育：反思伦理教育、创新、智力及其它正统》（奥尔巴尼：纽约州立大学出版社 1994 年版）和《节制的文化：为何环境运动需要改革大学与公立学校》（奥尔巴尼：纽约州立大学出版社 1997 年版）。

书论据确凿、论证详细、旁征博引且丰富详细，另一些就不是了。但是，它们几乎全部遵守相同的版式。斯班瑟·维尔特（Spencer Weart）的杰作《发现全球变暖》充分使用了 IPCC 1990 年、1995 年和 2001 年的报告，他先讨论了老布什和小布什的政府报告（以及克林顿对环保一贯不冷不热的支持）引发的各种怀疑性反响，而后总结道："很有可能，在我们的有生之年，明显的全球变暖就会到来……我们已及时得到警告——不过只是刚刚及时"（1999）。

戴维·古德斯坦（David Goodstein）的《汽油没了：石油时代的终结》预测 40 年内汽油将会消耗殆尽（根据英国石油公司 BP 公布的一项数据），并总结称："如我们所知，文明会在本世纪的某个时候走向总结，除非我们有办法离开化石燃料生活。"《石油的终结：濒临危险的新世界》（2004）探讨同一主题，不过保罗·罗伯茨讨论了所有能源的未来，不止石油。天然气、混合发动机、氢能、核能、太阳能、风场，生物燃料，它们全都前景广阔，但无一不存在问题。当能源需求继续上涨，对化石燃料的依赖只会增加。美国的煤炭和石油集团权力压倒一切，然而消费者不愿改用价格更高、更加清洁的能源，几乎应负同样的责任。与此同时，二氧化碳浓度过高也十分危险。不过罗伯茨并没有对太阳能和风能技术的可能创新给予更多关注。

2004 年出版的另一本书：《沸点：政客、大型石油煤炭公司、记者、激进分子如何加速温度危机——我们该如何避免灾难》（罗斯·格尔布斯潘 Ross Gelbspan）愤怒激昂，谴责副标题所列诸位的种种失败。该书揭露了布什—切尼白宫政府与竞争性企业协会 CEI 间的惊人阴谋。"白宫秘密要求私营、右翼的 CEI 控告它——白宫——从而撤销《国家评估报告》（57）。"2002 年，布什—切尼掌权之前，克林顿任命的"美国全球变化研究项目"负责人起草了《美国气候变化国家评估报告》。格尔布斯潘做出三项提议以改善环境恶化——能源补贴新政、能源技术转让至发展中国家和国际排放许可贸易，而后总结："不管何种方式，我们栖居的世界在其历史轨道中都不会长久继续。无论是否喜欢，我们将面临大规模不可避免的中断。"（205）"（重建）人与自然的和平……还有一线可能。"（205）

　　马克·李纳斯（Mark Lynas）的《高潮：我们气候危机的真相》是一本游记而非分析文。他的行程从英国开始，穿越阿拉斯加，一直到中国、秘鲁等地。摘录部分他的原话："时间太关键了……可能已经太迟了。"（298）《增长极限：三十年新版》是朵奈拉·麦道（Donella Meadows）、乔根·兰德（Jorgen Randers）和丹尼斯·麦道（Dennis Meadows）1972年同名之作的新版本。该书充满人情味、回归常理而非卖弄学问。作者们为"可持续性"提供的良方是"愿景、联系、诚实、学习和爱"（271）。詹姆斯·古斯塔夫·史伯斯（James Gustave Speth）的《清晨火烧云：美国与全球环境危机：一个公民的行动日程》是一本纯学术性（谨慎而开明）的书籍，开篇即给予希望，"解决问题有多种方法"（xiii）。所以，他在回顾了"环境恶化的多种因素"之后，仍旧保持乐观。他在八个变革领域看到希望的契机：更少的世界人口、减轻的广泛贫困、良性的技术、诚实的价格、可持续的消费、知识与学习、（潜在的？）"有效治理"以及文化与觉醒（209—228）。应该承认，它们可能都是伟大的目标。但是现在，这些"希望的契机"已经达成或者出现了吗？这些"方法"果真存在吗？如果没有，何时何地我们该开始完成这些目标呢？

　　这些书全部充满希望，却令人无法信服，而其中保罗和安娜·埃尔利希（Paul and Anne Ehrlich）的《与尼尼微一道：政治、消费和人类未来》尤为突出。作为预言专家，他们并无惶恐告知我们的将来。他们列举的种种人为失误都是目前众所周知的：人类控制地球、消费不加节制、技术应用不当、财富分配不公、政府治理薄弱、文化观念错误，诸如此类。我在此发现，埃尔利希似乎认为他们对困境的认知本身已足以作为一项环境对策。当然，他们对每一个问题都有适当的答案，作为论述中的决议方法。因此，在倒数第二章，作者们——如刚才讨论的其他作家，还有我自己——倡导"艰巨、但绝不是没有可能"的任务："改革美国的民主"。民主化计划包括减少特殊利益集团的权力、选举不隶属于特殊集团的官员、"控制媒体"、改革监管机构、最终"创造……多个新的机构……来应对新的环境和社会问题"（293ff.），仿佛之前从没有人梦想或尝试过这样的计划。该书的结尾是一句更为肤浅的评论："面对无所不在的不公正和大规模的环境需求，理想主义即是现实主义。"（334）①

　　马丁·里斯（Martin Rees）的《我们的最后时刻：一名科学家的告诫：恐怖活动、错误行为和环境灾难将如何在本世纪威胁人类的未来——在地球和太空》与众不同，开篇即警告："我们现存的文明度过本世纪末（21 世纪）的几率顶多不到百分之

---

　　①　斯班瑟·维尔特：《发现全球变暖》（马萨诸塞州，剑桥：哈佛大学出版社 2003 年版）；戴维·古德斯坦：《汽油没了，石油时代的终结》，又名《石油危机》（纽约：W. W. 诺顿出版社 2004 年版）；保罗·罗伯茨：《石油的终结：濒临危险的新世界》（波士顿：霍顿·米夫林出版社 2004 年版）；罗斯·格尔布斯潘：《沸点：政客、大型石油煤炭公司、记者、激进分子如何加速温度危机——我们该如何避免灾难》（纽约：巴西克出版社 2004 年版）；马克·李纳斯：《高潮：我们气候危机的真相》（纽约：皮卡多出版社 2004 年版）；朵奈拉·麦道、乔根·兰德、丹尼斯·麦道：《增长极限：三十年新版》（佛特蒙州，怀特里弗章可申，切尔西·格林出版社 2004 年版）；詹姆斯·古斯塔夫·史伯斯：《清晨火烧云：美国与全球环境危机：一个公民的行动日程》（纽黑文：耶鲁大学出版社 2004 年版）；保罗、安娜·埃尔利希：《与尼尼微一道：政治、消费和人类未来》（华盛顿哥伦比亚特区：爱兰德出版社 2004 年版）；也许我应该加上，2004 年出版的另一本书，比约恩·隆伯格编辑的《全球危机、全球解决方案》（剑桥：剑桥大学出版社）。但是该书，如编者最新出版的书《冷静点》（纽约：诺普夫出版社 2007 年版），固执地反对人类活动导致气候变化的观点，所以我决定将它归到另一个论述语境。

五十。"① 作者的想象能够超越人类世界，是本书的一个优点。作为宇宙学教授和天体物理学家，里斯不难思考与我们所处的星球相距遥远的其他宇宙空间。显然，他并未描述人类之外的世界是何种情形。但是，与其他的生态学家不同，里斯没有把想象定格在人类灭亡的瞬间，而将我们灭绝的可能性作为开端，扩展了生态想象的界限。比如，他可以幻想，改造火星的整个表面，使之适于人类生存。他提出，引入温室气体来暖化火星，或者用煤烟或玄武岩粉末覆盖火星表层（178）。值得赞扬的是，他没有忘记火星殖民幻想所涉及的伦理风险：有可能毒害火星生命（假如存在），而且人类殖民将伴随古老的殖民问题，美国西部的移民之时便为此不断争斗（178）。

里斯暂时还富有想象力。他倒是没有写将来的历史，但认真考虑了地球在被太阳烧毁之前的寿命。宇宙的大环境，在他看来，并不是与人类命运完全无关。之前，我将人类历史置于物种的时间坐标中，而里斯将人类的生存和太阳系的存在做了比较："如果太阳系的整个生命周期……被视为'向前推进'一年，那么所有有记载的人类历史将在三分之一秒内一闪而过。"（186）然而，生态破坏本身是这短暂的人类文明加速的后果。

现在人类拥有影响自身未来的能力。如果人类还能存在数百万年甚至几十亿年，他们的技术成就无疑将会解决所有的生态问题。但是里斯犯了一个在我看来无法弥补的严重错误，把注意力转向遥远的将来，却未能处理我们日常生活中的政治问题。例如，他坚称，为保护我们免受恐怖袭击而进行广泛的警方监视——是完全可以接受的。他还断言，"生物"和"网络"相关的新型恐怖活动或错误风险，无法从相互联系日益紧密的世界里

---

① 马丁·里斯：《我们的最后时刻：一名科学家的告诫：恐怖活动、错误行为和环境灾难将如何在本世纪威胁人类的未来——在地球和太空》（纽约：巴西克出版社2003年版），第8页。

消除。可是，他似乎相信，我们需要牺牲"一些珍贵的个人自由"才能应对风险（186）。关注环境同时剥夺民权，这样的谬论必须明确驳回。保护环境正是一项公民权利，对此缺乏认识的任何立场都是自相矛盾的、与环保主义水火不容。

与马丁·里斯相似，詹姆斯·拉夫洛克摒弃了人类中心论；与里斯不同，他认为宇宙学和天体物理学是各自完整的，而拉夫洛克则否认地球物理学和生物学的学科界限，称他的该亚理论为"地球物理生物学"①。事实上，拉夫洛克无视许多其他的学界传统，如"专业化"、"职业化"和"名利追求"。他自称是一名科学家，既被西蒙·温切斯特（Simon Winchester）和比尔·麦奇本（Bill McKibben）这样的记者所认可，又为职业的科学家和工程师所接受。拉夫洛克与里斯形成了鲜明对比。里斯拥有科学家的最高荣誉——被任命为英国皇家天文学家、剑桥三一学院院长、2005 年就任皇家学会会长；拉夫洛克是孤僻隐居的科学家，在英国德文郡的一间农舍工作，与任何学院学派无关，并厌恶同行评审程序，认为这是"自愿接受的盘问"（《该亚时代》17页）。拉夫洛克对现代大学秉持的怀疑态度无可指摘。但他真的是一个在自己的空间里学习、新派的独立学者吗？

在拉夫洛克看来，地球是一个活着的有机生命体。它在亿万年间孕育生命，不管太阳温度的升高。这样的恒常性本是宇宙中诸多因素平衡作用的结果，而拉夫洛克将其归功于该亚的仁慈。该亚是整个宇宙的抽象女神，是整体之神，人类只是这整体中的一小部分。该亚对人类并无敌意，但人类至关紧要的事情、对该亚却是微不足道。因此拉夫洛克相信，如果人类继续破坏地球环境，该亚可以用其他生物代替人类。拉夫洛克理论的引人之处在

---

① 詹姆斯·拉夫洛克：《该亚时代：我们生活的地球之传记》（1988 年，纽约：W. W. 诺顿出版社 1995 年版），第 15 页。

于这个环保主义的关键看法，在谈到未来可持续性工业的供应和资源时，满怀忧虑、以人为本。同时，拉夫洛克并不像其他环保主义者那样担忧生态危机（如全球变暖），因为该亚——即宇宙——可以自我调节，而世界是内部平衡的（这个观点很容易被能源业和布什—切尼政府所利用，既然拉夫洛克确信恒常性可以确保生态平衡长久，那就不需要调控和干预了，如我们将会看到的）。至少在写于 80 年代、发表于 1995 年的作品《该亚时代》、甚至在 2000 年才出版的自传《向该亚致敬》中，拉夫洛克都信任该亚，期待着她能减少二氧化碳排放、恢复地球的平衡。

《该亚的复仇：地球的环境危机和人类的命运》（2006）突然颠覆了一切。在"该亚的生命历史"一章中，拉夫洛克说他开始发觉环境发生了重大变化。"为什么该亚不阻挡有害的变化呢？"（43）"作为科学家，我知道该亚理论是暂时的，会有更大更完整的地球理论代替它"（139）。"我以前大错特错"（147）。于是，在这 40 年和出了几本书之后，该亚被她的追随者扼杀了。实际上，在该书结尾处，该亚已经完全被遗忘了。取而代之的是作者无聊乏味的论调，漫谈目前环境正发生的变化和人类该采取的措施。

拉夫洛克过去一直坚称，该亚思想不是诗意的神话，而是科学的理论。那么他为何会在 2000 年至 2006 年转变观点呢？有什么重大事件发生了吗？现在看来，发生在拉夫洛克和该亚生命中的大事，是他第一次阅读了 IPCC 的《第三次评估报告》（49—65）和其他科学著作，如马丁·里斯的《最后时刻》（147）（他在《复仇》一书中提到这两份文献，之前则从来没有）。换句话说，从那个时候开始，环境恶化对于他才成了真正重大的改变，而不再是可以自行纠正的小事件。现在，拉夫洛克摒弃了他的唯一隐喻理论，接受科学作为最新找到的真相。在这个过程中，他发表了许多耸人听闻的言论。其一，他的住处、景色迷人的德文郡就是"该亚的脸庞"（151），那么，只要保持自家农田的田园风光，就达到了他的环保主义。其二，他的人口理念是"繁荣社会"里"大约5亿的稳定人口"（141）——如马尔萨斯（Malthus），更像雷·奈特的无政府乌托邦式"自愿人类灭亡运动"（VHEMT）。[①] 其三，我们可能不会突然同时灭亡，但我们应该考虑到，气候变化导致的灾难将会愈加频繁。少数人可以暂时逃到北极躲过劫难："我们能做一件事来减轻灾难的后果——为幸存者写一部指南，帮助他们重建文明，而无须重复太多我们犯下的错。"（157）"现在还没有这样的书。""我们需要的书应该知识丰富、而且文笔绝佳、堪称文学作品……它将成为哲学和科学的入门书……它还是我们后继者的生存手册。"最后，"我们需要的书应该持久地印在耐用的纸上"（157—158）。在这长达三页的指南描述中，拉夫洛克已经完全忘记了他的女神朋友。编书的人们毁灭了人类文明、连自己都救不了，而拉夫洛克却自信幸存者们愿意浪费时间读这样的手册，令我尤为惊奇。拉夫洛克时而可爱的童话历经40年后，坍塌在完全前后矛盾的碎片废墟上，对我们抵抗生态恶化的努力起不到丝毫作用。

我可能写了太多没有意思的幻想，或有希望、或者绝望，可是，在环保主义者的论调中，拉夫洛克并不是独树一帜。

所以人类在21世纪可能无法生存下去。除非沉迷于祈祷，天启末世论什么帮助也提供不了。原教旨主义者急切地利用生态危机传教，并举出他们的末世异象："为你生命余下的短暂时间，将你的所有都给予我们，这唯一得救的教会，忠信者归入被

---

① 参见艾伦·韦斯曼《没有我们的世界》（纽约：圣·马丁出版社2007年版），第241—243页。

拣选的一类，其永生开始于基督再临。"幸运的是，狂热的亡命之徒及其机会主义操控者也不再那么威风凛凛。而且，我们可能确实能掌握调控环境及人类行为的技术以及时拯救自己。问题是面对现在这种不确定性，人类应怎样过他们的日常生活？我们是否做得不够？正如我们看到的，多数科学家对此置疑。个人节能及减排姿态当然很重要，比如开混合动力车，关灯及空调，安装太阳能电板，饮食有度，且自 2007 年起，油价上涨抑制了美国的驾驶瘾，但这并不会扭转气候恶化的趋势。我们将无可挽回地走向临界点。如果会发生什么变化，这种变化应当是结构性、地方性及全球性的。

联合国政府间气候变化专门委员会第二评估工作组第四次报告《气候变迁：2007：影响、适应与脆弱性》，于 2007 年春天发布。第 19 章是论述"评估气候变迁的关键脆弱度及危机"，详细而全面地列出了几种脆弱性（19—3），如社会系统（19—3—2），区域脆弱度（19—3—3），生态系统及生物多样性（19—3—4），地球物理系统（19—3—5），极端事件（19—3—6），及最新关注理由（19—3—7），并列出了"避免关键脆弱度的应对战略"（19—4）。我深信即使是匆匆浏览本章内容——甚至只需要扫视一下本章仅一页篇幅的执行概要，就能让多数坚定的反环境主义者至少对环境问题产生兴趣。报告整体上预测"特别是在 21 世纪以后，一些大型气候事件有可能会造成巨大冲击"并进一步得出"其影响……很有可能收取净年度费用，随着全球气温增长，一段时期后费用也会增长"（《决策者摘要》11）。有趣的是，第三工作组报告，《气候变迁 2007：减小气候变迁》提出有各种方案来减少气候变迁，我们越是努力，受到的冲击会越小。更重要的是，这类生态尝试对 GDP 增长不会有实质上的影响：引用《1998 年能源信息行政分析》的声明："如果将回收效益考虑进去，到 2020

年实际 GDP 损失将减小到 0.3%。"①

　　各地的人们对此都很担心，而且正确地认为美国是任何重大变化的主要障碍。但美国当权者除了装民主以外并不关注人民的忧患。当然事实也有可能是：在布什和切尼政府领导下，以及公司利益驱动下，多数美国人直到现在都无视生态条件，出于快乐和满足的目的坚持驾驶出行。从最大的公司如 BP、沃尔玛及杜邦，到邻居商店及快餐店，全都宣传它们对环境的关注。众所周知这不过是为了维持正常营业而披的绿色外衣。我们也知道新闻业在贪婪与冷漠方面堪与商业相匹敌，但我们并不知道怎样从经济及生态方面来改变我们的作为？我们怎样开始抑制资本主义？变更我们的领导？我们需要武装革命吗？生态学家的以上所有讨论，无一例外都是梦想在意识、文化、消费、政治等方面有所改变，但对于怎样引起这些改变的重要问题，却完全保持沉默。②

　　早些时候，我曾谈到环境研究是唯一不受文化消费或世界观约束的学科，可以与大学研究重新结合起来。这里我不再强调它是对大学的救赎，而是提出将它作为扭转人类文明前进方向的唯一手段，使我们免于末日带来的灾难性命运。我们有办法传播此消息。虽然不一定有效，但我们要尽我们所学去做，也不得不这样做，做我们所能做的，甚至在半停业的大学。由于我们努力在美国建立一个开明的政府并努力规范经营，我们能继续教学并取得不错的效果。我希望各学科的所有课程都充满环境及社会意

---

　　① 政府间气候变化专门委员会《第四次评估报告》，包括三个工作小组报告——I、II、III——全部于 2007 年春季发布，现在可在线获取 www.ipcc.ch/ipccreports/assessments-reports.htm. 每一份报告都包含一份"为决策者们提供的概述"，但是整个《第四次评估报告》说明的综合版，定于 2007 年 11 月发布，所以本文写作时还未见到。

　　② 见约翰·贝拉米·福斯特《马克思的生态学：唯物主义与自然》（纽约：每月评论出版社 2000 年版）和《反对资本主义的生态学》（纽约：每月评论出版社 2002 年版）。后者与本文尤为相关，颇具指导意义。

识。大学管理人员可能不情愿，甚至不同意，但受学科分类限制是相对容易的，既然个别讲师能选择课程内容，多少削弱了官方的监督力度。[①] 个别讲师必须采取主动并负起责任，因为早在几十年前，他们就开始了女性主义及民族研究——直到这些关注被认可，然后渐渐展开，最后在主流课程里被接受和确立。性别及种族平等远未实行。正如我早期指出的，改革激进主义更多的是社会性而不是学术性的。但与几十年前比较，这些变化尤为明显，而且其学术上的贡献——特别在早期阶段——是不可能被忽视的。

在生态性方面对文学进行修订——是很容易的，但我将坚持做一些更基本的修改，而不只是在浪漫主义作品里讨论生态学。[②] 历史应加上前文明时期，包括行星历史上的五次物种大灭绝。彼得·华德及唐纳德·布朗利所著《地球的生死：太空生物学新科学怎样描绘我们世界的末日》，有很多方面都有助于阐明人类生命在宇宙中的珍稀地位。它也阐述了行星末日及人类末日之间的差异。[③] 政治科学明显需要包括历史上的资本主义政治及生态暴力，以及当前全球关系及生态。排污权交易本身就容易给废气定律提供生动的话题。

我可以继续下去，经济学作为最重要的学科之一，应按环境状况重新组织，比如对供需、贫富、积累与分配、必需品及奢侈

---

① 见我的文章《全球经济的各抵制点》，《界限2 22》第一期（1995 年春季），第 61—84 页。转载于《帝国主义的文化阅读：爱德华·赛义德与庄严的历史》，由凯斯·安舍尔·皮尔森、贝妮塔·派瑞、朱迪丝·斯夸尔斯编辑（伦敦：劳伦斯和唯哈特出版社 1997 年版）第 49—66 页。

② 关于该主题有许多书籍，如卡尔·克罗伯所著《生态文学批评：浪漫主义的想象与头脑的生物学》（纽约：哥伦比亚大学出版社 1994 年版），和劳伦斯·布伊尔所著《为濒临危险的地球写作：文学、文化和环境在美国及其它地区》（马萨诸塞州，剑桥：哈佛大学出版社 2001 年版）。

③ 彼得·D. 沃德、唐纳德·布朗利：《地球行星的生与死：新的太空生物学怎样描绘我们世界的最终命运》（纽约：时代书籍出版社 2002 年版）。

品的复审仍然是急需的。但从更广泛的意义上看，两个特别需要修改的概念是定价及生产，例如汽车以及汽油的价格，目前不包括建筑及维修道路的成本，以及空气净化成本。资本主义通过使公众消费，成功地对企业服务，经济学就形成了。此时严重的环境破坏也开始了。因此，对于将定价结构内外分开的界限的假说，新的经济学必须重新审视，就是说，"经济体"内外，或更一般意义上，资本支付什么（及费用）以及资本应支付什么（及规避）。正如现在的经济构成一样，价格的基础是一种想象和欺骗。换句话说，对价格的复议要求转化社会关系。税负是重新组织定价的一种方法，必须充分使用。资本主义依靠生产增长即消费，外部经济的内在化仅仅是其支撑条件。第二，生产的意义需要从根本上重新审视。目前，任何货币的流通都被认为是生产。一个腐败的政客被指控为行贿受贿及谋反，他将付订金聘请律师并花巨额费用，这也要作为生产计算进 GDP。妇女工作过度需要理疗及医药——她治疗的费用当然得加入 GDP。换句话说，生产出来的太多东西，与我们掩埋场不断增长的产量一起，都可以而且应当避免：政治家不应犯罪；如果工作节奏稍稍放缓，这名妇女便不会有此般压力；应当看到我们总是因东西本身而去获取它，而不是从需要出发。充斥工业化家庭的许多设备都闲置着，仅占用了空间。为容纳这些没用的商品，人们还修造了更大的房子，一直辛苦地工作并相信能生产更多。新的经济学必须精确定义什么是生产，什么是消费或浪费。我们的"生产"促进我们文明的发展吗？当然，这类反思最终让我们思考我们正在为什么而工作，或我们实际上为什么而生活。但这也正是生态研究的终极要求。物欲膨胀是造成我们今天的痛苦、给子孙留下可耻遗产的基础。

　　但最终，我希望给新生态扩展计划增加一个主题。我所有的论点——和上述讨论的环境科学家的论点一样——是基于人类生命会无限延续下去的假说。这里我建议增加第六次物种灭绝的主题，即人类的灭绝。① 物种灭绝是什么意思？研究这种情况有什么意义？我们个体过着自己的生活，但完全了解我们迟早会死的事实。我们在日常生活中，并不怎么关注结束人生的死亡现象——死亡降临之前通常没有什么警示。人类的死亡——如果可以想象的话——当然不能类比为个体的死亡。对气候变化的忽视可能加速我们自身的灭亡，不仅害我们至死，还祸及我们的子孙。难道我们不应对消费及谋杀行为之间的联系进行思考？从某种意义上，物种灭绝及个体死亡有一个共同特点，就是存在幸存者。我们死去以后，更年轻的后代将填满我们个体腾出的空间；正如我们的物种灭绝了，其他物种将取而代之。我们消失后，后代的存在还可以延续我们的希望。

　　除了环境崩溃，人类灭亡还有其他可能的因素——明显的例子有核事故或暴力病原体。不管是什么原因，人类都不会立即消失。劫掠的速度及阶段是未知的，但可以肯定的是，其中一些人像穷人会比另一些人比如富人死得早。早死的人在数量上可能较少，也有可能接近多数，达成百上千人、上百万人或甚至几十亿人。关键是全球性大灾难袭击我们的时候，幸存者怎样来管理？想象一下卡特里娜飓风，或者淹没了 2/3 国土并

---

　　① 大卫·哈维对环境研究的权威贡献《公正、自然和地理差异》（牛津：布莱克威尔出版社 1996 年版）排斥世界末日的观点，认为其会酿成政治危险。我完全接受他的告诫——事实上，我们在里斯和拉夫洛克的书中已经看到了不少资产阶级式的政治回避——但是我必须认为大众对于生态危机所持的怀疑态度极为严重。哈维经常在其书中赞同引用的威廉·克隆诺可以说是不负责任，"在非常现实的意义上，全球变暖发生在虚拟自然中一次虚拟危机的最终范例"，虽然他又加上了一个模棱两可的限制条件，"很难说它不真实。但那可以证明虚拟和自然会以惊人的方式重叠"（《非凡的基础：反思自然中人类位置》[纽约：W.W. 诺顿出版社 1996 年版，第 48 页]）。另外，如我所谈到的，关于从何处开展环境主义的社会变革，这件事情似乎没有一个环保主义者开始着手。我很好奇对于 2007 年秋季出版的政府间气候变化专门委员会最终的《第四次评估报告》，哈维将会作何反应。

危及 2000 多万人的 1998 年孟加拉国洪灾，如果其强度成百上千倍增加，谁将有资格领导幸存者？我们回忆起联邦应急管理局在新奥尔良的全然无能表现，并想到没有组织的全球性灾难。面对危机，如果没有伦理或社会规则的意识，幸存者会突然彼此友好相处吗？或与个人自身的生存作战，因此加速了破坏？仅此图片就可证明应当将人类灭绝的课题引入我们总研究的课程。环境主义没有社会公义不能生存，但社会公义也不能在没有环境意识的情况下盛行。

　　人类的灭亡不是地球的终点。虽然最终地球也会像宇宙中的其他行星一样消亡，但这与生态问题没有什么关系。行星破坏需要完全不同的力。并且只要有物理的地球存在，就会有其他种类的生命——微生物、蚂蚁、老鼠、蟑螂等。只要生命继续，就会有其他的进化圈。换句话说，人类末日之后，将会有生命，其他种类的生命将进化并孕育自己的文明。一种人类之外的新物种将产生其自身的生命周期。当然，在可能因为自身的布什—切尼政府而宣告终结。但所花时间即使不是几十亿年，也要几百万年。现在，新的生态研究需要决定是否应对人类灭绝进行思考。如果应当，我们的生命周期完成以后，新开始的生命周期是什么样的？虽然希望渺茫，至少我们可以期待地球上会有生命继续存在。只要还有一线希望，我们就会找到勇气并继续努力尝试。

译者简介

　　苏仲乐（1969—），1999 年、2008 年在西安外国语大学、陕西师范大学分别获得文学硕士和博士学位，现为西安外国语大学教授，主要从事英语文学、西方文论的教学和研究工作，同时以西方马克思主义理论为重点，从事西方学术著作的翻译活动，近年来翻译并出版《詹姆逊文集第五卷：论现代主义文学》（与

陈广兴、王逢振合译)、《救赎与写作：本雅明文选》(与李茂增
合译)，另外还独力或与同道合作翻译了有关新尼采主义和美国
研究的学术论文多篇。目前已经完成并即将出版三好将夫《越
界》(*Tresspasses*)、《后现代马克思主义译丛：哲学卷》。

日本人日志中的第一人称代词

　　这题为"思想"的一章摘自三好将夫所著的《日美文化冲突》(*As We Saw Them*)，该书出版于1979年。三好分析了1860年日本首次派往美国的使团成员所撰写的旅行日志。这次出访距美国海军司令佩里亲往"打开"日本仅仅八年时间。对这些旅行日志切近而又正式的解读，加之旅行日志这种文体本身的特点，使得三好能够在德川幕府和美国的主观性上画上一条定性的界限。这篇文章通过对非文学文本的文学性解读也探测了文学研究的发展，同时通过挑战文化价值的普世性，也预见了日本以及跨文化研究领域的未来。

——编者

当我穿越陆地旅行到这里，
我发现人们沉湎于奇怪的幻想。
为谣传所着魔，满是无聊的梦想……

——《约翰王》

这是一个可靠的格言：如果不知道事物应该是什么，
也就看不清它们是什么。

——乔纳森·理查森，见 E. H. 贡布里希《艺术与幻想》

1860 年使节团成员和咸临丸舰上护卫队留下的旅行日志和

回忆录，现存总计约 40 部。虽然其中之一，由弘濑觉造兼明写的《环球旅行日记》，在这次经历之后不久的 1862 年就刊印发行，但大多数旅行日志却并不准备立即出版。19 世纪 60 年代的十年间，尤其是前五年，对外国居民和与他们打交道的日本人来说，是一个危险而又血腥的时期。任何试图出版这类手稿的日记作者，都要冒巨大的风险。一位 1862 年遣欧使团的成员，曾向当局申请出版他的旅行日志，但由于害怕遭受报复而很快撤回了他的申请。[①] 弘濑的旅行日志是一个例外，它似乎并没有产生明显的影响。[②]

然而，当时没有刊印出来并不意味没人去阅读这些手稿。大多数作品留有数个副本：例如玉虫的《航海日记》，其副本就达 30 多部，[③] 在第八卷（此卷是他抄写的）的封面上，他特别指

① 福泽谕吉返日后，在其著作《福公自传》（*Fukuo jiden*，Tokyo：Iwanami Shoten，1954，120）中描述了这一强烈的敌外情绪。关于那份被撤回的申请的情况，参见《德川幕府之西方研究学翻译出版规范》（*Tokugawa bakufu no yogakusho no honyaku shuppan kisei*，See *Rangaku to Nihon bunka*，ed. Ogata Tomio，Tokyo：Tokyo Daigaku Shuppankai，1971，pp. 113—120）。当然，毛利错把这份申请的撤回原因归咎于 1860 年的一位大使馆成员身上。

② 出现在《1860 年驻美大使馆历史资料集》（*Man'en gannen ken-Bei shisetsu Shiryo Shusei*）（以下简称《资料集》SS）最后一卷的这份书目清单对于任何一位对此事件感兴趣的人都是非常重要的。但是这份描述性书目在技巧的运用方面还不是太令人满意。除了几处印刷错误外，还有一些互相混淆，模棱两可，删减缩略以及自我矛盾的地方。除了被标记为 123、180 和 183 号的这几个不重要的记录外，笔者已经将书目中提及的其他文件标准版本一一读过。在《资料集》书目之后，又有几个不同版本相继出版，参见笔者《当我们相遇后》参考书目。

《资料集》书目显示，181 号文件《正史 水路记》于 1860 年面世。但是这只是一份记录和描述多数大使馆参观过的地点的小册子，另外还附加了几份简化版地图。在此，须向为笔者提供此文件影印本的庆应大学教授川北友金先生表示衷心感谢。虽然希罗斯著作的现代版本仍未出版，但其复制版却还存世（其中一份就存于日本国立国会图书馆）。

③ 《资料集》书目只列出了 14 种复制本，但昭田次郎在他和松泽弘阳共同编写的《玉虫左太夫的〈航美日录〉》（*Tamamushi Sadayu to Ko-Bei nichiroku*》）一文中列出了更多（See《西洋见闻集》*Seiyo kenben shu*，ed. Numata Jiro and Matsuzawa Hiroaki，Tokyo：Iwanami Shoten，1974，551—564）。

示，"任何人不得阅读"，这似乎暗示着，此卷的其他章节加上另外所有的副本（那些副本都删去了具有煽动性的第八卷），确实准备要发行。此外，现存的大部分手稿，明显是在旅行结束后经过了作者的重写和修改。事实上，只有为数甚少的几部作品，保留着原先那种在航行期间逐日写入的日记形式。[①] 这样看来，作者肯定有兴趣要把自己的记录出示给他人观看，而不是仅仅作为练习记忆而抄录这些记录。有这样的例子，作者或者是根据记忆和笔记向感兴趣的听众做演讲，或者是进行口授（加藤留藏和木村哲太就是这样）。[②] 简言之，尽管人们普遍对西方的一切抱有敌意，但他们还是不动声色地，但又是满怀热忱地阅读这些手稿。

在这些文件当中，有一些纯粹是打算用作航行的技术记录和会计账册。见习船员赤松大三郎的《航美日记》（赴美航行日记）和小衫正之进的《美国上下方日记》（美国南北方日记），都坚持不懈地记录下咸临丸号的海上航行情况，别的事情一概不予记录；会计主管森田冰行记录下数卷的开销登记和官方备忘录。此外还有 6 卷大量尚未发表的使节团官方记录。[③] 还有一些

---

① 当然，最原始的日记复制（在旅行期间每天都会增加新内容）并不是说日记作者已向别人谈论其经历缺乏兴趣，也无法证明没有其他的版本存世。例如，加藤索寞留下了一本日记（《资料集》书目第 159 号），但是当他向方言水野讲述整个故事时，他也对其日记做了一些修改。之后方言水野将其写成《二屋语》（*Futayo Gatari*，收于《资料集》第三卷，第 1—130 页）。简而言之，大多数的日记作者都是一些十分渴望把自己生命中的重要经历讲给别人的人。根据《资料集》书目的描述，益头久年（第 142 号）和石川正足（第 251 号）的作品毫无疑问是日记的最初形式，而今治元则（第 193 号）和小作长尾（第 221 号）的则由于不能清晰表达而显得有些不成熟。

② 木村铁太和加藤索寞的《二屋语》都是其口述而由他人记录的。

③ 六卷本的《大使馆官方备忘录》现存于东京大学史料编纂所。其中的一些文件已在国生丸山编写的六卷本 BIGS，东京经济学会 1942—1944 年出版。村垣和小栗也曾出版过类似的备忘录。笔者曾阅读过村垣对外务省书信的拷贝，但其中没有任何有价值的新材料。石井上教授曾和笔者谈起过小栗的《御用留》（*Goyodome*），但还未曾拜读。

记录，比如胜海舟和福泽的记录，是在事隔几十年后相对安全时做出的回忆，那些记录把这段经历看做令他们怀念自己年轻时代的一段往事。最后，使节团正使丰前守新见正兴所留下的作品，是按照和歌日记（诗歌体日记）的传统手法写成的一系列和歌（短诗），作者是刻意要写成一部文学作品而不是旅行记录。

然而，这儿应该强调的是，绝大多数作品从根本上讲都是个人的旅行日志，即作者对他们与陌生的人们的邂逅的报道，是要写给既不了解美国人民，也不了解美国国情的读者。

大部分的作品现已出版成书，极少数仍旧保持手稿形式的，都是些令人不感兴趣的作品。最重要的现代文集是两卷本的《遣外使节日记集》（使节日记选集）和七卷本的《万延元年遣美使节资料集》（1860 年遣美使团历史资料集）。有一些作品，如村垣的《遣美使日记》（派往美国使节的日记）和柳川的《航海日记》（航行日记），都已译成英文，不过这些译文可信度相当低，从头至尾不是有失准确，就是不符合语言习惯，此外还有胡编乱造之嫌（显而易见，译者们似乎都受到某种为了促进日美之间的友谊的纲领的激励，而删去了他们认为可能会造成对美国人不敬的所有评论，这就使得旅行者们显得格外的平庸和单纯）。除了版本的问题之外，还有一些雷同的短语和描述在作品中反复出现。我已数次提到过，毫无疑问有一些作者热衷于留下一个纪念物，但是自己却又没有什么新颖的东西可说，有时干脆连篇累牍地剽窃同事们的作品。有一位身份不明的作者抱怨说，为数不少的日记是抄袭了不同的记录，尤其是抄袭了那本最为重要的原始资料——玉虫的《访美日录》（航行美国记录），玉虫的《访美日录》确实与许多航海日记用了相当数量的相同的词句和描述。[1] 然而，并不排除有这种可能性，即玉虫和其他人也

---

[1]　s s, 7：223（under item 198）.

许是有着共同的信息来源，而并非有意剽窃。①

　　最后，由这样形形色色的不同身份的人——从德川幕府高级官僚如新见和村垣，以及受到过兰学训练的才华横溢的如福泽和胜麟，到外洋藩域的玉虫，甚至直到没有武士封号地位卑微的仆人如嘉八——他们所写下的这些文件，充分地展现了在现代日本的黎明之时，德川时代在与神秘的西方遭遇时的思想。出于对此的坚信不疑，我想研究一下这些旅行日志的形式和风格，希望能更仔细地观察这一思想的特征。

　　1860 年使节团的旅行日志的最显著的特色之一，就是它们在基本内容和形式上是一致的，也就是说，在写什么内容和如何去写方面是一致的。当然，正如我们已经看到的，确实存在着某种程度上的风格差异和思想分歧。然而，在感性和形式的方面——他们观察和评论的方式，记载的风格，抽象性或特殊性的程度，个人的卷入或摆脱自身的体验，甚至有关看法和态度的领域，以及他们通常选取用于写作的主题内容——它们的一致性与在当时访问日本的西方人所留下的旅行日志中占优势

①　阅读这些 1860 年在美国的游记是一种十分令人沉醉的经历。而他们缺乏的实质也是如此的相似，以至于读者能够将这些地理文献的内容追溯到中国甚至是西方的典籍中去。其中一些游记，例如山诺鼎的《1860 年美国游》（*Man'en gannen ho-Bei nikki The diary of the 1860 travel to America*），都明确指出当他们在对一个城市或乡镇做评时，总会参考一些地理类的书籍。甚至那些书中出现的数据与事实也看似来源于日本或是中国的参考书籍，而不是直接出自其在美国当地的调查研究。这是一种信息的循环往复：从穆雷的《地理百科大全》（*Encyclopaedia of Geography*）到布里奇曼的《神奇的画国略志》（*Mirika gassei-koku shiryaku*）再到魏源的《海国图志》（*Kaikoku Zushi*）最后到 1860 年的这些游记。在这一过程的最后一环上，这些旅人们回到最原始的信息中去，像穆雷最开始的那样，直接地观察美国，但是他们的大部分观察结果其实早已在一些次要信息的基础上形成了。

　　德川时代最好的地理参考文献有鲇泽晋太郎和大久保利谦共同编纂的《锁国时代日本人的条项知识》（*Sakoku jidai no Nihonjin ni jaugau chishiki*, eds. Ayuzawa Shintaro and Okubo Toshikane, Tokyo：Kangensha, 1953），还有尾佐竹猛的《维新前后的立宪思想》（*Ishin zengo ni okeru rikken-shiso*, Tokyo：Hakuyosha, 1948）和《近代日本国际观念的发展》（*Kinsei Nihon no kokusai kannen no hattatsu*, Tokyo：Kyoritsusha, 1932）。

的多样性一样明显，例如冈察洛夫和戈洛宁、哈里斯和修斯肯、阿尔科克、奥斯本和奥利芬特，他们的旅行日志就具有多样性。

首先我想把这些文件作为旅行日志来进行讨论，主要集中在这些记述中所展现出的空间感。显然，船舰的航程和使节团在美国的经历，对旅行日志的叙述进程来说是非常重要的，旅行日志是随着旅行者的旅程而进展的。然而旅行日志往往又具有一种特点，那是在描述的冲动与富有想象的精力之间的一种紧张，一方面是要紧密追随航程本身进行描述的冲动，另一方面是要把旅行的事实认同为一种更为个人的意义的富有想象的经历。在叙述的过程中，旅行者的实际的行程，他们的旅行日志的基础，不断地被这种经历所调整。因此，旅行日志作为一种形式，也就总是在对旅行的准确描述和对旅行的富有想象力的解释之间徘徊不定，发展到极端时也就接近于虚构。当这种情况发生时，实际的旅程就降低为仅仅是起到象征的作用；而当旅行日志试图完全排除虚构，它就变成服务于某种目的的报告，而不是纯粹讲述一个故事。换句话说，大多数旅行日志介乎《格列佛游记》、《天路历程》以及流浪汉小说，与机械的海军航海日志或者日常的飞行记录之间。

我所谓规范的旅行日志，并不是仅仅指文学性的旅行日志，例如歌德的《意大利游记》，狄更斯的《美国杂记》，詹姆斯的《美国景象》以及劳伦斯的《意大利的曙光》，而且也包括非文学性的旅行日志，如我们现已熟悉的修斯肯和哈里斯、冈察洛夫和奥利芬特的旅行日志即在此列，此外还有 C. 彭伯顿·霍奇森、J. R. 布莱克、詹姆斯·D. 约翰斯顿上尉和乔治·亨利·普雷布尔的旅行日志。它同样指从平安时期到德川幕府一脉相承的文学性旅行日志日记（旅行日记和纪行文）的悠久传统，包括

《土佐日记》（935）、《东海道日记》（1223）、《冰寒旅行记》
（1242）、《十六夜日记》（1282）和《无意中泄露》（1306），一
直到松尾芭蕉的名著《奥州小路》（1702）和《负笈散记》
（1709）。甚至在更为纯粹的文献式旅行日志中，比如9世纪圆
仁①对游历唐朝时的中国所做的记述，那种把文章组织得井然有
序的冲突也是往往可以辨别得出的，而在某种程度上，在大多数
1860年的记述中这种冲动并不那么显见，1860年的大多数记述
有时是危险地接近于航海日志的形式。②

　　这种呆板的簿记倾向出自何处？为什么在大部分记录中，
没有什么迹象表明要对原始经历进行阐释，或者加上具有想象
力的结构的愿望？让我们以1860年文献中最普通的记载方式
为例。在海上，几乎每位航行者似乎都对船的不断变化着的方
位着迷，大部分旅行日志都逐日记下了船的位置的变动。在许
多日记中，用一个符号标出船的经纬度——有时再简要地提及
天气或温度的情况——也就构成了某一天的全部记录。仅以一
列为证：

　　　5月14日：晴，下午有雨；温度70度。日航行（从昨
　　夜两点到今天正午）181日里。
　　　北纬40度，西经70度。③

---

　　①　圆仁：平安朝初期佛教天台宗僧侣，838年入唐，到五台山、大兴寺等学习
达十年之久。回国后任第三代天台宗宗主，建立天台密教根本堂场法华总持院，为
天台宗山门派的始祖。——译者注
　　②　见埃德温赖肖尔《鄂宁唐代中国日记》（*Ennin's Travels in Tang China*, New
York：Ronald Press, 1955）和《鄂宁日记》（*Ennin's Diary*, New York：Ronald Press,
1955）。这部忠实记载中世纪朝圣之旅的洋洋巨著，传达给我们关于这个国家许多不
为我们所知的东西。另外，鄂宁的日记还很生动，很有戏剧性。
　　③　ss，3：236—237.

　　人们感到好奇的是，为什么船的位置对他们来说就如此重要。难道航海的细节总是这么有趣吗？尤其是令波瓦坦号上的使节团成员感到有趣吗？他们果真认为读者必须知道他们在特定一天的地理坐标吗？难道有关波瓦坦号和咸临丸号上的情况就没有更值得写的了吗？他们毕竟是第一次与这些蛮夷朝夕相处啊。对这样的问题所做出的回答也就必然是相当详尽的。

　　对于世世代代都被其岛国的陆地所包围的日本人来说，没有路标、四周只有地平线的广阔海洋是一个全新的环境。相形之下，在日本他们所居住的空间却总是明显地按照藩领来界定的。普通的武士或者是居住在藩主的城堡镇（城下町①），或者是住在江户，将军的人质法度（参勤交代制）② 要求藩主每隔一年轮流在江户和领国居住。同样，直属德川的家臣（旗本），不是住在江户及外地德川家的领地（天领③），就是住在将军指定给自己的封地。老百姓——农民、手艺人和商人，有时也离开故乡的城镇和村庄，目的是朝圣、做小贩生意或者消遣。然而，当他们出行的时候，每一个人都必须获得一张通关证，因为在主要的道路上有着由中央幕府所控制的检查站（关卡），或者是由地方大名控制的检查站，此举在于禁止人口非法流动。因而尽管这一时期道路沿线交通量日益增加，但任何个人的行踪仍旧是封地内人

---

　　① 城下町是以诸侯的居城为中心发展起来的城邑。——译者注

　　② 参勤交代制是德川幕府管制大名的一种制度。规定大名每两年要有一年由领地赴江户谒见将军并任职；回领地时则须把妻儿留在江户做人质。旅途和江户邸的维修费用，开支庞大，使大名为之苦恼。参勤交代一方面能够有效地控制大名，同时也对经纪机构的整顿，全国文化交流，江户的繁荣等产生巨大影响。——译者注

　　③ 天领是江户幕府的直辖领地。也称"藏入地"、"御料所"。以关东、近畿、东海道、北陆为中心，分布在东北、中国、四国、九州等全国各地，枢要之地也设奉行，一般设郡代，代官进行统治。——译者注

们所嫉妒地注视的方面。① 无论离家前往何处，总是要求人们做出解释。虽然如此，但这一不准跨地区外出的禁令也产生了补偿性的好处，它使得武士和藩主都要体验到与那个直接的环境的一种更深的关系。每一个人都在当地的空间有自己的合适的位置。看来新儒学对把家臣对领主的忠诚（忠）认同于子女的孝行（孝）的强调，在这里起着重要的作用，因为我们看到，藩或者是政治的空间，与家庭的空间认同了。此外，在这个小岛国，有着大量的当地历史与诗歌的结合（歌枕②），有着令所有人从小就熟悉的为数众多的名胜古迹（名所）。

结果，人们在家里所占据的空间，是一个被价值和神话的联系所束缚起来的世界，在那个世界里，人们和直接的场所在一个宗教和心理的系统之内拥有了真实的意义和关系。在当时的大多数日本人看来，他们的国家（国）指的是他们的封地（藩），而不是整个日本；在这些首批出国旅行者们看来，日本一定是一个与任何别的国家没有什么不同的国家；而这个国家，又是部落和

---

① 　恩格尔贝特·肯普法 17 世纪末在日本居住期间多次旅行于长崎与江户并评价主干路东海道为 "它比欧洲任何一个拥有人口最多的城镇上的街道都要拥挤"（《日本历史》 *The History of Japan*, first published London, 1726, 2：330）。德川政府全面控制了国家主要公路。它的检查站（关所）遍及日本达 50 所之多，主要用于维持看守人质系统和安全措施，至 1869 年才作废。所有旅客都必须交验其由登记官发行的护照（tegata）。对于武士来说，他们的主人或他们主人的代表（如平民、村主人 [nanushi]，地主，教区司铎等）有权批准授予护照。采邑主在边界有自己的检查站（kuchidome bansho）。虽然各个封地对旅客和各种商品运输的管制严格程度不同，但是某些领域还是非常不愿意陌生人进入他们的地界。肯普法在《日本历史》（*The History of Japan*, 2：59 – 61）介绍了箱根的关所。参阅丰田雄、儿玉耕太编《大津市》（*Kotsu-shi* in《体系日本史丛书 交通史》*Taikei Nihon-shi sosho*］24，Tokyo, Yamakawa Shuppansha, 105—233）；大岛信弘：《日本交通史概论》（*Nihon kotsu-shi gai-ron*，Tokyo, Yoshikawa Kobunkan, 1964）及（*Nihon kotsu-shi ronso*, Tokyo, Kokusai Kotsu Bunka Kyokai, 1939）；阳平节子：《江户时代交通文化》（*Edo jidai no kotsu bunka*, Tokyo, Toko Shoin, 1931）及《日本交通文化》　（*Nihon kotsu-shi wa*, Tokyo, Yuzankaku, 1937）。

② 　歌枕是古代和歌中歌咏过的名胜。——译者注

家族的概念的扩展（他们的藩就是部落和家族的概念的扩展）；
换句话说，它只是由德川将军管辖的一个更大的单位（或者，
到了德川末年，又愈来愈是由凌驾于他之上的天皇所管辖的单
位）。① 这个空间不论指的是藩还是作为一个整体的"神国"
（神国，或神仙肇造并保护的国家），它都是一个神话的空间，
就像默塞亚·埃利亚代②所称之的"神圣的空间"一样。③

然而，大海却是"外部空间"，它既淹没了所有的地方的疆
界，也淹没了所有这样的意义和神话。一直到半个世纪后，就连
一位认真的英语学生和教师、出航英国并逗留了两年之久的夏目
漱石，④ 都感受到大海的那种就要冲过一切熟悉的差别和意义的
同样的力量。他用他的有几分古怪但又迷人的英文写下了一篇长
文，写的是海洋以及生活本身的"虚无"，好像使用外语会在某
种程度上奇迹般地恢复他的信心似的：

> 大海平静得使人倦怠，我麻木到了极点，躺在甲板上的
> 长椅上。头顶上的铅灰色的天空，就像四周的阴郁的广阔水
> 域一样显得毫无生气，在远处的地平线之外把它们的麻木聚
> 集在一起，好像处于一种既同情又古板的状态一般。当我注
> 视它们的时候，我逐渐消失进包围着我的那种没有生命的静

---

① 参见 Toyama Shigeki, Meiji ishin（Tokyo：Iwanami Shoten, 1951），73—74。这
确实是明治"家族，国家"的思想基础（《家族 国家》，*Kazoku Kokka*）。

② 埃利亚代（Mircea Eliade, 1907—），罗马尼亚宗教史家和著作家。——译者
注

③ Mircea Eliade, *Patterns in Comparative Religion*，trans. Rosemary Sheed（Cleve-
land and New York：World, 1963），esp. chap. Lo.

④ 夏目漱石（1867—1916），日本小说家。1893 年东京帝国大学英文科毕业，
旋任东京高等师范学校英文教师。1900 年由文部省派遣留学英国。1903 年回国后继
续任教，1905 年在《杜鹃》杂志上发表小说《我是猫》，驰名文坛。1907 年辞去教
职，入《朝日新闻》社任"朝日文艺栏"主编，创作了《虞美人草》、《三四郎》、
《门》等著名作品。当时在他门下聚集了许多著名作家，形成了一个影响很大的文学
流派。——译者注

谧之中，我似乎张着沉思的翅膀飞出了自我，被带到一个既不是天上也不是人间的幻觉的领域，那里没有房屋，没有鸟，没有人。它既不是天堂也不是地狱，也不是被称作这个世界的人类生存的中间阶段，而是一个空白的世界，虚无的世界，在那里无穷和永恒似乎要吞掉在存在的单一性中的个体，它的浩瀚无边使任何对它加以描述的尝试都成为徒劳。①

当然，有关对"外部空间"的这个经历做出反应的这种方式，1860 年的日本武士懂得要少得多，他们一定发现，美国航海家要求每天都公布船所在方位的坐标值的规定是令人欣慰的。由于坐标值是清晰的、符合规定而又具有权威性，也就使他们每天都从漂流中得到了补偿，他们是在埃利亚代所称之为的"世俗的空间"的大海里漂流，没有名声，没有地位，而且也没有辨别得出的目的地。②

人们的确能在日本德川时代的一些文件式的日记形式的旅行日志中，发现航海日志的形式。由两位水户藩武士写的《北方

---

①　Natsume Soseki, "Danpen," in *Natsume Soselzi Zenshu 13* (Tokyo: Iwanami Shoten, 1941), 23—28, dated October 1900.

②　如果把这个经历与在美国的欧洲移民的经历进行比较，这个经历就会变得更清楚一些。欧洲移民发现自己远离家乡，远离文明，远离他的"神圣的空间"，置身于美国的沙漠或者荒野之中，也就是美国人的"世俗的空间"。这里也是一样，眼前的一切似乎都没有意义：美国的处于原始状态的大自然与欧洲不同，它既无历史又无传统，然而，欧几里得、毕达哥拉斯和笛卡尔的后裔们，却不会向对他们在这个世界里的无依无靠的境况的任何这种消极的描述低头。相反他们往往会用力向前，积极进取地为自己找到可居住的环境，而在这个过程中，他们又把自己的思维结构投射到这个巨大的貌似的虚无之上——美国的大自然就是一个巨大的貌似的虚无。所造成的一个结果就是，在荒野中创建出来的城镇，其街道都以欧几里得线延伸，交叉点呈整齐的 90°角。美国的空间正是欧洲人思维的一面镜像，世俗的空间在这里由于人类内心的领域的奇迹而得到了补偿。难怪美国是尽可能经常间歇性地撤掉或者修建他们的定居点。重要之处在于，这样一来充满了时间、被历史所玷污了的空间就可以不断地得到再生，它的父亲就是人类精神的纯粹的心灵。

游记》（1807），就是一个很好的例证，书中讲述了他们以搜集情报为目的，在北海道的旅行经历。① 然而，在贝原益轩的《木曾路记》（1685）、司马江汉的《西游日记》（1815）、本居宣长的《薹笠日记》（1772）、立花南圭的《东游记》和《西游记》（1795—1805），或者清川八郎的《西游回想》（1855）中，那些条目尽管经常是客观描述而又不加深思，但有时是有条理的，内容翔实，见闻广博，并带着闲适感和对所游历的地方的熟悉感。而另外，在1860年的记录中，它们的作者似乎并不能够充分理解所看到的和经历的事情，有关舰船方位的航行日志似的记载，就是他们对世俗空间的这个普遍态度的一个例子。因而，他们往往只描述在地理位置上的移动，而且这又往往是用未加文饰的数字术语来描述的：今天我们离开华盛顿来到巴尔的摩；今天我们离开巴尔的摩，旅行了98英里到达费城，入住大陆饭店，饭店高7层，占地约100间见方，我们在途中跨越了3条河流，其中两条建有铁桥并铺设了铁轨。

只是在几个例外的情况中，才有一种明显的欲望，想对这个异族之地进行综合而又系统的处理，而不仅仅罗列事实。立石得十郎、佐野金重和玉虫左太夫把他们的旅行日志分成不同的单元，一个单元专门介绍一个城市，在单元内他们依此讨论了这个城市的"地理"、"人与文化"（风俗）、"气候"、"农业"、"动物"、"货币"和"商品价格"。他们把每一个城市都看作一个单独的领地，这种看法系源自他们长期所熟悉的把藩领看作是划了界的自治地的看法，虽然如此，但他们的记录形式也反映出，他们在出发前或返回后从阅读过的地理教科书中进行了抄袭。② 事实上，佐野和立石就声明，他们对这些城市所做的综合调查，是

---

① *Hokuyuki* is by Akiba Tomoemon and Okutani Shingoro, collected in *Kinsei Kiko Bungei Noto*, ed. Suzuki Tozo (Tokyo: Tokyodo Shuppan, 1974).

② See note 8 of this essay. See chap. 2, footnote 82 in *As We Saw Them*.

以地理书籍为依据的（地理史、地理基础、地理字典等等）。这为数甚少的几本日记确实表明，它们的作者们做出了努力，对不熟悉的环境加以组织和阐释，以期能够言之成理，虽然如此，但这仍然是一个罕见的现象，因为大多数的日记作者，几乎是在受催眠状态中屈从于那个带着他们前进的滚动着的广阔区域。

　　它的情况与景物描写相类似。从平安时代到德川幕府，旅行日志并不以细致的语言描写著称。例如，甚至主要的文学性旅行日志的创作力，似乎主要地是在诗歌的创作中找到了表现，诗歌是作品的中心；而任何显露了出来的进行沉思和观察的冲动，则被种种限制性的习俗所遏制。简而言之，我们可以说，旅行者的想象始终是被诗歌的记忆和联想（歌枕）再次引导得离开实际的景色。然而在一些作品中，例如《新情况日记》、《无意中泄露》和《奥州小路》，就偶尔有一些段落敏锐地描绘自然景色。山冈和林木，鸟禽和花卉，湖面上泛起的涟漪，流云经过草地投下的阴影，日光在远处的闪烁——得到这样详细描述的场景，尽管是小心地隐藏在复杂的惯例之中，却也因能直接给人美感而令读者惊叹。在使节团全部的记录中，有许多证据说明作者对于他们参观的美景感到惊讶，但他们却似乎并不热衷于详细描述所看到的东西。例如，旧金山湾是使节团所有成员似乎都赞叹的壮观景色，我们可以把对旧金山湾描述最多的两段叙述，与修斯肯看见富士山时的兴奋心情作一比较。这是村垣在旧金山湾写的：

　　　　随着礼炮硝烟的逐渐散去，在硝烟的后面露出了一座生机勃勃的城市，幢幢房屋沿着山脚伸展，码头上挤满了男男女女。这座城市远胜过夏威夷群岛，那些四五层高的楼房建造的非常美观。片刻之后，波瓦坦号起锚，随即缓缓驶入旧金山湾，海湾在过了入口处四至五英里处开始变窄，两边被轮廓平缓的山丘环绕。还看不到有树林，但山坡上放牧的牛群或者羊群，看上去小得如同许许多多的黑蚂蚁。海湾内现出形态奇异的礁石，有的呈淡红色，有的呈黑褐色，把景色装点得分外美观。[①]

还有总财务官森田的记录：

我被告知这个地方是旧金山。上午我们驶过了在两座山岬之间的海浪汹涌的水域。那里有一座炮台，上面有两门大炮。有许多四五层高的砖瓦建筑。房子的烟囱和江户城的瞭望塔一样高，高耸在房顶之上。在船的两侧，所有山冈都呈现出春天的颜色，蓝色的草地和绿色的林木就像在画中一般。山坡上是悠闲的羊、牛和马。那两座伸入海中的山岬几乎看不见了，远方帆船的倒影如同停留在水面上一般平静。一边是细雨中的群山，一边是阳光下的群山，景色之秀美令人叹为观止。[②]

这是哈里斯的译员修斯肯对富士山的描述：

当我们接近山谷，从笼罩在甘木峰顶的云雾中出现的时候，乡间景色开始呈现出来；太阳朝山谷洒下和煦的光辉，美得令人陶醉的山谷出现在我们的面前。绕过一座山，透过几棵松树的枝叶，我看到在阳光下闪烁的白色峰顶。我立刻意识到我正在观看的是富士山。我将永生不会忘记今天首次见到富士山的情境，我认为世间任何事物都无法与之相媲

---

① Muragaki Awaji-no-Kami Norimasa, *Ken-Bei-shi nikki in Kengai shisetsu nikki*：*san-shu 1* (Tokyo：Nihon Shiseki Kyokai, 1928), 1：40; also available as Kokai nikki in Nichi-bei ryokoku kankeishi II, ed. Yoshida Tsunekichi (Tokyo：Jijitsushinsha, 1959), 35.

② *Ako nikki*, in ss, 1：45.

美。有些山峰是富士山高度的三倍；瑞士的冰川毫无疑问是
雄浑壮丽令人难忘的；喜马拉雅山脉的顶峰，那壮丽的珠穆
朗玛峰，把它的令人崇敬的额头抬高到无法计量的高度，但
人们只有在爬上把它挡在视野之外的别的山峦的时候，才能
够看到它；人们所看到只是冰和冰川，眼睛不论转向哪里，
围绕着你的都是雪。但是在这里，在覆盖着郁郁葱葱的庄稼
的一片欢乐景象的乡间——松树林与巨型樟树似乎在与孕育
了它们的这片土地比试谁更长寿，用它们的壮丽的枝叶给某
个神殿提供了树荫，那神殿为帝国的古老的神而建造的，同
时又是这个繁荣而又宁静的场所的一个背景——无与伦比的
富士山的完美的轮廓，就像两行对称的线拔地而起直指云
天，它的那种浅蓝色与山上的洁白无瑕的雪相比，显得昏
暗，山上的雪又像另外一颗英王王冠上的科依诺尔钻石一
样，反射着落日的光辉。

　　我情不自禁勒住马缰，我热情激荡如痴如狂，摘帽高
呼："伟大、光荣的富士山！"愿光荣永远属于这座太平洋
中的山中之山，在日本的翠绿的原野之中，只有它抬起了终
年积雪的令人崇敬的额头！它小心呵护着它的美丽，决不允
许有竞争者来减少它的光辉。它的白雪覆盖的山顶独自突出
在日本最高的山峦之山，而我们经历了最为艰难的一天后刚
刚翻越的甘木峰，则似乎仅是一座小山丘，很难值得一提。

　　啊！为何没有年轻时的大约二十位伙伴在我的身旁！要
是他们在的话，我们就会为了向壮丽的富士山表示敬意，而
三次高呼"希普，希普，希普，万岁"，而周围的群山就会
发出回声。①

----

① Henry Heusken, *Japan Journal 1855—1861*, trans. and ed. Jeanette C. Van der
Corput and Robert A. Wilson（New Brunswick：Rutgers University Press, 1964），124—
125.

　　修斯肯的描述不仅详细和带有比较性，而且他还坚持让自己成为在这一场景中的一个戏剧角色。他被置于他正在观看的地方的舞台中心：那就好像是富士山和孩子般兴高采烈的修斯肯在面对着面。而另外，村垣和森田则是像苍白的影子在军舰的侧翼停留；他们对旧金山湾的描述是不带感情的，观察者自己也是冷漠的——如果说不是完全心不在焉的话。在意象中所使用的大量常见词语（主要是列为首位的表述词语和短语），令人想起一些朴素的画卷。对相关东西所做的比较，也自然是有限的：与修斯肯所提及的阿尔卑斯山、喜马拉雅山和珠穆朗玛峰相比，森田提供的是普通的"江户城的瞭望塔"。修斯肯是从容的，他完全沉浸在发现富士山的庄严之中，而村垣和森田则对不熟悉的美好事物很冷淡。他们好像是要避开陌生事物的挑战，于是以陈词滥调、数字和测量的方式寻求保护（"四或者五层"、"四到五英里"、"两门大炮"）。日本旅行者显然觉得别扭，他们不敢允许自己在美国的大自然当中没有拘束。

　　另外一种看待这种感觉上和形式上的被动状态的方式，就是从时间上来考虑它。1860年使节团留下的记录如果当作日记来读的话，也就展现出某些重要的特点。实际上它们都有着一种逐日记录的格式，从这个意义上来讲它们就是日记。但这些特殊的日记又并不具有人们普遍理解的日记的那些叙述特点。按照我对旅行日志的形式所做的讨论的模式，我想把1860年的文件放在日本和西方的文学性和非文学的日记传统中，来加以讨论。

　　根据定义，日记是按照日月的时间自然流动来写的，然而大部分日记还展现出了一种在起作用的反冲力，那是要超越时间的限制，正如同我们所看到的，旅行日志就非常典型。在现实生活中，事情无时不是正在一个又一个地发生；而在日记中，所做的记录注定是有所选择的，而且是按照一定的顺序安排的，以便产生出得到的观察的突出意义。人们可能一下子就想到西方的文学日记——例如塞缪尔·佩皮斯的《日记》，或者笛福的《大疫年日记》——以便了解这些"每天例行"记录是怎么从根本上接近于艺术作品的。或者以梭罗的《瓦尔登湖》为例，它是用日记叙述了作者在瓦尔登湖畔所待的两年两个月零两天。这部日记从根本上讲是一种救赎的形式，以象征精神上死亡的冬天开始，到象征复活的春天结束。这部日记既然是这样组织起来的，也就变成了一种阐释，或者是虚构。如果《天路历程》和《格列佛游记》可以看作是旅行日志的话，那么《呼啸山庄》和《少年维特的烦恼》也可以看做是日记，尽管事实上这些作品有着一种仔细作出的对时间的描述，然而其中的虚构的想象却使精密计时的事件得到了新的安排，而那种新的安排本身就是一种样式，或者意义。

用日本日记的文学传统写出的作品，也几乎始终是斗争的领域，斗争的一方是效法惯例的习惯，另一方是要把连续的经历塑造成某种意义的冲突。以为数众多的"探寻道路"（求道）和"朝觐记录"（参拜记）类型的旅行见闻日记——《东海道日记》、《冰寒旅行记》、《全部路途记事》等——为例，在这些日记中，实际的时间次序普遍被调整为传统的日程表：例如，探求者总是在秋天离开家乡。同样，在大诗人芭蕉的旅行见闻日记中，他的旅行中的事实或者表面上的事件，通过一种严格被惯例所限定的想象中的时空，而不断地与内心的、诗意的旅行相对立着。

与这些文学日记相对照，人们在这里自然一定要提到文件式日记的巨大而又未中断的传统，文件式日记在9世纪之前就已诞生，在我们当今的时代仍然有生命力。这些日记最初是用汉字写成的，基本上是朝廷的编年史。与那些由妇女用日本字母（假名）写成的文学日记不同，这些编年史只是记录下每日发生的国家大事和朝廷典礼，往往根本不加个人的评论。有些日记是由意志异常坚定的人士写的，时间跨度为数十载。例如藤原通长的《御堂关白记》写了20多年（998—1021），九条兼实的《玉海》写了30多年（1164—1200），而三条西实隆的《实隆日记》则持续了整整60年（1474—1535）。① 在如此大量的日记中，对其总的形式进行控制显然是不可能的。随着日记作者生老病死，这些作品也开始，继续，终止。可以说，日记是由作为个体的人和时间本身合作写出的。

到了德川幕府时代，大多数文件式日记不再是用汉字写出，在风格、语气和主题上也不那么统一。尽管许多旧的惯例还保存着（简短的、公众的、不受个人感情影响的条目；不得不关注天气；对整体形式普遍缺乏兴趣），但仍然有着更大的多样性的迹象。如果说新井白石的日记（1693—1717）是简短的（著名的《四十七浪人血仇》，② 仅仅写了三行字！）话，那么梅津正景的日记（1612—1633）就相对长了一些。尽管在这一时期公开

---

① 为了完整地学习文学日记传统，参考玉井恒佑（Tamai Kosuke）的《日记文学的研究》（*Nikki bungaku no kenkyu*，Tokyo：Hanao Shobo）和池田龟鉴（Ikeda Kikan）的《和歌文学日记》（*Nikki waka bungaku*，Tokyo：Shibundo, 1968），同时参考孟尔康（Earl Miner）的《日语诗歌日志》（*Japanese Poetic Diaries*，Berkeley：University of California Press, 1969）。要了解德川旅行见闻，参考铃木东藏（Suzuki Tozo）的《近代见闻文艺笔记》（*Kinsei kiko bungei noto*，Tokyo：Tokyodo Shuppan, 1974），但这本书里并未有1860年的使节记录。还有许多关于旅行诗人松尾芭蕉（Basho）的研究对学习旅行日志的格式也很有帮助。例如，《漂泊的魂》（*Hyohaku no tamashii*，ed. Imoto Noichi, Tokyo：Kadokawa Shoten, 1973），对芭蕉和旅行日记规则做了很简明易懂的概括。尽管我不是太赞同 赫伯特·普拉斯周的观点，他1975年12月5日在伯克利做的演讲《中世纪日本旅行日志的特点》（*Some Characteristics of Medieval Japanese Travel Diaries*）在很大程度上对我有启发，并且我也要感谢他，因为与他意见相左让我受益匪浅。《国文学：教材研究解释20》（*Kokubungaku：kaishaku to kyozai no kenkyu 20*），这本书是关于旅行日志的特刊，也非常有用。

② 1703年1月30日夜，浅野氏领地赤穗的47名武士为其藩主浅野长矩报仇杀死吉良义央，后被定罪全体切腹，世称"赤穗义士"。——译者注

的官方日记仍然盛行，但随便举些例子，像山际琴常的日记（1576—1601），松平家忠的日记（1577—1594），或者河合小梅的日记（1849—1885），则是私人的和个人的日记。另外，尽管许多日记不是私人的就是官方的，但松崎好道的《好道日录》（1823—1844）则是一个包括个人经历、社会事件、演讲笔记和书评的混合体。本居宜长也留下了许多彼此完全不同的日记：他的1763—1767年的日记只不过是一页又一页的日常天气报告，而他的《在乡日记》（1752—1757），则从简短的汉字文体转变为用日语假名写成的详细记录。简而言之，到这个时候，早期的惯例已经变得宽松了，足以在格式上存在巨大的不同。因此，没有理由认为，1860年的使节团的成员在写日记的时候，仅仅采用一种思维方式。

　　然而，与那些非常长的日记不同，1860年使节团的文件却是详尽记录了在相对短的期间的一次单一的旅行。这样一来，倘若文件的写作者们觉得愿意对他们的经历加上某种阐释的话，那么就能够立即写成叙述的形式。然而在40多份的记载中，却没有发现有一份用的是叙述结构。1860年的日记，几乎毫无例外地都受到时间的日复一日的进展的完全支配。许多日记都是从旅行的第一天开始，到最后一天结束，而在这两者之间，所有的描述和评论都有确定的日期——有时会略去某一天。也就是说，旅行者们并没有把经历组织成一种能抵消或者补充时间的流动的结构。随着时间的推移，有关他们的经历的记述，就像一个委员会的会议记录一样，也按照时间的顺序，而这又似乎是给经历提供了恰当的表现。我这儿想表明的就是，这些人日记之所以采用了每日航行日志的形式，并不是因为日记作者感到墨守成规的官方日记惯例要更为自然一些，而是因为由于某种原因他们在阐释他们的独特的经历时受到了约束。日记随着旅行的开始而开始，又随着旅行的结束而结束。

旅行本身就是日记写作的全部意义。

现在把 1860 年使节团的日记，与同时代西方人对去日本旅行的那些文件式的、非文学性的记述比较一下：首先，以日记形式留下的西方作品现存很少——有汤森·哈里斯、乔治·亨利·普雷布尔、爱德华·约克·麦考利、塞缪尔·威尔斯·威廉斯以及詹姆斯·莫罗博士的日记。在这 5 部日记当中，后边的 4 部记录的是佩里的远征，由于佩里准将不许私人对这次冒险进行记录，所以这 4 部也就不得不以（未发表的）日记的形式出现（修斯肯的日记不在此列，因为他的意外死亡使得他没有机会考虑日记最后所可能有的形式。霍克斯的《远征记事》也不在此列，因为它是由第三方所写的官方记事）。其余的所有日记——J. W. 斯波尔丁、爱德华·德·方布兰克、罗伯特·福琼、谢拉德·奥斯本、詹姆斯·D. 约翰斯顿和贝亚德·泰勒，以及阿尔科克、萨托、霍奇森、戈洛宁、奥利芬特和冈察洛夫的日记——用的全都是一种叙述的形式。有着按时间顺序的开始、中间和结尾，因而有着一种结构。指出这个差异，不仅仅是涉及日记的形式在两种文化中所起到的相对的社会文化作用，这个差异非常重要。西方的旅行者，由于不愿意让日常事件在时间的流动中互不关联和得不到阐释，也就决意把事件从严格的时间顺序中解脱出来，从而给它们加上某种意义。其次，在哈里斯和其他人所写的日记中的单独的条目，表现出了与最强大的时间所进行的一场持续的斗争。他们很少只是叙述活动而不加以分析，他们回忆、比较、猜测、归纳并进行戏剧性的描述，而这在使节团的 1860 年日记里绝无仅有。后面我们将对哈里斯的风格和村垣的风格进一步进行比较，届时就会对此有更多的了解。

当时书面日语并没有段落结构，甚至也没有明显的句子形式，这种情况强化了下述印象，即日记作者纯粹是让时间的力量带着他们走。一个句子通常连着写下来，一直到另外一个句子令人察觉不到地突然出现为止，而这另外一个句子又是从前一个句子中成长出来的。描述和评论不间断地进行着，一直到一个新的话题或者一个新的日期出现为止。标点和段落的欠缺使人们注意到这样一个事实，即所表现出来的想法并不是要解决的问题。也就是说，把感知组织成词语，把词语组织成句子，又把句子组织成议论的意向，由于被动地接受昼夜循环而受到了削弱。而昼夜循环在极大程度上控制着日记的形式和内容，也就显然满足了作者对形式的需要。

　　甚至这些航行所使用的历法也带来了小小的麻烦。那些年日本人所一直沿用的是阴历，直到 1873 年才废止。这样一来，无论是在美国舰船还是在美国本土，每当他们与美国人讨论他们的计划或者行程，美国人都要把他们的计时体系调整为外国的时间体系。例如，他们在华盛顿用英语写的一封致美国国务卿的外交信函，所标明的日期是"安政七年三月二十五日"，①换算过来就是阳历 1860 年 5 月 14 日。日间的报时也不尽相同。其结果就是，在这些日本旅行者们的周围形成了一种时间的密封舱，一个透明的保护罩，好像他们是随身携带了一部分日本，一个神的时空，能防止他们直接被猛地抛到美国的现实中去。

　　就这一点而言，在日本的西方旅行者们的情况非常不同。虽然他们也并不能立即融入日本人的陌生环境的时间中，但他们却有白人的自信，认为他们的计时系统除这个古怪的岛屿之外在世界上几乎通用。在他们看来，日本的计时是怪诞和不方便的古代残余，而西方的计时才是世界通用的。

---

　　① *Notes from the Japanese Legation in the United States to the Department of State*, *1858—1906*. File Microcopies of Records in the National Archives, No. 163, 3 rolls.

　　如果说日本使节们不论是在空间还是在时间上都被疏远的话——他们在美国各地都不能感到不拘束，也不能在旅行中自由地前瞻和后顾——那么推测一下他们对他们的经历所采取的态度也许会是有趣的。他们是如何看待他们的活动和观察到的情况，并与之产生关系的呢？这个问题把我们带到作为一种形式的日记的第二个特征，也许是最为重要的特征：日记用的是第一人称，他的日常经历可能提供了叙述的基础。在现代西方，根据定义，日记被理解为一个人的个人经历和观察的记录，在某些情况下不能向任何人透露，而在另外一些情况下却又是在保持隐私的外表下可以公开。不管是哪种情况，其基本形式都是第一人称。而1860年使节团的记录——以及作为一个整体的古代的和广泛的日本人的日记——其值得注意之处在于，第一人称叙述这一特征的普遍阙如。

　　应该承认，他们当中是有几个人使用了第一人称的叙述语态，也使用了第一人称的各个代词。然而，眼下却容我关心那些几乎通篇都没有使用第一人称的绝大多数叙述，而把那些例外留在以后进行讨论。

　　在日语叙述中的第一人称的阙如，本身并不表明那是第三人称的叙述，因为除非特别需要阐明，通常日语的句子是省略代词的，在主格的情况中尤其是如此。此外，动词的词形变化也并不涉及所谈到的对象，因而也就与对叙述者的确定并没有关系。当然，日语中的敬语体系确定了叙述者、所涉及的人以及听者相对的身份地位，这有助于阐明那个所省略了的对象的身份。还有一些语法特色，它们把叙述者给暗示出来了。虽说如此，但有关叙述者和被省略了的谈话对象的身份，许多句子仍然是非常不清楚的。从理论上说，"在大约九点的时候散步"一语，在日语中，根据叙述的上下文，就可以是第一人称、第二人称、第三人称。①

　　还有一种情况，那就是"模棱两可的"代词，它们既可以理解为第一人称，又可以理解为第三人称。以嘉八所写的《异国趣事》（*Ikoku no koto no ha*）中的一个例子为例，嘉八是咸临丸号轻型护卫舰上的地位低下的加煤工的工头。在整篇中，他所用的占主导地位的代词性术语是 ichido，意即"一起"，它的意思可以是我们所有的人，你们所有的人，或者他们所有的人。虽然上下文明显地摒弃了第二人称，但有时却又难以确定，是否嘉八把自己也算作"一起"当中的一员（从而表明叙述是第一人称），或者不把自己算做"一起"当中的一员（从而表明它是第三人称）。事实上，给人们带来的最大的印象就是，嘉八就像许多其他人一样，并不太在乎他所讲述的故事是否把他本人也包括在内。只是在叙述的内容和上下文的基础上，以及各种语法特色的基础上，人们才能把 1860 年使节团的大多数叙述归结为第三人称，而且也只是在非常普遍的意义上的第三人称。村山、益

---

　　①　这篇文章对不懂日语的人可能有点难以理解，日语中没有英语的 I/we，you/you，he-she- it/they 这些代名词，取而代之的是一系列有代词性质的词语，这些词是根据说话人，听话人和指示对象的相对或绝对社会地位来选择的。因此可以说日语没有人称代词这类词，用哲学或是文化来解释这是为什么也不是那么容易。另外日语中缺乏相对应的"I"这个词给日本的自我概念造成了影响（或是让人缺乏自我）；此外，日语中对此也有相应的补偿词汇（敬语，各种各样的 joshi，jodoshi 等），这样不用人称代词也能显示说话者的身份。参考黑田成幸（S.-Y. Kuroda）的文章《认识论，词语风格，语法的结合：以日语为案例分析》（*Where Epistemology, Style, and Grammar Meet: A Case Study from the Japanese*），选自史蒂芬·R. 安德森（Stephen R. Anderson）和保罗·赫尔辛基（Paul Kiparsky）编的《莫里斯··哈利纪念文集》（*A Festschrift for Morris Halle*，New York：Holt, Rinehart, and Winston，1973）以及参考《叙事理论基础沉思》（*Reflections on the Foundations of Narrative Theory*），收录在《语用学和文学》（ed. Teun A. van Dijk，Amsterdam：North Holland Publishing，1976），同时参考小野近藤与不同学科作家间的对话（taidan），收录在《对话：日语的思考》（*Taidan: Nihon-go o kangaeru* (Tokyo：Chuokoronsha，1975)）。这本书里涉及这个特殊话题的章节（135—137，203—204，214—218，222—223）兴许有些难以理解。但是不可否认的是，句子的叙述者和描述的动作会难以理解清楚，日语中这个情况常发生。

头、名村、森田、野野村、佐野、福岛、小衫、吉冈、弘濑、加
滕、木村、大野的日记，以及一位身份不明的作者所写的《航
美日记》，都属于这个范畴，在这些文件中，第一人称的代词性
术语［例如，单数的 yo（我）、ware（自我）、sessha、boku
（我）；复数的 warera（我们）、bokura（我们）］出现得非常
罕见。

那么，这些人面对着如此全新的东西，又为什么不用个人经
历的方式来谈论呢？为什么他们只是对描述人、事件以及东西如
水龙头、报警铃、马车和消防车这些外在的事物感兴趣呢？这种
彻底的非人格性的意义又是什么呢？首先，我们可以说，总的说
来，他们身为次一级的和职位较低的官员，不可能作出任何重要
的选择或者决定——尤其是在航海途中。这就意味着，就活动和
行动而言，他们必然是非常被动的。虽然他们在局面上无足轻
重，但他们的所见所闻，却须记录下来。其次，而且也是伴随着
第一点，也就是他们的自我意识和西方人不同，西方人往往把经
历都特殊化，个人化了。嘉八的报道是这一点的一个好的例子，
但别的人的日记也表明，他们对自己的感觉和反应漠不关心，甚
至对他们的个人状况也漠不关心。

例如，以村山石的《使节团记事》中的一段为例。他的日
记从 2 月 15 日到 18 日（按照使节团的阴历，为一月的二十四日
到二十七日）的条目如下：

> 二十四日：晴，有云，有风。（我的）同胞无一例外地
> 都晕船了。有人呕吐，幸运的是，我还没有达到呕吐的程
> 度，不过却感到恶心，一整天躺在床上，什么也没有吃。
> 二十五日：晴，有云。
> 二十六日：晴。
> 二十七日：毛毛雨。暴风雨，大浪。（我的）同胞全都

上了床，无法走动。船颠簸剧烈。整夜都无法入睡。（一位）航行过 20 年的美国人说，（他）从未遭遇过这样的大风暴。（我的）同胞完全是精疲力竭了。①

他有一次确实是谈到了他本人的晕船，称自己为 yo；但在描述他本人的状况上的任何兴趣，都被不断地转移开了，为的是按照团体（同胞）的方式来描述这一状况，而他本人只不过是团体的一个成员。但由于下述事实，这里的分析或许应该稍微加以限定，那个事实就是，村山是隶属于使团的一位医生，因而他对别人的兴趣也就可以被解释为是合乎职业的。但情况又并非如此，这只不过是许多例子中的一个，而之所以选用它，是因为它简洁。

野野村忠实的 3 月 29 日日记（阴历为三月八日），同样也弱化了他本人在这个场景中的出现：

三月八日。在三点（八点半［日本时间］）和四点（七点［日本时间］）之间，在北方的天空的黎明就像一团火；（我的）同胞们看到了这一点，于是说，陆地一定是近了，（那）一定是灌木丛的火；（他？我？他们？我们？）问一个美国人；（那个美国人回答说，他）以前见过这种火，但（他）不知道是什么原因；（一本）荷兰书解释道，那只不过是北极光；刮东南风；船驶向东北方向；寒暑表表明是华氏 60 度；在中午前航行了 270 日里。②

纬度是北纬 36 度 57 分 25 秒。

经度为西经 135 度 26 分 14.13 秒。③

---

① SS, 2：290—291.

② 日里：距离单位，每日里为三十六町，约合 3.9 公里。

③ Kolg, ai nichiroku, in SS, 3：160.

对村山来说，他本人的经历并非极其重要，而就野野村而言，他本人是否看见了"北极光"根本不清楚，而且也并不重要。在这两条日记中，人们得出的印象都是，事情是发生在他们所有人的身上的，而这些共有的经历正是令他们每一个人感兴趣的东西。

事实上，看到"北极光"这一事件在加藤、佐野、木村哲太、弘濑，以及玉虫的作品中也得到了报道。[①] 但除了玉虫的《访美日录》之外，没有一本书是明白无误地特别指出叙述者是"我看见"或者是"我们看见"。只是通过上下文——通过详细的描述、插图、陈述性的语气——读者才能猜测出来，作者大概也身处那些目睹这个现象的人群之中，但另外，仍然完全有可能争论说，他们可能并没有亲自看到这一现象。

与这个视觉的含糊相关的就是下述奇特的事实，即要确定1860 年的几部日记的作者是不可能的。确实，日记匿名并没有什么令人惊奇之处：有些作者觉得，当手稿在私下里流通的时候并没有必要署名。但与此同时，奇怪之处就在于，有一些日记，比如《咸临丸号航美记事》或者《航美日记》，完全可以说是一个人写的或者是几个人当中的一个人写的（这里所根据的是外部证据和话语的内容及风格），然而这些日记作者们在描述事件

---

① Respectively, Kato Somo, *Futayo gatari in Man'en gannen kenbei shisetsu shiryo Shusei 3*, (SS), ed. Nichi-Bei Shuko Tsusho Hyakunen Kinengyoji Un'eiinkai (Tokyo: Kazama Shobo, 1961), 23; Sano Kanae, *Man'en gannen ho-Bei nikki* (Kanazawa: Kanazawa Bunka Kyokai, 1946), 19; Kimura Tesuta, *Ko-Bei-ki*, ed. Matsumoto Masaaki (Kumamoto: Seichosha, 1974), 74—75; Hirose Kakuzo Hoan Kaneaki, *Kankai koronikkii*, 2, ed. Hirose Ikko and Aishin (Edo: Suharaya Mohei, 1862), 7th leaf; Tamamushi Sadayu Yasushige, *Kô-Bei nichiroku in Seiyô kenbun shû*, *Nihon shisô taikei 66*, Tokyo, Iwanami Shoten, 1974, 47. 玉虫开头是这样写的："我们不知道这是什么，我们的国民也是如此——我们很害怕，但是那些美国人并没有惨到像我们一样。他们说在日本没有这样的事情；很显然，在日本不存在这种现象；它的英文叫'北光'。"

的时候（而且大概是他们自己的事件），却从未把作者与所写的自我联系起来。再则，官方的文件——比如说委员会会议的记录——可以说是具有相同的非个人的风格。但诚如我前面所言，1860 年使节团的日记，却并非官方的记录。除此之外，这些日记又很难说是没有作者介入的迹象。确实，匿名的日记作者的个人反应——鄙视、不满、敬佩——就像他们当中的作者明确的个人反应一样，自由地表达出来了（或者是没有表达出来）。看来，对"谁"的兴趣，也就是谁看到了，做了和感受到了，是具有特色地被忽视了，取而代之的是"什么"，也就是看见了什么，做了什么和感觉到了什么，那就好像，不论是对读者还是对作者来说，个性都是无关紧要的。

现在谈谈那些为数不多的确实相当规范地使用代词"我"的旅行日记。最惹人注目的就是副使村垣的作品。想必他身为使节团的副手，也就一定需要这个"我"字。尽管他作为外交家是相当被动的，但他仍不能回避赋予他的职务上的权威。他的下属向他寻求领导，正使征求他的意见，美国人与他交谈，并期望和他讨论，做计划和做决定。这样一来，他在记日记的时候，也就无法轻易地避免使用第一人称单数代词（他选择使用的是 on-ore 这个字，意思是自己，大概是因为它稍微有点生硬，带有假乡巴佬的内涵，而不是用 yo，yo 是高贵的中性代词，1860 年的日记大多用这个代词）。从心理上讲，正如我们所看到的那样，更确切地说村垣是一个自视甚高的人。他总是认为自己比他的下属高明，这个态度在他的日记里是非常显著的（他称他们为 ge-su，也就是下等家仆、无赖）。这样一来，村垣也就似乎从一个不同的个人视角来看待美国，而不是从一个团体自我的立场来看待美国。不过，他的冲突最终又全然不是个人的。他的个性、意识和情感、思想和感觉，都没有介入，这一点我们将在后面更详细地进行探讨。如果说这在某种程度上是悖论的话，那么我们就应该回想起，他的孤立本身就是等级制度的结构的一个部分，而且他的意识在很大的程度上也是被社会所确立的。

　　摄津守木村喜毅是咸临丸号的提督，他的情况也大抵如此。作为护卫队的首领，他须表现出权威，承担责任，这样一来，他的《使节团美国之行》也就必然包含有许多第一人称的句子。然而，木村又是一位由荷兰军官训练出来的海军军官，而他手下的军官也大多是长崎海军学校的学生。另外，有一段时间他是与在马雷岛海军造船厂的美国同行交往。由于这样一来他发现自己是与一群意气相投的人在一起，他与美国人在一起的时候也就比像村垣这样的外交家们更为放松。正如我们所看到的，在美国人和木村的水手之间似乎有一种真正的互访和友谊。他的作品是对这一点的反映，也就远不像村垣的作品那样有戒心和不正常。见习船员石川的航海日志是就事论事和没有自我意识的，舰长木村的航海日志也是如此。他的"我"是一个客观的、谦逊的"我"，仅仅是一个功能性的和描述性的"我"，这个"我"被添加在那儿，是因为他的地位需要有一个与别人相区分的"我"。这个"我"虽然是不相关联，但不论是与他的下属还是美国人，却又并没有显见于村垣的作品中的那种等级上的疏远。而且他也似乎对他本人的特殊经历并不关心。从某种意义上讲，在这儿人们又不能不看到技术的那种重要的副产品的一个早期例子：绕过并取代普通的语言和个性，通过外交和文化上的代表所不能匹敌的专业和技术上的专家，而获得一种流畅而又有效地在不同文化间的"交流"。

　　正使丰前守新见正兴的记录，同样也使用了第一人称的代词。它的独特之处在于，它采用的是诗歌日记的传统，使用了一系列的和歌。它是以纪念动身的和歌开始，以纪念返回的和歌结束。它并没有给人以深刻影响的文学价值。这些诗歌是非常具有模仿性的作品，只不过是表现了有社会教养，而社会教养在德川武士当中又被当作趣味和修养的一个尺度。例如在夏威夷，他与他的随从中的一个军官交换了一系列的游戏诗歌，表现的是他对一个他碰巧遇见的美国女人的假装的爱慕。其中一首，他自己就承认是对纪贯之①的著名的和歌的模仿。该诗如下：

> 从水上的影子
> 摘一朵花。
> 徒劳的凝视。②

他还写了几首诗，用夏威夷的女王和布坎南总统的侄女的名字的双关语开玩笑。如果说他表现出了什么才能的话，那也是在于其社会风度，而不是因为诗写得好。在他返回以后这部诗歌日记被翻译了出来，却又依然惹人注目，因为它揭示出，这位正使是完全镇静的，根本也没有因为置身于陌生而又不熟悉的环境而心烦意乱。

玉虫在他的《访美日录》中习惯性地使用了"我"一词，（他用的是 yo），他的情况有所不同。玉虫是正使新见在航行过程中的男仆，他出生于北方的仙台领地的一个下级武士的家庭。早年他是当地氏族的官方学校的一个才华横溢的学生。后来他跑到江户，有一段时间在大学头林复斋③（又名 Tosho）的家里干活，林复斋是官方德川学院世袭的院长，德川学院即昌平坂学问所（相当于早年的牛津大学）。玉虫的才能一得到承认，便立即被提升为学校的教务长。碰巧林复斋是 1854 年与佩里准将进行谈判的主谈判者，因而玉虫能够参加使节团，无疑可以追溯到受

---

①　平安朝中期歌人。曾编纂过《古今和歌集》、《新撰和歌集》。其所著《假名序》是著名的歌论，《土佐日记》在日本文学史上占有一定的地位。——译者注

②　A-ko-ei, in SS, 2：356.

③　江户时代学问所的长官，负责培养官吏，由儒家林氏世袭。——译者注

他的主人的影响。事实上，在他们离开日本的时候，正使岩濑忠震用古汉语给玉虫写了一首送别诗，岩濑是 1858 年使节团的最初的计划者之一。因而，尽管玉虫的学问确实是杰出的，但在他的背景中却没有什么能暗示他实质上接触过"兰学"。昌平坂学问所的课程是纯粹的新儒教课程，非常正统，[①] 而如果说林复斋有什么区别的话，那就是以对新奇的西学的鄙视而为人所知。[②]玉虫曾在北方旅行过，并在一部 9 卷本的地理学研究著作中讨论了俄国威胁的性质（这部研究著作可能使他有机会思考当时的国际形势），正如我们已经注意到的，他曾读过论述西方的《海国图志》以及其他著作。不过，在他离开日本的时候，他仍然与使节团的其他人一样，十分敌视那些野蛮人。[③] 有一次，在波瓦坦号上，玉虫听见粗鲁的西方人演奏乐器，便极为恼怒。而且在这种导致幽闭恐惧症的住处，不断地听见这刺耳而又陌生的美国乐曲，只是令这位助手的精疲力竭的神经愈加难受。因而，在檀香山与一位中国移民一同进行访问的时候，他宣称自己是"圣人之道的一位热诚的学生"，与使节团中的许多受过西学训练的人不同。[④]

然而玉虫又始终是公正的，他是该承认的时候就承认。在穿过暴风雨的时候，给他帮助和鼓励的不仅仅是他的日本同事；有几个美国水手排除了语言障碍，明确表示他们关心他们旅客的安康和舒适。他也赞赏美国军官与他们手下的真正的同志情谊，这与他们的

---

①　Tanamushi Sadayu Yasushige, *Ko-Bei nichiroku*, ed. Yamamoto Akira（Sendai：Yamamoto Akira, 1930）.

②　例如，福地源一郎（樱痴）在《怀往事谈》（*Kaio jidan*, 37—39）回忆到他以前曾因为偏爱外国文学儒家思想而受到深深的指责。有关昌平校历史问题，参阅轮岛雄《昌平校与藩学》（*Shoheiko to Hangaku*）。

③　有关的玉虫生平，参阅《日美文化冲突》（*As We Saw Them*, chap. 4, 164—167）。

④　Yamamoto Akira, *Ko-Bei Nichiroku*, 229—231.

等级意识强的日本同行形成鲜明的对照。逐渐地，玉虫对美国人的评价开始改变了。正如我们前面所看到的，他对美国的好感逐渐变得比使节团里的其他人都更为真诚。由于他反复思考了美国和美国人民所提出的问题，他也就不得不从其他人那里脱身出来，而使用了单数第一人称。副使村垣的"我"是出于外部权威的需要，而玉虫则不然，玉虫的"我"是由于他允许自己进行批评并承担知识上的责任而出现的。他的罕见的洞察力和评论就要求，那个单数第一人称代词不应暗示出来，而是应充分地表达出来。这样一来，他的句子的主语也就必须从那个笼统的"我们/他们"脱离开来，取而代之的是那个单数的、不含糊的、明晰的"我"。

村垣和玉虫之间的对照是引人入胜的。他们两个人一开始都鄙视美国。然而，村垣的态度从本质上讲并没有改变。如果说他确实承认西方在武器开发和医疗方面有优势的话，那么他认为美国是一个劣等的野蛮国家的评价却从来也没有动摇过。这样一来，这次航行也就只不过是他在德川政权里的事业中的一个部分，而他在返回时所得到的奖赏——觐见将军，得到提拔，获得礼物，例如一把制作精美的剑柄，50 两黄金，四件季节性的衣服，以及一年 1500 蒲式耳的（300 石）的稻子——也就是他一直追求的成就的极致。① 在他日记的结尾处的总结所采用的辞令，说明村垣就像以往那样头脑封闭，好像他从未从他的官僚的日常生活中脱离开一样。

而另外，玉虫却是对他的信念做了严肃的反思。他虽然在智力上略逊一筹，但却对他所经历的一切都采取诚实和重视的态度，不让原先信念的惰性干扰亲身的观察。如果说在 1860 年的使节团的文献中有现代意识的任何早期迹象的话，那就无疑最显见于玉虫的日记，他所使用的单数第一人称的代词就是那个罕见

---

① *Ken-Bei-shi Nikki*, in KSNS, 1：200—206；Kokai nikki, 177—180.

的头脑的一个迹象，那个头脑并不对与别人保持距离而心怀恐惧。值得注意的是，与使节团其他人的书相比，玉虫的这本在批评上毫不妥协的书更被人所仿效和模仿，在今天它比别的任何一个人的书印行都更多。

在前面（第一章）我提到，1860 年的日本旅行者们所搜集的那些信息，其机械和杂乱无章令人窘迫，并且指出，写得这么差是由于两个外部的原因：在语言表达上的不胜任和在个人行动上的严格限制。这里我想讨论一下，在日本的知识生活环境中信息意味着什么，并把信息与那些旅行日志在感知和形式上的特色联系起来，尤其与自我意识的阙如联系起来。

许多在 19 世纪 50 年代访问日本的西方人记载下了那些令他们困惑而又头疼的经历，那就是无法从官员那里得到对最简单的问题的回答。那位讽刺大师冈察洛夫是这样描述的：

"长崎的人口有多少？"我有一次问马场五郎左卫门——当然是通过翻译来问的。他用日语重复了这个问题，又看着第二位同事，第二位同事又看着第三位同事，第三位同事继而看着一位下级，那位下级又看着一位翻译，就这样，问题和视线又回到马场五郎那里，虽然并无答案。

"有时少一些"，贞五郎终于说话了，"有时多一些"。

"你们的房子是不是都是一层的，还是有一些两层的？"波塞特道。

"有时有两层的"，吉兵卫说道，同时看着罗达。

"有时是三层"，罗达说道，同时看着贞五郎。

"有时甚至是五层"，贞五郎说道。

我们笑了起来。

"你们经常发生地震吗？"波塞特问道。

"是的，经常发生"，贞五郎说道，同时看着罗达。

"多长时间发生一次？是 10 年一次还是 20 年一次？"

"有时是 10 年一次，有时是 20 年一次"，罗达说道，同时瞥视吉兵卫和贞五郎。

"山崩地裂，房屋倒塌"，贞五郎补充道。于是这整个交谈就这样继续着。[①]

汤森·哈里斯的抱怨是气恼的，也是没有幽默感的。他转告了美国版权局拟得到有关日本棉花的信息的要求，却几乎没有得到回答：

> 这是有关日本人的手腕、诡诈和虚假的一个美丽的样品。他们的伟大的目的似乎就是，有关他们的国家让人了解的越少越好。为了达到那个目的，一切欺骗行为、骗人的话、虚假甚至暴力，在他们眼里也是有道理的。确实这是世界上获得信息最困难的国家，没有统计数字，没有有关与工业相关的任何问题的出版物。[②]

无疑，政府工作人员受到最严格的控制，不得把有关日本的任何信息透露给外国人。不过我们要问，这个不交流和保密的政策源自何处？是源自对国家安全的一种病态多疑的担忧？是源自依赖于严格地遵守一种官方路线来生存的集权主义结构？当然是如此，但构成这二者的基础的，则是一种对待知识的哲学态度，这一点需要解释一下。

首先，虽然日本人拒不回答外国人的问题，但这并不是说他

---

①　Evan Goncharob, *The Voyage of the Frigate Pallada*, trans. And ed. N. W. Wilson (London：Henry Colburn, 1924), 156, 160.

②　Townsend Harris, *The Complete Journal of Townsend Harris*, ed. Mario Emilio Cosenza (New York：Doubleday, Doran, 1930), 362—363.

们是把嘴闭上或者把脑子关闭起来。他们问了有关西方的数量众多的问题，这一点当时与他们有接触的几乎每一个外国人都提到了。同样，尽管哈里斯感到头疼，冈察洛夫是冷嘲热讽，但日本人却并非不习惯于做记录的体系。相反，德川政府和领地政府所保存的案卷，以及城镇、村庄和家庭所保存的案卷却是数量巨大，以至于现在它们成了历史学家的宝库，也许是举世无双的宝库。在农业技巧和金融管理上也有持续不断的试验和创新。① 然而，当德川政府的官员们面对西方人的时候，他们却不愿意与陌生人分享这些知识。信息得保存在自己的集团之内。

其次，当日本人面对西方人的时候，他们只想得到一种特殊的信息。早先，新井白石（1657—1725），一位杰出的新儒学学者和将军的高级顾问，他把知识分为"形而上学的"（形而上）和"物质的"（形而下）两个领域，他承认西方在实际知识和技术知识上优越，但又毫无保留地推崇新儒学世界观的道德优越性。② 尽管他对西方怀有相当大的好奇，但又不容置辩地摒弃基督教，认为基督教"非理性"，"不道德"。新井白石想从西方学习技术，但又不想学习产生西方技术的东西，也就是说，那些形成了整个文化的假定和价值。他的态度在某种程度上是随即而来的"兰学"学者对西方人的态度的典型：学习有实用价值的知识，但就道德和其他价值而言则保留现有的东西——土生土长的日本的东西，早期从中国进口的东西，以及一些佛教的东西，虽

---

① 比如，可参见 Thomas C. Smith's "Okura Nagatsune and the Technologists", in *Personality in Japanese History*, ed. Albert M. Craig and Donald H. Shively（Berkeley：University of California Press, 1970），127—154.

② 见新井白石（Arai Hakuseki）的《西洋纪闻》（*Seiyo kibun*）（1715—1725），此文由宫崎道穗（Miyazaki Michio）再编（Tokyo：Heibonsha, 1968, 16—17）。对此版本，宫崎的评价对我们很有帮助。又见佐藤章介（Sato Shosuke）的《西方研究史研究——西方研究和封建权威》（*Yogaku-shi kenkyu josetsu*：*Yogaku to hoken kenryoku*. Tokyo：Iwanami Shoten, 1964）和宫崎道穗（Miyazaki Michio）的《新井白石的海外洋学》（*Arai Hakuseki no yogaku to kaigai*. Tokyo：Yoshikawa Kobunkan, 1973）。

然有关这些东西也是言人人殊。

非常明显的是，德川时期在其两个半世纪的过程中，在知识上远非处于休眠状态。从一开始，朱熹的世界观就受到贝原益轩（1630—1714）、新井白石、荻生徂徕（1666—1728）和别的许多人的挑战。例如，德川时代的日本的最伟大的怀疑主义者之一三浦梅园（1723—1789），就在像《答 Taga Bokkyo 书》（*Taga Bokkyo kun ni kotaeru sho*，1777）这样的认识论的论文中，提出了有关信仰的基础的根本性的问题。然而，这些极其难读但又引人入胜的书的有趣之处在于，三浦并不坚持怀疑一切，相反，他对怀疑自身提出了疑问。三浦梅园并没有发现进行思考的自我是存在的证明，而是最终回到了社会的安全感中去，那就是体现在德川政权结构上的那种新儒教的政治绝对物。① 而就对儒家的忠、孝、仁、礼这几个范畴的最终接受而言，甚至对德川政权持批评态度的王阳明学派的学者，例如中江藤树（1608—1648）和熊泽蕃山（1619—1691），也确实偏离甚少。②

甚至后来的"荷兰学派"学者，例如平贺源内（1728—1779）、衫田玄白（1733—1817）、本多利明（1743—1820），或者佐久间象山（1811—1864），也对我们可以称为西方文化的"人文主义的"方面采取非常超然的态度，而他们在阅读西方图书和文件的过程中一定会碰上这些人文主义的方面的。那些在

① *Taga Bolzleyo kun ni kotaeru sho* is in the Iwanami Bunko edition of *Miura Baien shu*, ed. Saegusa Hiroto（Tokyo：Jwanami Sooten，1955）. For Miura's philosophy，see *Saegusa's Miura Baien no tetsugaku*（Tokyo：Daiichi Shobo，1941）and Taguchi Masaharu's *Miura Baien*（Tokyo：Yoshikawa Kobunkan，1967）.

② 为了更好地了解东条中江（Nakae Tojo）和熊泽蕃山（Kumazawa Banzan），笔者认为山井禹（Yamai Yu）编著的《日本思想大系》（*Nihon shiso taikei*. Tokyo：Iwanami Shoten，1974）中收录的两人著作集还是非常有用的，这其中还包括了一些简单的探讨性文字。在《日本的名著》（*Nihon no meicho*）还有另外一个版本。又见二宫正英（Bito Masahide）的《日本封建思想史研究》（*Nihon hoken shiso-shi kenkyu* Tokyo：Aoki Shoten，1961）第136—276页。

19 世纪中叶空想主义的激进分子们，例如吉田松阴和桥本左内，他们实际上是鼓动造反推翻幕府统治的鼓动家，但事实上，甚至他们也从未想到要用他们的西学知识来对这些等级制度的价值进行反思。他们想得到西方知识，只是因为他们认为，西方知识有助于推翻德川家族（尽管不是等级制度的结构本身），而同时又有悖常理地认为有助于把西方人自己也赶走。佐久间象山的口号"东方的道德，西方的技术"，很快就被略加简化，成了"日本灵魂加西方技术"，而这个新的说法注定要生存下去，进入明治时期的日本，而且在某些方面甚至进入到当前。①

----

① 除了之前提到的关于"荷兰研究"的著作外，还可参见昭田次郎（Numata Jiro）等的《洋学 1. 日本思想大系》（Yogaku 1；Nihon shiso taikei. Tokyo：Iwanami Shoten, 1976）第 64 页（包括了杉田玄白和司马江汉的重要选集）；杉田玄白（Sugita Genpaku）、平贺源内（Hiraga Gennai）和司马江汉（Shiba Kokan）的 Haga Tom 作品选，此选集又见于芳贺彻（Haga Toru）编写的《日本的名著 22》（Nihon no meicho 22：Sugita Genpaku, Hiraga Gennai, and Shiba Kokan. Tokyo：Chuokoronsha, 1971）；冢古明弘（Tsukatani Akihiro）等编写的《本多利明：海保清陵日本思想大系》（Honda Toshiaki；Kaiho Seiryo, Nihon shiso taikei. Tokyo：Iwanami Shoten, 1971）第 44 页；佐藤昌介（Sato Shosuke）等编写，渡边华山（Watanabe Kazan）的《高野长英, 佐久间象山·横井小楠·桥本左内, 日本思想大系》（Takano Choei Sakuma Shozan, Yokoi Shonan, Hashimoto Sinai, Nihon shiso taikei. Tokyo：Iwanami Shoten）第 55 页。至于一些个别作者的专题性论著，有片桐和雄（Katagiri Kazuo）的《杉田玄白》（Sugita Genpaku. Tokyo：Yoshikawa Kobunkan, 1971）；立野前刀（Tatsuno Sakito）的《佐久间象山》（Sakuma Shozan. Tokyo：Yoshikawa Kobunkan, 1959）；大平木全（Ohira Kimata）的《佐久间象山》（Sakuma Shozan. Tokyo：Yoshikawa Kobunkan, 1959）；松浦玲（Matsuura Rei）的《横井象山》（Yokoi Shozan. Tokyo：Asahi Shinbunsha, 1976）；玉室大树（Tamamuro Taijo）的《横井象山》（Yokoi Shozan. Tokyo：Yoshikawa Kobunkan, 1967）；山口贵宏（Yamaguchi Muneyuki）的《桥本左内》（Hashimoto Sanai. Tokyo：Yoshikawa Kobunkan, 1962）；木村俊夫（Kumura Toshio）的《吉田松阴的思想教育》（Yoshida Shoin no shiso to kyoiku. Tokyo：Iwanami Shoten, 1942）；河上彻太郎（Kawakami Tetsutaro）的《吉田松阴：武儒人间像》（Yoshida Shoin：Bu to ju ni yoru ningenzo. Tokyo：Bungei-Shinsha, 1971）。在"德川时期日本的科学和儒学"中，此文见于詹森（Marius R. Jensen）的《日本与时俱进的现代化观念》（Changing Japanese Attitudes toward Modernization. Princeton：Princeton University Press, 1965），克雷格（Albert Craig）认为这些荷兰学者的特点是他们"有选择的融合"（156）。至于之后"日式精神与西方科技"观念的发展变化，见平川祐弘（Hirakawa Sukehiro）的《和魂洋才的系谱：从内与外看明治日本》（Wakon yosai no keifu：Uchi to soto kara no Meiji Nihon. Tokyo：Kawade Shobo Shinsha, 1971），其中就有鸥森外（Mori Ogai）的一些评述。

他们决心保持"形而上学"的传统，使之不受打扰，这个决心不仅为空想家们所共有，而且也为当时试图用武力推翻当权者的实际上的造反者和动乱分子所共有。大盐平八郎（1793—1837）曾代表饥饿的民众攻击大阪的知事，然而却又在他的《呼唤造反》（1837）中想当然地认为，直接的帝国统治就会治愈德川政权的种种弊病。[①] 三浦明介是1853年农民大暴乱的一位领袖，又在他的狱中书简中要求他的亲戚们忠于他们好的主人。[②] 简言之，在1867年的维新以前，几乎没有人愿意寻找对传统的忠孝仁礼的原则的替代物，甚至也没有感觉到有必要寻找它们的替代物。[③] 不论是对学者们还是对激进分子而言，知识仍

---

① The text of *Gelzibun* is in *Oshio Heihachiro shu*; *Sato Issai shu*, *Dai-Nihon shiso zen-shu*, 6: 470—475.

② 三浦命助的多数文章再次收录进《民主运动的思想》，多卷集《日本思想大系》中的第58卷由庄司吉之助等编辑（Tokyo, Iwanami Shoten, 1970）。

③ 名下哲夫（Tetsuo Najita）在他的著作《日本》（*Japan*, Englewood Clifs, N. J.: Prentice-Hall, 1974）里表达了不同的观点，这对研究这个国家的历史有很好的价值（尤其参考第二、三章，第16—68页）。他中肯地分析了道德，准则，实用等这一类概念的哲学地位转变，因此比我更多样化地揭示了德川时期的日本。他能从这些概念中看到当时的思想家所显示的自我精神。中江藤树（Nakae Toju）和 熊泽蕃山（Kumazawa Banzan）《精神自我》（*spiritual self*）长门大潮（*Oshio Heihachiro*）的《自主性》（*personal autonomy*）中，认为，德川时代的思想家都受制于当时的等级价值观，很少考虑到独立自我的层面。我能想到的一个例外是司马江汉（Shiba Kokan 1748—1818），他是个画家，深受西方文化影响，极力宣传欧洲国家，并且坚信人人平等（《从人到个体的止步》（*hito to shite* hito o totomu）收于《羽兰传说》*Wa-Ran tensetsu*［1795］）；安藤昌益（Ando Shoeki，1703—1762）的反封建平等主义；参考 E. H. 诺曼（E. H. Norman）的《安藤昌益与日本封建剖析，日本社会交流》第三系列第二卷（*Ando Shoeki and the Anatomy of Japanese Feudalism*, *The Transactions of the Asiatic Society of Japan*, 3rd series, vol. 2, Tokyo: Asiatic Soiety of Japan, Dec. 1949）；丸山真男（Maruyama Masao）的《德川思想文化史》（*Studies in the Intellectual History of Tokugawa Japan*, trans. Mikiso Hane [Princeton: Princeton University Press, 1974]）；参考九留岛野口（Noguchi Takehiko）的《日本名著》（*Nihon no meicho* 19, ed. Noguchi Takehiko [Tokyo: Chuokoronsha, 1971]）；还参考横井湘南（Yokoi Shonan'）《普救论》。同样地，哈里·哈鲁图尼恩（H. D. Harootunian）写了本易懂又丰富的书《即将到来的复辟：德川时代日本的政治意识增强》（*Toward Restoration*: *The Growth of Political Consciousness in Tokugawa Japan*, Berkeley: University of California Press, 1970），

然是响应了一个封闭社会的需要，那个封闭的社会要求对继承下来的价值不断予以肯定，既不是肯定适应于一种新的哲学的系统的信息，也不是肯定一种被个人的全部生活经历所促成的广泛性的视野。

1860 年使节团的成员们所收集的信息，当然不是一种能够激起与传统进行任何综合的"人文主义的"对抗的信息。那些信息大量的是孤立的（并且往往是无足轻重的）事实和数据，没有多少是被组织成对新的经历的"理论性的"理解。应该承认，他们的西方同行也没有好到哪里去。阿尔科克所写的日本语法书，奥利芬特在逗留了两个星期以后所写的有关日本的田园诗般的神话，乔治·史密斯有关日本人所做的在神学上的定论，今天在我们看来，全都是对日本文化的荒谬的误解。然而，在这些判断失误的著作中，却有着一种意识，即事实和非事实，数据和非数据，必须予以估价、选择和整理，然后才能被接受。除了玉虫和福泽（福泽的回忆录是几十年以后写的）以外，1860 年的日本日记作者都是满足于收集大量毫不相关的资料，而那些资料又不会在极大程度上动摇他们有关外部世界的信念。

换言之，在信息收集上的三个主要的障碍当中，前两个障碍当时去日本访问的西方人也有：他们不会说东道国的语言，而且他们的行动也受到严格的限制（不过是受到东道国政府的限

里面对 1867 年改变的描述比我发现的更具有"革命意义"（409），例如，佐久间（Sakuma）和吉田（Yoshida）潜意识里认为日本"属于五大洲"（173）并且认为它需要"改变原来的价值观"（407），对此我很赞同。但是，我认为他们对西方的兴趣和了解还远远不够深广，因此他们也难以做到与过去"既定惯例完全决裂"这方面我认为可以参考植手道有（Uete Michiari）的《儒林外史第二十九回》（*Sakuma Shbzan ni okeru jugaku, bushi-seishin, yogaku* ）收录在《日本思想体系 55》（*Nihon shiso taikei 55*, ed. Sato Shosuke, et al., Tokyo: Iwanami Shoten, 1971），652—685，并参考罗伯特·N. 贝拉的《日本社会的连续性和变化》（*Continuity and Change in Japanese Society*），收录在《稳定性和社会变革》（*Stability and Social Change*, ed. Bernard Barber and Alex Inkles, Boston: Little, Brown, 1971），377—404。

制）。然而阿尔科克和西伯尔德，霍奇森和麦考利，他们却都是——不管他们意识到与否——哥白尼和笛卡尔、哈姆雷特和浮士德的孩子。他们不仅是对他们的环境好奇，而且好奇心还驱策着他们的生活。他们善于面对着新的发现，修正或者干脆抛弃已经确立的信念和教条（而日本人则是情愿不善于如此）。阅读西方人的旅行日志的人，立即就会感受到，在其分析性的评论的密度和厚度上，与其日本同行的旅行日志有着质的不同。使二者区分开的，就是他们对信息和知识、对洞察力和理解力的不同态度，而与此有着密切关系的，就是他们在对待自我的态度上有着本质上的不同。

在现代分析思维出现以前，西方人就不得不开始具有用孤立的第一人称来讲话的习惯，笛卡尔在其《方法谈》中用的就是第一人称。在日语中依赖于一个含蓄的第一人称和由此而产生的含糊的主语，并没有鼓励产生出一种类似的进化。"我"往往并不是从其他的"我"中分离开来，因而也就浸没在众人当中。既没有孤立的自我的欢乐，也没有孤立的自我的痛苦，相反，由于含糊的主语允许他的行动和存在是集体的，因为在日本的人也就保留了团体的安全，不管他可能由于宗族的神话而在时间上和空间上会受到多么大的限制。丸山真男断定，在整个日本传统中明显缺少思辨的习惯，我相信他是正确的，而如果他是正确的话，那么这就是那种文化所乐意付出的代价。它情愿放弃普遍性的知识，放弃怀疑主义的评论和个人的反思，为的是维持一个从遥远的过去所继承下来的严密而又一致的社会。①

尽管儒学有这么多的倾向性和偏爱，但它却绝非其他种类的学问的一种遏制物。精确地讲，它虽然并没有充满人文主义的精神，但却教导人们尊重一般的知识；如果说自由探讨并不是儒学

---

　　① 　Maruyama Masao, *Nihon no shiso*, esp. 1—66.

的首要原则的话，那么它却也允许学生按照自己的看法来阐释圣人之道；如果说群体意识是占主导地位的话，那么它却也鼓励在群体之内进行有力的竞争。除此之外，他们的儒学是一种在很大程度上讲求实际的儒学。这样一来德川时代的人也就对一种学术环境在心理上有所准备，随时都允许一种新的影响开始起作用。例如，一旦发现1860年使节团所带回来的信息过于杂乱而且大多没有用处，那么这种欠缺就得到了有效的纠正。德川政府的第二个使节团，即1862年赴欧洲的使节团，就是按照那种认识更重时效的方式组织起来的。① 实际上，若是没有长期的儒学传统所提供的基础教育体系，以及深深地根植于儒学传统的官僚结构，那么这种有力的吸收——仅仅是近期才遭遇到的东西——的能力就是不可想象的。

---

① 参见 chap. 4 of *As We Saw Them*, 174.

《源氏物语》：翻译及阐释

在这篇关于 1978 年爱德华·悉登斯蒂克《源氏物语》译作的简短评论中，三好颠覆了通常翻译研究的关注主题（即如何使经典文本对当代和国外读者具有可读性），他所追寻的是原文本身如何能影响到翻译语言。三好强调了《源氏物语》中的不可译处，他认为，真正的文化交流正是产生于这种不可能性。——编者注

迟缓的评论家在作出行动之前就已遭到置疑。严谨的学者及时的抢占了热门主题，而此时读了这部书的大多数读者也有着自己的观点。关于爱德华·G. 悉登斯蒂克翻译的（Edward G. Seidensticker）的《源氏物语》，① 日本某一著名出版物已经刊登了许多此方面的评论。其中包括厄尔·迈纳关于其形式特点的深刻讨论（《泰晤士报》文学增刊）；埃德温·克兰斯顿针对包括语言节奏，姓名和和歌在内的细节的研究（《日本研究》杂志）以及玛丽安·尤里将其与韦利译作的细致对比（哈佛亚洲研究杂志）。悉登斯蒂克作为一个后来者受到很多限制，他必须

① Murasaki Shikubu, *The Tale of Genji*, 2 Vols. , trans. Edward G. Seidensticker (New York: Alfred A. Knopf, 1977).

遵循现有的标准。然而他的确取得了辉煌的成功，其作品与韦利著作并肩齐辉（韦利是首位得到认可的译者）。新版《源氏物语》运用现在版日语脚注和翻译，篇幅完整，用词较之其前身也更加准确。前言与注释新颖，评论语言出新（［节奏较之韦利的］活跃简洁，用词精确，少矫饰）；人物姓名翻译或喜或悲依命运而定。评论家意见不一，笔者也不尽认同（例如，尤里夫人把《源氏物语》描述为一部小说，这引来许多争议。参阅野村诚一《源氏物语文体论小说》）。同时，许多评论的意见也空前的一致。

需要进一步考虑的是，悉登斯蒂克的文章创新独特并彰显了他对原著的阐释。其文章读起来朗朗上口，语言文雅，思路清晰，观点尖锐。过犹不及，这里不得不提出一个问题，这般模仿原著各方面的表达的意义何在？尽管知道将日英完全对照起来是不可能的事情，可我还是不禁想起杰出翻译家弗拉基米尔·纳博科夫说过的话："任何一篇读起来不像是翻译过来的译文经检验肯定是不精确地翻译，同时，一篇好的译文在于忠于原文及完整性。这篇文章读起来顺口与否在于型式而非模仿。"悉登斯蒂克在其序言里也曾经讲道"［韦利］通过削减来简化文章，从而'提升'"。那么，他自身的文章呢？其文章是否留有紫式部的日语色彩？它是否避免了更改原文呢？

这里，我不再重复克兰斯顿和尤里教授对原文和译文的对比，他们做的已经很好。通过对两篇文章中的词句比较，我提出几点内容。除了日语参考文献外，悉登斯蒂克的《源氏物语》译文和《傲慢与偏见》一样，都是正宗的英语，即这篇译文句法单位明确，叙事声音清晰，减少了含混不明之处。总之，这很值得讽刺。任何一个有机会读过旧版《源氏物语》的人（或者是现在复制版和翻版，如山岸德平和今井元永的 Aobyoshibon 照相复制版本，或是秋山谦一和池田敏夫编的 Kochibon 版）都会

发现，正如玉上拓哉多年来一直奋力争论着，悉登斯蒂克也知道
《源氏物语》作为物语事实上是一个几乎没有标点和分段的词汇
流。词汇堆砌，语调色调就如起伏的雅乐一样不断变化。读者已
经熟悉这部小说，而我们还是在自己的期望和愚见下备感压力，
把《源氏物语》塑造成一部现代小说。日本古典文学大辞典及
小学馆版的《源氏物语》的读者是被迫去破译它而非去体验它。
这是因为，当你去参阅大量有用的注释和评论时也理解了编者对
某一特定词汇或段落的赋意。标点符号甚至也是一种释义方式。
玉上的角川无标点版很好。尽管编者多次警告并避免使用除了逗
号之外的所有标点，但这一版也会使读者认为《源氏物语》是
有短语、分句和段落的。此外，玉上的现代本演绎违背了她关于
《源氏物语》结构的理论。按照其理论（而非其做法），我认为
《源氏物语》根本不是一部小说。小说是一种现代叙述形式，它
把发生的事件编造成故事情节，把真实存在的个体当做虚构的人
物。亚里士多德关于开端、中间、结尾的理论很难应用在《源
氏物语》，悉登斯蒂克急于要表达的现代讽刺理论也难于在紫式
部的作品里得到体现。

　　关键是，例如，原著的读者并不知道引用的确切起止位置，
并且我认为平安时代的读者也并不关心这一点。悉登斯蒂克的译
文清除了所有诸如此类的含混不清，并将其转换成了一部西方现
代小说（或罗曼史），这也不可避免地改变了那种平安时代的味
道。在其中，我们看到的是一部讽刺剧，或是一部令人敬畏而又
头脑发热的评论家认为的准维多利亚时期的道德说教。

　　在平安时期的故事中，情节，人物及语法充斥在一个包罗万
象的时间流里，为读者提供了一个感知生命并反思自身存在或不
存在的机会（同时，可能还有无生命的感受）。悉登斯蒂克的演
绎试图将那些居住于绿茵荫影的宫殿、庙宇及茅屋里的王子，公
主和隐士转换成拥挤在灯光闪烁的沙龙上的现代西方淑女和

绅士。

下面我将以一篇文章为例，但愿它不仅仅是用来补充克兰斯顿和尤里教授的研究。这一段话选自塞登斯蒂克著的《金雀花树》第二章开头一段：

> "闪闪发光的源氏"：这个名字实在是非常耀眼。但是由于他做出了许多不同他人的举动，所以也难逃被批评的命运。确实，他这种不够谨慎的态度让人觉得轻浮，尽管他也尽力想要隐藏。但是他最私密的事情也成了常谈（这就是流言的可怕之处）。另一方面，如果他所讲的全都是关于他的名字的事，而不涉及任何其他有趣又娱乐大众的事情，他一定会被片野这样的人士嘲笑。

以下是我的尝试的改编：

> 源氏这个名字很有光芒，可能会消失，有很多缺点，的确，这些伤风败俗的事情，可能会被宣扬，至后代社会，留下个轻浮的名声，很担忧，因此隐藏了很多秘密，但即使这样也还有人谈论，多么可怕的流言，对民众小心翼翼，试图保持清醒，这完全就不浪漫，绝对会受到片野之流的嘲笑……

很明显，这不是英语，在这里我也不想建议出版一本晦涩难懂的非英语的《源氏物语》。另外，即使是这本日英译本读起来也过于英语化，因为其中添加了许多原本没有的章节，数字，人物，没有了敬语，等等。尽管，有个问题是，有些释义或解码过的现代版本是只要"正确"就能被人接受，如果人们是以此为参照标准，那么准确精准的概念就不复存在了。我要重申的是，原版的《源氏物语》一直在不停地变化。在每个地方，不同的叙述都会将原来的版本推翻，并带来意想不到的视角。比如，有些动词的主语遗失后又会重现，还会再次缺失；有时叙述者会与故事中角色交融，角色之间也会与其他角色和环境相互交织在一起。对我而言，在这个故事里，《源氏物语》里的王子，公主仓井，王子熏和公主美君将随着时间交织在一起。我们可不可以用现代英语中的固定句式来重新创造这个故事？也许不能。弗吉尼亚·伍尔夫说过："这个句子不适合用在女性身上；因为它是男人创造的。"伍尔夫对亚瑟·威利是很熟悉的，当《源氏物语》1925 年首版时她甚至还写过一篇书评。在写了《戴洛微夫人》和《到灯塔去》后，伍尔夫的写作语言有些像紫式部女士的风格，这两人属于不同时代，有着不同的传统。这让人想起，在20 世纪 20 年代，伍尔夫和其他作家一直致力于将写作从自觉中解放出来。意识流就是其中的一种尝试。叙述失去自我感，人物脱离肉体，失去视角观点，随着时间发展完全沉浸在空间结构里，这些都是相似的努力。随意懒散地沉浸在可能发生的一切之中，伍尔夫学会了日语，更好的是她翻译了《源氏物语》！现代英语根深蒂固，因此难以适应一些不合习俗的翻译。尽管纳博科夫这样说，我还是听说，许多的出版商甚至会找完全不懂日语的人来重写，希望能消除翻译日语小说时的拙劣翻译。日本人对翻译本的态度截然不同。过去的 100 年里，日本人急于想了解外面的世界，因此沉迷于翻译，因此很多的翻译风格出现了。大家都知道，他们日常的语言也深深受到西方语言的影响。不仅单词，句式也受到影响。可以说，这种习语上的改变和困惑是他们追逐西方文化过程中所付出的代价。当然，历史上任何一种语言都会受到改变，遇到困惑。11 世纪，随着日耳曼人入侵，英语变化很大，这是大家都熟悉的例子。一种语言是不停地吸收、成长或是消亡的。原来《源氏物语》是否能对英语产生影响？这个问题听起来很荒谬。有没有作家能将《源氏物语》写成伍尔夫的风格？这个问题就没那么荒谬了。总之，忠于原著精神和风格，这部平安时代名著的翻译是可能出现的。也正是基于实现这种可能性的愿望，出现了许多的文化交流。某种程度来说，悉登斯蒂克的翻译就是这样的一种尝试。

谁有决定权，谁有发言权？

——主体性与西方国家对战后日本的影响

这篇文章收录并出版于三好（Miyoshi）的《偏离中心》（*Off Center*），其讨论的焦点是主体性（shutaisei）问题。第二次世界大战刚刚结束，主体性问题就在日本被质疑并提出。在这里我们能看到三好对于主体性的日本形式（及理论化主体性的日本形式）的评论，其作用是培养非政治化的公民；同时，三好拒绝评估这一日本形式相较于西方各国标准之不足。——编者注

我的出发点就是我现在所处的境况：作为一个美国公民和居民，我的脑海里仍萦绕着对过去的两场战争的记忆，且每每为不断的全球危机而痛苦。我努力讲学，而后了解。关于战争，我的第一次洗礼是对于展开的历史一无所知的日本主题。第二次，是越南战争；作为美国公民，我强烈地意识到自己以前对被日本人称之为15年战争的忽略。这次，我向自己保证，如果需要的话，我会学习并付诸行动——改变这种状态。我这样做了吗？

在讲课过程中，我努力不对自己的过去怀旧，也不对整个世界产生空想。若要弄明白是什么构成了整个世界而且不用任何讽喻手法来描述它是几乎不可能的，但我们所有人被限制存在于这

种不可能性之中。

对于主体性（shutaisei），日本研究社发行的《新日英大辞典》的解释为"主体性；主体身份；独立；身份"（subjectivity；subjecthood；independence；identity）。四个单词都与主体性相关，但没有一个与日本术语完全一致。缺乏英语中的对应现象强调了主体性（shutaisei）是日本本土发明。这个词最早由东京的哲学家（philosophes）使用，1945 年之后被广泛使用以填充日语已知的空白。① 日本人认为在西方国家知性话语中随处可见它们命名为主体性的概念：个人主义，民主，自由主义，自由意志论，主体，主体资格，主观主义和自由思想（individualism, democracy, liberalism, libertarianism, subject, subjectship, subjectivism and libertinism）无界限地发展。Shu（主体的，主观的，统治的，主要的）、tai（身体，实体，境遇）和 sei（性质，特征）的合成词的含义包括行动的媒介，思索或话语行为的主体，存在的本体，以及个人主义的规则。②

在战争刚结束的年代里，主体性观念在政治和制度规划、知识交流以及文学作品中广泛展开；为论述这一观念，文章将考察处于统治地位的同盟国或普遍化的知识和文化模型中的西方国家（the West）的作用。始终，自定义将个人或国家整体作为其关注对象。关于时间和地点的语境是具体的；而与权力、知识和艺术相关的论点，显然不局限于狭小的范围。

---

① 战前及第二次世界大战期间，在京都大学，有许多空想家和哲学家致力于把日本系统地阐述为一个政治化和神话的国体，其中最出名的有西田几多郎、西谷启治、田边元和辻哲郎。

② 《日英词典》（*New Japanese-English Dictionary*），增田纲主编，第四版（1974）。小学馆版日本《国语大辞典》（*Nihon Kokugo Daijiten*），市古贞次等编著（1981），对此有一段很长的解释："现代哲学术语。在周围环境有职业道德而且务实工作的个体，并作为本体存在，有意识和身体。在自我意识里真正把自己当作一个实在存在。大致说来，基于自己的判断和意志，在行为上有自我意识。也指这样一种态度和个性。"

盟军最高统帅

日本人没有预料到 1945 年夏天会发生什么事情。战败方的命运由胜利一方主宰；胜利者知道，但战败方并不清楚。《波茨坦公告》只是为日本的未来提出了大概的纲领。参与投降行为的统治阶层最核心的领导圈子希望得到最好的结果，也就是说，可以维持现状。他们相信未来的变化只是微小调整。① 而另外，普通民众很是焦虑，他们认为惩罚理所当然。

不是日本人完全不了解外部世界。报纸和通讯社记者被部署在中立、友好的城市，例如斯德哥尔摩、苏黎世、柏林和里斯本，还有一些莫斯科和伯尔尼的外交官试图与同盟国沟通和谈判。② 因此，早在 1945 年春天之前，他们就了解一些同盟国的意图和美苏关系吃紧的早期征兆。尽管如此，由于日本战争领导者之间持续不断的纷争，新闻和报道变得难以分析，将它们传送给公众几乎是不可能的。除了最严格的消息控制，还出现了缺纸问题，这些使得日报局限于两页篇幅；对硬消息的报道很少，倒是有比例相当的宣传活动。③ 当然，人们被告知关于最新的败仗的情况，但也会被重复确保会取得最终胜利；他们尽最大努力相

---

① 日美关于修宪的谈判记录是最有力的证据。1946 年 2 月在外交部长吉田茂、国务部长松本丈二和将军考特尼·惠特尼最后的谈判中，日方希望完全改变现状。参阅吉田茂《回想十年》（*Kaiso Junen*, Tokyo：Shinchosha, 1957, 4：170—190）；马克·盖因《日本日志》（*Japan Diary*, New York：William Sloan Associates, 1948, 125—131）。日本的一些知识分子自己起草类似于美国进步草案的宪法，并最终成为战后和平宪法。

② 参见 1945 上半年《朝日新闻》对此简略但清晰的引用。

③ 参见拙作《远离中心：日美权力和文化关系》（*Off Center：Power and Culture Relations between Japan and the United States*）（Cambridge, Mass.：Harvard University Press, 1991；paperback edition, Harvard University Press, 1994）第八章宫本百合子部分。

信不可信之事。

　　日本领导人希望持续现状与战胜方热心于彻底改变敌国这一最初矛盾易于理解。在占领计划制定和执行的初期阶段，道格拉斯·麦克阿瑟将军（General Douglas MacArthur），盟军最高统帅享有极大的自由；这一事实当时无人知晓，只有我们回顾时才能发现。一个官员怎么会被允许享有这么大的决策自由权？之后又是什么限制了他？

　　首先，说明美国的占领计划的基本的文件——三院部协调委员会于 1944 年 12 月之后发布的一些工作文件，即《波茨坦公告》和 1945 年 8 月 29 日的《投降初期基本指令》——都是用非常一般的、广泛的语言写成的，它们作为盟军最高统帅处理特定问题时适用的指导方针。1945 年 8 月 29 日，"指令"警告说"给日本强加任何形式的不受人民自由表达的意愿所支持的政府，这不是同盟国的责任"①，但它规定了很多事务的原则，例如宗教自由原则、民主进程原则和多种改革原则（part Ⅲ，section 3）。从字面上理解，文件允许推翻日本政府，占领当局不予干涉。其次，占领机构的最高部门是华盛顿的远东委员会，它在东京由对日委员会所代表。但是，由于美苏关系恶化，由 15 个与日本打仗的国家组成的委员会直到后来才成立，而那时美国还不允许委员会完全发挥其作用。中国国力太弱，不足以被视为一股强大的力量；英国在太平洋地区的影响正在减弱；法国对日战争的参与度极小；苏联将是牵制的目标。就美国而言，与德国不同的是，占领日本的"同盟"（allied）只是名称而已，实际执行权只掌握在最高统帅司令部手里。例如，麦克阿瑟将军实际上忽略了对日委员会的会议。再次，将军与自己国家政府之间的关

①　John Livingston et al. , eds. , *The Japan Reader: Postwar Japan, 1945 to the Present* (New York: Pantheon, 1973), 7.

系并不真诚。诚然，没有一个战争英雄会遵守为普通官僚设定的规则。麦克阿瑟不是一个普通的英雄；他是永恒的神话，有可能成为永恒的神，替代天皇。在这种情况下，他容易忽视来自杜鲁门总统或国务卿马歇尔的信息。乔治·凯南（George Kennan）是 1948 年被派到日本调查麦克阿瑟将军的意图和行动的国务院官员之一。他后来回忆他的任务"只是外交使节建立沟通渠道并与不友好的、可疑的外国政府建立外交关系的任务"①。

　　然而，或许更根本的是，美苏关系出现了明显的恶化。甚至在雅尔塔会议之前，就已经存在预兆性的交火。② 在之后的一些文本中，人们可以看到言语的加速升级以及以国家安全为名的各项措施的加剧：例如丘吉尔 1946 年 3 月发表的富尔顿演说，杜鲁门 1947 年 3 月发表的联合委员会演说，马歇尔 1947 年 6 月在哈佛大学的演讲和克尔曼 1947 年 7 月发表的名为"X"文章。虽然国内有像亨利·华莱士（Henry Wallace）和沃尔特·李普曼（Walter Lippmann）的批评家，但杜鲁门政府坚决维持由大英帝国解体而让位给美国的全球霸权地位。因此，任何区域矛盾和地区问题必须用"世界安全"这一重大的体制进行评估。乔治·凯南被广泛视为头脑最清晰、最人性化的华盛顿政策制定者之一。他的陈述令人吃惊且直言不讳：

　　　　我们占世界 50% 的财富，却只占 6.3% 的人口，在这种

---

　　①　George Kennan, *Memoirs*, 1925—1950（New York：Pantheon, 1967），382. See also John Curtis Perry, *Beneath the Eagles Wings：Americans in Occupied Japan*（New York：Dodd, Mead, 1980），47.

　　②　比如，亦可参见 William Appleman Williams, *The Strategy of American Diplomacy*, 2nd ed.（New York：Dell, 1972），207. See also John Lewis Gaddis, *The United States and the Origin of the Cold War*, 1941—1947（New York：Columbia University Press, 1972）；D. F. Fleming, *The Cold War and Its Origins*, 1917—1960, 2 Vols.（New York：Doubleday, 1961）；and Gabriel Kolko, *The Politics of War：The World and the United States Foreign Policy*, 1943—1945（New York：Random House, 1968）.

情况下，我们不能不成为艳羡和愤慨的对象。我们未来真正的任务是设计一种关系模式，它允许我们在国家安全不受到实际的损伤的前提下维持不同的地位。这样做，我们需要省去所有的多愁善感和白日梦；我们的注意力不得不集中于当前国家目标的方方面面。我们无须自我欺骗地认为我们今天可以负担利他主义和世界恩惠……我们应该停止谈论模糊的—对远东来说—不真实的目标，例如人权、提高生活条件和民主化问题。这样的日子为期不远：我们将不得面对直接的军事力量的概念。我们越少被不切实际的口号阻碍就越好。①

苏联"友好"地做出回应；妄想症成为世界外交的固定情形。

麦克阿瑟的政策变化反映了不断扩大的全球失和状况。总参谋部政府部门掌握实权，他们由先前主张实行新政的那些不耐心于日本民主化的人组成。最初，他们实施一系列迅速彻底的改革，从彻底修订宪法到重新分配土地，消解信任和联合，改进教育体系，清除 20 万人战时领导和官员，设立工会机构，实现个人人权，确保言论自由、媒体自由和学术自由，男女平等向前迈进以及通过税收重新分配财富。甚至连疲于战争、冷漠的日本人都对这些改革的激进感到惊愕。共产党领导人认为美国占领部队是日本的解放者。新闻传到华盛顿，并开始困扰制定政策者，因为他们仔细衡量了处于冷战大环境下的日本的经济和工业潜力。就像华盛顿现在认识到的，日本应该被并入西方国家同盟而不是被可怜的失败所孤立。麦克阿瑟的试验必须停止，他的改革必须

---

① State Department Policy Planning Study 23, February 24, 1948, quoted by Noam Chomsky in *On Power and Ideology*: *The Managua Lectures* (Boston: South End Press, 1987), 15—16.

被限制。1946 年年底之前，总参部情报科由一位德裔将军（"看起来像，且有时像赫曼·戈林那样思考"的佛朗哥崇拜者）[①] 领导，负责占领事务。到 1948 年夏天，麦克阿瑟希望将日本改变成瑞士那样的国家的最初梦想完结了；日本成了美国的朋友，如果可能的话，是一个军事同盟；这最初由陆军部长肯尼斯·罗亚尔（Kenneth C. Royall）于 1948 年 1 月提出，并在 1948 年 10 月的国家安全委员会决议 13—2 中得以说明。[②] 为使这一新变化成为可能，麦克阿瑟制定的宪法必须重写或重新解释。

对于占领日本的最直白的概括的重要性在于：首先，麦克阿瑟的基本政策与日本的利益不相干；其次，战后时期日本一方缺乏大事和行动。应该立刻承认的是：对一个全面战争中的战败国实施军事占领不可避免地会导致它与战胜国的政治和经济目标相融合。在这种情况下，战败国没什么可以按照惯例来执行。就日本情况而言，15 年战争带来的枯竭和缺乏对失败的经验——在其他事务中——使人们陷入一种强烈的颓废魔力之中。作为对这些改革提议或命令的回应，日本官员变得消极、依赖性强，公民也缺乏批判精神，很是驯服。实际上，惰性吞没了所有人。

然而，即使是在最不利的情况下，人们照样生存了下来，而生存需要手段。人们需要食物、房舍和衣物；他们不得不习惯于强加的改变。在此过程中，他们学到了从未学到的东西，而如果在战争中获胜，这本不可能学到：家庭隐私。日本新认识到的隐私不是整体的一部分，它可能属于既定的自由资产阶级社会。它构成了侵略的辩证对立面，一种迄今为止在很大程度上未受到挑

① William Manchester, *American Caesar*: *Douglas MacArthur*, 1880—1964 (Boston: Little, Brown, 1978), 184 and 441.

② *The Japan Reader*, 116—119, and the National Security Council report, October 7, 1948.

战的国家。首次，日本人遇到了集体存在形式之外的领域。个人自治可能会发展成完全的政治意识，与此同时人权受到国家保障；但是，日本的政治历史更加的曲折。隐私的发现被有效地并入生产和消费的经济模式，取得了 20 世纪 60 年代耀眼的经济成就，绕过了政治上的个人主义。无论如何，甚至在战后作家陷入有关主体性的存在主义难题时，这种现象的本质也没有被识别出来。

公共领域所取得的一些发展证明了并非是完全屈服和全盘接受。工人运动聚结的动力远远超过了盟军最高统帅部的支持或预期。伴随着 1946 年加剧的食物和就业危机，面对被韩国人和其他外国人超越的现实，大批工会成立，为 1947 年 2 月的一次大范围罢工的统一战线做准备。尽管最初受到盟军最高统帅部的认可，最后又受到其警告式的干预，这仍然接近于日本的工人革命。第二个发展是首相吉田茂（Yoshida Shigeru）的表现。吉田茂是战前日本一位既保守又不乏自由思想的外交家，与先前的三个首相不同的是，他没有被麦克阿瑟或是他的陆军中尉们威吓住。他意识到美苏不和，对所操纵的总部内的分裂非常敏感；因此，作为一个保守人士，他或许会阻止改良主义的浪潮。尤其在他 3 届任期后，他不仅可以相当熟练地控制美国的热情，也可以熟练地减缓他所看到的美国政策的"逆转"（reverse course）带给日本的有利条件。① 例如，当约翰·福斯特·杜勒斯（John Foster Dulles）要求日本重整军备以对抗毛泽东的胜利，吉田茂固执地抗拒压力。他不受知识分子喜爱，无疑热衷于权力和金钱，对日本重建的贡献还远不是毫无争议。但是，相较于其他被征服者压制日本领导人，吉田茂对

---

① 吉田自己的回忆录提供了有趣的资料。参阅 *Kaiso Junen*（Tokyo：Shincho-sha，1957），1：80—121；*Gelzido no hyaizunen shi*（Tokyo：Shirakawa Shoin，1978），154；and *Oiso Seidan*（Tokyo：Bungei Shunju Shinsha，1956），138—139.

冷战的洞察力和他对这方面知识的利用凸显出来，并成为独立和自治的标志。这是否意味着被同时描绘在理查德·尼克松的《领导者》（*Leaders*）中的麦克阿瑟和吉田茂，① 认识了彼此；一个自大的美国战士碰到了一个专制的日本保守人士，玩起了重新组建一个国家的游戏？几乎不可能。然而，第二次世界大战或许是人们可以接受关于英雄的夸大的浪漫传奇的最后战争。因此，多国社团主义紧紧地网罗住了整个世界，使英雄主义没有产生的余地。吉田茂就是日本所产生的这类人物。

最后，必须提及战后很快出现于文学和意识形态话语层面的巨大行动。似乎是为了弥补前面 15 年或更久的时期所失去的时间，作家表达和互相交流曾被视为受诅咒的观点。已出版的文本本身很有意思；在主体性的语境下，它们也阐明了日本政治思想的本质。

批评家与知识分子

从 1945 年至 1946 年冬天开始，很多期刊宣告成立，其他一些也得到恢复。年长的杰出人物从休眠中觉醒，新的天才被吸纳进来。那些粗糙印制、装订的出版物——例如题为《世界》（*Sekai*）、《人性》（*Ningen*）、《智力》（*Chisei*）、《前景》（*Tembo*）、《新生》（*Shinsei*）、《现代文学》（*Kindai Bungaku*）和《新日本文学》（*Shin Nihon Bungaku*）——充满了绝望的希望，交织着折磨人的不确定性。他们为审查制度和"思想控制"（thought control）的悬置而兴高采烈，尽管这种缓和远非没有限制，因为

---

① Richard Nixon, "Douglas MacArthur and Shigeru Yoshida," in *Leaders*（New York: Warner Books, 1982), 81—132.

盟军最高统帅部一度实行它自己的审查制度。① 很自然，外国人从本国统治者对他们的长期压迫中将其解放出来，使得作家质疑使他们达到现在这种状态的东西。经历过自 30 年代以来的战争的每个知识分子都忙于对过去历史、目前形式、未来方向做让人痛苦的重新评价。

有一种情况可能有助于将这些问题集中于战争责任问题：东久迩宫稔彦王（Prince Higashikuni Naruhiko）是日本投降后的第一任首相，他强调需要将"所有人全体赎罪"（zen kokumin sozange）② 作为重建日本的第一步。尽管他提出不加区别的赎罪是为输了战争赎罪而不是为发动战争赎罪，他的意图很清楚：先取得对战争责任的调查权并散布它，似乎这样的策略可以符合《波茨坦公告》关于战争犯罪的惩罚条款的要求。东久迩宫稔彦王自己对历史的阐释被迅速矫正。在那之后不久，盟军最高统帅部命令逮捕主要的战时领导。

随着战争犯罪这一新概念逐渐深入日本人心，一些作家开始对作家卷入战争表达自己的看法。讽刺的是，主体性问题——包含责任、自治、独立、个体性和自我认同——出现了，在一定程度上是作为对美国要求列出战犯的名字并使之受到处罚的回应。

一系列相关问题出现了。为什么日本会被打败？出了什么问题？围绕帝国灭亡的问题立刻被那些关于战争发端的问题所取

① 日本最全面的关于占领检查研究的是 Matsuura Sozo Senryoka no genron danatsu (Tokyo：Gendai Janarizumu Shuppankai, 1969)，但这本书既不系统也不连贯。杰伊·鲁宾《从兴盛走向颓废：盟军占领下的文学检查》，《日本研究期刊》（*Journal of Japanese Studies*, 11, No. 1, Winter 1985：71—103）有力地反驳了江藤淳关于这个论题的歪曲，而且涵盖了马里兰州 McKeldin 图书馆中普兰奇收藏中关于占领的资料。但他的方法只是大概分类，对检查的目的，方法和性质都没有分析。例如，他对日本了解不够，这也需要更深入的研究，才可能对检查制度的不合法性而不是恶意做全面的阐述。

② 参见东久迩稔彦报告的新闻采访，*Asahi*, August 30, 1945。他在 1945 年 9 月 5 日的国会发言中重申了这一请求。

代。为什么日本侵略中国、袭击珍珠港？是在谁的唆使之下？难道人民和统治者不知道日本的资源极其贫乏？如果不是如此，是什么蒙蔽了他们，使他们没有看到清楚明了的事实？这些问题反过来引出了国家政治结构的问题。是什么使得人们接受他们的领导者的决定？谁是领导者？日本的决策制定过程怎样有计划地排除了大多数民众？人们参与了吗？如果是，是否整个人口都该受到批评？是不是日本的统治形式在本质上是无法操作和不公正的？最后，日本出了什么独特的问题？日本人"本质的"（essential）特征是什么？

这些都是庞杂的问题，没有一个可以直接回答。然而，在几乎出现在战后杂志的每一篇文章中，讨论会不可避免地涉及主体性，不论开始是探索马克思主义历史学，意识形态与文学的结合点，或是日本科学至上主义的发展。日本人被好奇的眼光环绕：他们必须了解自己。战争年代现在被视为一个普遍麻木的时期，在此期间人们像机器人一样服从命令和建议。如何重新获得，或者更确切地说，培养主体性，成为日本知识分子在这段严峻时期交换观点和看法时的主要话题。

在 1946 年 3 月发行的《人性》（*Ningen*）杂志中，椎名麟三（Shiina Rinzo）的文章《战后文学的重要性》（*Significance of Postwar Literature*）这样开头："战后文学揭示了作为人所承担责任的个人决心……在战后文学中，个人方面的不正确不再被认真考虑，人们更看重的是主观事实。主观性将今天的文学与过去的文学区分开来。"①然而，什么是个体性？如椎名麟三所见，痛苦本身对个体而言是独一无二的，因此痛苦证实了个体性。但是，绝不能允许痛苦变得自足，也不应该允许它堕落为虚无主义。人

---

① Shiina Rinzo, "Significance of Postwar Literature," *Ningen 1*, No. 3（March 1946）: 24（my translation）.

们如何避免这种堕落？椎名麟三似乎非常满意从道德和心理方面阐明答案。一个人应该痛苦，应该尝试不可能之事，应该热爱人性，应该追求幸福……椎名麟三提倡主体性正是一种倡议。一个人，或者作为国家的日本，如何获得主体性？不可能之事怎么样可以变成可能？日本人在战争中受苦，但是什么也没发生。只是由于他们受苦了现在就能有事情发生？椎名麟三似乎暗示说，败于西方国家自动地赋予了日本人一种新能力："回归自己的主体性。"（return to one's own shutaisei）椎名麟三是否认为日本人能够通过命令的方式找到自我认同和自我意志？他的紧迫感毋庸置疑，但他对历史和当前政治形势的冷漠导致了他的文章极不贴切。

荒正人（Ara Masahito）在《第二个青春期》 （*Daini no Seishun*，1946 年 2 月）中，将 1945 年的日本人比作 1848 年的陀思妥耶夫斯基（Dostoyevsky）：被判处死刑，在行刑前一刻才获得缓刑。既然像陀思妥耶夫斯基一样，荒正人从死神之手被拯救出来，他或许会认真思考自己第一个青春期的理想。他早期的灵感源于基督教教义和利他主义（hyumanizumu），如果仔细研究，这两者都揭示了一种根本的自我主义思想。自我为中心使他感到挫败，但是当他摆脱了年轻时的自我主义，他也在战争中失去了青春期和对人性抱有的希望。唯一可以使他保持年轻时的完整的方式，即是通过卷入破坏性的活动或者将自己放逐国外。现在有了第二次机会，他宁可直面这种本质上的自私。苛求极限，自我主义的哲学或许最终被证明是一种更高级的人文主义。为战争而放弃青春期的人必须开始追求幸福的旅程，即使旅行会让他们觉得肮脏和粗俗。

荒正人对自己第一春失败的遗憾或许胜过他的同情心，他成为真实的自我的决心——他坚持称之为"自我主义" （ego-ism）——可能是一种足够诚实的生活策略。与椎名麟三的提议类似，《第二个青春期》将青春的逝去仅仅归因于个人心理上的错误选择，似乎牵连了数百万人的战争与此无关。遵循正确的原则——椎名麟三的"主体性"与荒正人的"自我主义"——历史及个人生活会得到修正。

作为对荒正人的回应，Kato Shuichi 批评自我主义的具体有局限性，不可能成为令人满意的全面的见解。Kato 认为人文主义永远不会建立在自我主义之上，因为它"过于庸俗，缺乏生命力"①。但是，Kato 对荒正人的自我主义思想不完全持否定态度。只要自我主义被界定为一种为了确定日本文学中的主体性而采取的纯形式上的提议，荒正人的思路就是正确的；在通往超验、普遍人文主义之前，日本文学必须首先源于自我意识。倘若在声称需要人文主义方面 Kato 与荒正人和椎名麟三有所不同，对于建立一般人性这一无差别概念，他们非常相似。历史——可能会被详述——最终从属于普遍（例如欧洲中心论的）人性。日本战败了，它应该重新融入其余世界，世界想必会没有偏见和歧视地拥抱包括日本在内的所有国家。

小田切秀雄（Odagiri Hideo）的文章《新文学创作：迈向新阶》（*Shinbungaku sozo no shutai: Atarashii dankai no tameni*，1946年6月）歌颂了他与其他人最近所享有的自由。为了确保自由的乐趣，小田切秀雄认为作家必须创作真正杰出的作品，但却没有这类作品出现。这篇文章以其盘旋说理而著名，在这种潮流中进步：他们如何腾时间写出伟大的作品？通过持有正确的世界观。但仅仅持有正确的世界观还不够。艺术需要真实的感受。但感受本身也不能满足。不能抛开世界观，但是要用个人自身感受的经历来提升它。当这篇文章最终转向结束循环模式，给读者留

---

① Kato Shuichi, "In Egoistos," originally published in *Kindai Bungaku* (July 1947), reprinted in Sengo Bungaku Ronso, ed. Usui Yoshimi (Tokyo: Bancho Shobo, 1972), 1: 243—247.

下了一个建议："与个人原始经验相关的现实。"（jibun to no kanren ni okeru genjitsu）[①] 具体地说，"现实"（reality）似乎指的是作家自己过去十年的个人历史，也就是说，默认战争及配合战争的历史。小田切秀雄认为，作家背叛自己的社会责任是每个人的问题。事实上，除非所有作家都能认真研究他们精神上的耻辱，否则日本文学不会有新的开始。

小田切秀雄没有解释到底是什么东西造成了战时的背叛。从通过暴力推翻战争目标（事实上没有一个作家愿意这样做）到策划战争的侵略的领导阶层（几乎同样没有人为之负罪），哪些失败是严重的犯罪？大部分作家，也包括小田切秀雄在另一篇文章中称为战犯的 25 个作家，陷入了两个极端间的灰色区。他们有罪，因为他们默认战争并与之配合；但他们也无辜，因为他们并不知情而且受到强迫。因此，尽管小田切秀雄试图标示出具体的战犯，但是，大部分关于战争责任的论述可能转向集体犯罪，即东久迩宫稔彦王提出的"全体赎罪"，显然并不准确。

丸山真男（Maruyama Masao）的文章《极端民族主义的逻辑与心理特点》（*Cho-kokkashugi no ronri to shinri*，1946 年 5 月）简要地描述了犯罪与无辜不明朗这一独特的日本情形。他坚持认为欧洲国家结构在文化价值方面偏于中庸，而日本建立在天皇制之上，对天皇的尊崇充满了私人及公共领域。国家结构中缺乏中庸使政府控制和镇压人们的隐私与个性成为可能。丸山真男认为甚至天皇自己都缺乏绝对权威，因为皇帝与欧洲君主不同，他对从祖先那儿继承的权力负责。

对于天皇制及其对日本知识分子和政治历史的影响，丸山真男的分析是精明的；同时，他对日本人思想和行为普遍缺乏主体

[①]　Odagiri Hideo, "Shinbungaku sozo no shutai: Atarashii dankai no tameni," Originally in *Shin-Nihon Bungaku*（May-June 1946），reprinted in Yoshimi, Sengo bungaku ronso, 72—82.

性的观察，只有冒很大风险才可能被忽略。他将日本的极端民族主义与德国的法西斯主义作了对比，却揭示出一个无法解释的德国影响。丸山真男认为，德国官员完全了解他们的决定和目的，所以显然该为他们的行为负责；而日本领导人，例如东条英机将军（General Tojo Hideki），只是服从来自于天皇权威的统治集团内部长官的命令。因此，在军事法庭上，丸山真男说，"a Tsuch-iya turned pale, a Furushima cried, and a Goring roared in laugh-ter"，直指后者的智力优势。① 这是否意味着，理性地、有意识地实行种族灭绝的德国人比没有自我意识的日本人更聪明、更开明——也就是说，缺乏主体性？德国人的"理性"（rationality）到底是什么？难道丸山真男没有犯盲目接受西方国家的罪过，不是"不太先进的"（less advanced）国家的精英分子中不同寻常者？丸山真男与毛泽东、法侬或艾梅·塞泽尔那些新解放的殖民地的发言人不同，西方国家卓越的艺术、知识和技术成就使他眼花缭乱，无视西方国家的道德圈套。在他称之为德国的"理性"中，没有分辨出心智和人性的完全丧失，这难道不存在严重的意识形态问题吗？对于像丸山真男一样灵敏、复杂的思想，这种半盲目使人惊讶，尤其鉴于在同样的文章中他清楚地指出日本的冒险主义是"遵循西方帝国主义楷模的审慎的尝试"②。然而，他太满足于将日本视作独一无二的无理性典范，犯有特别的剥夺了主体明晰的思想和选择的极端民族主义罪行。

　　主体性争论如果与战争责任问题不相同，也与之同源。作家的神经质在日本普遍可见。正如丸山真男后来所说，"赎罪共同体"（kyodo kaikontai）似乎接管了 40 年代后期的知识分子领

---

① Maruyama Masao, "Cho-kokkashugi no ronri to shinri," *Sekai* 1 (May 1946): 2—15.

② Laruyama, "Cho kokka shugi no ronri to shinri", 13.

域。① 独立于这个尴尬群体之外的是少数共产主义者群体，他们冒着被长期监禁或流放的危险坚决抵抗军国主义分子。虽然他们没有拿起武器反抗日本政府，然而在自由的反叛者和大众眼中，他们是英勇的抵抗者。在战后主体性的话语中，马克思主义声望至少部分源于德田秋一（Tokuda Kyuichi）、志贺义雄（Shiga Yoshio）、野坂参三（Nosaka Sanzo）、宫本百合子（Miyamoto Yuriko）和她的丈夫宫本贤二（Miyamoto Kenji）的卓越性，他们始终未受污染。除了以道德模范的形式个体存在，马克思主义者通过历史必然性的辩证法提出了保卫自由意志和选择权，促进了关于主体性的交流。以梅本克己（Umemoto Katsumi）为例，他认为自由是历史的产物，在人的自由所允许选择的范围内，人必须尽力清除道德上的邪恶和社会不公。接受历史必然性被理解为构成道德干预的依据。本质上自由的人文主义的修正主义建立在如此高水平的空想之上，它最终变得难以区分。马克思主义者对美国解救者的快感和忽视冷战②有助于支撑其抽象的、形而上学的，也是讽刺的、非政治的论点。

很多担忧战争责任界限模糊不清的人决定加入道德上纯洁的共产党，以净化他们有罪的良知。然而，他们决定加入共产党之时，麦克萨瑟已经开始改变他早期对于革命运动的政策。后来变得很清晰的是，由于60年代不可预知的繁荣与东—西方矛盾加剧并行，使他们的共产党员身份还不如迷人的英雄主义的联盟，不止少数人必须再次倒戈。

如果战后寻找灵魂的目的是探寻日本政府对邻国的行为，或

① Maruyama Masao, *Koei no ichi, kara* (Tokyo: Miraisha, 1982), 114.

② 目前很多杂志文章是关于冷战的。例如1948年5月版的《中央公论》（*Chuo Koron*），但是这些文章并没有广泛的读者群。参考1968年的《座谈会》（*Zadankai*），其中讨论了1948年知识界的状况，第一次出版在《世界》（*Sekai*）的特刊上。July 1985: 2—53。

许这已经指向上个世纪的国际侵略行动和殖民主义的更大环境。未侵略的国家同样有罪？所有个体都有罪？它们之间是否应该根据犯罪严重程度有所区分？超越《日内瓦公约》所谴责的野蛮与残暴的具体行为的一般战争犯罪指的是什么？是道德罪恶还是法律罪行？根据谁的法律判定？向广岛和长崎扔原子弹合理吗？如果同盟国同样在具体事件上有罪，为什么它们没有被审判？倘若它们有罪但不被诉诸法庭，那么东京国际军事法庭处于何种地位？同盟国的动机完全无罪？像高木八尺（Takagi Yasaka）首先提出，诺姆·乔姆斯基（Noam Chomsky）后来说的那样，认为日本是遵循大英帝国和美国前例而实行它自己的门罗主义，实现其天定命运观，这难道不是完全可能的？① 如果日本的天定命运观可以与其侵略和残暴行为区分开，这两者该如何联系？这种根本的探寻不是1951年占领之前或之后大多数日本批评家和历史学家的尝试。作家似乎简单地认为战争罪行是日本人犯下的，却不问确切的指控是什么。

日本人不愿仔细查看西方国家的记录，这存在多方面原因。

首先是恐惧占领后的审查。回顾历史，可以看到在此种——与其他一样——情况下的审查有多么专制、无效、甚至荒谬。但是在40年代，占领军仍被视作日本的解放者，所以审查员的道德权威性和纪律约束力让人非常敬畏和畏惧。为了避免招致盟军最高统帅部的愤怒报复，日本人愿意做一切事情，包括对西方帝国主义带给日本侵略战争的历史作用保持沉默。鉴于日本人当时可能正在反省，此种沉默当然具有讽刺性。讨论康德哲学、黑格尔哲学、马克思主义哲学关于主体性概念的深奥的哲学家从抽象概念中发现了自由，在现实中接受限制，他们从未完全理解存在

---

① Noam Chomsky, "The Revolutionary Pacifism of A. J. Muste," in *American Power and the New Mandarins* (New York: Pantheon Books, 1967), 183.

于这两者之间的道德和智力差异。在调查他们过去的道德问题的过程中，他们再次没有面对持续的滥用权力问题。同时，人们不能省去美国的民主鼓吹者的虚伪；当涉及他们自身利益时，他们当然禁止实施民主原则。

其次是认为泛亚主义丢脸。如果对审查的恐惧是保持沉默的唯一原因，随着 1951 年和平条约的缔结，沉默就应该结束。事实却并非如此。尽管战争责任问题在那之后仍保持活跃，除了少数严肃的批评家，例如竹内好（Takeuchi Yoshimi），和一些右翼修正主义者，例如林房雄（Hayashi Fusao），① 没有人讨论西方国家的霸权主义。为了理解这种踌躇，人们必须回顾一下在战争期间彻底被军国主义者盗用的泛亚主义，事实上，泛亚主义提出将亚洲从西方帝国主义者手中解放出来。因此，战后初期，几乎没有著名的作家希望与泛亚主义相关。被视为修正主义者就像被归为战犯一样丢脸。例如，1955 年，吉本隆明（Yoshimoto Takaaki）在他的《上一代诗人》（Zen sedai no shijintachi）中重新提出了战争责任问题。吉本隆明在这篇文章中责骂小田和其他人冒充抵抗者，而事实上是通敌者。吉本隆明很敏锐地指出他们战时诗作与战后表述的矛盾之处。据他所说，大部分声称与军国主义者抗争的作家事实上是伪君子和投机主义者，"先是类似法西斯主义的鼓动者，现在是类似民主感伤主义者"②。在这篇文章中，吉本隆明一如既往，其批判既猛烈又无情。然而，他的不赞

---

① 竹内好（Takeuchi Yoshimi）的《近代超越》（Kindai no chokoku）初版于 1959 年 11 月，重印在《日本现代文学全本 93》（Nihon gendai bungaku zenshu 93，Tokyo: Kodansha, 1968: 360—388），这是极少一部作品讨论了西方霸权主义下的日本侵略。另一部反动修正主义的出版物为早矢仕聪夫（Hayashi Fusao）的《大东亚战争是正义之战 1》（Dai-Toa senso kotei ron 1），重印在《早矢仕聪夫调查研究 1》（Hayashi Fusao chosakushu 1，Tokyo: Tsubasa Shoin, 1977）.

② Yoshimoto Takaaki, "Zen sedai no shijintachi," originally published in Shigaku, November 1955, reprinted in Yoshimi, Sengo bungaleu ronso, 129—139.

成似乎局限于国内的虚伪观，未将其置于历史的、国际的环境中加以考虑。

对于西方国家的责任保持沉默的第三方面原因是远东国际军事法庭，它被认为是完全专制和滑稽的。战争犯罪法庭的概念，就像破坏和平罪或者战争阴谋罪的概念一样，是没有法律先例的第二次世界大战的发明物。但是，日本人被迫接受法庭上与投降条款一致的裁决。此外，在执行过程中，明显无辜者受到了惩罚，而显然有罪者却逍遥法外。后者中最明显的就是那个最符合对战犯的描述的人，即裕仁天皇。如果不是直接负责策划和实施战争，毋庸置疑，他主持了战争的仪式和庆典，这些推动和引导了他忠实的臣民。并且，由于他对臣民假定的影响或由于他之前与美国达成的协议，他被安全地置于最高统帅的保护之下。如果他是无辜的，就没有军国主义领导者该受谴责。在这件事情上，就像在其他事务中一样，东京军事法庭可预测的判决增强了道德徒劳感。正如日本人所看到的，正义通常是单边的。拉达宾诺德·帕尔（Radhabinod Pal）是军事法庭上唯一一个不同意判决的法官，他提出要记得被判定有罪的大环境：

> 要鉴别所发生的事情，只有勉强把它们置于适合的的视角中来看待。我们不应该避免研究导致这些事件发生的整个政治和经济环境。这就是为什么我不得不时而提到一些问题，像以英国为中心的世界经济秩序、华盛顿的外交策略、共产主义的发展和世界对苏联政策的看法、中国的国情、中国政策和其他国家的实践以及日本国情。①

---

① Radhabinod Pal, dissenting opinion, in *The Tokyo War Crimes Trial*, ed. R. John Pritchard and Sonia Magbanua Zaide, Vol. 21, *Separate Opinions* (New York: Garland Publishing, 1981), 983—984.

几乎没有对西方国家对外扩张的全面调查，帕尔的争论实际上只是轻微的抗议。然而他和日本辩护律师立刻遭到解雇，其他人不敢开口反对对正义的公然曲解。在此沉默行为中，日本人重新经历了让步和默从的历史。

第四个原因是日本对西方国家的长期遵从。自从德川隔离被西方国家的舰队侵入而粉碎以来，日本一直惧怕西方国家的高科技和巨大财富。当日本人了解了西方文明，他们敬畏于其哲学与文学，音乐与艺术。西方各国成为中心和标准；非西方国家成为次要和边缘国家。启蒙运动的早期倡导者要求他们的同胞抛弃亚洲世界，加入西方国家阵营。此后，日本人如同大部分其他殖民地国家的非西方人一样，不得不应对自己的不安全感。对日本人而言，日本是一个被西方国家强大的势力和文化所征服的小国。他们会"赶上"（catch up）西方国家，用更"先进的"（advanced）文化单线发展式地塑造日本。日本仇视外国人的极端民族主义仅仅是西方崇拜的镜像，而西方崇拜本身就可以用来解释日本 1945 年惊人的平稳过渡：从奋战到底的决心转变为建设和平国家的决心。

同时，日本是 1945 年之前未被占领和征服的少数非西方国家之一。因此，日本对其假定的"一流"（first-rate）世界强国地位有自豪感和敏感性，其传统的排外主义通常呈现为公然蔑视西方国家以前的殖民地。实际上，比起西方国家的殖民主义，日本的殖民主义更野蛮，因为日本人知道他们与受害民族在文化和人种上有多么类似；为了确信自己的优越性，他们诉诸赤裸裸的武力。斜眼看其他第三世界国家，日本人认为自己是文明的、先进的。而面对西方国家，他们知道并不真正属于那个世界。种族主义只是一种自我错觉的形式。

战后小说

随着出版物的复苏，小说家也恢复了写作。他们并非欢呼黑暗时期已经过去。由于工作性质使他们留心日常生活的细节，他们甚至比批评家和评论员们更加困惑。然而，他们也急需反省。他们的作品为日本身份的战后危机提供了更多的证据。

永井荷风（Nagai Kafu）、谷崎润一郎（Tanizaki Junichiro）和川端康成（Kawabata Yasunari）这些年长的大师们继续他们被中断的写作。相对而言，战争似乎未对他们造成什么影响。谷崎于 1947 年完成了《细雪》（Sasameyuki；英译本为 The Makioka Sisters），如果这部作品明显缺乏对战争的兴趣是作者反抗的标志，它对战后年代的冷漠或许是对占领日本后强制实施的改革的批判。① 永井荷风也出版了先前所写的著作。他能够在战后极其不同的环境下付印他的作品，这正揭示了他对战争的理解。川端康成为战争做出了贡献，而他却对此保持沉默。这是不是意味着他特别不关心战争与和平问题，或者大体上不关心公共事务？是什么构成了川端康成作为作家的身份？他如何与周围世界相关联？这些不是简单的问题。川端康成于 1948 年完成了《雪国》（Yukiguni）。新增加的部分没有显示毁灭性的战争与失败这段经历。②

被卷入战争对年轻作家造成的创伤更大。在他们处于形成期的阶段，战争已经蔓延并加剧，从满洲（中国东北的旧称）蔓延到中国内陆，然后到太平洋地区。一些年轻作家战争初期已经开始写作，另一些在日本投降之后才开始写作生涯。他们毫不耐

---

① For further discussion of Tanizaki, see chap. 5, *Off Center*.

② See my discussion of Kawabata in *Accomplices of Silence*: *The Modern Japanese Novel* (Berkeley: University of California Press, 1974), chap. 4.

烦地急于表达，尽管不总是带有解释的意愿或信心。很多作家似乎在记录他们不能直接解释的经历中找到了慰藉。有一群1946年最引人注目的作家，他们是马克思主义者；在先前的战争年代里他们曾涉足某种形式的抵抗活动。他们中的野间宏（Noma Hiroshi）和椎名麟三相当值得一提。

野间宏的短篇小说《阴暗的图画》（"Kurai e"）1946年问世。它描述了战争期间一个年轻学生在革命友人中寻找自己的位置的故事。故事并不稳定：有时主人公会从战后的有利位置引出叙述时间。尽管讲述了一些革命者因颠覆性的活动被捕，而后死于狱中，故事中没发生什么事情。故事引出了对革命运动的不同态度，有代表性地，主人公思考可能的选择：

> 在日本，除了找到一条追求自我完善之路以外，没有他的生存之道。因为日本还没有确立其个体性，而个体性的确立是一个有待解决的严重问题。这种思想源于需要实现资产阶级民主的信念，但［他］想到的是，在他的身上烙上不断努力追求自我完善的印记。①

这种资产阶级的自恃与他和革命者之间的友谊如何互相联系并未得到明确，野间宏战后对先前青春期的自我探寻的看法也未得到明确。他拙劣的散文体刻板且不含讽喻，表明了战后的野间宏仍未摆脱他不参与战争的坚决。小说的主人公可能是野间宏的代言人，他在父亲和其他工人阶层的成人面前相当自鸣得意；事实上没有他们的支持和金钱，像他一样的年轻革命者不可能生存一天。野间宏漠不关心日常经济状况，加上他坚持强制性地阅读

---

① Noma Hiroshi, "Kurai e," originally published 1946, reprinted in *Noma Hiroshi shu*,

Chilzuma gendai bungaku tailzei 65（Tokyo：Chikuma Shobo, 1975）, 324.

标题提到的勃鲁盖尔的画作，使这部成长小说显示出令人压抑的以自我为中心和不老练。

椎名麟三的《深夜的酒宴》（"*Shinya no utage*"，1946）是一个关于完全绝望的故事。第一人称的叙述者住在东京一条烧坏的街道上的一间条件恶劣的公寓里。这栋楼里的所有住户都是生活在社会底层被社会生活抛弃的人，每天只依靠极少从城市垃圾中搜集来的东西凑合着生活。包括主人公在内的大部分人物都病怏怏的在垂死挣扎。那些沮丧的漂流者中唯一一个精力充沛的便是主人公的叔叔，这个监狱般的公寓的房东。他是一个无情的、丑陋的跛子。主人公的邻居碰巧是一个年轻的妓女，他们都将被狠心的叔叔逐出公寓。由于他们二人将会无家可归，他们互相咕哝，"确实，生活真悲惨。除此之外，不会再发生什么事情了"①。当女孩像对待孩子一样轻拍着他时，他的头发一股股地脱落了。

再一次，故事中什么也没发生。主人公的生存信条便是忍受："仅仅通过忍受，我可以从所有重担中解脱出来。忍受对我来说，就是活着。"没有人处于别人的控制中，那些个别有权利控制别人的人既邪恶且丑陋。就像故事中不停歇的雨一样，生活不会戛然而止。然而，故事中的"我"拒绝放弃希望。他必须忍受不能忍受之事。椎名麟三的《人性》（*Ningen*）一定是受到了这样的启发。人不能是虚无主义者，人应该忍受。椎名麟三的主体性思想被证明有一种禁欲的决心去生存，虽然陷于贫穷和极度不公。在椎名麟三看来，战争与和平、统治与投降、正义与不公之间并无本质区别。自相矛盾的是，主体性通常可以通过个人的坚韧获得。椎名麟三作为超验主义的道德家可能有说服力，但

---

① Shiina Rinzo shu, *Chilkuma gendai bungaku taikei* 66（Tokyo：Chikuma Shobo, 1976），362.

作为一个日本知识和政治条件下的马克思主义历史学家，他几乎毫无用处。

　　与经历了激进主义阶段的野间宏和椎名麟三不同，无赖派（Buraiha/vagabond）的主要作家——织田作之助（Oda Sakunosuke）、田村泰次郎（Tamura Taijiro）、坂口安吾（Sakaguchi Ango）和太宰治（Dazai Osamu）——与马克思主义意识形态没有紧密联系。田村泰次郎和太宰治都曾被逮捕过一次，也都是因为被指破坏《维护和平法案》而被捕。但他们四个人被牢记的主要原因是他们所谓的颓废宣言而非政治信条。颓废的概念暗指的是感官享受和自由，以及由此而来的独立和自治。田村泰次郎的《肉体之门》（"Nikutai no mon"）在 1947 年 3 月出版时取得了轰动性的成功。故事描述了一群出卖肉体的女子挤在被烧坏了的大楼的地下室寻求庇护。在一个旧的秩序被摧毁而新秩序尚未建立的世界中，年轻的妓女们形成了一个自我保护的团体。她们有一个严格的禁忌：金钱交易之外无性。故事有着老掉牙的情节：一个在实施抢劫时被警察射伤的年轻男人加入了四个妓女的群体。其中一个女子爱上了这个男人，与之做爱并首次达到性高潮。她在备受折磨中意识到了肉体之乐。她的"身体，被苍白的白色光晕环绕，就像十字架上的先知一样光彩夺目"①。

　　提及耶稣，也是陈词滥调［参看石川淳（Ishikawa Jun）的《废墟上的耶稣》（"Yakeato no Iesu"），太宰治的《斜阳》（Shayo）或大冈升平（Ooka Shohei）的《野火》（Nobi）］；对于基督教教义突然与日本文学相联系的原因没有清楚的解释——除

---

　　① Tamura Taijiro, "Nikutai no mon," originally published 1947, reprinted in *Kitahara Talzeo*, *Inoue Tomoichiro*, *Tamura Taijun shu*, *Nihon gendai bungaku zenshu* 94（Tokyo: Kodansha, 1968）, 332.

非有意外介入的人或事物可用以解释。① 无论如何，这种关于女性肢体痉挛的施虐与受虐的描述似乎可以提供一种新的对于活力与能量的表达方式；活力与能量在饱受战争践踏的东京是非常罕见的。肉体是诚实的，甚至是神秘的。作为战时压制欲望的相对面，淫荡的性行为的感受似乎重申了存在的现实性。然而，很多年后重读故事时，故事本身表现出充满了空想和错觉。那些被社会生活抛弃的人之间温暖的同志之爱，地下公共生活的清洁，男性力量带给女性的目标和愉悦——田村泰次郎将不合理的、空想的男权统治理想化并未受到限制。《肉体之门》不是通过性解放而获得个人解放的见证者，而是一首歌唱控制和纪律的赞歌；唯一的新变化是取代了军事附属的性别歧视剥削。性行为可能是通往肉体之门，也可能作为通往自我之门；但令人绝望的是，像故事中所描述的那样，它与权力的运用相结合。

在《世态》（"Seso"，1946 年 4 月）中，织田作之助专注于言语层面，这清晰地表明他与江户时代的戏作家的相似之处。正是由于戏作家的作品受到文本性（textuality）的大量干预而不是直接面对原始经验，因此，织田作之助的作品总是远离肉欲。《世态》是一个作家为自己的故事寻找主体的故事。它以一系列片断的形式出现，其中一些片断描述叙述者与人碰面的情景，另外的片断重复这些人告诉他的故事。《世态》的故事以大阪的一些地方为背景，时间也是具体的，这降低了虚构与非虚构之间的界限。讲故事的表现力不断与故事的表现力相结合；一个"织田作之助"使他的出现成为故事人物，织田作之助的作品通常如此。

---

① 西川长尾《日本战后小说废墟之光》（*Nihon no sengo shosetsu*：*haikyo no hikari*，Tokyo：Iwanami Shoten，1988）讨论了这些战后作家并列出其引用关于基督的文章。西川的说法既表面化又没有解析性，同时他的评论不具有有趣的观点。参阅第 246—250、273—274 页。

表面上看,《世态》描述了变化的——就是说,堕落的——当代日本的场景。因此,主人公游荡于大阪居民中,为作者正在写作的以《世态》为题的故事收集庸俗的片断。尽管这一结构很复杂,故事有一个关于臭名昭著的真实女杀手长田的核心片断;她在做爱过程中杀了自己的爱人,割掉他的生殖器作为他们之间爱的纪念。[这个事件构成了大岛渚(Oshima Nagisa)的著名电影《感官世界》(*In the Realm of the Senses*)的中心情节。]故事讲述者得到了对她的法庭审判记录的抄本,这为他提供了另外一个片断。长田的判决抄本的所有者是他的老朋友,这个人时而穿梭于故事内外,与蒂斯咖啡厅(Café Dice)的老板娘关系亲密;但当故事趋于结束时,这个人过去与长田的关系被公之于众。"蒂斯"(Dice,其意思为"骰子")这个名字暗示织田作之助的写作理念,那就是叙述应该保持其开放性,应该将所有因素留给际遇与偶然(在另一个故事"*Soredemo watashi wa yuku*"中,情节随着主人公在每个决定性的时刻扔骰子而展开,因此作品成为仅在一个整体单元中相关的人物与事件的集合)。织田作之助相信机会形式,反对作者的阐释意愿,因为这种意愿将控制力强加于作品。织田作之助的偶然论成功与否在这里不是问题。就当时普遍强调主体性而言,他的"偶然性小说"(guzen shosetsu)思想的各个维度都极具魅力。在织田作之助的观点及其作品中,作者的权威、控制力和责任被刻意地最小化了。似乎所有这种确定最终无关紧要,织田作之助回到 18 世纪的习俗中,在过去的环境中寻找日本当代场景。事实上,讽刺的是,织田作之助——因他的故意堕落和在花街柳巷的放荡行为,以及他那被视为主体性运动的组成部分的特征而被铭记——竟然是一个谦卑的机会论者,对他而言,是随机而非有意的控制,推动着事件的发展。

就将自己作为故事的中心人物而言,太宰治与织田作之助很相似。当然，所有"以第一人称叙事的小说家"（I-fiction-ists）——事实上，大部分日本小说家——在这方面都类似。但是，更进一步讲，将自己的隐私隐藏于幽默和讽刺的伪装之中才是太宰治与织田作之助相似的地方。如果其他以第一人称叙事的小说家流露出真诚和诚实的氛围，他们二人表现出熟稔的不在乎就难免有炫耀之嫌。太宰治与织田作之助作品的情节主要取决于真实生活中的偶然事件，这不是因为这些事件本质上很重要，而是因为它们不受控制。他们让偶然因素推进故事情节向任意方向发展。因此，可偏斜和折射的语言层面与事件古怪的转折共同作用，使开放性发挥功用，具有讽刺意味地挖掘表面上的计划，寻求自我发现。

太宰治与织田作之助的不同之处在于：太宰治毫无顾忌地关注贵族。《斜阳》自不必说，在很多其他作品中，太宰治不断复原和定义贵族的特征。[①] 他坚持认为自己是道德和精神上的知识精英，不是继承来的贵族身份。然而，在太宰治的思想中，天生的贵族和精英贵族（原先是令人怀疑的一类）不断相互融合。尤其是当法定的贵族制度被废除，当一些关于前皇室和前贵族的轰动性的丑闻 1947 年被媒体曝光后，曾经荣耀的群体的衰落极大地刺激了一直渴望成为卓越阶层一员的太宰治。这种类似名人崇拜的情感上的忠诚，为很多其他中产阶级作家共有，例如三岛由纪夫（Mishima Yukio）。他们渴望获得排外性、大同主义、富足和时髦的混合体，利用古典术语表达他们对优越性的要求。

坂口安吾因其战后的"堕落"（depravity）理论而出名，在势利方面他与太宰治或三岛由纪夫并无本质上的不同。但他至少避免使用经典比喻，织田作之助也是如此。在《堕落论》（"*Daraku ron*"，1946 年 4 月）中，坂口安吾直面日本自上个夏

---

① For further discussion, see my *Accomplices of Silence*, chap. 5.

季以来的变化。所有被禁止的现在都获得许可；那些本要为天皇的荣誉而死的人还好好的活着，并在黑市里谋生。面对死亡和毁灭的极美都消失不见。留下的是生存的痛苦，每天的例行工作。"我们堕落不是因为我们被打败了。我们堕落是因为我们是人……但是我们因为过于虚弱而不能永远跌落下去……迟早我们会结束堕落并找到武士（samurai）崇拜或天皇崇拜的方式……完全堕落到极限后，我们必须找到自我，自我拯救。"① 坂口安吾赋予堕落特权，因为他恢复主体性的策略就是将衰败视作生命的必要条件：放手，而不是进行选择。不久就会开始提升。通过接受粗俗和卑微，个人的资产阶级忧虑将得到缓解。

《堕落论》发表后几个星期，坂口安吾创作了一个被称为《白痴》（"Hakuchi"）的故事。故事以 1945 年的东京为背景，描述的是一个主人公所居住的衰败破落的陋巷。一天，一个患精神分裂症的邻居的白痴妻子莫名其妙来到了主人公的家里。他让她留下来了；随着空袭成为东京的常事，他们开始发生肉体关系。一天晚上，整个街区在空袭中火焰弥漫。当主人公带着白痴女人在火中逃生，他开始思考与她在一起的意义。"太阳会照在我和站在我旁边的这头猪头身上吗？"②这个故事试图例证《堕落论》的论点。当人到达堕落的底部，就可以找到上升的途径。然而，很难将坂口安吾的堕落原则用于这个故事。故事主人公是一个有思想的人，他的行为几乎没有可被指为堕落的东西。难道与白痴女人做爱是堕落行为，因为他的一部分只把她当成"猪"？或许如此。但是，坂口安吾讲述故事时，主人公是出于善良和责任感与白痴女人发生肉体关系，而不是出于剥削和兽

---

① Sakaguchi Ango, "Daraku ron," originally published April 1946, reprinte 46, reprinted in *Sakaguchi Ango shu*, *Chilzuma gendai bungaku taikei* 58（Tokyo：Chikuma Shobo, 1975），452.

② Ibid., 191.

性。事实上，《堕落论》没有充分解释"堕落"的含义。无论《堕落论》这篇文章中所阐释的是什么，都不能与人们对"堕落"这个词本身的理解一致。坂口安吾描述了一个具有资产阶级特点的稍微大胆的行为，它既不耸人听闻也不应受到大部分客观标准的责难。由于主人公的罪恶并未达到堕落的深处，他的救赎也仅仅是无聊的小成功。在坂口安吾的世界里，无论堕落还是提升，他不允许自我冒大的风险。坂口安吾在结束另一篇文章时用了这样的表达："我只想为自己活着。"① 但连这个他必须以反抗的姿态来表达的完全合理的愿望，也似乎是坂口安吾不可企及的。

椎名麟三、野间宏、田村泰次郎、织田作之助、太宰治和坂口安吾都是 40 年代末日本最黑暗时期的代言人。但这些努力表明和平来临的作家没有揭示出关于个人自由的暗示。自我中心的理论不可避免地与日本社会结构交织在一起。虽然可以听到个人要求自治和独立的声音，但这声音湮没于坍塌的帝国的集体和声中了。

这些作家全都是"以第一人称叙事的小说"（Shishosetsu）的实践者。难道以第一人称叙事的小说家不是被期望使用自传体——就是说，专注于塑造自我？虽然自我关注，上一段提到的六位作家中没有一个认真批判了自我中心的精髓。椎名麟三过于迫切而不能在超越独断中摆脱自我；野间宏的批判宽容且不彻底；田村泰次郎与陈词滥调相连；织田作之助使自我屈从于偶然性和不可控制性；太宰治胆怯地在观众面前展示；坂口安吾也受到其所处的社会命令的束缚。因此，虽然表现出明显的反抗和独立，以第一人称叙事的小说家再次证实了社会对他们的控制比较

① Sakaguchi Ango, "Daraku ron," originally published April 1946, reprinte 46, reprinted in *Sakaguchi Ango shu*, *Chilzuma gendai bungaku taikei* 58 (Tokyo: Chikuma Shobo, 1975), 327.

宽松。三岛由纪夫的《假面的告白》（*Confession of a Mask*, 1949）也是一种对中产阶级自命不凡者违反社会常规期望的胆怯展示。他们越是关注自己，就越彻底地看到他们民族的阴影。

研究以第一人称叙事的小说的这个层面的最好方式，就是在阅读作品时不将其视为作者的道德和精神告白，而是视为创作过程中的文字记录；这种方式可能也会阐明主体性。为构思、写作和阅读诗作的详情提供文献证明对于日本作家一直很重要。日本传统写作手法由最古老的有序注的诗集《万叶集》（*Manyoshu*）开始，存在于整个日本文学历史中，出现在所有诗选、随笔（*zuihitsu*）和松尾芭蕉（*Matsuo Basho*）的旅行日记中。显然，日本文学的施为性特征要求讨论行为特征本身。有趣的是，以第一人称叙事的小说可以不被视作主体性（自我探寻、自主、自我认同）的证据，而被视作主体性的完全相反面，由公众揭示作品创作的详情。在提到的六部作品（《阴暗的图画》《深夜的酒宴》《肉体之门》《世态》《斜阳》和《堕落论》）中，《阴暗的图画》《世态》和《斜阳》显然具有施为性：它们写自己。至于椎名麟三、田村泰次郎和坂口安吾，他们创作了大量作品，那些作品将本身的文本作为参考。战后年代里，当个人身份危机深远之时，小说家更习惯于遵循长期形成的查究创作详情的习惯，而不是探究现代自我产生的摇篮。从未有过的失败和羞辱的情境可能会使这些作家跌入自我怀疑的深渊。然而，这也是理解事实的过程：新环境使他们不得不退回到写作的过程中。如此看来，战后以第一人称叙事的小说没有新的重要意义。相似的是，不是主体性而是缺乏主体性使日本传统小说形式引人入胜。

抉　择

战后的行动和无为、思想交流和文学形态构成了一个动人的主体性的图画。知识分子急切地赞成盟军最高统帅部的命令，而他们通过无根据的抽象概念或程序化的官能主义隐藏了自己的屈服。主体性的进程最初就是自主地、无望地被从他们实际生存的世界中分离出去的。

为何需要主体性？

不论是战前、战时或是战后的日本大部分知识分子，似乎都同意主体性并非他们的显著特点，而且作为普遍的现代价值，主体性的充分发展令人满意。实际上，个体性、行为自治、思想及言论自由并非现代日本的社会特征，这看似没什么问题。日本1945年前的法律政治体系证实了这一点；在战争时期缺乏抵抗及其遵从模式提供了更多证据；正如我重新定义的以第一人称叙事的小说也是见证。日本战后拒绝认真讨论西方霸权主义的历史也为这个问题提供了信度。从社会和心理角度来看，集体主义仍然盛行。然而，主体性或主体身份、独立、个体性，当然不是一种普遍价值。如果它具有普遍性，日本——像其他社会一样——应该已经将其作为一个主要的文化方面予以发展。主体性在历史性和文化特定性方面当然不亚于封建制度、新教教义或其他社会心理学类别。作为具体事件和发展的产物，主体性在现代时期产生于西方国家；虽然日本有"现代"（modern）启蒙和高科技，如果它保留其集体主义，可能有自身的原因。

当今世界自然不能展示出美丽的画面。所谓的民主西方与苏联之间的冷战可能已经结束；然而绝望的是，富裕的北半球国家和贫困的南半球国家被割裂开来，即使没有突发的核战，这个世界也不断受到矛盾和不幸的威胁。种族和部落之间的战斗——以前存在于西—东方对抗的大环境下，而现在以经济扩张或回应性的基要主义为名发生得更频繁——发生在中东、美洲、亚洲、欧洲和非洲；到处有宗派和党派之争。国家内部竞争也会分裂社会。各国家、各民族、各阶层、两性和各团体从不断主张的个人利益和自我关注中获益？难道暴力不是通常藏匿于主体性原则之中？

　　甚至历史似乎也需要修正。当重新阅读莎士比亚的《暴风雨》（Tempest）、笛福的《鲁滨逊漂流记》（Robinson Crusoe）和康拉德的《黑暗之心》（Heart of Darkness）时，我们直接透视扩张主义和殖民主义。然而，一旦我们把自己的思想集中于西方世界，我们的思索立即转向将无数人拖进了坟墓的日本帝国主义的噩梦。日本的侵略或许是一种自作主张的行为，这种行为使日本"成功地"（successfully）学到了西方模式。如果侵略行为实际上与主体性不可分割，日本——或我们所有人——还都需要主体性？我们现在负担得起主体性？

　　对于日本知识分子和西方人来说，任务可能是找到日本社会缺乏主体性的根本原因，并且找出它如何在很多领域运作。说到最后，无批判地追求主体性可能仍是日本对其西方化的姿态的另一例证；因此，这讽刺地证明了日本缺乏主体性。相反，随着西方各国研究日本长期回避个人主义以来，西方各国可能不只从日本学到了管理技术，而且学到了真正的文明行为的模式。总之，难道不可能既反对主体性而又不会立刻堕入令人窒息的盲从制度和集体主义的管辖之中？

主体已"死"

　　另一方面，在西方，人们经常讨论主体已死的说法。例如，弗雷德里克·詹姆逊说道：

　　　　这样的术语［就像自我"异化"（alienation）和自我

"碎裂"（fragmentation）〕不可避免使人想起当代理论中更流行的主题之一——关于主体已"死"的主题本身——自治的资产阶级单子或自我或个人的结束——以及随之而来的压力，是作为一些新的道德理想或是作为经验主义描述，关注以前处于中心的主体或精神的离心（对这个概念的两种可能的叙述中——历史相对论的那一个，即在古典资本主义和小家庭时代，曾经处于中心的主体现在已经消解于有组织的形式主义世界；还有更激进的后结构主义立场，于此，主体从一开始就没有存在过，但它构成了意识形态的妄想——我显然倾向前一种观点；在任何情况下，后者必须考虑"现实的外观"）。①

迷　失

到目前为止，自我批评的精神在很大程度上并没有伴随着日本巨大的经济成功。诚然，有作家和学者偶然发表关于核威胁、文化俗化和环境破坏的批评，但它们是分散和零碎的。批评的一般体系还未展现出来。

总之，日本巨大的经济实力运用于它与全球企业扩张和不断地鼓励个人消费的结合之中。被有计划地去历史化，日本的集体的非个人似乎带领所有人群和国家，包括西方国家和其他国家，到达一个惊人的反面乌托邦世界：充满自我虚无、无思想和失去目标的生产、消费和空想的世界。

讽刺的是，包罗万象的消费主义是主体性的一种说法，因为它是感官的、身体的和有计划的。如果战后初期的知识分子——

① Fredric Jameson, "Postmodernism, or, The Cultural Logic of Late Capitalism" *New Left Review*, No. 146 (July-August ig84)：53—92.

例如丸山真男、Otsuka Hisao 或梅本克己——认为主体性是一种现代的、西方的、自由的个人主义，日本当前可能已经实现了这个进程，或者至少实现了这个意识形态所暗指之物："理智的"（controlled）资本主义极端强化的、超速的形式。通过跳过黑格尔和马克思、克尔凯郭尔（Kierkegaard）和尼采、萨特和乔姆斯基所代表的现代时期，日本或许已经到达了符号王国，没有被代表之物——所有宣传标志和商标都没有意义。难道那不是田中康夫（Tanaka Yasuo）的小说《像是水晶》（*Nantonaku Kurisutaru*）中的世界：一个最终的消费主义虚空世界，在那里购买行为本身作为证实和确定个人存在的方式？

英语文学在日本的创生

这篇论文最早发表在 1991 年的《疆界 2》，后又见于 1993 年的《世界当中的日本》（*Japan in the World*），是由三好将夫和哈里·哈鲁图尼恩编辑。三好在文中将他的批判转向近代日本的英语文学和语言研究中的特异性——这种特异性削弱了学术界并且有效地割裂了日本英语研究与国外英语研究。这种文化上的偶然性和地区性发展使三好开始探究在文学和语言研究中将民族国家视为主要构成原理（central organizing principle）。——编者

英语在当今的日本是一个巨大的产业。日本 1.2 亿人口几乎都读过中学，在多达六年的学习中，每周都有几小时的英语课；而几乎一半的高中毕业生都进入学院或者大学，目前他们被要求继续学习英语。① 这意味着大量的对英语学习的要求和众多英语教师以及教学资源共同造就了一个繁荣的数十亿美元的产业。几乎每个人都接受过长时间的在校英语学习从而使这门外国语言实际上成为了日本的第二语言。在这种情况下，英语文学和英语语

① 我听说教育部正在中止学院学习英语要求和全面教育课程。在当时的写作环境下，我没有能力去确认这则新闻或者去揭开这项提议的任何细节。参阅《朝日新闻》（*Asahi shinbun*, August 28, 1991, and July 25, 1992.）

言研究在日本经过特有的调整而明显区别于国外所普遍理解的英语研究就成为一个确实很有趣的现象。虽然这里主要讨论英语文学研究在日本所具有的特性，但还是很有必要和益处在更广阔的背景中去思考学科的形成和发展。

普通英语教育

首先我们来看一个简单的调查，这个调查集中研究日本与英语学习有关机构的运转而不是其正式官方的组织形式。日本目前主要有三种体制性的英语学习程式：（1）中学和强化学校的英语（jukenjuku or yobiko）主要关注于大学入学考试；（2）英语文学的学术研究（包括大学的常规英语教育）；（3）口语学校和商务英语。虽然他们都专注于英语教育和学习，但他们之间仍互不相关，几乎没有任何交集。①

首先，中学英语连同强化学校的英语正如所有的基础外语教学都是模块化和公式化的。从历次的大学入学考试中，一系列的固定句式被搜集整理并且希望学生可以掌握，因为它们是考试中极其可能出现的题目。因此，学生们记忆"No sooner…than…,"或者"It is …that…"这些句式，从而在填空中可以给出正确的

---

① 英语学习模式本身就存在不同的展现方式。第一，教育结构不能揭露对英语国家生活的熟悉程度。在美国和欧洲，外语教学通常出自于那些从讲这门语言的地区过来的移民，以及当地的传教士或者是殖民者之口。在这两种方式中，他们的知识和信息集中成了课程。第二，最早教日本人英语的人要么是传教士，要么是想要使日本人"民主化""文明化"的经商人员。因此，比起一般的老师，他们在学生中的地位更高一等。第三，最近从美国和英国来的会话老师大部分是雄心勃勃，追求钱财的年轻人。除了能够讲英语之外，他们一般都没有具体的职业资格。这也许与日本低劣的英语口语水平有关。无论在哪种方式中，这种师生关系的相对影响力都需要进一步的研究。人们至今没有发现日语与英语说话者对等交流的证据。

答案。① 同样地，标准词汇和一系列的语法问题被总结出来，学生将这些样题也熟记于心。严谨枯燥的记忆无疑是残酷的。有时老师给出一个经典的文本，例如霍桑的短篇故事或者济慈的诗歌，从划分的句子成分和短语单位这个意义上来讲文本在这种情形中已被人为的标准化了。将这些模块重组成为完整的文本或言语行为几乎是不可能的。因此，当一个中学毕业生通过了很难的大学入学英语考试，他的语言能力就属于既定的"考试英语"（juken eigo）的范围，这与美国、英国或者其他普遍说英语的国家所使用的语言几乎没有任何关联。这并不意味着语言没有被理解，很显然是被理解了的。然而问题的关键是在于日本的课程体系中产生语言理解的特定目的和方式。就这一观点我还将会做进一步的阐述，这里我仅仅想说明一个成功的大学入学者也未必能说出或写出易懂的英语。

由于大部分学生认为他们在学校所学的知识不足以应对艰难的大学入学考试，所以他们课后选择参加强化培训学校，在那里英语和数学是最紧要的科目。强化培训学校是受利益驱使的机构，曾一度被认为是不正规的甚至是混乱的。由于民主进程和人口增长使进入知名大学的竞争变得异常激烈，成绩显著的强化培训学校的社会和商业价值也随之迅速提高。现在强化培训学校也有了严格的行业准入考试。伴随着强化培训学校所展现的令人瞩目的成就（55% 被东京大学录取，60% 可进入京都大学，等等），它们开始享有极高的声誉，这又给它们带来了巨大的影响力。不夸张地说，研究日本正规英语教育的一个重要线索就在于

---

① 当今"预备学校"界最成功的英语教师之一伊藤和夫在其出版的《英语语法教室》（*Ei-bunpo kyoshitsu*，Tokyo：Kenkyusha，1979）一书中，严格按照语法规则，列出了"短语—从句—句子"的结构框架。这本书归纳了学校文法的高度逻辑性，合理性，因此学校文法是绝对可以讲解的。虽然这本书独具一格，但始终没有与说英语的人讲的英语扯上什么关系。

强化培训学校的英语教学。学习的过程被认为是在竞争中取胜的唯一渠道，并且完全把英语习得变成了实现特定职业规划的一种途径。有时伴随着外语知识的批判性和文化性的推测可能不仅是不相关的，甚至如果细想的话它们很可能是一种干扰。①

至于第二类体制性英语学习程式在这里无需赘言，因为下面我还会详细阐述。进入大学继续深造的中学毕业生面临着更多类似的学习，即他们逐字逐句的阅读经典著作、分析语法和翻译文章。两种语言总被假设是对等的，寻求两套词汇之间的平衡被默认为英语学习的全部。英语学习的主导思想是"准确性"：一旦一个观点"准确"的从一种语言翻译成另外一种，工作就算完成。在英语自身体系里预示着更大进步的英语口语，反而被贬低到了不重要的位置。在大学英语学习中阅读成为了首要技能。从这个层面来讲，英语与拉丁语很相像，更准确地说像汉文，一种拼写和发音都接近日语的汉语。

实际上，在典型的英语学习的过程中，主要训练的是文书写作。因此，一些学生认为需要加强口语练习，将其作为写作训练的补充，出于这种需求他们报名参加专门为此目的而建立的"口语交际"学校。遗憾的是这种学校仍被大型商业企业持有，几乎不受任何学术监管。尽管目前参加这类学校的学生人数不多，但它在快速增长中。这些专注于英语口语教学的机构具有一些有趣的特点。首先，这类学校的"口语交际"教学也是程式化的。例如，"How are you, Mr. Smith?" "Fine, thank you, Mr. Tanaka. And how are you?"因此在口语交流时，老师（通常

---

① 在必须进行入学考试的国家，涉及高考的教育意义和文化意义的书籍相对较少。（从幼儿园起，孩子们就在不经意间开始了竞争。从一所声誉良好的幼儿园毕业，孩子们就能够进入一所可以使他们顺利转入初中的小学，接下来就可以进入……）黑羽吕一在《日经新书》（*Nyugakushiken*, Tokyo: Nihon Keizai Shinbunsha, 1978）第285页的《入学考试》一文中就给出了一个对臭名昭著的"考试地狱"的简要说明。

是来自美国或英国的学士或者本科生，并不一定要求是英语专业的）总是尝试引导学生展开非格式化的对话，但这些努力总是遭遇尴尬的沉默。在这些学校里，学生还希望被教授口语交际的基本内容、话题和观点、情感和态度，还有英语的发音和词形。① 其次，发音的准确性没有引起有效关注。如果众所周知的易混淆的流音 ls 和 rs 还经常被提到的话，那么其余的例如元音和辅音都很少被提及，更不用说口音和语调，通常这种情况是学校学习人数过多导致的。尽管如此，参加这类学校至少有机会听到"真正"的英语发音，② 这在普通学校中是不可能实现的。在那里学生向老师学习发音，老师是从他的老师那里学习发音，好几代都极可能接触不到非日式英语。最后，虽然这类学校可能混乱，但这类以口语交际和商务应用为导向的教育机构很可能最终会促进日本和英语国家的交流。而且与长期积累形成的过于自发、内省和不可沟通的归化英语相比，这里的口语交流至少是直接的。

这三种英语学习程式是不同的，几乎没有共通之处。它们各自的老师接受不同的课程培训，他们之间也几乎没有共通之处。

---

① 人们通常认为日本人不乐于表达感情和意见是因为他们"害羞"，但"害羞"一词永远解释不了这种现象。不同的场合情况就不同。有的人有时会忘记这样一个事实——明治维新以前的公共交流用语比现在或者当时其他的地区的要正式得多。因为当时人们很少与讲英语的人单独会面，所以英语可能被看作一种"官方"语言。这就说明了为什么在学习英语的最初阶段（19 世纪 50 年代到 70 年代）以及接下来的日子里日本出版了无数册《会话书》（kaiwa-sho）。这些书为选用在各种正式场合的简短演讲提出了公式。例如，"宴会后演说"和"婚礼祝词"。参阅十河真明《日本英语学习的黎明：幕府末期至明治时期的英语学习》（Nihon eigaku no ake-bono: Bakumatsu-Meiji no Eigogaku, Tokyo: Sotakusha, 1990, chaps. 5—9）

② 甚至很多日本人至今都认为英式英语（他们经常称作"国王英语"）比美式英语要优越（更权威，更真实）的多。而且，在他们看来，这两者之间存在一个审美上的不同之处：英式英语优雅、美丽，而更庸俗的美国腔则是粗劣低下、模糊不清的。这种口头评判当然属于更广泛的文化信条的一部分。在这种文化信条中，人们认为美国人没有文化，唯利是图，而英国人则聪慧理智，彬彬有礼。这种情感——这种帝国主义时代的遗产也延续到了英国文学和美国文学的常见不同点中。

同样的，它们有不同的目标群体：高中、大学以及强化培训学校基本上都局限于年轻人，而口语学校则主要为较年轻的成年人提供继续教育，无论他们身在职场还是职场之外。口语在主流教育机构中并不受重视，通常英语的音素是通过一系列书面的标识性语音符号即国际音标表（IPA）而被认知的。有时你会发现一个日本学者即使他拥有大量精准的国际音标知识，但他却不愿或不能把他们读出来。因此，英语口语被排除在外，而英语阅读、语法和写作构成了英语学习的主要方面。当然，英语口头和书面语学习是可以结合在一起的，但事实上罕有这样做的。发挥核心作用的大学英语系，就像文学研究和语言学研究的中转站一样，理应指导整个英语学习产业。他们这样做了吗？具体又是如何指导的？

英语文学学习的初级阶段

19 世纪中期，日本和外部世界的接触是无意识的。这种外来的影响是无法抗拒的、单方面的，或者说近乎是侵略式的。在这一时期，被动和无助使日本对西方世界既敬仰又抗拒。英语学习最终在 1856 年被德川政府承认是必要的，然而却被归属于野蛮书籍研究学院（Bansho Shirabe Dokoro）。这一行为遭到了西方外交使节的抗议，七年后这个学院更名为开放发展学院（Kai-seisho）。学院雇佣曾经的船员和荷兰口译员，采用介绍西方地理和语言的中文书，向来自日本各地的年轻武士教授英语。最初这是一个政府学校，后来发展成为东京大学，由教育部管辖。简言之，英语学习的出现源于国家的需要。①

---

①　然而，尽管受到过德川幕府的禁止，但早先"荷兰语学习"确实进行过。在德川幕府统治末期，当权者们认为压制"西方学习"是没用的，也是不可能达成的。

　　早些时候，那些外国人被特有的殖民地侨居条件和可观的报酬所吸引来到这里当老师。所有的课程均用英文授课，每个学生必须学习英语语言和文学。教师的任职期都是暂时的。同时，他们也不受教育部的管制。原因有以下几点：首先，向西方学习的急切需求使得德川和明治政府无法加以干涉。其次，明治政府最初的政策相对宽松，只是后来才得以加强。再次，教育官员极力想要效仿英国教育体系，想在两国之间寻求和建立平等的关系。因此，即使政府防范国民学习外语的危险，同时仍然承认对西方思想和习俗的接纳和吸收是不可避免的。

　　然而好景不长，不断涌现的反动派运动让明治寡头政府诚惶诚恐，以至于 1890 年出台了的帝国教规，为教育部及其管辖的教育机构设定课程，借此扩大控制和加强中央集权。爆发于 1894—1895 年的中日战争使国家官员更加谨慎。日本开始了统治亚洲的行动。教育部在试图加强师资与课程建设的同时，逐渐废除了聘用外籍教师的体制以减少教育开支。在国外接受培训的日本教员取代了外籍教师，鉴于此因，拉夫加多·赫恩的合同没有续签而夏目漱石（后来成为日本著名的小说家）在世纪之交填补了这个空缺。此后，在日本的教育机构中，外籍教师变成了奢侈品而非必需品。这可以被看做是归化教育的第一步，尤其是对于英语文学教育来说。① 当然，以英语为母语的教师的缺失意味着外国声音以及外来观点的沉寂。这也可以被认为是日本"忽视英语口语"学习的开端。

　　日语和英语之间的巨大差距很容易被辨识，但却很难被充分理解。19 世纪 50 年代末 60 年代初期，对书籍和语言字典的需求相当迫切。两种语言的词汇很难对等，一个社会中存在的物品

---

　　① 井上铁次郎，时任文学院院长，后来在引于十河真明《日本英语学习百年》（*Nihon no eigaku hyaku-nen*, 1：66.）中的《海峡一六》（*Kaikyu-roku*, 252—254），写过关于当时情况的回忆。

和观点往往在另一个社会并不存在。因此，在将英文翻译成日文的艰巨过程中，在两种语言之间创造对等便成为了至关重要的第一步。

两种语言之间的对等假设至少意味着在两种文化之间存在对等。日本与英国之间异远大于同，因此，这种词汇对等的假设很难被接受，而且几乎不可能在翻译实践中实现。然而，日本认为坚持对等性和对称性的观点是具有重要战略意义和政治意义的。国际外交中基本的交换条件原则无法忽视两国的文化相似性。在大英帝国统治世界的时期，将英语翻译成日文或者反之亦然的事实，被认为是英日文化可兼容的例证。此外，日本想与英帝国统一行列的愿望远大于对文化合法性的诉求。日本的帝国议程使其在 19 世纪中叶面对西方的威胁时并未败阵：至少日本可被认为是远东的英帝国。

其实将英语翻译成日文的难度是相当大的。当译者在 1871 年翻译约翰·斯图亚特·穆勒的《论自由》时，他不得不先介绍穆勒的生平，因为他无法在翻译时对国外的政治学著作做归化处理。莎士比亚的剧作在 19 世纪 70 年代被"翻译"成歌舞伎演出的作品，同时查尔斯和玛丽的《兰姆故事》也被翻译成儿童剧。在夏目漱石时期，这是卓越的功绩。仅仅是一代人的时间，莎士比亚的作品连同 18 世纪的许多巨著，以及浪漫主义时期、维多利亚时期的诗歌与小说就被"日化"。这种文本的转化是否"准确"需要在不同的情境中具体分析。关键是翻译的任务完成了，而它的完成为资本主义文化的形成以及"文学"都做出了贡献。

日文单词 bungaku，在文学上已经被使用了几百年。在早期，它大致意为"学习"或者是"文本评论"，而不是文学作品，一种区别于其他诸如宗教仪式、典礼、科学、宗教、历史和哲学的美学写作和表现形式；也不是指系统的学习，一门制度化的科目。这种比较先进的表达方法于 18 世纪末期在西方兴起。从历史上来讲，这种表达方法和基督教失去统治，宗教渐渐在欧洲失去影响时人们民族与宗教意识的觉醒密切相关。随着民族主义开始需要一个统一的神话来为国家的统治管理服务，特别是当欧洲在其殖民扩张的过程中遇到非西方的国家时，文学也随之产生了。例如，根据最近的研究表明，英国文学的系统化最早是在印度，而不是在英格兰，因为英国面临着把自己介绍给印度臣民的需要。[①] 同时，文学在统治者使工商业资本主义取代无产阶级时也发挥了重要作用。文学，同另一个更加容易让人混淆的词"文化"一起，在一个国家分裂的各集体中，产生了一种联合一致和属于同一团体的感觉。明治维新的领导者也发现了日本社会对于"文学"的相同需要，并开始使用 bungaku 在夏目漱石时期在作家学者中广泛使用的新的意思。简而言之，到 1900 年，文学似乎已经完完整整地带着它本身的问题在日本扎下根来。

日文中"文学"一词用 bungaku 来表示已经几个世纪了。之前它的意义是"学习"或"文本评论"，而不是文学作品（一种区别于其他诸如宗教仪式、典礼、科学、宗教、历史和哲学的美学写作和表现形式）；也与有组织的体制化学习无关。这种比较先进的表达方法于 18 世纪末期在西方兴起。从历史角度来讲，这种表达方法与基督教在欧洲失去其统治地位，国家、宗教意识的觉醒以及社会世俗化有关。随着民族主义开始需要一个统一的神话来为国家的统治管理服务，特别是当欧洲在其殖民扩张的过程中遇到非西方的国家时，文学也随之产生了。例如，根据最近的研究表明，英国文学的系统化最早是在印度，而不是在英格兰，因为英国面临着把自己介绍给印度臣民的需要。文学在统治

---

① 参见 Gallriyj Swanathan, Maslzs of Conquest (New York: Columbia University Press, 1989).

者欲用工业资本主义取代无产阶级时也发挥了重要作用。文学与另一个更宽泛的概念"文化"一起让国家的不同群体之间产生了民族认同感。明治维新的领导者也发现了日本社会对于"文学"的类似需要，因而赋予 bungaku 一词新的含义，而这一含义在夏目漱石时期被作家和学者广泛使用。简而言之，1900 年时文学似乎已经原原本本的带着它的诸多问题在日本生根。

人们知道组成 bungaku 的几个复合词的意思：bungakusha（作家），bungaku-shumi（艺术品位），bungaku seinen（艺术青年），和 bungakkai（文学界）。这个词的特殊用法，不管是不是属于文学，都还不甚清楚。例如，文学与历史的界限，文学与大众习俗的界限，都还很模糊。甚至想要为文学作品和表现形式下一个最模糊的一致定义都还需要几十年。

最不能被理解是文学研究的新兴体系，其次才是文学。即使在有着悠久"文学"历史的西方，文学的定义依然从未被解决，就如同那些学术界熟知的存在的新批判主义、新"新批评"、差异批评，文化研究，以及"传统"学术之间的争论一样。当然在 19 世纪的日本情况并未能有所好转。[①] 事实上，大众对于文学作为一门课程的不确定在学术组织自身也得到了体现。东京大学在 19 世纪后半期就一直处于变化之中。它几乎每年都要改变它的名字和结构。在 1877 年，学校在设立科学院和法学院的同时，设立了文学院（Bungakubu）。但是，文学院并不只是教授"文学"的学院。它由第一分部（哲学系，历史系，政治经济系）和第二分部（日本和中国文学系）组成。关于英语语言及

---

① 坪内逍遥在 1885 年写出了《小说的精髓》（*Shosetsu shinzui*）。这本书确实只不过是编写了一些从各类英语杂志，百科全书文章，课本以及江户时代作品中的观点和评论。尽管如此，坪内因为小说与其他文学和艺术形式（简言之，文学系谱）相关联而要探索小说本质的迫切需要是完全可以理解的。在逐渐"现代化"的日本社会，开发一片文学领地是需要付出努力的。在书中，他极少使用"文学"这个词，大部分用的是"文艺"（写作的艺术）或"美术"（美好的艺术）。

英语文学的课程在两个分部的所有院系都有教授。但是，英语文学一直到 1887 年才作为一门学科成立了一个独立的院系。① 夏目漱石于 1890 年进入东京大学英语系，直到他毕业后三年，这个项目才渐渐成为一门课程。夏目漱石接下来学到了什么？他对于自己的学习有什么样的感想呢？

英语学者夏目漱石

1903 年，夏目漱石接替了拉夫加多·赫恩在东京帝国大学英文学院的讲师一职，而这时日本的英语研究中的许多问题已经初露端倪。尽管英语文学才刚刚起步，仍鲜有人关注，但是探索其间各个领域的日本学者却身陷重重困境——英日语言差异的鸿沟，种种不确定性包围下的文学学科逆境，外国文学研究迫于民族主义压力竭力避免被冠以扩张主义的帽子。

东京帝国大学在近 30 年中持续聘请了多位英美籍老师，然而只有 1892 年到来的拉夫加多·赫恩堪称一位杰出学者，其他老师在课堂上只是原封不动地讲授自己国家认可的所谓英语文学标准。② 夏目漱石从一位詹姆斯·梅恩·狄克逊的老师那里学来的英语文学也不例外，詹姆斯毕业于爱丁堡的圣·安德鲁学院，后来任教于华盛顿大学和南加利福尼亚大学。夏目漱石某次曾回

① 有关东京（帝国）大学的名称和组织的历史极其复杂，而且去概括这些变动的逻辑也很困难。然而，有一件事是很清楚的，那就是人们深深地意识到了这样一种二元论：日本人/中国人不求发展，处于风险之中，应该得到保护，而西方人魅力万分，是有用的人力资源储备。也可参阅引于《东京帝国大学 50 年史》（*Tokyo Teikoku Daigaku gojunen-shi*, Tokyo：Tokyo Teikoku Daigaku, 1932, 1：685—687）时任首相加藤弘之给教育部做的报告。也可参阅《纪元 2600 年奉祝纪念：学术大观》（*Kigen* 2600-*nen hoshuku kinen*：*Gakujutsu taikan*, Tokyo：Tokyo Teikoku Daigaku, 1940）。

② 有一个人例外，厄内斯特·菲诺罗萨，于 1878 年到 1886 年间在这所大学教书。但菲诺罗萨教的大部分是哲学课，而不是文学。也可参阅十河真明《日本英语学习百年》（*Nihon no ei-gaku hyaku-nen*, 4 vols., Tokyo：Kenkyusha, 1968—1969）。

忆起这位老师，向学生们说道：

> （狄克逊先生）以前要求我背诵英语诗歌、句子或者文
> 章。当我某个单词发音有误或者是省略了某处的冠词，他就
> 会批评我。考试时，他会问我们华兹华斯出生或去世的准确
> 日期，或者现存莎翁的对开本具体册数，还会让我们按照时
> 间先后列出斯科特的所有著作。你们年轻人肯定知道这些知
> 识是否真能让我们领会英语文学的真谛。这些东西甚至不能
> 告诉人们什么是文学，更不用提英语文学了。①

　　大多数老师似乎只会纯粹地重复教授自己在大学中的所学，
尽职的列举年代和流派，机械的讲解传记或其他大事件所涉及的
时间和事实，枯燥的重复训练韵律和修辞。他们几乎从未思考记
忆这些日期和人名究竟有何意义。有些外籍老师曾在德国学习语
言学，于是他们无疑会教授最新的语法理论以及科学理论，但是
他们从未思考过英语文学在日本、英国或者美国有可能不同；他
们也没有思考过文学在日本的社会背景下会有怎样的意义。他们
认为在自己国家既然能被认为是好的，那么对于日本学生来说毋
庸置疑也是好的。在他们眼里，事实就是事实，在任何挑战面前
都不会改变。不论这种"普遍主义"和"实证主义"是值得提
倡还是应当遭受指责，日本学生们不得不囫囵吞枣地接受全部教
学内容，完全不知道自己学到的究竟是什么。很少有学生能像夏
目漱石这样从始至终带着近乎挑剔的质疑精神来学习。

　　漱石在英语领域的学习一直延续到他毕业之后的十多年里，
他一直尝试研究这一学科就像后来他所做的。学生时期的漱石，

---

① Natsume Soseki, *"Watakushi no kojin shugi"* (My Individualism), in Soseki zen-shu (Tokyo: Iwanami Shoten, 1985), 11: 440—441.

常常会记述惠特曼的诗歌或者是富有自然浪漫主义的作品。大学毕业之后，漱石继续从事教学工作。1900 年，教育部派遣漱石赴英国留学，主修英国文学，以期他学成归来时，能够引入并且传播国外先进思想。自那时起，漱石两年惨淡的留学生涯便正式开始。漱石在伦敦大学听了科尔的讲座后，觉得课程过于简单，于是他选择了克雷格的辅导课程，但当时克雷格一方面忙于为雅顿编辑出版莎士比亚的作品，另一方面他也没有重视这位研究英语的日本学者。由于找不到共同探讨的人，漱石感到孤独和绝望。然而，他却执著地探求文学研究的意义所在，更重要的是思考日本人研究英国文学的意义。他甚至把自己与外界隔绝，不断地阅读、创作并收集各种书籍，直到他精神崩溃。

漱石在伦敦保存的笔记很快被整理成三篇论文，其中两篇是关于"普遍文学形式"的理论探索，这种文学形式能让每位学者在研究文学时不受国界的限制。虽然《英语文学形式理论》（*Eibungaku keishikiron*，1903）以及《文学理论》（*Bungaku ron*，1907）很显然是失败的，但他们却清楚地表达了对学术批评的疑虑并且表明了将以合理的方式探讨（外国）文学研究有效性的决心。第三本《文学批评》（*Bungaku Hyoron*，1909）常规的记录了 18 世纪英国文学史，[①] 无论从涉及的信息范围还是犀利的评论，都令人印象深刻。尽管这些都是出色的论述，漱石仍然毫不掩饰自己作为一名评论家及学者对所取得的成就的不满。他有失公正地将自己的作品称作是"失败尝试的遗骸"，甚至"畸形孩童的尸首"[②]。他还认为自己的评论过程缺乏"清晰性"、

---

①　如欲对这些"理论"书籍进行简短讨论，可参阅拙著《沉默的同谋：日本现代小说》（*Accomplices of Silence*：*The Modern Japanese Novel*，Berkeley：University of California Press，1974，58—61）。

②　Soseki，*Soseki zenshu*，11：446.

"原创性"，以及因"思维混乱"而缺失的"方法论"①，这种自我判定是相对客观的。在漱石看来，研究英国文学的日本学者要么效仿英国学者的研究，要么就满足于武断的臆想，他们无法成为真正的学者。漱石从不认为日本学者有可能从自己的角度出发进而形成新的观点。他建议："要想成为一名学者，就应该选择一个普遍的研究对象。无论是在日本还是在英国，研究英语文学很难有所建树，能让你扬眉吐气。对像我一样自大的人来说是个很好的教训。还不如学物理的好。"② 之后，漱石很快就放弃了对英语的研究，投身到了小说创作之中。他认为在创作的时候他至少可以"忠于自己的想法"（*jiko honi*）。③

　　而另一方面，有三位日本作家在世纪之交出版了几本英文书，讲述了他们眼中的日本文化与社会。内村鉴三的《我是如何成为一名基督徒的》（1895），新渡户稻造的《武士道——日本人的精神》（1899），冈苍天心的《东洋的理想》（1903），《日本的觉醒》（1904）和《说茶》（1906），这些都是探索日本文化独到之处的重要书籍。虽然他们渴望日本文化跻身于世界文明之列的愿望是完全可以理解的，但是将日本定位为亚洲的领导者的想法，却变成了半个世纪后日本的灾难性的历程的预言，尤其在中日战争和日俄战争那样动荡的年代。然而，值得注意的是，通过使用世界主导语言撰写书籍，这三位作者都力图使其他国家的视线投向日本，借此来缓解日本的"边缘化"处境。如果在这种对话中日本接收到了西方文学界正确的回应，他们就能够准确定位日本文化与社会在世界的地位，那么日本的发展轨道将会有很大不同。但是，他们或多或少地被西方忽略，只有极少

---

① Soseki, "Jogen" (Preface) to Bungaku hyoron, in *Soseki zenshu*, 10: 37.

② Soseki, letter, September 12, 1901, in *Soseki zenshu*, 14: 188.

③ Soseki, "*Watakushi no kojin shugi*" (My Individualism), in *Soseki zenshu*, 443—446.

数人例外，如欧内斯特·弗那罗萨，他虽然是一位"东方通"，但依然对日本文学保有着浓厚的兴趣。此外，曾经驱使这三位日本作家写作的动力消失了，而外教的骤减加剧了这一趋势。从此日本作家的英语作品的创作进入最低谷，日本孤立状态也进一步加深。

漱石所面对的这些严峻的问题并没有引起详尽的讨论，反而被有意地避开了，但英语文学的体制化依然继续着。Eigo seinen（字面意思是"年轻的英语语言"，被翻译为"英语青年"），于1898 年创刊，虽然没有响亮的名字，但它至今仍是日本有关英语学习研究的核心期刊。大量的翻译项目开始进行，继而大部分英美名著的译文版迅速涌现。日本英语研究的奠基者在 20 世纪20 年代建立了自己的统治体系，他们编撰字典、发表研究概况和传记。这个时期也出版了数目可观的带注释的读物，其中一些至今仍被作为标准文本而使用于教学。这种文学作品的高产期一直持续到 40 年代初期，而 15 年激烈的战争也导致敌国的文学逐渐沉寂。

最新研究

随着第二次世界大战后美国确立了主导地位，英语研究开始复兴，同时一些新的英裔美国人的名字也在之后的几十年里逐渐被熟知。然后，在一个半世纪的英语研究过程中，学者的倾向性仍然持续存在。英美历史性叙事文学作品和作者通常都被归化和具体化。因而历史被划分为文学历史和传记，但对它们几乎都没有进行理论研究；学术性的研究也被经验性的翻译和鉴赏所取代，它们的具体表现形式是传统的释文、感想和评论。而且，对等学说也继续盛行，它强调将差异最小化。英语文学研究在英国所面临的问题也同样被移植到日本。这几乎与日本的具体情况没有任何关系，因为对外来观点的归化一定还在持续进行。例如，奈茨和福兰克·科莫德对于莎士比亚著作的研究都存在独裁主义和民族主义，但他们仍被日本学者认为是可信的，因此他们被尊为权威。事实好像变成了如果一个批评家越是具有种族排外主义就能得到更多的尊重。艾略特在日本得到广泛长期的尊崇就是很好的例证。他的欧洲中心论和英国国教高教会派立场不仅被容忍，实际上还被崇尚为不容置疑的真理，好像殖民国对宗主国。艾略特的《基督社会之观念》和《有关文化定义的笔记》仅从其外在表现就被判断认定为文化介绍类书籍。相反地，塞萨尔、乔治·拉明以及提安哥的作品很少被非西方的日本人阅读，尽管他们可能会带来不同的艺术和观点。爱德华·萨义德的《东方主义》主要被认为是中东文学的一部分而通常不会认为和日本或者文化理解有任何关联。

青年学者们继续关注欧洲和美国的理论发展。一些新的名字再次被日本学者和学生所熟知。就像女权主义者德里达和福柯、理论学家詹姆士和法兰克福，以及后来被称为新历史主义者的伊格尔顿的著作一样，新的著作被引入并翻译。尽管现在对西方新事物持有的热情较之 20 世纪 40 年代至 60 年代是不可同日而语的，但是英语学习与研究却远没有终结。比如，1991 年 4 月"英语青年"掀起的"重读文学史"的热潮。一位学者著述了一本解读马克思主义的书籍，全面睿智地总结了詹姆士、伊格尔顿和本尼迪克特·安德森，同时触及了一些其他的问题，例如近来兴起的"暴风雨"批判运动。另一名学者在批判史蒂芬·格林布拉特以及他的追随者（路易·孟酬士、唐·韦恩以及凯瑟琳·加拉赫都位列其中）的同时，讨论了"新历史主义"。还有另一位学者介绍了女权主义文学批评，简单地提到了莉莲·罗宾逊、肖瓦尔特、古芭和吉尔伯特、陶丽·莫伊、艾维嘉惠以及其他很多作家。尽管这部作品算不上是视角新锐、洞察深刻，但它很好地总结出一系列文坛活跃的人物。这些都是很好的介绍性文献，尤其是对那些充满求知欲的初学者来说。然而这些文献都未能指出这些批评家和理论家在日本和日本文化背景下进行英语研究的意义。"新历史主义"在美国的含义（它是白人或者人文主义者最后的希冀?），和它在日本的含义相同吗？这些日本的批判家同样也相信历史的自主性能接纳或排除抗拒的可能性吗？日本学者如何在日本社会和历史环境中适用新历史主义？会产生新一代的夏目漱石么？没有任何迹象能推断"新的夏目漱石"会被同样的质疑所吞噬。相反，只有对于西方权威的照单全收，即使西方自身的批判家也在质疑西方的理论!① 尽管许多的新名字在日本被提及，但它其实仍然是对旧传统的延续和坚持并非是一种创新。

　　日本最权威的英语研究是由这一领域的学科带头人所编著的文章选集，这一选集回溯了自 1868 年以来近一百年的文献。对于现今的日本学者来说，这本书综合全面信息丰富。而这部作品最为突出的地方在于，其中几乎没有提到历史性的翻译猜测。正如上文提到的，19 世纪日本与西方之间的接触是一个日本自身意识在世界范围内提升的时期。这一时期的作家和学生都被提醒要注意自身与他人的不同之处，而这一震惊的发现将原来的惯性思维带进了从未有过的危机之中。日本接受了挑战将进行意义深远的改革和调整，这是对长期以来遭受殖民征服的抗争。学习英语就是这项计划中的一部分。日本人实行了这一计划，他们最终也战胜了危机。然而这个百年计划并没有对全部或者某个学者以

---

　　① 现在出版的大部分书籍继续讨论着英美作家和作品，似乎英美作家和日本学者是处于同等地位的。人们永远不清楚这些研究的目标读者会是谁。1990 年 12 月，我在东京大学和学习院大学待过一段时间。其间我浏览了他们英语文学方面的学士论文和硕士论文。无一例外，这些论文的作者都竭尽全力让他们的论文读起来像是英国的，美国的，或者是中立的。结果论文只不过是简化了的百科全书条目，完全是照本宣科，毫无意义。

及他们的具体工作的历史性发展做出任何解释或者评价，好像害怕会亵渎了先辈的记忆，所以他们避免去批判，而只是怀着敬意去庆祝。一项对 19 世纪中叶危机的重要分析已经开始进行。

更近一些年，太平洋战争将英语学习置于了一个特定的环境中。根据一篇有关百年历史的文章，当时的语言学者们"致力于"研究英国文学，[①] 但被本国当局禁止进行更深入地研究探索。文章的作者指出相关的研究和探索在当时均被完全禁止，虽然相关的推测思索仍在战乱中继续。自 1945 年夏，语言学者们回顾了战争中的经历并且努力使英语学习在日本变得现实可行。该文正是作者本人战争经历的真实深刻描述，并且蕴涵着一些潜在的重大问题。这篇文章的卓越之处在于文中并未提及对当时日本帝国主义和西方霸权主义互相挟制局面的担忧，虽然这已成为英语研究的组成部分。该文甚至对英语学者们面对的特定困难的本质也保持沉默。这些学者们是否支持这场战争？他们是否反对或是抵抗这场战争？如果他们不反对，为什么不？如果他们反对，又以何种方式？如果他们面对战争是慌乱无力的，那么这种麻痹和无力又是源于何处？强权和文学，文学和文化，政治和文化，经济和学术——此类问题在正进行中的英语研究基本是被忽略的，如同该文作者和其他学者在战后和平时期对战时困难所做的回顾。甚至现在，在所谓的"战后时期"几十年之后，在这一安全时期，也并无任何意义深远的陈述是有关战时学术危机的。因为这种危机暗含于带有统治性、侵略性和镇压性的极端军

---

　　① 顺便提一下，京都大学的岸哲夫教授在 1991 年 8 月份的《朝日新闻》上对位于东京的国际莎士比亚议会提出了一个建议：他们可以而且应该有莎士比亚的日语读物。史蒂芬·格林布拉特同样在这个会议上发表评论说，"1991 年夏天世界莎士比亚会议上最令人高兴的论文来自于日本莎士比亚研究学者，他们解释了莎士比亚戏剧与能，狂言和文乐之间的关系。"（《MLA 格式之争论》，《职业》[*Profession* 92, New York：MLA，1992：40]）我希望格林布拉特很快就能够满怀热情地进行详细说明了。

国主义之中。所有常见的模式化解释，适时的说明，随意的感想以及自我回顾（"I met Northrop Frye" and "when I had my last talk with Samuel Beckett"）填补了学术界的空白。这些言语可能清晰、智慧并且感人，但仍然是不足道的。不同于模块化割裂或者随机分裂，所有批判性注释都必须是前后一致的。英语和汉语文学，文学和艺术，文化和政治，经济和学术以及政权和知识分子——这些都必须被重新联系和审视。

　　世界上其他地区的文学学术情况也并非很好。① 犬儒主义和寂静主义并非只存在于日本。然而，近期在世界范围内一些学者提出了一些问题，比如将国家作为研究的管理形式或空间范围，或者将文学作为独立学科，甚至将文化概念引入文学研究的可行性。在许多地方，存在于 19 世纪晚期或者 20 世纪 60 年代晚期的民族文学都面临着质疑。文学是有生命力的，因此它可能在不同环境下要求不同的体制。这个问题在日本难道不应该被明确承认并面对吗？因为只有这样，才能使批判性的探索重新恢复活力。② 许多国外的学者都渴望向他们的日本同事了解在日本他们是如何阅读、翻译、组织以及重组英语或其他语种的文学的。

---

　　①　对日语的研究，无论是语言还是文学方面，美国比世界上任何一个国家都进步，但是美日之间的友好关系和熟知程度却并不平衡。在绝大多数日本人心中美国是处于中心控制点的；但日本不可能要求美国处于被控制地位。

　　②　See the epilogue, as well as chap. 9, of my *Off Center: Power and Culture Relations Between Japan and the United States* (Cambridge, Mass.. Harvard University Press, 1991).

无远弗届的世界？

——从殖民主义到跨国主义和民族国家的衰落

1993 年，这篇颇具影响力的文章首次发表在《批判探究》上，探讨了民族国家角色的转变，并对早期关于全球化的辩论作出重要贡献。这篇文章也表明三好将夫不强调文字分析和文化分析，他强调的是人文学者有必要研究和介入政治辩论和经济辩论，虽然这些辩论通常只为社会科学家所保留。——编者

话语和实践是相互依存的。实践遵从话语，同时话语产生于实践。至于与殖民主义相关的话语，已经和殖民主义的历史有了很长的血肉关联。在众人之间，人们回想起自高度帝国主义以来的一些实践者写的文章，如约翰·洛克、埃德蒙·伯克、詹姆士·穆勒以及早期的托马斯·麦考利还有霍布森、列宁、卢森堡、熊彼特关于实践的评论。从麦尔维尔和福楼拜到康拉德和安德烈·纪德，众多宗主国小说的作者痴迷于遥远的殖民地的存在。其实，从简·奥斯汀到托马斯·曼，从巴尔扎克到 D. H. 劳伦斯，西方作家鲜有人能够逃离扩张主义的魔音。现代西方依靠其殖民地进行自我定位，正如爱德华·萨义德的著作《文化与帝国主义》（1993）中所论。

然而，在文学理论和批评领域，殖民主义话语的历史令人意想不到的简短。人们必须记住，黑奴运动作家和其他第三世界作家，如埃米·瑟赛尔、C. L. R. 詹姆士、弗朗茨·法农以及乔治·拉明，① 在第二次世界大战结束后不久便开始以反对派的视角发表他们的观点。② 而且，也就是在 15 年前——正值世界上大多数地区的行政殖民消失的时候——殖民主义话语才进入西方理论和批评的主流。③ 从个人抵抗力的角度来审视历史，1978 年萨义德的《东方主义》戏剧性地增强了权力和文化关系意识，极大地影响了人文学科的划分。④ 换言之，直至 1945—1970 年间正式的殖民主义结束以后，这一理论才得以被接受作为一种批评因素来协调殖民主义问题。如果能表明这门学科习惯性的不安和近期在非文本事项，尤其是那些涉及力量和资源迫切转型问题上的衰落，那么文学历史上这好几十年的时间差是非常值得关注的。非殖民化的历史以及行政殖民主义和职业殖民主义的记忆时而险些趋于怀旧主义的边缘，但它们是近年来殖民话语和少数话语建立的基础。⑤

① Some examples are Aimé Césaire, *Discourse on Colonialism* (1955); C. L. R. James, *The Black Jacobins* (1938), *A History of Negro Revolt* (1938), *Beyond a Boundary* (1963), and many others; Frantz Fanon, *The Wretched of the Earth* (1961) and *A Dying Colonialism* (1961); George amming, *In the Castle of My Skin* (1953) and *The Pleasures of Exile* (1960).

② 20 世纪 60 年代时期，非裔美国作家在寻求公民权利同时还向白人表达了反殖民主义思想。在政治上，他们得到了自由主义学者的支持，但是却遭到了学术领域"可敬的"评论家和学者的排挤。

③ 也许这明显是英裔美国人中的一种现象。例如，在美国以南，每个地方都有对殖民主义的讨论——从墨西哥到阿根廷——兴许还更早，到了 20 世纪 60 年代末。

④ 当然政治和历史学科有许多对帝国主义，民族主义，奴隶制度，殖民主义等的研究，20 世纪六七十年代的政治激进主义也的确让西方知识分子对政治环境产生了改变。但是直到萨义德的出现，才有了真正进入英裔美国人文学科的作品。

⑤ 这篇简短的文章很难清楚地给殖民主义下定义。任何一个例子——如巴勒斯坦或中国香港——都是有着各自特殊的复杂性。但是，不可否认的是，压迫和苦难仍在继续，殖民主义已经不可逆转地从最初的侵略管理变成了现在的经济入侵，尤其是在冷战之后形式更加明显。更糟的是，有些地方举少数为例如澳大利亚，中国台湾，美国和加拿大以及太平洋的岛屿上的原住民身份并没有得到承认。未来这些地方可能会发生争端，例如夏威夷和澳大利亚。

但是，"解放"和"独立"过程的周围环境仍然不被广泛接受。如今殖民主义仅存留在某些地区吗，诸如伊斯兰、南非、澳门、爱尔兰以及香港？世界其他地区享有后殖民的自由吗？我们现在面临的问题是如何才能理解当今的全球力量和文化结构。与宗主国殖民的历史范式相比，这种结构既相似又不同。这篇文章考虑到新殖民取代和支配活动中的这种转变和保留，也考虑到它对话语的高度约束。当前对"后殖民"和"文化多样性"的理解疑似掩藏全球政治事实的另一个托词。本文论述了现今殖民主义以跨国组合主义的形式甚至更加猖獗起来。

让我们还是从非殖民化过程的发端说起。① 1989 年冷战结束，使得我们能够从一个非惯常的视角回顾过去半个世纪——甚至更长时期——的历史。例如，我们再次确定彻底改变了世界体系的第二次世界大战的结束。德国和日本侵略带来的破坏没有导致欧洲工业国家霸权的完全复苏。西欧国家，尤其是英国和法国元气大伤而不能同时重建国内工业基础和维持军事力量以统治其殖民地。回想起来，苏联灾难性地摧毁了生产和分配体系，却同时保持在军事大国前列。虽然德国和日本公然宣称战争的目的——通过建立"新世界秩序"达到解放和非殖民化——是彻底的伪善，但是在第二次世界大战中支持其统治国的世界殖民地国家仍会抓住时机，争取独立和自主，绝不被迫妥协。在以后的几十年中，人们要求也容许解放，尽管周围环境多变。

屈辱和殖民剥削统治在大陆上至少85%的地区持续了很长一段时间，从几十年到几个世纪不等，第二次世界大战之后，独

---

① 第二次世界大战后世界经历了六个阶段，彼此相互联系不可缺少。因此，在学习时应将这些阶段联系在一起，这六个阶段是：（1）冷战（及至结束），（2）殖民主义解体，（3）跨国合作，（4）高端技术革命，（5）女权运动，（6）环境危机。在其之间有很多的连接事务，后现代主义，文化大众化，文化研究，反纪律化，种族主义，经济区域化（三极分化），等等。两种阶段之间的联系不是偶然的或相同的，其真正地内涵还有待未来进一步验证。

立的出现标志着这一时期的结束。而且自由和自治——为此殖民地人民浴血奋战，代价惨重——却出人意料地没被记起。非殖民化并不代表实现了解放和平等，亦不表示能提供新的财富和安宁。相反，痛苦和折磨以另一种形式，由另一权力执掌，在几乎所有地方延续着。

旧买办盛行起来，毫不稀奇，他们继续保护先前统治者的利益以获得补偿。因此普通人群的福利难得有所提升；实际上，近年来许多过去的殖民地的福利更差了，除了东亚新兴工业化经济体和东南亚国家联盟可能有些例外。①"后殖民"恶化近来被罗勒·戴维森称作"黑人的负担"②，其实是殖民化和非殖民化共同作用的结果，而这两个过程错综复杂，难舍难分。我们都很熟悉殖民早期的状态。殖民者在地图上圈占，随意划定边界，部落便被整合或分割。那些被或多或少任意划定的地区沦为奴役状态，为了遥远的、看不到的宗主国的利益。西方文化成了标准的文明，而本土文化则作为预现代或边缘文化而消失。尽管下层抵抗被证明远比当时所想更具韧性，而且殖民计划从来没有在任何地区完全落实，但胜利者的存在在大多数地区还是拥有足够的力量去维持统治秩序的伪装，虽然抵抗和反对从未间断。

随着第二次世界大战后正式殖民主义的废除，过去的殖民者和新近获得自由的人如今都发现那曾经组成殖民地的版图单元成了历史自主领土，即就是现代民族国家：拥有国家历史、国家语言、国

---

① 世界上许多地区在公共福利方面做了努力，例如，应对中东，南美和亚洲的饥饿问题。从 1970 年到 1990 年，这些地方营养不良的人口几乎接近了 1/2。在非洲，这种状况几乎没有得到任何改善。参见《放眼全球》（*Sekai o yomu kii waado*，Tokyo：Iwanami Shoten，1992，3：82—83）。

② Basil Davidson，*The Black Man's Burden：Africa and the Curse of the Nation-State*（New York：Times Books，1992）. 戴维森是个非洲记者，因此他在写外面的世界时带有很深的非洲烙印。例如，他很悲观主义也具有东方主义特点，他预言除了日本不会有任何第三世界的国家能实现工业化。

家文化、国家一致性，最终也拥有由国歌、国旗、博物馆和地图所象征的国家机器。但是，这种实体只是对也是由许多地方先前的征服者进行的仿造，既无解体的历史，亦无逻辑使得新近独立的公民信服其合法性和真实性。早先抗击压迫者的时候，自我定位并不难获得：反抗政策表明他们的身份。然而，一旦欧洲人撤离了，殖民地的居民被抛回他们原来的混乱状态，这种状态在殖民前就已经作用于全然不同的逻辑和历史。解放了的殖民地公民现在必须再次协调民族国家内部条件，这是他们此后的居住条件。退回到本土主义或许是一种选择，但第三世界主义被发现充满了不平等，且在某些特定殖民地，被抛在一起的不同宗教、部落、地区、阶级、性别和种族之间矛盾重重。此外，生产和分配的低效往往令人叹为观止。记忆的黄金时代被证实既不是和平的，也不是公正的，甚至不是有效的，而且乌托邦式的梦想常常变成了血腥的噩梦。对压迫者的仇恨足以激发解放斗争，但不足以调动对一个独立国家的管理。正如法农在这场博弈早期所预言的，回归本土的尝试在灾难性地腐败和自我毁灭中确实已经结束了，而今天这些尝试在世界很多地方仍然继续着。一旦被纳入现时西方的长期政治，殖民地区就不能要求自主和隐退；一旦逃离了他们的前期殖民，周边地区的土著居民就必须应对外部世界的知识，不顾他们自己的愿望和倾向。而现代民族国家的条件不适合大多数昔日的殖民地。①

　　人们回忆说西方工业国家拥有几个世纪的奢侈享受——虽然是血腥的——来解决民族斗争、宗教战争以及乡村/城镇或农业/工业冲突。而昔日的殖民地解决问题的时间则少很多，而且处于外族力量的统治下。因此大多数过去的殖民地还没有在逻辑和地理、人口目标单位上达成一致。分裂的意愿和统一的意愿相互斗

---

　　①　这篇文章对殖民化或去殖民化的描述过于简单，也很笼统。南美国家的例子在其他地方就不太适用。但是，关于非殖民化或再度殖民化的讨论应该继续，应该需要另一篇从不同视角，不同侧重点出发的文章。

争。人们无法忘记美国和其他殖民力量通过经济、政治和军事手段，无数次公开或秘密的干预。他们在结构上拒绝了和平发展。第三世界国家的联盟反对第一世界的统治，如万隆会议（1955），石油输出国组织（1960），联合国贸易和发展会议（1964），以及国际经济新秩序（1974），都表现欠佳，最终向布雷顿森林体系屈服，布雷顿森林体系是 1944 年由西方战胜国建立，为了战后世界的管理，其中世界银行、国际货币基金组织和关贸总协定作为三大核心经济手段。

人们普遍认为民族国家是一项现代西方建设。进一步推论得出，1800 年左右民族国家主义在西方逐渐占据支配地位是殖民主义的一种作用结果。早期，在现代时期的开端，欧洲各君主提倡冒险计划，此后这些冒险计划被资产阶级对市场和资源更多的需求进一步推进，形成殖民扩张政策。大约与此同时，工业革命提高了生产效率，城镇地区汇集了大部分农村劳动力，造成了一批过剩人口。[①] 这些潜在的叛逆的失业者和下岗工人需要在劳动力市场的利润之中得到减压。最终殖民主义的组织者必须说服新兵和步兵他们的任务是有利可图的，也是符合道德规范的。去世界上遥远的蛮荒之地航行足以骇人听闻，而分享战利品的可能性却毫不确定。最重要的是，资产阶级领导人必须掩藏其阶级利

---

① 非工业化地区的从事农业人数超过总人口的 80%。而完全工业化的国家农业人口比例却很小，只有 5%。大部分国家从农业化国家向工业化国家转变大都用了 200 多年。日本只花了不到 100 年的时间，而东亚国家正努力在六七十年内做到。在这种社会转型过程中，他们也付出了巨大代价，工业化的同时伴随着殖民化。所有的工业化国家以前都是殖民者。现在工业国家在殖民进程中又有了新的发展。生产技术提高了生产力，所以许多制造职位在世界各地都迅速减少，取而代之的是服务性的工作。过剩的制造工人都急于找到出路，但是他们无能为力，目前还没有一个原来的殖民地能够容纳这些过剩的工人。参见西尔维娅·纳萨尔（Sylvia Nasar）《克林顿在制造业的工作计划符合怀疑论》（"Clinton Job Plan in Manufacturing Meets Skepticism,"《纽约时报》1992，12，27）或者参见本山美彦《从南到北》（Minami to kita, Tokyo: Chikuma Library, 1991, 223—225）。

益，因为这与多数民众的利益存在尖锐矛盾。他们需要信奉他们
良好信念的斗士和支持者，相信任务符合道德规范，也希望最终
得到所许诺的财富。因此民族国家的信仰（即由代表政府统治
的团体共有的信念）和教化文明使命的信仰（即航海者之于未
开化人群的种族优越感）被认为是互相补充且不可或缺的。在
这样一种"想象的（或制造的）团体中"①，公民之间通过"血
缘和团结"相连；他们"一起置身其中"。在民族国家的设想
中，殖民主义者找到了一种政治经济也是一种道德信念，在此基
础上建立起他们的政策和辩护。

所以，从16世纪到20世纪中叶，西方殖民主义的发展与
民族国家的兴衰并行不悖。但是，正如保罗·肯尼迪所说，民
族国家近年来的命运却不与"大国的兴衰"同步。②工业化世
界的资本主义经济现已和以前一样强大，甚至远比以前强大。
但他们所使用的逻辑，所服务的客户，所利用的工具，所占据
的位置，最后还有他们的身份都已经改变。他们不再完全依赖
最初的民族国家得到保护和发展。当然，他们仍然利用民族国
家结构，但是他们的精力集中在其他方面，这一点我后来会进
行论述。

甚至在1945年以前，温斯顿·丘吉尔也已经意识到英国必
须把帝国权杖交予美国。即使不是在雅尔塔会议上，那么在唐宁
街投票的时候他也会明白，在管理世界这一点上美国已经胜券在
握。毋庸置疑他是正确的。所以1945年之后的殖民史与美国史
交织在一起。第二次世界大战结束时，大萧条给美国经济带来的

---

①　本尼迪克特·安德森（Benedict Anderson）的《想象中的团体——对民族主
义的起源和传播的思考》第二版（*Imagined Community*: *Reflections on the Origin and
Spread of Nationalism*, London: Verso, 1991）。但这本书并没有解释是谁想象了这种团
体。

②　参见 Paul Kennedy, *Rise and Fall of the Great Powers*: *Economic Change and
Military Conflict from 1500 to 2000* (New York: Random House, 1987)。

所有伤痛终于都愈合了。然而，随着和平的到来，发展前景却毫不乐观。要缩小战时经济就意味着失业人群的急剧扩大（1942年失业人群只有很少的 1.2%），也意味着生产和消费无疑会猛跌，这就像 1930 年那场噩梦的重演。1946 年出现了一连串的（钢铁、煤矿、铁路、码头）工人罢工；美国国会于 1947 年推翻了杜鲁门总统对塔夫特—哈特莱劳动法案的否决，并开辟了马歇尔计划来援助欧洲重建。美国国民生产总值 1946 年下跌了19.04%，这是一个不祥之兆，到 1947 年已经猛跌至负的2.75%；如果 1949 年国民生产总值还是停滞在 0.02% 的水平，那么朝鲜战争（战争的根源至今并不明确）① 扭转了乾坤：1950年美国国民生产总值攀升了 8.54% 之多，1951 年更是提高了10.34%。② 非常类似的，1953 年美国才和朝鲜签订了和平条约（这造成了经济上的轻微衰退），就开始支援法国政府在东南亚的反暴动战争，肩负了其 3/4 的军费；而 1954 年越南在奠边府溃败于法军之后，1955 年南越军队就开始受训。当总统艾森豪威尔警告美国人注意 "军工联合体" 和 "科技精英" 手中的"错位权力可能灾难性崛起" 的时候，③ 美国的国家安全系统已经稳固地——可能也是无可挽回地——建立起来了。（人们注意到在这十年之中，大学降低了男女入学比率，恰好低于 20 世纪

---

①　Bruce Cumings, *The Origins of the Korean War*, 2 vols. （Princeton: Princeton: Princeton University Press, 1981 and 1990）.

②　The figures are based on "Table B-2-GrOss National Product in 1982 Dollars, 1929 – 87," in *The Annual Report of the Council of Economic Advisers*, *in Economic Report of the President* （Washington: D. C. : U. S. Government Printing office, 1988）, Appendix.

③　1961 年 1 月 17 日艾森豪威尔总统的告别演说。《超级大国：军工联合体读物》（*Super-State: Readings in the Military-Industrial Complex*, Urbana: University of Illinois Press, 1972, 29—34.），赫伯特·希勒 （Herbert I. Schiller） 和约瑟夫·菲利普 （Joseph D. Phillips） 编辑。

20 年代的水平，以此扩大规模来接收全球情报系统的反馈信息。① 从理论和实践上来说，保守思想和形式主义的唯美主义自然会独占首位）

　　冷战经常被一些激烈的"反共产主义"小规模战斗激化，当时，这是美国经济得以有序收支的相当可靠的工具，也是美国生产和分配维持在一定水平的相当可靠的工具。人们在这层关联中会发现"从 1951 年到 1990 年之间，美国国防部每年的预算都超过了所有美国公司的综合净利润"。虽然美国宪法没有赋予总统至高无上的经济特权，但"总统/首席执行官的下属是 35000家一流的承包公司和大约 100000 家分包单位的管理者。五角大楼中有 500000 人在中央行政部探测网络"②。简言之，美国的五角大楼相当于日本的国际贸易和工业部：它策划和实施中央安排的经济政策。因此可以更确切地说，国家安全问题从本质上是经济问题，反之则不然：美国经济领导世界关系，而不是不可控制的外族威胁决定美国经济状况。

　　大萧条后不久，从 1957—1958 年，肯尼迪政府通过"关贸总协定肯尼迪回合"降低了欧共体的关税，以此来寻求扩大国际贸易。20 世纪 60 年代早期，所谓的贸易自由复原了综合国际市场，促进了国外直接投资，结果美国企业在欧洲的投资显著提高。这样的国际贸易扩张导致了"跨国企业"和"跨国公司"的快速发展，也就是不仅进出口原材料，加工商品，而且可以在

---

　　① "Institutions of Higher Education-Degrees Conferred, by Sex, 1870—1970," in U. S. Office of Education, Biennial Survey of Education in the United States (Washington: D. C. : U. S. Government Printing Office, 1971).

　　② Seymour Melman, "Military State Capitalism," *Nation*, May 20, 1991, 649, 664 – 68. These quotations appears on 666 and 667. Melman's *The Demilitarized Society* (Montreal: Harvest House, 1988), Profits without Production (New York: Alfred A. Knopf, 1983), and *The Permanent War Economy* (New York: Simon and Schuster, 1974) are important studies on this subject.

各国让渡资金、工厂和销售市场的公司，这一点我之后会更加全面地阐释。这里我们要在全球"非殖民化"的背景下回顾一下这些经济组织的历史。

20世纪60年代无数殖民地一个接一个的消失——从塞浦路斯、尼日利亚和肯尼亚到牙买加、马来西亚和新加坡，加剧了大英帝国的破裂。[①] 20世纪50年代，法国失去了印度支那半岛和其他殖民地，最终也在1962年交还了阿尔及利亚。同时，美国国民生产总值从7%到9%快速上升，而通货膨胀率和失业率却相当低。美国的经济和军事无可匹敌，有能力维护各处的，尤其是越南的资本主义利益。如果杰克逊总统打算给保守党反对派提供一次东南亚考察的机会，来赢得对他的"大社会"和"贫穷之战"计划的支持，他的这次冒险是不幸的。人们无法忘记，反抗席卷了整个美国，使得整个国家分裂成了克林顿和Gores两派。在反战争示威者列举的敌人中，一些主张防御的公司的名字赫然在目：通用汽车，通用电气，杜邦公司，陶氏化学公司等等。这些公司有很多在60年代开始对资金和海外工厂进行系统转型。也有其他一些因素：自动化技术、化学合成和电子工程的创新产生了大量的资金积累和在交流和交通上的显著提高。正如我们之前所了解的，美国的自由贸易政策既是这种发展的结果，亦是其诱因。

20世纪60年代，美国跨国公司的全球主导性已毋庸置疑。美国的国外直接投资主要集中在西半球，少量分布在非洲和亚洲，占全世界跨国投资总额的1/2，远超只占20%的英国和占不

---

① 20世纪60年代，英国失去许多殖民地。随机列出有：尼日利亚（1960年），坦桑尼亚（1964），桑给巴尔（1963年），Smaliland（1960），亚丁（1967），科威特（1961年），马耳他（1964），婆罗洲（1963），特立尼达和多巴哥（1962）。

到 10% 的法国。① 当时，跨国公司就意味着美国跨国公司，这种思维模式直到 20 世纪 70 年代中期都未改变。美国西欧的投资集中度表现在对欧洲的高利率，欧洲经济共同体的出现，美国税法偏向海外利润，还有欧洲技术劳动力相对低廉这些方面。对西方国家来说，维持世界秩序这样艰巨的任务就交付给掌握了军事和政治援助和干预目的的美国政府。②

1970 年左右，欧洲和日本的跨国公司迅速涌现，与美国的跨国公司抗衡，他们的主要目标非美国本土的先进制造工业莫属。一些经济上的发展可以解释这一应用举措。首先，1917 年尼克松政府冻结工资和价格并且中止美元兑换成黄金，美元贬值，使得美国对于国外投资来说充满诱惑。其次，1973 年第四次中东战争以及其造成的石油禁运之后，美国也从在世界其他地方的政治不稳定和不可预测之中复原，充满了诱惑力。再次，欧洲和日本工业的复原足以在美国进行强有力的投资活动。最后，贸易摩擦加剧，欧洲和日本的制造商看到了在美国市场建立工厂的优势。美国的跨国公司仍然势不可当，但 20 世纪 80 年代它的份额降到了 1/3，英国达 18%，西德 10%，日本 8%。

1985 年美国在纽约召开的五国峰会上议定美元贬值。广场协议迫使美元兑换日元的汇率降了一半，日元的货币价值增加了一倍。虽然旨在提高美国对日本的出口，降低日本对美国的出口，这一措施实际上并不奏效。此外，不久后日本跨国公司就意识到日元强大的力量，依靠这种力量他们能够尽可能多的减价来

①　Okumura Shigeji, "*Takokuseki lugyo to hatten tojo koku*," in *Takokuseki kigyo to hatten tojo koku* (Tokyo: Tokyo Daigaku Shuppan Kai, 1977), 11—12.

②　越南战争以来美国的干预历史悠久和广泛。其中，公开的例子即有多米尼加共和国，黎巴嫩，格林纳达，巴拿马和波斯湾。此外还有在伊朗，尼加拉瓜，萨尔瓦多和其他地方的许多秘密行动。

维持市场份额，进行侵略性投资活动。跨国发展现有的特点，还有在美国继续投资的特点，就是整体集中于四个区域目标：避税天堂（Curacao in the Dutch Carribean）；石油输出国组织；亚洲新兴经济体（韩国，中国台湾和香港，以及新加坡）；东盟国家（泰国，马来西亚，印度尼西亚，菲律宾，新加坡以及婆罗洲）。这些国家中很多都是由中央集权政府统治，它们限制工会和反对政党，因此获得了政治"稳定性"——大型跨国公司运行的一个小小条件。在亚太经合组织，新兴工业经济体、墨西哥以及印度和其他国家通过相互投资以及在美国投资，也有了逐渐的发展。而且，小公司（即那些资金支出在1亿—5亿美元之间的公司）在工业国家和非工业国家都很活跃的进行跨国运营。不同出身的跨国公司（包括合资企业）的共存使得分析经济霸权如此复杂和困难。

　　由此产生的是联系越来越紧密的在欧共体、北美和东亚国家之间的跨国投资网逐渐从多国公司转化为跨国公司。这两类公司的区别显然是有问题的：这两个名词经常互换使用。如果有区别，那差不多也就是在国家上有一定程度的差别。国际贸易的跨度可以用以下几点来解释。首先，国内公司的简单的进/出口活动与当地交易人相关联。其次，这些公司接管海外分配，进行制造、宣传和海外销售。最后，跨国公司废除了整个业务体系，包括资金、职员和研发，使得它们的企业私营化。若公司忠诚度在股东、员工和客户之间得到了提升，而不是在发源国或东道国。因此，一个"跨国公司"集中在一个国家设立总部，以此为起点在多个国家运营。它的高层职员主要由发源国的国民组成，而且企业忠诚度虽然越来越自主，但终究与本土民族相联系。另一方面，一个真正的"跨国"公司不再会与其发源国联系太过紧密，但是它是随波逐流的，时刻准备好在任何一个地方殖民，剥削任何一个国家，也包括自己所在的国家，只要这种从属关系能为它自己的利益服务。①

　　请容我在此重申一下，跨国公司和多国公司不可能有明显差异，因为我们不容易去确定一个公司的私营性质的详细内容。例如，无论是对跨国公司和多国公司的纳税义务，还是对这两种形式的公司对外直接投资的相对格局，都没有系统的研究。多国公司把自己称作跨国公司。然而，近期有种趋势，就是不太注重国别，但却更加看重企业私利。换言之，尽管继续依赖着国家机器（如军队，如果需要的话），多国公司正在走向私营和跨国公司的过程中。

　　还有数量相对较少的一些公司，他们完全符合跨国公司的具体条件，例如，大规模公司中的 Asea Brown Bovari 公司和小规模中的八佰伴公司。Asea Brown Bovari 公司从瑞典起家，年收入达到 250 亿美元以上，但是没有一个地理上的中心。② Yaohan 公司

---

　　①　由于地区和时代上的差异，这些词语的用处也不同。比如说，在南美洲，"multinational" 这个词在 20 世纪 60 年代和 70 年代之间就没有使用过；这是因为当时人们感觉那些大型的公司的总部都设在美国。而另一方面，"transnational" 这个词表意就比较精确了，因为它暗示了这些美国公司的管理层的 "transgressiveness" 因为存在墨西哥本土的 "multinational" 大型公司（比方说 Televisa，美国以外世界上最大的电视网络），这个词语就开始被更加广泛的接受了。参阅约翰·辛克莱《特立维萨：墨西哥的跨国公司》（*Centro：Puerto Rican Studies Bulletin* 2，No. 8 ［spring 1990］：92—97）。报道这些跨国公司发展的刊物不计其数。比如说，皮特·F．爪卡《新事实：政府与政治，经济与商业，社会学与世界观》（New York：Harper and Row，1990），大前研一《世上无国界：相互联系的经济之力量与政策》（New York：Harper Business，1990，91—99）。或许少有耳闻但最有价值的信息来源是联合国跨国公司中心，该中心出版了一年两次的《跨国公司中心记者》（*CTC Reporter*）以及大量的有关跨国公司活动的特别报道。该中心在 1979 年出版了《跨国公司文献》（*Bibliography on Transnational Corporations*）。

　　②　参阅《全球经济逻辑：采访西屋电气公司的帕西·巴奈维克》（"The Logic of Global Business：An Interview with ABB's Percy Barnevik"，*Harvard Business Review* 69，no. 2 March-April 1991：90—105）。巴奈维克在采访中总结评论说："我们掌控着政府吗？没有。我们响应政府。我们遵守每个我们运行的国家的法律，但我们不会制定法律。然而，我们确实改变着国家之间的关系。我们的作用就是世界经济一体化的润滑剂……我们没有创造这个过程，但我们在推动这个过程的进行。我们把全球经济的无形之手变得有形可见。"（105）

从一个日本杂货连锁店开始，它提供日本的领带，之后第一次迁址巴西，现在驻扎在香港。在这里需要注意的是，在日本，公司的税收是 49.98%，然而 1989 年香港相应的税收只有 16.5%。[1] 该公司董事长宣称，21 世纪，他在中国的真正目标是 10 亿日元。[2] 另一方面，许多多国公司现在都留意在本国和东道国制定不同的战略，以此获得最大利益。

　　20 世纪 80 年代，此类跨国公司更为常见，尽管在 20 世纪 60 年代或者更早，人们已讨论过多国公司的国家主权丧失的问题。[3] 到 80 年代产生这种进步也并不是偶然。在 70 年代末卡特总统期间的滞胀时期后，里根总统明确制定了提倡私营利益的计划，根据事实推测，那些强大的私人部门将会作为一个整体使人民受益（但是，在所有的可能性中，也只能通过简单跟随公司决策者给出的提示来实现这一点）。在这十年中，财富以非凡的效率从穷人手上被转移到富人手中。公司税收被缩减。借口提高效率，公共服务如教育，福利和医疗被减少，这就导致我们明显依靠私立企业，例如联邦快运和一些私立的安保服务，而不是效

---

　　① Terajima Jitsuro, Chikyugi o te no kangaeru Amerika: 21 seiki Nichi-Bei kankei e no koso (Tokyo: Toyo Keizai Shinposha, 1991), 78—79.

　　② 有很多关于这家所谓国有但又是非日本企业的书。这些书的作者都是令人钦佩的委托作家。参阅板垣英宪《八百伴：日本脱出尾は駆る大陸一方初步の発想》（*Yaohan: Nihon dasshutsu o hakaru tairiku-gata shoho no hasso*, Tokyo: Paru Shuppan, 1990），土屋孝则《八佰伴，和田，石黑：祈る経営と人作り》（*Yaohan Wada Kazuo: Inoru keiei to hito zukuri*, Tokyo: Nihon Kyobunsha, 1991）。因为要表达雇主的信条，八佰伴公司挑衅当地的雇员，给他们硬性传播成长之家寺院的教条。虽然它也料到会与其他地区的员工（比如说新加坡的穆斯林）有冲突，但八佰伴公司依然坚信教条是它成功的关键。

　　③ 如欲查寻有关跨国公司这一方面的特别评论，可以参阅雷蒙德·沃农《湾际政权》（*Sovereignty at Bay*, Harlow, England: Longman, 1971），史蒂芬·海默《国内公司的国际运作》（*The International Operations of National Firms*, Cambridge, Mass: mit Press, 1976）. 与此相关，J. A. 霍布森在其著作《帝国主义》（*Imperialism*, 1902）一书第一部分《帝国主义经济》（*The Economic of Imperialism*）一文中的先见之明不可忽略。

率不高的公众服务机构，像美国邮局服务机构或者地方警局。甚至还有人说把一些处罚系统和国立大学私立化。① 这十年也见证了高收入群体个人所得税的减少：1945 年最高的工资税收是94%，从 20 世纪 50 年代到 70 年代，个人所得税从 87% 降到70%，然而随着里根总统上台，对工资的最高税收降到了 50%，1991 年在布什总统任职期间这项税收降到 28%。② 因此在 1977年到 1989 年之间，只占美国人口 1% 的高收入群体得到了税后收入的 60%，而底层的 40% 的家庭的收入事实上在减少。根据1991 年 5 月 6 号刊登在《商业周刊》上的封面故事"首席执行官是不是收入太高"所述，美国典型的首席执行官的工资是典型的制造工人工资的 85 倍还多，然而这种比率在日本只有 17倍。③ 凯文·菲利普在一篇文章中写道"城内城外：中产阶级可不可以再度崛起？""然而在公司高层的工资高达普通工人工资的 130 倍到 140 倍，他们的真实工资或是除去通胀成分后的工资从 80 年代就在持续减少"（《纽约时报》周日杂志，1993 年 1 月10 日，20 页）。在这里，这种不正当的和半不正当的商业事务不胜枚举，从可疑的并购，款项挪用，垃圾债券陷进到储蓄和贷款丑闻。1991 年贫穷人口高达 3570 万人，占到了全国人口的

---

① 随着加州财政危机的出现，传闻加州大学伯克利分校和加州大学洛杉矶分校正在考虑私有化。尽管一直没有该传闻的确认，但也没有官方的澄清。

② Tom Petruno, "A Return to Rational Rates," *Los Angeles Times*, January 29, 1992.

③ 日本人很以这种财富分配"民主制"为傲。虽然在很大程度上这种分配制度是真实的和合理的，但是财富公平并不是真实存在的。一方面，每年有很大一笔资金用于执行特殊待遇，如免费住房，免费专车，免费停车（在土地稀少的日本没有津贴）；另一方面，据调查显示，每年巨额交际应酬费用高达 355 亿日元（参阅 Robert Neff with Joyce Barnathan, "How Much Japanese ceos Really Make?" *Business Week*, January 27, 1992）。由此可见，所处社会不同，财富，权力和特权的彰显形式也各异。

14.2%，这也达到自 1964 年以来贫穷人口最大值。[1] 在这样一个严重以自我为中心的自私自利的环境中，公司管理者想当然地认为他们的职责就是利益最大化——基本上忽略了后果。哪里的税收低利益大，他们就会去哪里。

这里需要强调的是，这次跨国化运动并不仅限于美国，而是指全球。莱斯利·卡莱尔的全球系统社会学——也是对跨国公司最全面的研究之一（从葛兰西和女性视角来看）——指出"没有确切的证据表明跨国公司会拯救第三世界，在许多贫穷国家中，跨国公司只对经济和社会中的亮点负责……［跨国公司］被广泛追捧，并久负盛名"[2]。正如前面所提到的，不只是工业国家，新兴经济体和其他经济体也会产生公司，这些公司通过在各国之间自由穿梭达到利益最大化。但是，也许会有人从跨国公司的实际操作中发现，跨国公司不会对任何国家表示感激，而只是寻求自身利益和在全球的利润。他们既不代表其本土国家，也不代表其东道国，而仅仅代表他们的公司

---

① 1991 年年底布什总统访日后，美国贫富人口数据的差距吸引了众多媒体的关注。这些数据主要来源于 *New York Times*, March 5, 1992 (Sylvia Nasar, "The 1980s: A Very Good Time for the Very Rich") and September 4, 1992 (Robert Pear, "Ranks of U. S. Poor Reach 35. 7 Million, the Most Since 64"); the *Los Angeles Times*, January 29, 1992 (Tom Petruno, "A Return to Rational Rates"), February 7, 1992 (Tom Petruno, "Investors Seeking Voice on Execs' Pay May Get It"), and February 23, 1992 (Linda Grant, "Corporations Search for Answers on Executive Pay"); James E. Ellis, "Layoffs on the Line, Bonuses in the Executive Suite", *Business Week* (October 21, 1991), 34; Ann B. Fisher, "The New Debate over the Very Rich", *Fortune* 125, No. 13 (June 29, 1992), 42—55; Louis S. Richman, "The Truth about the Rich and the Poor", *Fortune* 125, No. 16 (September 21, 1992), 134—46. See also the March 30, 1992, issue of *Business Week* (featuring "Executive Pay"), the February 24, 1992, issue of *Fortune*. 125, No. 4 (featuring "Are You Better Off"), and the April 6, 1992, issue of *Fortune* 125, No. 7 (devoted to "ceo Pay: How to Do It Right").

② Leslie Sklair, *Sociology of the Global System* (Baltimore: Johns Hopkins University Press, 1991), 101—102. Among numerous books on the subject, this book . is singular for a social political vision that informs its economic analysis.

本身。

当然还有很多其他的因素作用于此。跨国公司拥有强大的力量。据世界银行的报道，1986 年，120 个国家中有 64 个国家的国民生产总值少于 100 亿美元，而同年，68 个从事矿业和制造业的跨国公司的年销售额超过 100 亿美元，银行业前 50 强，证券公司前 20 强和保险公司前 29 强净资产也超过百亿美元。即是说，最大的 100 个经济体中，跨国公司超过半数。[①] 由于通信方面复杂，计算机技术的快速发展——即通常所说的第三次工业革命——运输业和制造业，资本、产品、设施和人力的转化已经异常高效。私人基金——一次交易可达数十亿美元——从一个工业中心流向另一个工业中心，每个交易日中，单是纽约银行联合支付系统的资金流动就达到万亿美元。[②] 不言自明这种发展削弱了国家中央银行的干涉力量，例如德国的联邦银行、日本的 NI-BON GINKO 和美国的联邦储蓄。

福特时期之后的生产方式使得跨国公司能够将工厂迁至可提供训练有素的或可训练的廉价劳动力的任何地方——只要当地政治稳定、税收减免、基础设施充足并且当地地方保护政策宽松。对人权认知比较低级，包括欠发达的工会制度和男女平等观念也是很重要的：尽管女劳动力被广泛的使用，但是在第三世界国家两性之间的工资差异仍旧很大，而符合以上条件的地区正是跨国

---

① 斯克莱尔（Sklair），《全球体制之社会学》（*Sociology of the Global System*，48—49），在 1973 年，据说"世界排名前 100 的经济集团中，有一半是国有公司，另一半是各种各样的跨国公司"。哈里·马科勒（Harry M. Makler），艾伯特·马蒂内利（Alberto Martinelli），尼尔·斯梅尔塞（Neil J. Smelser），序言，马科勒、斯梅尔和马蒂内利编辑《新国际经济》（*The New International Economy*，Beverly Hills：Sage，1982，25）。

② June Kinoshita，"Mapping the Mind，" *New York. Times*，October 18，1992，43，44，66，5。

公司的目标区域。[1] 国际运输十分高效以至于跨国的劳动分工成
为了必须，各地生产的零件被组装起来——根据不同的关税、劳
动环境和其他因素，将厂址战略性的靠近目标市场。[2] 数不清的
合资公司，如通用汽车、丰田，或通用电气、美国无线电公司和
汤普森圣安东尼奥银行以及其他的财政协会越来越没有障碍地走
向全球化的道路。

　　在多国公司/跨国公司的运作中，无论如何，产品都被全球
范围地宣传和分配，人们只能看到它的品牌但是看不出它的国
籍。事实上，追问产品的"发源国"也越来越没有意义。"购物
在美国"的计划也越来越空泛：俄亥俄州生产的本田雅阁 75%
的部件是美国产的，而道奇的 Stealth 由日本的三菱公司制造。[3]
新波音 777 项目，波音公司只做了两个机翼，机头结构和引擎。
"宽体飞机的剩余部分来自分布于北美、日本和欧洲的上百个承
包商"。几乎没有一台电视机是完全国内生产的。"Zenith 电子公
司，最后一家美国本土的电视公司，现在也将宽屏电视的生产线

---

　　① 女性劳动力普遍比男性劳动力廉价，在第三世界国家中更是如此。因此劳动
力的性别分工也引起了一些经济学家的关注。这个重要话题也亟须更深的研究。参
见 Sklair, *Sociology of the Global System*, 96—101, 108—109, 233—235. 亦可参见 Maria
Mies, *Patriarchy and Accumulation on a World Scale：Women in the International Division of
Labor* (London：Zed, 1986)，especially chaps. 3 and 4.

　　② 有许多关于这一主题的文献资料，例如 F. Frobel, J. Heinrichs, and O. Kreye,
*The New International Division of Labor：Structural Unemployment in Industrialized Countries
and Industriatization in Developing Countries* (Cambridge：Cambridge University Press,
1980)，and Michael J. Piore and Charles F. Sabel, *The Second Industrial Divide：Possibilities
for Prosperity* (New York：Basic Books, 1984)．

　　③ 在 1991 年陪同布什总统访问日本时，克莱斯勒前任总裁李·艾科卡（Lee
A. Iacocca）几乎没有提及名古屋的三菱工厂来抱怨日本的汽车进口。除了前车挡上
嵌着的道奇商标，一切都在日本秘密制造。大卫·桑格（David E. Sanger）《底特律
的挑衅态度仍然取决于日本》（A Defiant Detroit Still Depends on Japan）《纽约时报》
1992 年 2 月 27 日。

转移到了墨西哥"①。简而言之，一个跨国公司运作的地点的选择只有一个标准：减少花费，增加赢利，包括研发、发展、生产、渠道、广告、市场、财务、税收在内的整个流程。

　　跨国公司要招聘到熟悉当地习俗和规则，同时懂得公司全球运作政策的员工。为了这个目标，他们的员工要来自不同国家和种族。这点在许多方面都是很重要的。第一，公司越来越要求全体员工要忠于企业身份，而不是忠于各自的国家身份。第二，不同国家和宗教的员工要能相互沟通。如此，跨国公司至少在官方和表面上主张肤色融合和文化多样。② 尽管美国时常发生种族间的暴力事件，但值得注意的是，美国的移民规则在 1965 年发生重大的变革，否定了 1952 年麦卡伦·华特运动之后执行的种族配额体制。1986 年修订的移民改革和 1990 年 11 月的改革法案指出，移民更看重技能而不是种族：跨国公司被允许要求 40000 名外国的有特殊技能人员以及专家或职业人士的配额。③ 第三，对于技能型员工的巨大需求创造出了一群可以跨国生活和出差，同时可以与同事用英语（跨国公司那个时期的通用语言）自由交流的一帮专业人员。跨国团队——也就是罗伯特·瑞奇在他的著作《民族之作》中所谓的"象征分析者"——的形成本身就是一种发展，它追求额外的学习，尤其如这个独有的、特权阶层

---

　　① 　John Holusha, "International Flights, Indeed," *New York Times*, January 1, 1992; Associated Press, "'Made in America' Gets Tougher to Determine," *San Diego Union-Tribune*, February 2, 1992.

　　② 　并不是说跨国公司能合理而巧妙地处理所有宗教里各种复杂的种族问题。例如，驻美国的日本跨国公司经理对种族和民族问题了解不深，这样常会受到包括少数族裔在内的雇员们的起诉。在我看来，问题不是出在公司制度上而是由于他们缺乏经验及处理不当。公司经理要维持他们在外国的工作就必须对雇员的要求及期待敏感。

　　③ 　Kuwahara Yasuo, *Kokkyo o koeru rodosha* (Tokyo: Iwanami Shoten, 1991), 127—143. 欧共体的高级技工和初级技工运动也提供了一个出色的经济一体化模式。

（相对于那些失业的、待业的、被替换的和无家可归的人而言）。① 第三次工业革命，就像前两次一样，创造出大量半熟练的和不熟练的过剩劳动力，引发了世界各地大规模的人口流动，这些剩余劳动力都流入每个工业区的社会下层。

瑞奇没有提及那些不能向上走入特权阶层的人的命运。新精英管理者如何担当现代工业化社会的职业阶层以及如何同那些剩下的数量众多的被跨国公司体系所抛弃的人处理好关系，这个问题至今没得到完美的解答。早些时候，当西方传统社会转型成物质化的资本主义社会时，知识分子与从事计划和执行资本运作的职员被灌输了这样一种思想：他们是自由的、谨慎的评论家和译员。在跨国公司时代，他们甚至更加因这种复杂态势而得到庇护和调解，因为跨国公司主义从定义上说就是非地方性的、全球的，即是说，跨国公司主义大概不会受到保守思想和个人癖好的束缚。若扫清了对国家和种族的认识误区，跨国公司阶层有一个"意识缺乏"的新形式，他们立志于对全球化生产和消费进而对世界文化进行有效管理。是否世界上的知识分子都希望能加入国际化的公司并成为它的辩护者呢？怎样使自己适应这种跨国势力和文化形态的新丹尼尔·贝尔构型而不被残留的本土主义所牵绊，这是世界上每个评论家和理论家现在都面临的重要问题，我稍后将对此做出解答。

冷战的结束加速了国家边界概念的消退。战争激发了国家意识和爱国热情，因为敌对会加深分歧，把"他们"从"我们"中区分开来。在冷战时外交关系所呈现出的两大阵营对立的情况

---

① "总而言之，跨国公司经济渗透水平越高，个人收入分配越不平衡。没有实际证据显示跨国公司在欠发达国家经营过程中会降低这种不平衡，但就一些以经验为基础的假设持相反观点。" Volker Bornschier, "World Economic Integration and Policy Responses: Some Developmentallmpacts," in Makler, Martinelli, and Smelser, eds., *The New International Economy*, 68—69.

在 1989 年突然间就被打破了。伴随着独裁的社会主义国家的死亡，物质主义化的资本主义阵营仿佛战胜了它的所有对手。这种解读是对是错呢，社会主义势力的削弱伴随着行政殖民主义的结束已将国家概念置于相对虚无的境地：国家间意识形态上求同存异，军事上相对稳定。美国在海湾战争期间对于高科技战力的刻意展示不能掩盖其缺乏目标和在这举世瞩目的军事行动中的真正意图。海湾战争是在冷战后的一场终极势力，多方式来展示自身实力的一场战争。它展示了富人对穷人的轻蔑，正如经济和工业已经逐渐取代了政治军事力量的重要性。美国这个超级强权发动了这场战争，却要和他的盟国一起"分担"军费开支，战争代表了占主导地位的公司势力，而并非代表美国这个"雇佣兵"。这是否意味着从此往后美国的军事力量都要为公司势力而非人民利益服务呢？与以往相比，国家机器是不是要从人民的福利中分离出去呢？创造出权利和力量的财富貌似已经掌控了进一步创造财富的力量。①

　　相较于跨国公司的高效运作，民族国家显得不明确而且不可行。尽管冷战的结束放松了民族国家之间的联系，例如苏联和南斯拉夫，也鼓励了苏格兰、西班牙、印度、加拿大和许多其他地区的分裂运动，② 当然这些都是种族主义的表现，并非民族主义。引用《新国际经济》中马克勒、马丁尼里和斯麦瑟的话，这些独立运动是"一种民族主义作为政治性联合力量的衰退的

---

　　① 波斯湾战争作为冷战后的第一次大规模战争有待进一步分析。尽管美国国会在作出实际行动之前只是分批驻军伊拉克，第一世界的知识分子很难提出抗议。有关海湾战争的文章有 Micah L. Sifry and Christopher Cerf, eds. , *The Gulf War Reader*: *History*, *Documents*, *Opinions* (New York: Times Books, iggi) . 亦可参见 Christopher Norris, *Uncritical Theory*: *Postmodernism*, *Intellectuals*, *and the Gulf War* (London: Lawrence and Wishart, 1992) .

　　② David Binder and Barbara Crossette count forty-four ethnic wars in the world in Their *New York Times*, February 7, 1993, article "As Ethnic Wars Multiply, U. S. Strives for a Policy. "

折射"①。

　　诚然，如今在塞尔维亚，穆斯林和印度教徒敌对势力或者是伊斯兰基要主义的种族清洗被日渐视为"民族主义"，想到现代复古主义、现代种族主义连同国家意识的衰退至少还有些敏感。世界上即将分裂地区和以分裂地区的争端被唤起，并不是为了建立自主国家，而是为了抛弃对国家的政治经济项目的期待和责任。

　　种族划分和种族主义正在猖獗，因为其脱离了政治经济综合体的窘境。随着全球化加剧，新型的种族主义更具吸引力，因为在这个日新月异、使人困惑的复杂年代，它更具有无厘头的简单。但是在所有的分离主义的渴望周围——来自捷克斯洛伐克，南斯拉夫，印度和缅甸——笼罩着经济焦虑的阴云，这些"国家主义的"团体中没有一个完全认为他们是头脑发热而追求独立和纯洁。这就好像这些民族国家的缺陷一下子全部都能认知，并且地方的一些权势群体会在所有土地被跨国公司主义合并或者占有之前努力抓住一片地产据为己有。

　　那些之前为了保护国家经济免受自由民主的威胁，而把民族国家当成一个历史资本主义的一项发明的人或许会欢呼跨国主义对民族国家的负影响。正如马克思 1848 年在《共产党宣言》中讲到的，战争是国际经济不可避免的产物，从这种意义上说，民族国家的灭亡存在某些令人兴奋的东西。与此同时，政府确实也必然执行着某种职能，因为目前没有什么机构能代替它。它确定公民身份，控制货币，制定法律，保障公众卫生，提供全民教育，维持治安，并且更重要的是引导国家经济发展（尽管少数人承认这个，正如我早前指出的那样），所有这一切都有赖税收带来的收入增长。然而在列举这些功能的时候，我们越清晰地感

---

① Makler, Martinelli, and Smelser, eds., The New International Economy, 26—27.

到这些功能不是成就而是失败。在这所有项目中，政府作为一个政治权威似乎看起来有失公允且容易妥协。国家并不是一个统一的整体，而是某些阶级——国家中的特权阶级，在政府完成这些使命的时候得到了大部分的利益。政府没有满足大部分人的要求；恰恰相反，它让大部分公民充满愤恨。因此，各个部分的人群，无论穷富，都对税收有种明显的厌恶，虽然每个人都知道税收是保持民族国家一致性的黏合剂。从这种意义上说，民族国家不再起作用；他已经完全被跨国公司侵占了。所以对某些人而言，这绝对是烦恼，但对绝大多数人而言，它是怀旧的、感伤的臆想，可以提供一个没有阶级的、人人平等的有机群体的幻想。这样的国家群体的幻想固执地持续着。

让我再举一个例子来说明民族国家主义的用途。工业生产的跨国化和跨越了国境的复杂网路之间分配很大程度上消除了关于进/出口顺/逆差的纠纷。罗伯特·瑞奇说的是对的，他认为哪里有研发，哪里有管理者和技师驻扎，哪里就有财富积累，而不是在公司和商品产生的地方。[1] 就像我上面提到的，区分商品的原产国变得越来越不现实，产品的部件来自世界各地。"以本地为出发点的"法规几乎没有约束力了。在美国所有进口商品中，有30%来自美国在海外的工厂，比如说那几十年前就建立的那些工厂。[2] 况且，多国公司和跨国公司都是中立的，因为他们

---

① Robert K. Reich, *The Work of Nations: Preparing Ourselves for. 2lst-Century Capitalism* (New York: Vintage Books, 1991). See esp. chap. 12.

② "跨国公司的海外生产总量在其销售总额中所占的比例在瑞士是79%，在英国是48%，在美国是33%，在日本是12%。而且前三个国家的海外生产总量比其出口总量都要多。1981年美国的出口总额是2336亿美元，而海外生产总量却几乎是这的两倍之多，达到4829亿美元。日本出口总额为1520亿美元，而海外生产总量仅为300亿美元。"Motoyama Yoshihiko, *Minami tokita; Kuzureyuku daisan sekai* (Tokyo: Chikuma Library, iggi), 196—197. 亦可参见 Terajima Jitsuro, *Chikyugi o te ni kangaeru Amerika: 21 seiki Nichi-Bei kankei e no koso* (Tokyo: Toyo Keizai Shimposha, 1991), 68—69, 160—162.

在自己国家中，如美国和英国造成了贫穷区域。完全可以说，贸易保护者，如在美国和日本贸易对话中的所谓的修正主义者，都有意或无意的参与了一个爱国主义的骗局，来隐藏双边贸易摩擦中所涉及的阶级利益。保护主义对某些人群有利，而对另外一些人群有害，自由贸易亦是如此。换言之，保护主义和自由贸易在短期内会给不同的人群带来一些好处，虽然保护主义总是伤害消费者的利益。只有当一个民族国家整体上毫不背离渴望和维持其凝聚力时，保护主义的实践才能征服大多数人。然而，在当前世界，还没有一例能够说明这种无可挑剔的凝聚力——就连声名狼藉的日本公司也不能说明这一点。"修正主义者"仅仅激发了残留的爱国热情来保持民族联合体的这种幻想持续得久一点。①

跨国公司显然没有推动人性进步的动力。首先，因为跨国公司存在的理由是利益最大化，被它们遗弃的人群的福利，甚至是它们运营当地的人群的福利对它们而言就一文不值了。不能寄希望于迫切希望引进跨国公司的东道国政府，它们不会关心工人的工作条件或普通公民的公共福利。某些东道国被独裁者和寡头控制，其民族国家的架构也慢慢解体。所有的跨国公司最终会结成

---

① 罗伯特·雷奇（Robert K. Reich）的评论，同迈克尔·克莱顿（Michael Crichton）的《升起的太阳》对此问题的见解都很有说服力。"日本的挑战是为了让我们联起手来。正像我们曾经需要苏联一样，我们一样需要通过日本来找到我们的位置，我们的利益及我们之间的义务。我们也不用诧异，这股日本是敌人的书潮伴随着冷战不安的消除同时出现。"《纽约时报书评》1992 年 2 月 9 日。引用莱斯利·斯克莱尔（Leslie Sklair）的话，保护主义"对富人来说是个可以讨价还价的优越位置，但对穷人却是绝路，它主要是一种花言巧语的手段来满足国内的支持者。例如，在美国和英国，绝望的政治家总是求助于此来平息工人阶级的选民"《全球体制之社会学》（*Sociology of the Global System*）。修正主义者就包括：Clyde V. Prestowitz Jr.，詹姆斯·法洛斯（James Fallows），Karel van Wolferen，和查尔穆斯·约翰逊（Chalmers Johnson）。

联盟，尽管在一些基本点上存在竞争。[1] 虽然跨国阶级强烈地偏好跨界活动，他们也是自私自利的。人们希望工会能够帮助工人，但事实却恰恰相反，工会也是在民族经济架构下运行。现在无法简单想象出国际工会要在各个国家间建立联系，平衡各国人民的薪资和工作条件。想象一下，全美汽车工人联合会的官员和墨西哥联合代表一起，与大众汽车的管理层在一间组装工厂的厂房里议定合约！[2] 跨国公司可以提高国民生产总值，甚至是人均收入，但它不能保证每个公民更好的生活。所以究竟是谁保护着美国国内外的工人？跨国公司远没有工会那样超越了国界，它们造成了各处的失业和待业，从底特律到马尼拉，从台北到圣迭戈。现今残留的民族国家或其变体在保护人民的方式上已让人希望寥寥。至今，我们从布什政府、克林顿过渡团体或美国大学专家那里听取的北美自由贸易协定实际上很少兑现。[3] 正如莱斯利·斯克莱尔总结的那样："机会更多的是在比较有效的外国剥

---

① Chiu Yen Liang, "The Moral Politics of Industrial Conflict in Multinational Corporations Located in Hong Kong: An Anthropological Case Study," 2 vols. (Ph. D. diss., University of Chicago, 1991). 这篇论文研究的是发生在香港一家日本跨国公司的罢工，尽管描述过于注重细节、分析也略欠条理，但是关于这次罢工仍然不乏有见地的见识。

② "有些以出口为导向的地区，尽管不是所有的地区，存在着对工人成立工会的限制，无论是正式的或是实际的，并且政府跨国公司也会压制或操控工会。" Sklair, *Sociology of the Global System*, 95.

③ 有些工会和民主人士包括比尔·克林顿都同意签订北美自由贸易协定，但同时对在墨西哥进行工人再培训并实行适当的环境限制有所保留。但是实际操作起来却并不容易。论起整体的得失，很明显的是有些地区获利但有些地区却没有得到好处。问题是获利的程度多大和失利多大，这种差距何时达到平衡。而关于工人替换前景，密歇根大学的研究者是这样预计的"由于这项协议未来 10 年 1.2 亿人劳动人口中只有 1.5 万—7.5 万人会失业"（西尔维娅·娜萨（Sylvia Nasar），《因协议而失业的范围小》（*Job Loss from Pact is Called Small*, New York Times, August 17, 1992）。尽管没有详细的资料，但是这种预计是完全难以让人信服的。几乎所有的管理人员都说这项协定"长期"来说对每个人都有益。但没人说这个"长期"到底有多长。对美国工人来说这是不是一个灾难还有待时间验证。参考鲍勃·戴维斯（Bob Davis）《反对"Nafta"：自由贸易协定激起各种基层反对者成立联盟》（"Fighting 'Nafta': Free-Trade Pact Spurs a Diverse Coalition of Grass-Roots Foes," *Wall Street Journal*, December 23, 1992）。

削性跨国公司和受到高度保护的也可能是腐败的地方、国营、半国营或私营企业之间。"①

　　其次，跨国阶层的迅速形成有可能在其成员之间产生某种共性。即使没有形成跨国公司，世界也已经向万能的消费主义转变了，在这种消费主义中，品牌名称具有可识别性和吸引力。各处的商品被制造、运送、宣传、幻想、出售、购买、消费以及丢弃。它们是跨国阶层的文化产品。此种阶层的成员是 20 世纪 90 年代及后来的领导人，他们是当时的典范，他们的一项才能便是，也必须是相互之间谈话与交流的能力。文化怪癖如果不被全面禁止，也会被避免。国家历史和文化不是为了入侵，也不是为了唱反调，更不是为了宣扬辩证。它们只是一个"共相"的诸多变体——就像在一个大型主题公园或商场中。文化将被陈列在博物馆中，而这个博物馆、展会和舞台表演很快会被旅游和其他形式的商业主义所侵占。无论刚开始这些变体有多么的颠覆传统，都会被商业主义的分支，诸如说唱乐、涂鸦甚至是古典音乐和上层艺术此类娱乐和旅游肆意侵占，有线电视和音乐电视无疑统治了这个世界。娱乐和旅游本身就是大型跨国行业。正如前面提到过的，这种回归本真是一个闭合路线。世界上再也不存在这样的事情了。那么如何平衡跨国经济和政治与本土文化和历史——而不让它们在旅游和博物馆陈列中干瘪——是问题的关键，但是，至今仍无从解答。②

---

①　Sklair, *Sociology of the Global System*, 117.

②　有许多法兰克福学派理论家研究这个问题，尤其是阿多诺（Adorno）和本杰明（Benjamin），还有斯克莱尔（Sklair），《全球化社会学 42》（*Sociology of the Global System*42），参考麦克唐奈尔（Dean MacDonnell）的《空聚场》（*Empty Meeting Ground*, London: Routledge, 1991）。德力克（Arif Dirlik）《后社会主义/弹性生产：当代激进主义中的马克思主义》（"Post-Socialism/Flexible Production: Marxism in Contemporary Radicalism," Polygraph 6, No. 7, 1994: 133—169），德力克在文章中宣扬用有当地特色的马克思主义处理这个问题。

　　再次，前面已经提到，世界各地找工作的工人在第三次工业革命中改变着世界人口组成。他们合法的或非法的，从各地来到工业化国家或发展中国家的工业中心。跨国公司需要他们，即使不情愿给他们足够的薪酬和关心。流动工人背井离乡，消融在大城市的贫民窟中，没有传统乡村里相互依赖的体系，失去了保护。他们为了生存而挣扎，不允许有任何闲暇时间去享受他们对乡村的记忆。对城市中的那些受剥削的外来工人来说，消费主义似乎只是一种慰藉，如果他们足够幸运能够享有些许细微的乐趣的话。在墨西哥城或首尔，还有柏林或芝加哥，流动工人努力妥协，融入其他地区的外来者。他们既不考虑本土文化保护主义，也不考虑多元文化主义。他们在乎的是如何生存下去。"多元文化主义"很大程度上与那些生活条件恶劣的人群无关。它仅仅只是跨国公司管理者的一项"输入策略"，就像迈克·戴维斯所称。① 实际上，如果它成为新种族主义的对立面倒也不错。

　　复次，环境破坏严重影响着跨国公司的发展。因为跨界活动的一个主要原因就是逃避严厉的环境法规，东道国政府似乎不会强迫其遵守控制污染的规章制度。然而，在工业化地区、新兴经济体和第三世界国家造成的这种破坏效果却没有在这些具体地点得到制止。哈佛大学和世界银行的劳伦斯·萨默斯提议将造成污染的企业从发展中国家转向"未被污染的"第三世界国家，这是多么的荒唐可笑，也有失公允。② 环境破坏产生的结果甚至远比跨国公司更加超越国界，更加普遍，它们不可避免地影响着每一个人，每一寸土地。大气污染、臭氧层损耗、酸雨、温室效

---

① Mike Davis, *City of Quartz*: *Excavating the Future in Los Angeles* (London: Verso, 1990), 80 – 81. See also Edward W. Soja, *Postmodern Geographies*: *The Reassertion of Space in Critical Social Theory* (London: Verso, 1989).

② James Risen, "Economists Watch in Quiet Fury:' *Los Angeles Times*, January 8, 1993.

应、海洋污染以及生态系统混乱最终将抵达任何产生环境破坏的地方。跨国公司也许能逃脱这些法规，但我们所有人——毫无例外——都是受害者。是谁在监控全球的跨国公司保护环境的行为？我们要依赖企业决策者的良好品质来抵御灾难降临吗？我们能信任逃避法律的人去维护法律吗？①

最后，学术界——这个机构是考察跨国公司主义及其中隐含的人性的主要角色，似乎他们早已准备停当，而不用深思熟虑了。跨国公司机制的技术复杂性要求有专门的学术知识的人员来进行复杂研究、诠释和管理大量信息数据。那些经济、政治科学、社会学和人类学以及商务管理和国际关系方面的专家不被希望成为强烈抨击跨国公司实践的批评家，至少应该顺从一些，成为跨国实践的阐述者和辩护者。人文学科的批评家和理论家也并不是对于全球化交流的吸引无动于衷，这一点在我行文结束时还会再一次论述。

跨国公司延续了殖民主义。就像 1945 年前的殖民主义一样，它们进行远距离操控。它们在使各地区趋同的时候仍然保持外来身份，只是对它们所属的特定团体表示忠诚。确实，过去的殖民主义以民族、人种和种族的名义实现，而且跨国公司主义趋于无国界主义。但如我所说，即便是历史的民族国家，实际上也是国际企业授权的一家机构。英国殖民主义使得东印度公司的成立成为可能，就像美国政府使得联合水果公司在美洲中心的统治成为可能一样。殖民主义从来不会福荫一个乐于冒险的国家的所有人民。正如大约一个世纪前 J. A. 霍布森论述的，也正如后来学者

---

① See, for example, United Nations Center on Transnational Corporations, *Environmental Aspects of the Activities of Transnational Corporations*: *A Survey* (New York: United Nations, 1985).

确认的那样，①殖民主义给本国和中介国家的富豪和掌权者带来了财富——以牺牲平民大众的利益为代价。20世纪80年代的滴入论照旧是一个期待中的幻想，或者更像是一个骗局。它的确让人们冷静地回想起整个美国在越南战争中的巨额支出，他们自然是从那个位于东南亚的法国的老旧殖民地中一无所获。还有一群数量可观的美国股东、执行官、企业和职员为工业辩护，他们是在千百万伤亡人员和贫瘠的心灵上（既有越南人也有美国人）积聚了财富。日本工业恢复，很大程度上也归功于朝鲜战争和越南战争。

　　跨国公司丝毫不受民族主义者思想负担的影响，也不隐瞒其利益驱动的本性。他们在全世界旅行、交流、调动人员和车间设备、传递信息和技术、转移资金和资源。跨国公司使得殖民主义的目的合理化并且更加高效、更加符合理性的付诸实践。他们不像帝国入侵者，他们受到了发展中国家领导人的欢迎。为了利用当前民族国家的不同的经济和政治条件，他们忽视自己的优势是有限的。然而，当需求增长时，他们仍然可以寻求本国或东道国的武装力量的援助。在这一过程中，那些表达爱国之情的华丽辞藻会被挖掘出来以掩藏事情的真实状态，就像海湾战争表明的那样。与此同时，军队越来越表现出跨国公司本身的形式——几乎超越了国界！跨国公司的职员也满足于较高待遇。而且还没有证据能够说明东道国的全体民众都享有更高的福利：让我重复一下，更高的国民生产总值或人均收入并不意味着享有财富的同等提高。由于东道国政府压迫劳工组织，而且城镇工业中心产生剩

---

　　①　要了解近期的研究成果，见戴维斯（Lance E. Davis）和哈登贝克（Robert A. Huttenback）的《财富与帝国梦：不列颠帝国主义经济学》（*Mammon and the Pursuit of Empire：The Economics of British Imperialism*，Cambridge，Cambridge University Press，1988）。书中认为，在英国的殖民扩张时期，在经济上的胜者是那些社会的精英人士，而相反那些中产阶级的纳税人才是真正的受害者。

余劳动力，薪酬就会降低，不平等就会积聚，至少现在如此。①
独裁主义不可能消除。压迫和剥削会持续。我认为，我们所处的
时代不是后殖民主义时期，而是强化了的殖民主义时期，即使它
的伪装我们并不熟悉。②

　　我提到的这些问题是作为殖民话语的相关事项。我自己参与
了很多这个主题的研讨会和会议。但是，令人好奇的是"殖民"
话语如此迅速的就被"后殖民"话语代替了。1992 年春季，在
伯克利有一场会议叫做"超'东方主义'"。此后不久，在圣克
鲁兹有另外一场会议，这次叫做"后'东方主义'"。次年秋，
至少还有两个会议，一个在斯克利普斯学院召开，叫做"书写
后殖民"，还有另一个会议，虽然侧重点有些许不同，在圣巴巴
拉市命名为"翻译文化：展望多文化主义"。尤其是在加州大学
欧文分校的人文研究所有一个有关弱势论述的为期三年的计划。
这些都是加利福尼亚近来的事件，但是有关这个计划的许多会议
无处不在，把学术者，即我们，转变成频繁飞来飞去的人或是全
球慢跑者。当然，还有大量的学术出版物涌出。③

　　如此的活动大概被知识分子的政治实践占用。但是如果实践
遵循话语，那么话语必须遵循实践。与研究新历史主义非常相

---

①　See Kuwahara, Kokkyo o koeru rodosha.

②　See Noam Chomsky's book, Year 501: The Conquest Continues (Boston: South End Press, 1993), esp. chaps. 3 and 4.

③　To name a few, Anthony Appiah, "Is the Post- in Postmodernism the Post- in Post-colonial?" *Critical Inquiry* 17 (winter 1991): 336—357; Homi Bhabha, "Of Mimicry and Man: The Ambivalence of Colonial Discourse", *October* 28 (spring 1984): 125—133; Sara Suleri, "Woman Skin Deep: Feminism and the Postcolonial Condition", *Critical Inquiry* 18 (summer 1991): 759; Dipesh Chakrabarty, "Postcoloniality and the Article of History: Who Speaks for 'Indian' Pasts?" *Representations* (winter 1992): 1—26. And most important, *Social Text* 31—32, which addresses the question of postcolonialism and the third world; I like some of the essays collected in this Special issue, Anne McClintock's "The Angel of Progress: Pitfalls of the Term" Post Colonialism: "for example. None of the articles, however, directly discusses the TNC development."

似，这是为了将政治现实和直接考察拉开距离所作出的又一次努力。再一次，我们肃清有关现行的政治条件的学术论述——这一次，围绕着跨国公司和它们热切的东道国政府。我们甚至可能伪装起秘密的怀旧，将学术注意力都投注于"后殖民"，一个在历史上绝对遥远又没有生气的时代，而不在这个被认为应该是"历史终点"的时代中区寻找替代物。同样的，本时代的多元文化主义看似跨国公司主义的伪装，这种跨国公司主义出于自身需要，造成了大量失业工人无助的寻找工作和谋生而必然引起的大破坏。洛杉矶和纽约，东京和香港，柏林和伦敦都拥挤着"怪面"人。美国学者相当严格地把他们作为多重仪态来进行研究。但是在我们远距离观察和给予他们特征描述之前，我们需要知道为什么他们在那里。是什么力量在驱使他们，他们又如何与我们的日常生活息息相关？究竟是谁在幕后掌舵？多元文化是人类生活的写实："我们自己的传统"是捏造的，因为它已经遍布各地。不研究其他文化是不可能的；美国的课程必须包含"外国"历史。但是这仅仅只是一个开始。最近在文化商人和学术管理中，文化研究和多元文化主义崛起了，调查却一开始就结束了。我们需要的是精力充沛的政治和节俭的详细检查，而不是教育上的权宜之计。我们不应满足于分辨出不同事物在不同地域和不同背景下的位置。我们需要找出存在这些不同的原因——至少在政治和经济方面——而且要提供消除这些不同的办法，我的意思是，政治和经济并不平等。某种程度上，文化研究和多元文化主义为学生和学者在以跨国公司的形式出现的新殖民主义上的合谋提供托词。它们又一次充当了掩藏自由骗局的另一工具。通过让我们自己投入到有关后殖民甚至是后马克思主义的话语中，我们可以完全与霸权思想协作，而霸权思想看起来像往常一样，像没有思想一样。

建筑之外

本文始见于 1996 年的 Anywise 会议出版物，历届出版物汇编了建筑大师和其他思想家对于具体建筑理念的探讨。首届 Anywise 会议于 1995 年在首尔召开，其间三好批评当代建筑忽略了多数市民的日常需求。三好对现代建筑的乌托邦主义与后现代建筑对乌托邦理想的抛弃都持批判态度，他要求建筑师跳出建筑学科之外，从而获得视角，看清他们的利益怎样和全球资本的利益相结合。——编者

去年我在东京住了一些日子。我下榻的酒店雄伟而雅致、阴暗而昂贵——不过依然是我最喜欢的酒店，从窗户向外望去，可以俯瞰皇宫、总理与两院议长的官邸、最高法院和不计其数的公司总部。逗留一些时日后，我前往临近的横滨开会。两市之间的公路高高架起，我可以从出租车上看到绵延数里、建筑稠密的房子，它们低矮、单调、灰白，没有点缀任何的公园、广场甚至树木。我记得乔治·萧伯纳·肖（George Bernard Shaw）本世纪初到访东京时，称它是绵延不尽的贫民窟。本世纪前几十年的东京比起现在远远能经得起考验，却还是不能免于萧伯纳的刻薄贬低。

数月之前，我去了台北。回到加州不久，我就在《纽约时报》上读到一篇文章，称台北是"肮脏的、可以说是东南亚最

不吸引人的城市"①。我的台湾朋友后来告诉我，大概同时一家德国报纸说台北是个"猪窝"。（他爽朗地补充说，回到台北的朋友们发现这种描述不仅准确还挺幽默），回想自己走在台北和基隆（更北部的一个海港城市）的街道上，我承认好几次我停了下来，张望那些拥挤、破败、没有院子的公寓楼，设想若是住在其中一间会是怎样。街上充斥着喧嚣的汽车和摩托车，许多孩子在马路上欢快地嬉戏。南加州郊区这块阳光明媚、沙砾遍布的不毛之地（赫伯特·马尔库塞 Herbert Marcuse 曾称之为"另一个该死的天堂"）彻底损坏了我的双眼，因此对我而言，那是一幅震惊的场景，迫使我去追溯小时候在东京街道上的可能情形，那一时一地现在似乎不断在我记忆中田园化。我应当说明，这些东京/川崎式的街道和台北/基隆式的公寓，绝不是被房地产商逐利和城市管理者遗弃的贫民区，而是实实在在的中产工薪阶层的社区，普通的市民在那里过着他们普通的生活。

我所在意的不是这些居民区的低矮，而是人们怎样生活在此，却不考虑这里所缺乏的舒适与迷人，或许在很多欧洲、北美的城市和郊区都被视作是必要的。富丽堂皇的建筑和城市规划者的努力日益装点着东京的中心。台北亦是如此，有壮丽的高楼，比如不得不提的圆山大饭店、这头王朝气势的红象是依照蒋介石夫人的标准修建的。我受邀入住的一处宅邸可与上都座座山脉之上的忽必烈汗宫殿相媲美。

但是，如果这样的高楼在都市中心构成了一个个自发的文本，那些单调的街道仍是它们的语境。那么，文本和语境怎样彼此相关，地理上（空间上）、历史上（时间上）、经济上（政治上）和美学上（社会上）？为了说明其中一些问题，我们需要审

---

① Philip Shenon, "Either Filthy and Free or Clean and Mean," *New York Times*, February 5, 1995 ("Week in Review" section).

视建筑规划与城市规划的基本职能。

建筑话语，与城市规划的话语类似，不可避免地是理想化的。可能因为一个完成的建筑不再属于它的建筑师，更确切说是属于它的购买者和使用者，所以建筑只有当它是一个建筑中的蓝图、因此仍旧指引一个未来的状态时，才是完全的自身。这种情况下，我们讨论建筑，不是按照它的实施和实现，而是依照它的期望与意向。

在巨大文化变迁中，我们最关注的就是未来。城市建筑如何牵涉城市变化的需求？城市如何回应它"全球化"的经济需求？这些问题是建筑师和城市规划者所着重思考的一个主要方面。然而建筑和城市的未来必定要和统治权力相磋商，统治权力不仅拥有、支配，同样管理、治理。那些组织和监管者们的梦想日益变得是跨国而共同的。

今日之建筑与城市规划同样是乌托邦式的理想主义，因为只有少数人才可以想见它们。一度有过更多的旁观者。普通的市民如狄更斯或波德莱尔可以漫步于伦敦或巴黎的各条街道和小巷，不久以前罗兰·巴特还可以悠闲地散步在东京街头。然而，随着剧烈的城市化，专家们逐渐收紧了他们的缰绳。城市的凝望者变了，观察的位置也变了。不再是街道上的人们，而是摩天高楼的建造者，从新的高度审视他们的城市。现在高耸的大厦界定一个城市，并经济地复制拥挤的空间，如雷姆·库哈斯（Rem Kool-haas）所主张的。[①] 行政官亦是如此，从他们的高楼看下去，俯视自己的运作。建筑师和规划者与他们混合着，计算、设计并实现甚至全球性地筹划未来。因此建筑空间越来越属于这些理想化的专家们，他们不断调配游客、新的漫游者或社会学家和人类学家去解释他们的成果。普通市民们进入这些自主文本的机会则越

①　Rem Koolhaus, *Delirious New York*（New York：Monacelli Press, 1994）.

来越少。自然，居民和工人们也可以向上攀爬去看他们的城市，但只是在假日和受监管的活动中。建筑和城市只有在专家的头脑中才是分开的；对于其余的人，都市景观和他们的住所与工作地相融合，即使他们可能就在高楼大厦之内工作、即使建筑和城市在代表他们的照片和电影上被美化了。特别在美国，沿着财富与种族的边缘、公式化和紧闭的永恒设计，或许是乌托邦的另一个版本——至少对于那些被安全遮挡住的人，在其中城市地理日渐被割裂了。

1970 年左右对现代主义乌托邦的排斥很可能无法避免。特别在过去的 20 年中，根植于中产阶级资本主义的社会矛盾太过残酷，无法在单一、无缝的语境中去沉思细想。对于文化产业的职员，或者选择将这些矛盾转化为分裂的部分，或者将这些实质的矛盾转化为语言游戏。前者策略的最佳例子是将所有知识截然分为各种学科和职业，如此无人可以获得一种整体的知觉。每一部分得以发展独有的术语和研究方法，仿佛它可以成功地封锁自己的自主权（“整体化”可能现在时工业化国家学术界最肮脏的词语）。后者策略的一个例子是重申语言和推理的优先权，而实质的困难如贫穷、压迫和反抗在抽象的暧昧与模糊中被解构和消除了（因此“混杂”与“语境”这样的术语得以流行）。两者都是对于统治者臣服和效忠的姿态，寄希望于可能分得一份共同利益。所谓的全球资本主义是“知识分子”渴望归属的、一个无比排他的乌托邦。① 事实上，全球经济不过是通过最大限度的排他而最大限度地使用世界资源。不能指望巨额收益的地区被无情地忽略了，比如，在非洲，只有 2% 的世界资本滴入。贫富之间的鸿沟在每个地方都稳步拓宽，包括美国、韩国和新加坡。世

---

① See my "A Borderless World? From Colonialism to Transnationalism and the Demise Of the Nation-State," *Critical Inquiry* 19, no. 4. (summer 1993): 726—751, and "Sites of Resistance in the Global Economy," *boundary* 2, no. 1 (spring 1995): 61—84.

界上最富裕的 20% 和最贫穷的 20% 年收入的比例是 140 比 1，世界上 358 位亿万富翁拥有的净资产是 7600 亿美元，相当于 45% 的全人类、25 亿人的净资产，得知这些数据令人震惊。① 建筑和城市规划在这种全球不公中受到极大影响。城市中，特别是萨斯基娅·萨森（Saskia Sassen）所称的"全球城市"中，经济活动的极度整合适用于专业服务的生产、金融创新、全球控制和管理，并出售这些产品。这些发展的结果是财富的分化，如所揭示的不可思议奢侈的势力和日益贫困的广大地区之间的鲜明划分——一种充分发展的对比，在纽约、伦敦、洛杉矶还有现在的东京。② 曼纽尔·卡斯特（Manuel Castells）称为"二元城市"的特征变得更清晰，罪恶与反罪恶的冲突开始消耗城市资源，毁坏建筑师与城市规划者的美学与社会意愿。资本主义的矛盾在全球城市中越发明显地显现出来。③

参照之言/回顾起来，后现代主义与 1960 年之后资本的彻底跨国界一样无法避免。行政殖民主义导致需要使海外资源适应于变化方式的剥削。资本、劳力和生产的大规模转移，加之冷战的持续推进，是主要的经济政策，被证明给行政官带来了极大的利益，而几乎摧毁了各地的国内劳工。这导致所有文明和社会（多元文化）的有组织普及和 1800 年左右殖民主义和工业主义萌芽时新建的国家历史、文化和经济的退缩。从此以后，民族国家被跨国公司团体的联盟分解或代替。现代主义是早先欧洲——国际联盟的产品，欧洲——国际联盟坚持反历史实用主义的海外可转移性。后现代主义，另一方面，自觉地用讽刺、幽默和诱人

---

① Richard I. Barnet, "Lords of the Global Economy," *The Nation*, December 19, 1994, 754—757.

② Saskia Sassen, *The Global City: New York, London, Tokyo* (Princeton: Princeton University Press, 1991).

③ Manual Castells, *The Informationa! City: Information Technoilogy, Economic Restructuring, and the Urban Regional Process* (Oxford: Blackwell, 1989).

的弥散替代合理的集中物。作为对全球经济流动的反应，后现代建筑不仅可以亲近不同文化，也使得不同文化可以亲近。后现代建筑中"肖像"与"引语"的随意使用，随着同质化与标准化在市场产品和文化产业中增加，因此使历史地理变得浅薄。随着资本主义矛盾的加深，后现代主义策略性地掩饰了哲学平等与经济自由之间的鸿沟，对于世界上的大多数人仅仅意味着实质上的不公与贫乏。

战后建筑的一个重要事件是学习拉斯维加斯的方言。但是，我们现在发现，拉斯维加斯同样经历了一个极为关键的学习阶段：跨国化和好莱坞化（Hollywoodification）。新拉斯维加斯是一个庞大的混合物，世界文明在此重建，在赌场酒店诸如勒克苏（Luxor）、亚瑟王神剑（Excalibur）和米高梅饭店（the mgm Grand）。毕斯·西格尔（Bugsy Siegel）在超现实的感官中被重新诠释，因为金钱不再需要一个辩护。广告牌被云霄大酒店（the Stratosphere）所压倒，后者是美国最高的摩天大楼。性爱即是经济、经济即是性爱、庞大即是所有。① 我们现在被告知，好莱坞和迪斯尼公司放弃了洛杉矶、迁至拉斯维加斯和佛罗里达以寻求更清洁的空气、更低的犯罪率和更多的金钱，迪斯尼在纽约时代广场的正中央嵌入一个庞大的超现实符号，包含旅馆、娱乐和购物商场："碰撞之后的流星（meteor moments after the crash）"② 也许为了和它未来的邻居保留有利的条款，《纽约时报》热情地报道，总部位于迈阿密的 ARQ 建筑设计事务所（ARQUITECTONICA）的项目令人印象深刻地唤起了混乱，如劳琳达·丝拜尔（Laurinda Spear）早先为《迈阿密风云》浮华暴

---

① Aaron Betsky, "Future World with Vegas as a Model-Really! -Our Cities Might Not Be So Grim after All," *Los Angeles Times*, December 12, 1993.

② Herbert Muschamp, "A Flare for Fantasy: 'Miami Vice' Meets 42nd Street," *New York Times*, May 21, 1995（"Arts and Leisure" section）.

力的背景那样。建筑现在是在向好莱坞学习吗？

后现代回应了跨国界的合作主义，然而也暴露了许多严重的缺憾。彼得·艾森曼（Peter Eisenman）曾证明需要"将建筑从自身移去"，为了"呈现空白"①，即为，去除——在我看来——建筑一直注定要坚持的理想化位移。艾森曼和伯纳德·屈米（Bernard tschumi）等人提议一项针对自身的建筑，一项设法在其他事物中，从权利和财富中解放自身的建筑。但是，如曼菲德·塔夫利（Manfredo Tafuri）敏锐地察觉，"从阅读［约翰］海杜克（［John］Hejduk）、艾森曼（Eisenman）和罗伯特·文丘里（Robert Venturi）的作品中得到的'乐趣'全是知识上的"②。我以为是一个更加求实和更少睿智的根除建筑：把建筑带给周围物质环境、外部空间，那里平常的工人生活、工作，而极少参与建筑的语言文本和语境。

现代主义——虽有各种弊端——至少不忘那些留在建筑之外的人们。城市工人有他们的住宅方案，虽然丑陋、不适，最后一无是处。今日之工业城市清除那些于理畸形的事物，一并摧毁了广大人民的家，但是无人记得提及他们。另一方面，在川崎和基隆的街道上，仍然有家庭和公寓，虽然难看。它们是否适宜居住不应太过仓促地决定——特别是被不在那里居住的人们。

我们不能回到现代主义。但是，我们确实，需要考虑住所与工作场所，无论何人、无论何地，而且确实"无论如何"。我们怎样活着最终不那么重要；重要的是我们活着。建筑悲剧的艺术／学科／职业／产业／商业，因为它不知道自己的主体性。也许，

---

① "Peter Eisenman: An Architectural Design Interview by Charles Jencks," in *Deconstruction in Architecture*, ed. Andreas C. Papadakis（London: Architectural Design, 1988），49 – 62.

② Manfredo Tafuri, *The Sphere and the Labyrinth: Avant-Gardes and Architecture from Piranesi to the* 1970*s*（Cambridge, Mass.: MIT Press, 1987），302.

与其清醒而内疚地建造审美、理论、知识上出色而无用的外形与结构，我们可能应该漫步在川崎、基隆和富川（首尔以西）的街道上，了解人们怎样在这些"恶劣"和"讨厌"的地方生活。比起建筑学资助的房子、那儿有着更多的活力，资助人比起这些街道上的居民不是一直更满意或更舒适吗？

日本研究的"乡下观光"：
答杰夫·亨弗里斯

这篇评论于 1997 年发表于《新文学史》，是对杰夫·亨弗里斯的文章《理论中的日本》的回应。亨弗里斯在《日本》一文中批判了三好与哈鲁图尼恩 1989 年主编的题为"后现代主义与日本"的《南大西洋季刊》特刊，以及特刊中涉及的许多其他学者。本章中，读者将发现三好最犀利的一面。他非常严肃地指出，亨弗里斯的文章是北美学术界风向变化中的一个令人不安的征兆，学者日益的专业化倾向助长了自私与无谓指责。——编者

杰弗逊·亨弗里斯（Jeff Humphries）的"理论中的日本"谬误百出，几无批判与学术研读之意义。下笔驳斥此类文章，尽管必须，却毫无乐趣可言，成文后恐怕更难卒读。笔者还需要自降水准，才能与之站在同一水平线上。亨氏在结语中否认文章与研究对象之间的联系（关于此事，下文还将详述）。与之相反，我的文章将全部基于"理论中的日本"一文，无论该文是如何条理不清。我重申其难度，因为亨氏的文章恶毒、无知、失准、不负责任、不忠实、带有欺骗性、懒惰、草率、脱离历史，且语无伦次。这些字眼本来在学术刊物中绝少看到，倒不是因为这样

有失学术大体，而是专业期刊通常早就将此类物什拒之门外，避免了指斥之需。谁知此文却侥幸通过。但也没有必要一一指摘他的谬误与歪曲，因为列举出的条目篇幅之长（我亦无意评论之），恐怕将直追亨氏文章本身。因此，还是择其要点进行分析。

排他主义

就在首页，亨氏介绍了在美国做日本研究的"殖民〔者〕"。"其中许多人〔是〕日本移民，其他则是背离了他们的'传教士'（无论本义或喻义）父辈传统学术规矩的叛徒们。"他将这个群体称为"满脑子理论的学者"，这些人将"日本研究学界"分裂为"三好主编的《后现代主义与日本》撰稿人""三好与所有其他人""日本人与该书的日侨撰稿人"以及"本刊与所有专业团体"。这些称谓实在过于含糊，但亨氏仍然提及"团体的完整"，好似真有一小撮狂热分子阴谋发誓要进行学术界夺权一般。

首先，亨氏将团队（姑且假设有这么一个组织，至少特刊撰稿人也算是一个小集体）描述为大多由"日本移民"和背离了父辈"学术规矩"的叛徒构成。除了自己，笔者一时间倒是想不起来他所臆想的这个组织里面有任何所谓移民，于是捧起特刊目录，试图找出那些跑到这个国家讨生活的异族人的名字。共有四（或五）个生于日本的作者，皆为日本公民（矶崎新，柄谷行人，大江健三郎，浅田彰），那"移民"之说从何而来？据我所知，他们皆持日本护照。除此之外，再无他人，也许酒井直树是个例外，他也许是移民身份。但我却不知道他的国籍，我从未起过念头问他。我必须承认，我也不知道"移民"的准确定义为何。永久居民是移民吗？拥有双重国籍的居民是否算移民？

经常入境的人士呢？当然，亨氏本意可能是说，凡是带着日本姓氏的，因为他们的长相和亨氏本人不一样，不管在美国定居几代，都算作移民，如奈地田哲夫。这样一来，立刻产生两个问题。第一，毋庸置疑，奈地田哲夫生于美国，他的两个兄弟在第二次世界大战中为美国捐躯，现任芝加哥大学历史系（并非日本历史系）终身教授、罗伯特·英格索杰出贡献奖获得者，与亨氏一样，他和"日本移民"的身份沾不上边。第二，除了奈地田、四位住在日本的日本国民和酒井，再没有其他人拥有日本姓氏。是否亨氏对美国移民的猜疑过于强烈，导致他看不出来这个所谓秘密团体中的绝大多数撰稿人并非日裔：哈鲁图尼恩，艾维，克什曼，菲尔德，沃尔夫，迪巴里，斯蒂芬·梅尔维尔，迈克尔·莱恩，以及乔纳森·阿拉克（最后两位虽然没有提交论文，仍然受邀参加了会议之初的讨论会，换言之，无人被排除在外。见特刊 19 页的致谢语）。总计 4 位日籍日本人，一位国籍未知的日本人，和一位归化了的美国人，以及 10 位美国人（包括奈地田）。"新一轮排他主义"？"纯属种族优越主义"？"并非日本人，竟敢染指这片学术圣域"？亨氏给这个他臆想的"团体"的基本信条中还添上感情色彩。

　　布瑞特·迪巴里是亨氏笔下"背离了传教士（本义或喻义）父辈传统学术规矩［原文如此］的叛徒"学者之一，她父亲算是执教于东海岸一所大学的"传教士"学者。其他人还有谁符合这个条件？这个秘密社团中所有的非日本移民成员？他们"喻义"上的父辈是谁？赖世和（Edwin O. Reischauer）吗？除了"教父"以外，还有其他层面的意思吗？哈鲁图尼恩是他的儿子？玛丽琳·艾维是他的女儿？如果"喻义上的父辈"仅仅是指学术先驱，那这个称谓则漫无边际，失去意义。照此说来，我们所有人不都是先辈们在比喻义上的后代吗？亨氏在此恣意攻击迪巴里，而且为了掩盖这一无理之举，还加上"喻义"字眼来打击一片。事实上，这个团体的其他任何人都并未背叛任何所谓的传教士、职业或其他方面的传承。

既然这个由"满脑子理论"的"殖民者"构成、日本移民所支配的团体对于除了亨氏之外的任何人都是秘密、隐形、无法辨别的，而且他也拿不出任何具体的名单来，我举出一个，不仅符合这个团体的性质，而且"理论中的日本"一文的作者也必将满意：该人名叫"日本黄祸学者"（Nipponese Yellow Peril Scholars，NYPS），在下文中均用来代表亨氏臆想中的移民理论派夺权团体。

在开始下一论题之前，请允许我提醒亨氏另一册NYPS论文集的存在：《世界当中的日本》（1993），也是笔者和哈鲁图尼恩主编的。亨氏对日本以及美国的日本研究的知识之贫乏（下文我还将详述）令人悲哀，他在"理论中的日本"中对此论文集丝毫未提。因此，要么是他根本不知道有这样一册文集，要么是为人疏懒，不大进书房，要么是的确知道，而且考虑过，但还是决定忽略它。只要他对NYPS心存戒备，就应当探讨此文集，因为作者名录倒是能给他的排他主义阴谋的指控加上一些证据。名录中都是现今已经知名的NYPS学者，日本姓氏团体的核心成员如吉本光弘（日籍日本人）、柄谷（亦日籍日本人）、奈地田、大江（仍是日籍日本人）、因《长日将尽》一书而知名的石黑一雄（该作品的主题是英国，与日本无关，但作者乃日本姓氏，亦出生于日本），以及笔者。但当时书上有埃克巴尔·阿赫迈德，佩里·安德森，布鲁斯·堪明斯，阿里夫·德里克，弗里德里克·杰姆逊，莱斯利·品克斯，米丽娅姆·希尔弗伯格，克里斯特娜·特纳，罗布·威尔逊和哈鲁图尼恩，共十位。他们之中哪些是"日本移民"，或者"背离了传教士父辈的学术规矩的叛徒"？排他主义？这个名单在我看来非常开放。事实上，据我所知，这是以任何语言出版的关于日本的文集中最具包容性和多样性的。亨氏担忧的错觉是否将阿赫迈德、安德森、杰姆逊等人都变成日本人了？

　　笔者希望这样的篇幅足以为前文所用的形容词作注脚：失准、不负责任、不忠实、懒惰、草率，就算欺骗性方面还不那么严重的话。顺便言及，笔者之前在学术性或其他任何种类的文字中还从未被人称为"移民"。我乐意承担此称号，但在像美国这样的移民社会，除了被有组织地剥削和灭绝的美国原住民和别无选择称为奴隶的非洲裔美国人以外，有谁又不是移民呢？是什么让亨氏认为与米丽娅姆·希尔弗伯格或者诺玛·菲尔德相比，他自己的移民背景更少一些？或者与笔者相比又如何？

　　亨氏在其 NYPS 排他主义幻想中还有另一项指控：针对学术训练与专攻的排他。我已经交代，《后现代主义与日本》和《世界当中的日本》两书中均体现非日本学专家的观点，这已足以回击亨氏荒谬的指控。但也许他还需要稍多一些启示。在此，我仅在自身学术生涯的局限里进行回应。亨氏在其全文中暗示笔者的学养来自日本研究，第一部著作是《沉默的同谋》，《日美文化冲突》则是第二部。但实际上，我的本科、硕士和博士攻读的都是英文，第一部著作是关于维多利亚时期文学。笔者在加州大学伯克利分校英语系教授英文 23 年，9 年前转至圣迭戈分校。相信与这件事有几方面的干系。首先，在伯克利成为助理英文教授时，或许笔者是美国知名大学英文系中唯一生于日本而担任教职的。要说明的事，尽管我的存在并不常见，绝少有人谈论我的日本人身份，居民也好移民也罢，并将之与我的学者地位联系在一起。笔者第一本著作以处女作之地位而得到许多评论，可以说是收获颇丰，其中从未谈及我的种族与国籍。当然，这并非一定说明了 20 世纪 60 年代是种族问题的黄金时期，而很可能是相反，即便在伯克利也一样。少数群体受到的控制和隔离非常有效，社会主流可以对偶然加入他们的一两个人加以恩施以示公平，这与 90 年代大不相同，那时少数群体，尤其是亚裔，在美国校园中随处可见，大大触动了主流集团中少数敏感神经。其次，当时笔者几无将自身（或其他人）的种族背景与学术行为联系在一起的经验，现今则不同，身份政治已经吞噬了许多学者。亨氏不加质疑的假设我是个学养和专攻属于日本学的学者，这已经暴露了他在社会和历史背景下思想的局限。再次，亨氏坚称［笔者］的批判是"因为以前是日本人、而现在则作为归化美国人置身于美国学术界的立场而有很大局限性"，并在几页之后重提，"［笔者］的批判立场无法不受到美国学术所带来的自身职业（以及个人）身份认同的限制"。此君的意思是否在说，美国大学中所有的日本人都持有共同的批判立场？所有"曾经的日本人"都"有很大局限性"？不管如何努力，笔者将永远无法摆脱带有污点的出身和移民身份？而来自南方腹地的亨氏又如何呢？即便激进地反对"日本黄祸学者"，此君的总体性立场也令人叹为观止。试问，他是否敢于对其他的"移民"群体做出同样的评论？例如，迪曼斯，巴巴，阿皮亚斯，林特里齐亚斯，布鲁姆斯和他们的群体？

　　笔者早期学术生涯中排他主义阙如，这起到了一些作用。对于种族或者专业倾向的隔离丝毫不感到阻碍，当转向日本文学研究时，并未作任何其他考量。亨氏对于"学术训练与专攻"所决定的学术界资格非常介意："倘若一位刚愎自用的发言人［在学术会议上］失控，超出自己在团体内所被允许的时间东拉西扯，恐怕难逃听众出声诘难。"笔者本人的经验却非如此。至少在最早期，《沉默的同谋》得到了日本学学者的认可，包括最"传统"和最"传教士"式的学者，如爱德华·塞登斯蒂克、唐纳德·基恩、埃德温·雷斯绍尔、厄尔·曼那，乃至于海伦与威廉·麦卡洛夫妇，亨氏还引用过他二人的论点。他们都知晓我学养和专攻的情况，却并未因此而反对。当然，他们也有可能认为我的维多利亚文学研究时期只是暂时误入歧途，笔者注定要成为一名日本学学者。无论如何，起初无人对我的学养提出质疑，直到笔者开始反抗伯克利，美国乃至日本的日本学研究团体中的权力等级桎梏（这说来话长，涉及日本学领域内外的学生、教工、管理者、学者等，将来必然要在他处彰显这段公案）。笔者的下一本书《日美文化冲突》，亨氏（此人从未读过这本书）将其描述为讲述"日本使节"的遭遇，以一种持续的讲述形式（斜体为笔者所加），是历史和修辞性，而不是文学性的。再次说明，笔者为历史学家所接受。事实上，正是此书为我建立了与像奈地田和哈鲁图尼恩这样芝加哥大学历史学家的长久联系。最近我又有了一次转向，发表了关于跨国经济及其对文化和大学的影响的作品，与日本没有什么干系。我的"学养与专攻"迄今尚未被质疑——迄今为止。

我过去对杰夫·亨弗里斯一无所知，他本人，他的学养，乃至他的存在。当然，我不清楚他是否是个日本学专家。但阅读了"理论中的日本"后，我变得好奇（因为其拙劣程度），于是花费了数小时搜索亨氏发表的论文以及名声。但这是在我阅读该文并下结论之后。我对他的否定，与其学养、专攻无关，更不用说他的移民情况。他的智力、学识与理解力（或这些的阙如）已足够下结论。此结论对于伊哈布·哈桑亦然。亨氏称此人为"学术界其他的归化美国人"和"一位英文教授"（斜体为亨氏所加）。亨氏职责"日本黄祸教授"因为哈桑的种族和专攻而将其拒绝在外。事实上，哈桑与笔者数年前曾合作过一个研究项目，而他很快就显出对许多"日本黄祸教授"所关注的问题毫无兴趣。哈桑发表于《杂烩》[①] 后又再版于《国际文化会馆会

[①]　Salmagundi，人文社科学术季刊，由美国纽约州斯基德莫尔学院（Skidmore College）出版。——译者注

报》上，以不可靠的论据对日本阿谀奉承。即便这篇文章明显很对日本少数学者的胃口，笔者和其他的"日本黄祸教授"则不以为然。他关于后现代性仅是一种风格的文字对我们也毫无用处，不像弗里德里克·杰姆逊和大卫·哈维的著作。请允许我在此重申除了亨氏以外众所周知的：对排他的拒绝不意味着不加鉴别的包容。"日本黄祸教授"对所有人持开放态度，但不包括种族主义者、性别歧视者、法西斯主义者、憎恶同性恋之人、权力支配者的代理人，以及无能的庸才。

学　识

通常，作者下笔之前需要阅读。令人惊奇的是，亨氏对此常规总是无动于衷。试举三例。第一，他对日本女性的探讨。质疑我的关于日本女性被男性所压迫的描述，亨氏论证，"范畴性的抽象"，如女性这一范畴，是不真实的，因为"不公正与苦难总是个人承受的"。这种对范畴和抽象的不合逻辑的否认却立刻被忘记了，亨氏继续探讨日本青年女性的特性（任何其他人都会论证说，这一群体乃是一种范畴性抽象）。不管怎样，亨氏的论点似乎是说，日本青年女性这一范畴并非男性（另一范畴）的牺牲品，因为她们仅是"非常挑剔，享乐导向的超级消费者"。至于对男性的评价，则是一个"克隆人阶层""只会工作"，而女性"做除工作以外的所有事"。我们现在显然是在探讨"范畴性抽象"问题了，但无须担心，因为这已不再是问题。结论：女性是占据统治地位的性别。

这项结论与大多数研究结论都相反，不管是社会学家、人类学家、虚构/非虚构作者、日本人或非日本人、男性或女性，从帕特里西娅·鹤见、脇田晴子、詹妮佛·罗伯逊、原裕子、上野千鹤子、山口昌男、户塚秀夫到《朝日新闻》《纽约时报》，该结论基于凯伦·马的一本《现代蝴蝶夫人》，作者是日本外国妻子协会和跨文化家庭协会成员，这两个组织是她主要的信息来源。风格是闲谈和片段式，倒是一本轻松的读物。但问题在于，也仅仅是一本轻松读物而已。为什么亨氏选择这本微不足道的作品，而不是更为全面和深刻的著作？答案是：他连这本书也没有读。就算亨氏的学校图书馆没有，《现代蝴蝶夫人》在社区图书馆或者任何一家巴恩斯诺布尔（Barnes & Noble）书店都能找到。亨氏却在一篇书评中找到了这个结论。而且，这篇评论本身是载于一本名叫 *Mangajin* 的杂志。尽管有个日语名字，却不是日本出版物，而是在佐治亚州亚特兰大市出版的娱乐月刊，目标读者群是说英语的商界人士，内容一半是日语入门教程，另一半则是翻译过的日本漫画。杂志名字的含义是"漫画人"，其知识层次尚未达到《国家讽刺》（*National Lampoon*）的水平，更不需和《笨拙》相比了（尽管我倒是知道，这本杂志的编辑还是非常有干劲的），我猜测，这本杂志以前还从未作为任何学术论证的基础。而且，作为亨氏唯一论据的这篇评论，将凯伦·马的作品称为"航班杂志风格"。问题在于：亨氏试图将它来冒充用日语写成的严肃著作吗？不通日文的《新文学史》的一般读者又应该如何评价亨氏的学识呢？

　　第二，接下来探讨大岛渚的电影作品《战场上的快乐圣诞》（*Merry Christmas, Mr. Lawrence*），笔者根本不确信亨氏是否看过这部电影，他批驳笔者的电影分析，也不知道他是否真正读过。所以，对他读过或思考过大岛渚的期待，当是徒劳。大岛渚已被日本学界外的电影理论家广泛探讨，如斯蒂芬·希斯，诺埃尔·伯奇，以及《广角》大岛渚专刊的各位撰稿人。但是，批评家的兴趣在于他早期 60 年代的作品，例如《日本夜与雾》《绞死刑》《被忘却的皇军》，以及《仪式》等，而不是亨氏认为使大岛名扬海外的《感官世界》。事实上，《感官世界》（1976）是大岛第一部全面国际化制作的电影，取得了商业成功。当 1983 年拍摄完同是国际化投资、制作和演员阵容的《战场上的快乐圣诞》时，大岛已经是全面转向国外观众了。这并不是说大岛失去了他的"纯洁"，这是我绝不使用的字眼，但亨氏造谣说我是如此说的。而是说，令大岛在 60 年代崭露头角的批判视角被放弃了。例如在《绞死刑》中，大岛谴责了日本人对朝鲜人的偏见：电影结束时直接拷问观众与日本的刑罚部门官员（教育官员，检察官、典狱长、医生等等），谴责他们合谋害死了朝鲜小伙子。这即是著名的电影台词："你，也是，你，也是，你，也是"出处。既没看过电影也没有读过相关文章，亨氏令人费解地扭曲了大岛在《绞死刑》中激烈的批判，以及我对该作品的激赏，将之称为复数人称的"仿效主义"（us-too-ism），这和单数形式的 me-too-ism 意思相同，并不指电影，而是直指"日本黄祸教授"们的批判学说！"在日本研究学界行使这样的'仿效主义'，是默许和反动地重复上一代学者如海伦·麦卡洛等人的论点，即日本研究处于边缘，日本文学的独特性使其研究除了猎奇的目的，没有实际的研究价值。所谓没有研究价值，是与西方文学'巨著'相较而言的"。这纯属胡说八道。我对于大岛渚 60 年代作品和《战场的快乐圣诞》之间差异的区分，亨氏在混乱的论证中丝毫未有提及。

　　我对《战场》这部作品的处理是基于一些事物的探讨，包括君主主义、大卫·里恩与斯蒂芬·斯皮尔伯格的战争囚牢电影、大岛的早期作品，以及南非作家劳伦斯·范·德·波斯特的小说《种子与播种者》，即《战场》的原著等。我也分析了范·德·波斯特模糊而激进的神话理论，对朝鲜人的鄙视尤甚，正如他在小说和回忆录《囚徒与炸弹》中所表现的。大岛对波斯特的默许，与其早期作品如《绞死刑》和《被忘却的皇军》呈鲜明对比。倘若亨氏曾读过笔者撰写的文字，或者看过这部电影，即使如他，也会避免这种巨大的误读。但明显地他没有读，我们已经知道为什么了。相反地，他以空洞的文字加以搪塞："为了强调普世性范畴而牺牲了具体情况的考虑，我遵循杰姆逊的《处于跨国资本主义时代的第三世界文学》的观点。"而且他还重提了艾贾兹·阿赫迈德对杰姆逊的错误指责。（他在假装没有读过杰姆逊这位他过去的导师的任何其他著作吗？想来，他还真有可能没有读过！）大岛的新中央集权主义和霸权主义在亨氏手中简化为他"对西方的注意/文本的吸收"。这样一来，大岛对大卫·鲍伊（David Bowie）的白色皮肤与金发的长篇大论就非常值得肯定了：毕竟，这是"从过去的马克思/黑格尔的线性历史主义世界观迈出的一步，这种世界观认为，总得有人高高在上，制定'政治正确'的种种标准"。可悲地，大岛对鲍伊"神赐"的美貌的迷恋却未得到其回报，但这种失衡和不对称根据亨氏的冗文而言，事实上反而是对称的，这一点我还将在本文结束前再加以论说。

　　第三，亨氏批判的大多数作品的文本都是间接的，即是说，是未经确认与核对的二次引用，有两本书除外，《中心之外》和《后现代主义与日本》。当亨氏谈论我的研究时，引用全是出自《中心之外》的章节。当在论文下半部分谈论其他"日本黄祸教授"时，又只引用《后现代主义与日本》了。他将柄谷行人称为"明显是美国日本学学者中日本人的领军人物"。但是柄谷漫长的学术生涯和诸多作品涉猎极广（加州大学图书馆即藏有20—30本他的著作，加上他编辑的几种期刊），这些被摒除在讨论之外。当然，由于柄谷的著作大多以日文写成，亨氏不可能阅读过。但这仍然值得好奇。首先，1996年柄谷两部著作的英文版问世，而为什么亨氏在动笔之前连看都不看一眼呢？其次，他连寻找用他的母语出版的"日本人领军人物"的文字都毫无兴趣吗？再次，他对柄谷的判断基础仅仅来自柄谷本人的一篇文章和艾维与迪巴里的两篇文章，在下此断言之前不应略微谨慎吗？
"柄谷是完全接受了最新西方学术话语的主要代表人物"（斜体
为亨氏所为）；柄谷的对于"言文一致"运动的"肤浅误解"；
"柄谷迫不及待地接受德里达的对表意文字的'东方主义'想
象"；柄谷对"解构的掌握是很有限的"；以及柄谷"对现代
［汉？］语一无所知"？亨氏对迪巴里、奈地田、哈鲁图尼恩的指
斥，全部是基于《后》。当他指摘酒井、为大卫·波拉克辩解
时，读者会期待他读过波拉克的《意义的断裂》，但无疑，亨氏
又仅仅引用《后》这本书。于是，哈鲁图尼恩的《德川本土主
义》一书未被涉及，奈地田的《日本》或者《美德的远见》，以
及酒井的《过去的声音》亦然。即便如此，亨氏那莽撞的指责
还是汹涌而来，完全彻底。

　　如果引用的出处可信，那这种对学识的漠不关心倒也许能不
被发觉。但正如我们在亨氏谈论日本女性的过程中发现的，并非
所有出处都是平等的。名声不彰的德里达—柄谷—前田对话是
另一个例子。亨氏仅仅依赖玛丽琳·艾维引用《朝日周刊》的
文字——又是来自《后》一书。无须怀疑艾维在引用时是否漏
掉了些许文字，但《朝日周刊》在誊录并写出对话过程和语气
时的准确性又如何呢？读者可能会注意到，1992 年停刊的
《朝日》并非学术刊物，而是媒体出版物。虽然不像《漫画
人》那样面向大众消费，但仍然是根据普通读者而创办的。艾
维通过交代柄谷的担忧，隐晦地进行了告诫："［柄谷说］这
场对话的文字在一周之内就会被大众读者消费掉而告终。"①
当然，《朝日》的编辑不会关心学术的严密性。但是，如果亨
氏本人读过《朝日》的这篇文章的话，他将会多次看到"笑"

---

　　① Marilyn Ivy, "Critical Texts, Mass Artifacts: The Consumption of Knowledge in
Postmodern Japan," in *Postmodernism and Japan*, ed. Masao Miyoshi and
H. D. Harootunian (Durham: Duke University Press, 1989), 42.

的字眼充斥整个对话。这是友好而快乐的一场座谈会，尽管从头到尾探讨的都是解构。对话者互相开玩笑并热情地回应：根据记录，柄谷令所有人大笑 11 次，浅田 4 次，而德里达在 9 页的对话记录里开了 8 次玩笑。其欢乐程度被一张照片捕捉，通常表情严肃的雅克·德里达在浅田与柄谷二人之间开怀大笑。柄谷的话语是在那样的状态下完成的。但亨氏一贯没有仔细阅读的习惯。文本细读（与其自称的"对个人文本的仔细审视"相矛盾）看起来远在亨氏兴趣之外。

　　因此，看到亨氏对爱德华·萨义德（他未作解释就将萨义德与"日本黄祸教授"联系在了一起）的随意评说，就不足为奇了，尽管值得思考的是，这种粗陋的呓语能有几次在学术出版物中出现："连'东方主义'本身也是个东方主义的概念：它诞生于一位薪酬颇丰的学者笔下，他在纽约工作，这可是世界资本主义中心与西方学术话语的中心之一。这个概念不可能逾越第一世界殖民主义/后殖民主义的历史文化背景而被构思出来。"也未有人关注亨氏的"引用文献"目录为何如此之短。而且，除了正文以外，即便是这寥寥数个文献之中，一篇罗伊·米勒的文献也不应出现，因为在文中根本没有引用。（事实上，亨氏也许从米勒那执迷不悟的日语学习过程中得到了些许鼓励，如果他真的读了这篇文字，而不只是拿来填充他那贫瘠的引用目录的话）

　　这些对亨氏学识的检视，笔者相信足以支撑开篇那一长串形容词了：恶毒，无知，失准，不负责任，不忠实，懒惰，散漫，以及带有欺骗性。

"不对称即对称"

　　根据亨氏的观点，"日本黄祸教授"们通常写作水准欠佳，热衷于使用理论和批判的术语，并随意提及新马克思主义、后结构主义学者的名字，如鲍德里亚、布洛赫以及勒福尔"只需几句话，就可以表现出［亨氏本人］的写作风格。"

　　但是，在［《日美文化冲突》中所描述的那种相互的无法理解］，并非对称的。这是一种相互不对称，也许仅因为其相互性，而可以被描述为对称，但这样一来就带来了对称与不对称的二元对立：不对称意味着两个实体之间的不平等与非等价；它依赖差异，但对称亦是如此：两个对称的物体必须是不同的，才能形成对称，二者的"相似性"（对称）是一种差异的特性。不对称中的差异仅仅是更大一些而已，并非是不同种类的差异。相互的无法理解事实上如杰齐·克辛斯基的小说《在彼处》所表现的，是一种可以与看电视相比的极度不平衡的举动，更甚之，由于两方都认为自己的确能够理解对方，而且当对方错误地自认为理解对方而实际没有时，己方仍然是可以理解的。三好所叙述的是尤其具有讽刺意味的不对称：西方人认为日本人粗鲁而推诿…而日本人认为西方人不得体、笨拙、粗声大气，双方都不理解对方的基本假设前提，从而得出不言而喻的结论，对方低自己一等（日本人无视美国在技术与军事领域的领先地位，总是认为这是暂时而可以改变的，而历史也证明了这种想法无可厚非）。这种对称/不对称具有讽刺意味，不仅因为总是无法彻底分清到底是对称还是不对称，而且因为总是会双重反作用于己方，因为自认为理解对方的误解会造成相互的（错误）理解，如此往复。这的确令人觉得好笑，但同时又很悲哀，三好也的确发现了这一点。日美关系，在知识界和政界（这两者，正如三好正确指出的，并非互不相关）持续以这种讽刺性的

（不对称）为特点。① （斜体为亨氏所加）

他究竟在说什么？没有繁复的术语，没有学者的姓名，也没有费解的概念，但亨氏仍然将其文字搞得难以卒读，文字纠结在一起，其中对称成了不对称，而相互不对称则明显地又对称了。的确没有使用所谓"理论与批判术语"，亨氏成功地做到了毫无意义。

亨氏断言，"日本黄祸教授"们都只不过是台个人电脑而已。笔者在此已经失去了反驳的耐心，尽管亨氏认为这个陈旧的名词在批判性研讨中仍然适用。所以，笔者再引用一段文字："日本人与该书的海外日裔撰稿人与过去 150 年来日本的科技主义者、官僚、科学家站在同一立场，从西方贪婪地拷贝技术（以西方自身所接受的术语而言，既是技术，也是商品），技术在欧美大学得以发展和完善，并向世界输出。"这样，亨氏最终公然说了出来。他将"日本黄祸教授"按种族区分，将笔者与哈鲁图尼恩、酒井与他康奈尔的同事们隔离开来！笔者的立场与20 世纪日本的科技主义者与官僚并无二致，但克什曼、艾维则不同。话语还远不止于此。亨氏坚称理论（他五花八门地将理论等同于"解构主义/后解构主义""后现代主义""政治""旧马克思/黑格尔线性历史世界观"马克思主义文化研究与萨义德（后）殖民主义研究"确实反普世主义话语""马克思后殖民民族主义""女性主义与文化研究""西方学术科技""解构与文化/后殖民主义研究""西方文化科技"等等）是一项技术（尽管也是一种商品），而只有西方生产这种技术。以此论点来看，倘若"日本黄祸学者"具有理论性，则按照同意反复的定义，

---

① Jeff Humphries, "Japan in Theory," *New Literary History* 28, No. 3 （summer 1997）: 618.

他们也"西方化"了，即是说既是"科技主义者"和"因循守旧"，又成为了以西方为中心的新纪元"海伦·麦卡洛"式学者。笔者重申，按亨氏所云，技术与理论都来自西方，因此任何"非西方人士"参与理论与技术的生产，都将不可避免地是个模仿者与因循守旧之徒。

这种一知半解的断言背后，还隐藏着更加令人不堪的罕见的本质论：任何不模仿或因循的非西方人，没有处理技术与理论的能力。啊，原始的东方人！啊，那些永远的抄袭者！此类言论已经久违了。这可能并非是恶意，仅仅是缺乏管束的头脑的结果。但恶意往往就在这样的泥泞中潜伏。这是美国和其他国家右翼新一轮堕落倾向的表现吗？

《理论中的日本》最后一段值得写上几笔。据亨氏的观点，对抗即是遵从，传统学识即是激进理论。这对于认为"不对称即是对称"的人来说毫无特异之处，但对于其他人而言需要说明的是，亨氏遣词的混乱来自于对"二元对立"的反对。被理解为黑与白，"好"与"坏"的话，二元对立无非就是还原主义与简单化，无人会对之赞同。但当今多样性与多元主义盛行，反对二元对立的声浪恐怕并非亨氏所说那么简单。这需要从历史角度联系近来产生的全球经济进行讨论。笔者另在别处进行过论证，① 因此在这里仅指出，亨氏所谓"那些受压迫与剥削者与其他人"之间的贫富差距，自 1970 年以来已经不断扩大，而不是他所认为的在减小。相反，世界正不断两极分化为顶层与底层。而许多学者给自己的使命却是通过抹杀"二元对立"这一观念来解释和掩盖这一加速的分化，以服务于跨国企业主义。这一理念正快速改变着世界，而世界各地的亨氏们急于为之辩护，并加

----

① Masao Miyoshi, "A Borderless World?" *Critical Inquiry* 19 (1993): 726—751; and "Sites of Resistance in the Global Economy," *boundary* 2 22 (1995): 61—84.

入到当中去。亨氏的例子中不仅仅局限于二元对立,而且还包括对任何需要消灭的群体的吹捧与赞美。所以,穷即是富,被压迫者即是超级消费者,正如不对称就是对称,反对即是遵从。同时,亨氏还忘记了自己用来绝对区分日本人与非日本人的荒谬二元论。

最后,最末一段的最末一句,无意中揭露了亨氏全文的真实意图:"我们关于文学研究对象本质的争议,其实与对象本身关系不大,而攸关于我们希望所处的立场以及与我们的同道间的联系。"关于亨氏的文章,我迄今一直论证的是:这与日本、日本文学或文学批评无关,尽管文章声称是相关的。该文唯一的目的,是"与同道的联系"。换言之,在与"日本黄祸教授"的关系上,他的立场如何,或者更准确地说,如何按他的意思去安置这些人的立场。我不确定这项事业是否值得他投入时间,因为亨氏与"日本黄祸教授"们根本算不上"同道",他们不管是否是日本人,对自己的研究对象都是非常严肃的。

亨氏在"文本的丢失,内在的他者"以及其他关于美国南方与法国文学的文章中,似乎在归纳方面远远更为谨慎。那么是什么让他在此文中这样冒失无畏?还有几年前发表于《淡江评论》(*Tamkang Review*)的"哈里斯与佩里协定与现代日本的'创造'"一文亦然?他认为《新文学史》和台湾期刊的读者对日本和日本研究的了解会比他还少,因此任何随心所欲捏造的文字也可以蒙混过关吗?或者更有可能的是,他对"日本黄祸学者"的鄙视令其行文变得自由散漫?简言之,是他为了屈就于日本研究这一块"穷乡僻壤"?是否因此亨氏在日本自称"杰夫",在西方却自称"杰弗逊"?正如王尔德笔下的华兴(Worthing)在城里名叫任真(Ernest),到乡下却叫杰克,而亚吉能(Algernon)则杜撰了一位乡下的弟弟邦伯里(Bunbury)?

日本研究和其他所有领域一样,应当抛弃乡土观念,保持开放的心态。它需要"局外人"与"局内人"的融合，以此消除知识的壁垒，从多样性中获益。但是，这并不需要人来乔装改扮，做"乡下观光"之行。如果有人游荡至此，则应当将其曝光识别。言及此处，我开始对看门人表示好奇，即亨氏的审稿人。他们是否细读了我所描述的所有谬误？这些谬误如此明显，怎么会视而不见？本领域的这些"专家"或一般学者是出于何种立场认可本文的？在《社会文本与美国诗歌评论》（*Social Text and American Poetry Review*）期刊编辑犯下大错之后，我们对于出版还可以如此松懈和没有原则吗？我认为审稿人应当对其观点负责，加入到这场观点的交锋中。我完全赞成《新文学史》的专题形式，但为其健康与蓬勃发展起见，他们对我的论述的反驳是必不可少的。笔者已经做完自己分内之事，现在该他们了。

无关金钱的艺术：文献展 X

本文起初发表于 1998 年《新左派评论》，是对文献展之评价。文献展是现当代艺术的展会，现今每五年在德国卡塞尔举办。三好游至卡塞尔，细致入微地参观了文献展 X 的 700 余件展品，而后思索，在全球商品经济的语境下，反霸权艺术的生产和经验存在何种可能？——编者

文献展是一件非凡的大事！[1] 去年 6—9 月，展会对时下流行的艺术前提与实践、实际上即是整个艺术文化产业发起了无畏的挑战。第十届文献展等待——也应得——各种主导的负面回应发生巨大转变。也许这将是一场漫长的等待，但历史会证明 1997 年展会具有真正重要的意义。

1955 年，德国城市卡塞尔设立首届文献展，既为直面德国的灾难性历史，也为重建因纳粹而割裂、德国与现代艺术世界的联系。展会吸引了普遍的关注，随着卡塞尔市的战后重建继续推进，这五年一度的盛会也不断扩大。至 1972 年，文献展 V "现实的审判"在当时的东德边界处举行，历时百日的夏季展览挑战更加悠久的威尼斯双年展，竞逐世界上最有声望的当代艺术

① A version of this essay appeared earlier as "Letter from documenta X," in "How the Critic Sees," a special issue of *Any* 21 (1997): 6—9. I am grateful to Cynthia Davidson, Paul Henninger, Marri Archibald, and Fredric Jameson for their comments.

展。随着声名远播，文献展日益融入先锋艺术的主流。就这样，文献展最终成为一个蔚为奇观的艺术盛典，类似其他艺术节，游客们蜂拥而至，交易商趁机买卖。若说第一届文献展至少部分是提供文献和忏悔赎罪，此后历届文献展，例如 1992 年第九届，目标就远没有那么明确了。

第十届文献展任命凯瑟琳·戴维（Catherine david）担任艺术总监时，没有人知道她会酝酿出什么。她曾历任蓬皮杜艺术中心（Pompidou Centre）当代艺术馆和国家影像美术馆（Jeu de Paume）馆长，曾在卢浮宫学校教授（Ecole du Louvre）当代艺术，出版过几部著作，还组织过各类的展会。她在艺术馆馆长和知识分子间享有声望，然而职业生涯毕竟相对短暂。任命一位生于 1954 年的女性、几乎不会讲德文的法国人，文献展顾问委员会任命这一举措实在大胆。除此之外，戴维还有坚定的政治立场、思想活动激烈而言辞犀利直率。她和自己的亲密团队塑造了第十届文献展——或 dX，在卡塞尔随处可见的标志中，d 的位置总是稍低一点，上面画过一个橙黄色的 X——这在某种程度上符合她的艺术与政治理念，却令其他艺术馆馆长和艺术史学家始料未及。

1997 年夏季，欧洲还举办了另外两场声势浩大而历史更为悠久的展会：威尼斯艺术双年展（the Venice Biennale）和敏斯特雕塑展（Münster's Sculpture Projects）。那里参照"杰出"的标准挑选展品、按照国家或专题陈列展示："景观社会（society of the spectacle）"的装饰品、令人愉悦的商品，这样的艺术理念大行其道，当然也有一些作品反对审美自律的各种标准和渲染情绪的感官诉求。dX 则独树一帜。戴维对展会《简要指南》的介绍准确地阐明了她的目标：

本世纪最后一次文献展并非屈从纪念潮流，而是无法逃避它的任务，即从历史和文化角度，详尽回顾展会自身的历史、战后的近代史和一切虽属于过往年代，却仍是在当代艺术文化中活跃的东西：记忆、历史反思、去殖民化和沃尔夫·勒佩尼斯（Wolf Lepenies）所称的世界"去欧洲化"，但不止于此，还有各种后古代、后传统、后国家认同的复杂进程，它们在共产主义瓦解、市场规则无情推行导致的"碎片社会"（塞尔日·格鲁津斯基 Serge Gruzinski）中起作用。①

　　因此，为了在过往 50 年全球政治经济条件的背景下，洞察人民的日常生活和他们的艺术文化，dX 首先重新考虑它的展览地点。

文献展之路线

　　博物馆和美术馆的高墙将艺术阻隔在内、把人民排斥在外，为了超越围墙，dX 沿着卡塞尔的街道展出。参观 dX 的路途，称为"parcours（路线）"，始于旧铁路车站。月台、铁轨和车站大厅一样，经过重新整饰便于室内展览。废弃的轨道野草丛生，越南艺术家罗伊丝·温伯格又种了些草，看上去与原先的并无二致。但是，我后来得知，那是引进的品种，生长快速而且抗药，比本地的草长势还好。对于观察者，这些杂草有一种逼人的美。

　　dX 看似最简单的"设置"细节中，也蕴藏着难以捉摸、层次复杂的意义，参观者一旦明了其中最微妙的讽刺与幽默，便可领会个中含义。"路线"第一个类似博物馆的地方是改装过的车站大厅，史蒂夫·麦奎因（Steve McQueen）、汉斯·哈克（Hans Haacke）马克·帕陶特（MARC PATAUT）、马修·恩吉（Matthew Ngui）、洛泰尔·鲍姆嘉通（Lothar Baumgarten）、雷姆·库

---

　　① Catherine David, "Introduction," in *documenta X*：*Short Guide*（Ostfildern-Ruit：Verlag Gerd Hatje，1997），9.

哈斯（Rem Koolhaus）、马丁·瓦尔德（Martin Walde）、瑞伯特·亚当斯（Ribert Adams）、米开朗基罗·皮索兰图（Michel-angelo Pisoletto）、何里欧·奥蒂塞卡（Helio Oiticica）等人的作品在那里展出。

　　然后，路线延伸至公共空间、下行到卡塞尔的一些步行街，它们是狂热追求汽车的 50 年代遗留下来的，为人所不齿。然而正是城市腐朽的脏乱地区孕育了杰夫·沃尔（Jeff Wall）愤怒的《牛奶》和克里斯汀·希尔（Christine Hill）的《大众商店》，后者在柏林重建了一个旧衣物商店，还有彼得·弗里德（Peter Friedl）的一段录像，记录了一个人（弗里德亲自扮演）把一枚硬币掉进了香烟售卖机里，于是怒气冲冲地疯狂踹它，然后被他先前拒绝的一个乞丐狠狠踢了一脚。地下通道里只有一家设法维持经营的店铺，昏暗的窗户上张贴着一幅海报，写着"来自巴黎的精品"，我问店主对 dX 有何感想，他否认有任何敌意，说"我只是开一家店罢了 I just a keep a store"。

　　卡塞尔的战后阶梯街道 Treppenstrasse（有台阶的街道），保留了纳粹城市规划的特色，显得过于宽敞和庄严，它还是德国最早的城市标志空间，既可以购物也可以闲逛，是今日遍布全球购物大厦的雏形。颇有讽刺意味的是，这片商业区再往下是以前的文献展展地，建于 18 世纪早期，而在 1943 年空袭后重建为弗里德利希阿鲁门（Fridericianum）和橘园宫（Orangerie）。气势恢宏的弗里德里希广场（Friedrichsplatz）使临近的建筑相形见绌，优雅宽敞的卡哨尔（Karlsaue）和大力神金字塔看上去遥不可及。广场的边缘耸立着奥托诺伊姆（Ottoneum）和国家戏剧院（Staatstheater），旁边就是文献展厅（Documenta Halle），dX 的一个核心项目"100 天/100 客"每晚七点在此举行。弗里德（Friedl）的招牌 KINO（电影院）在屋顶闪耀，这和建筑物毫无关联，却是有意为之——讽刺整座城市的广告牌，尤其隔壁非官方的"国家戏剧院 Staatstheater"。我还循路参观了广场修缮的文物特色。路线的最末端是卡斯滕·霍勒（Carsten Holler）和罗斯玛丽·特洛柯尔（Rosemarie Trockel）制造的《群猪与众人之屋》，从单面镜中可以看到一个房间，圈养着一群活猪，或闲晃，或酣睡。这个猪圈之外即是马丁·基彭伯格（Martin Kippenberger）早逝前的最后一部作品《可运输的地铁入口》，沿着通道往前却是一扇破败建筑紧锁的门。如果他的设计是对旅行和交流之网的戏谑模仿，我意识到，始于铁路车站、终于废弃紧锁地铁车站的整个 dX，毫不留情地检视了人们与商业在其中迁徙、融合的"全球化"世界。

因此，路线是真实的旅程、是象征的历史。它不但是空间/地理的，也是时间/历史的。它的空间建立在卡塞尔市中心，这座曾经迷人的西方城镇，第二次世界大战中由于军火工业被盟军的炮火夷平，重建后变成拥有几十万居民的普通城市。这座古老工业城市的失业率徘徊在 20% 左右，犯罪率之高据说高居德国所有城市之首，这一数据尖锐地暗示了卡塞尔和全球经济的关系。囿于传统美术馆建筑范围之内的艺术制造抽象的、可具体化、可运输，也因此可以售卖和收集的物件；相反，排斥鉴赏与市场、商品化与封闭的艺术，渴望从空间的物理限制中解放自身。为在物理和主题两方面融入城市环境，戴维把一部分作品陈列在街上，并展示了许多涉及城市生活的作品，尤其照片和影像。为挑战独立绘画和雕塑的轮廓与框架，戴维还展示了极少几件作品——整场展会只有五幅油画，并把艺术作品整合进一个不断膨胀的思想语境。这是在"100 天/100 客"项目的场地完成的，爱德华·赛义德（Edward Said）、雷姆·库哈斯（Rem Koolhaus）、艾蒂安·巴里巴尔（Etienne Balibar）、迈克·戴维斯（Mike Davis）、安德里亚斯·胡伊森（Andreas Huyssen）、阿兰·利比兹（Alain Lipietz）、瓦伦汀·穆迪贝（Valentin Mudimbe)、盖亚特里·查克拉沃蒂·斯皮瓦克（Gayatri Chakravorty Spivak）、萨斯基娅·萨森（Saskia Sassen）、沃尔·索因卡（Wole Soyinka）、杰夫·沃尔（Jeff Wall）等众人在此探讨艺术、文化、整治、哲学和历史。通过这种方式，dX 向外拓展了。

文献展之见证

这种整合在伴随事件发生的文献展中尤其明显。为参观者提供艺术家背景信息而出版的《简短指南》——挺有用处——并非总是对应实际的展览，而是展开他们对激进文化贡献的细节。这种编目前所未有。830 页的《政治学——诗学：文献展 X》由慷词（Cantz）出版，分德、英两个版本，它根本不是一本目录，而是一个浩大的蒙太奇式文选，包括 1945 年至今的各类文章与影像。它卷帙浩繁——描绘的作品从阿多诺（Adorno）、阿尔托（Artaud）、葛兰西（Gramsci）到加塔利（Guattari）、哈维（Harvey）、贝克特（Beckett）、约瑟夫博伊于斯（Joseph Beuys）、弗朗西斯·培根（Francis Bacon）、查尔斯伯内特（Charles Burnett）和利吉亚·克拉克（Lygia Clark）——表明了"20 世纪末诠释艺术活动的政治语境"①。为了和 dX 表达的前提相符，政治学——诗学几乎不包括艺术批评或美学理论，唯一例外是戴维（David）和让—弗朗索瓦·谢弗里耶（Jean-Francois Chevrier）对本杰明·布克罗（BenjaminBuchloh）的两部分重要采访，这场访谈充分地阐明了 dX 的反形式主义立场。② 2000 年

---

① Catherine David and Jean-Francois Chevrier, "Editors' Introduction," in *Politics-Poetics: documenta X—The Book*, ed. Catherine David and Jean-Francis Chevrier（Ostfildern-Ruit: Cantz Verlag, 1997）, 24. Politics-Poetics 尽管价格不菲（£ 55/ $ 85），却广为阅读。该书的美国分销商指出，1998 年 1 月即售出 33500 本。

② "The Political Potential of Art," in David and Chevrier, *Politics-Poetics*, 174—197, 624—643.

以前，"100 天/100 客"的演讲视频可以在一个网站上看到。①
自始至终，管理方的精力都用于将注意力从关注个别作品转向审
视他们所处的政治、历史语境。展会的设置是为将参观者的关注
重点从艺术扩展到所处城市及其历史，再到当今全球经济与政治
形势，最后在权力快速变化的框架之中，人们应该如何自处？

　　举办于世纪之末和千年之交的 dX 与以往各届文献展不同，
不在于发掘和促进"新锐"先锋艺术作品，而在于反思 20 世纪
后半部分，进而它在人类历史中的位置。显然，它无意探查各个
领域内的人类活动，而是着重围绕去殖民化、冷战及其后果、去
欧洲化、经济全球化和文化产业所导致的艺术"观赏化"与
"工具化"②。

　　不过，历史意识并非 dX 的唯一突出主题，时间性的另一方
面在展会的组织原则中显而易见。路线只有不到一英里长，却要
花至少几个小时看完，哪怕只是走马观花。因为展览的理性与思
想性至少和审美与视觉形象同等重要——然而现在不需要如此区
分——每件展品都需要深入思索、经常需要吸收语境信息。一些
作品简直像诗歌一样，引用和意义十分密集。自然，影像和现场
艺术也需要花时间去参与，因而进一步拖慢游客的步伐。所有这
些意味着，参观者若想恰当地经历展会，或从作品中领会任何深
意，便不能用一种随便或仓促的方式去观看文献展 X。不只是展
会的规模、还有它的密度和广度、大范围的指涉使得一场随意的
浏览几乎毫无意义。人们必须停驻下来，让所有主题和语境的材
料，还有视觉与形式冲击思维与感官。不过知易行难。只需想象
一下格哈德·里希特（Gerhard Richter）的阿特拉斯（Atlas），
现在已扩展到 600 张展板，包括 1945 年之后的约 5000 张快照、

---

① 网址是 www.mediaweb-tv.de.
② See David, "Introduction," *Short Guide*, 7—i3.

草图和报纸剪贴画，涉及个人与公共生活。人们感觉，这令人眩晕的大规模影像没有一张可以错过。要完全肩负浩瀚阿特拉斯（Atlas）承载的历史，即使不用数天时间，也至少要用好几个小时。

不加甄别的批评

　　媒体对于这次展会的否定，自然由于评论家、教师和交易商的反对，这不足为奇，他们深入参与了艺术世界的管理、导致商品化大行其道、并对激进政治直言劝诫。还有一个原因是专家们的不适应和不习惯，当面对这强硬的、拒绝视觉乐趣的大规模信息。他们适应了壮丽的艺术和被动的欣赏、长期浸淫于过度的审美愉悦中，不愿正视这真实与不适。

　　的确，人们必须想出办法应对展会的时间方面：专注部分作品，其余的得到大致印象即可。做这些选择时，dX 一再重申历史知识与审美经验的局限性。挑选不可避免。然而悖论是，认识到这些局限最终是解放的，因为人们还会认识到，审美理解——或历史经验——的产生并非来自对具体艺术家、作品和事件百科全书式的知识，而是对上下文联系的深度理解和综合，这是各种理论、好的理论所一直主张的。普通展会的游客会带着迷人的回忆走出去，回味那充满感官快感的形式、色彩和材质的庆典。相反，一个严肃的 dX 参观者，离开时会有一种不确定性，并发展为想要进一步探究的欲望。这种迫切、激动和兴奋会以一种意想不到的力量爆发。这是个挑战。然而，当时卡塞尔地区的重建无意模仿威尼斯的辉煌历史。这样想来，路线的暂时性精确对应了dX 的史料编纂法，其中重点强调了上一千年最后半个世纪的关键时期——20 世纪 60 年代和 70 年代。

　　dX 对 60 年代和 70 年代的"过度表述"，已经有了很多议论，说它恋旧、是过时的激进主义。① 不过也有人，对它断然拒绝随全球化加强而主导的艺术文化而欣慰。不管人们持何观点，加拿大记者的建议"别再追捧这儿以外的作品、适应这里的好作品"貌似非常明智（贾斯培·琼斯（Jasper John）和瑞秋·怀特理德（Rachel Whiteread），人们若想要，别处容易得到）。dX回顾 50 年代甚或更早时期，从各种流派经常交错的照片、表演、设备和影像中追踪和排列各种谱系和例外。同场展示中，既有拍摄 20 世纪 30 年代美国大萧条的著名文献摄影师沃克·埃文斯（Walker Evans），也有采用巨大数字合成摄影叙事的加拿大当代摄影师杰夫·沃尔，这时作品就显得饶有趣味。展示作品的多样性令人瞩目：海伦·莱维特（Helen Levitt）、阿尔多·范·艾（Aldo Van Eyck）、玛丽亚·拉斯尼克（Maria Lassnig）、利吉亚·克拉克（Lygia Clark）、理查德·汉弥尔顿（Richard Hamil-ton）、马塞尔·布达埃尔（Marcel Broodthaers）、埃德·凡·德·埃尔斯肯（Ed Van der Elsken）、南希·斯佩罗（Nancy Spe-ro）、厄于温·法尔斯特伦（Öyvind Fahlström）、盖瑞·温诺格兰德（Garry Winogrand）、米开朗基罗·彼斯托列托（Michelangelo Pistoletto）、罗伯特·亚当（Robert Adams）、何里欧·奥蒂塞卡（Hélio Oiticica）、詹姆斯·科尔曼（James Coleman）、高登·玛塔—克拉克（Gordon Matta-Clark）、苏珊·拉封（Suzanne Lafont）、威廉·桑特里夫日（William Centrifuge）、马汀·瓦尔德（Martin Walde），还有其他等等。

　　dX 的影像与控制仪器之多令人眼花缭乱，包括史蒂夫·麦奎因（Steve McQueen）、约阿希姆·科斯特（Joachim Koester）、约翰·格里蒙普莱（Johan Grimonprez）、史丹·道格拉斯（Stan

---

① 一个病态的例子粗鲁地将展会的这些特点与戴维的年龄联系在一起，见 Matthew Higgs, "Vive les Sixties," *Art Monthly*, No. 209 (September 1997)：1—4.

Douglas）、麦克·凯利（Mike Kelley）和托尼·奥斯勒（Tony
Oursler）、瑞恩哈德·姆查（reinhard mucha）以及乔丹·克兰德
尔（Jordan Crandall）的作品——在多重表征的丰富方面或有趣
或壮丽。机器的普遍存在出于对技术的强大幻想，不过使用虚拟
技术探索新的想象事物和理论可能也同样务实而普遍。我还注意
到其他一些作品，包括朵拉菲·枸兹（Dorothee Golz）的《中空
世界》（*Hodlwelt/Hollow World*），塑料球内容纳一些没有特定身
份的物品：一把椅子、一盏灯，抑或一根手指。它们从各个角度
都能看见，但枸兹坚称它们与我们的客观经验是分隔的。"虽然
坦呈至此，一条清晰的界限划在这和那之间，象征一些别的东
西。"① 这"东西"不完全是隐含在想象与无意识中的荒诞，而
是介入我们日常生活的一种令人不安而又无可名状的存在。提到
内部与外部之间的界限（这里指球），这荒诞的双关性颇为准
确。她的画作，同样是未实现的梦境与期望的奇异外部化，影像
资源则是 60 年代，表明她对这个年代持一种批判的审视。

　　对于内部/外部与确定/不确定的热衷在建筑师阿尔多·凡·
艾克（Aldo Van Eyck）的作品《阿纳姆雕塑馆平面图 Arnbeim
Sculpture Pavilion Ground Plan（1965—1966）》中也显而易见（原
文 Arnbeim 错误，实为 Arnheim，荷兰地名——译者注）。我想
起他设计的《阿姆斯特丹孤儿院》 *Amsterdam　Orphanage*
（*1957—1961*）运用了类似的原则，前些年尽管赫曼·赫茨伯格
（Herman Hertzberger）提出抗议，仍被拆毁了。凡·艾克（Van
Eyck）的展览在入口处有一个条幅，温和地恳请游客"哀悼，
也为所有的蝴蝶（Mourn Also for All Butterflies）"。贝尔法斯特
（Belfast）建筑师西奥安·哈帕斯卡（Siobhán Hapaska）也着迷
精神运动。她的作品《这儿》（Here）是一个塑料物体，让人联

---

① David, *Short Guide*, 72.

想到一张床、一个盆或一艘船，还备有一个皮毡和一根安全带。它的意思是让人呆在这儿还是飞奔，是驾驶飞驰还是扬帆远航？与此类似，她的《零落》是一株来回摇摆的灌木蒿，似乎是风中的一株沙漠植物，然而却在一条铁轨旁边。它永远都无法逃脱，也无法停止。如叶芝（Yeats）的诗歌"湖中的银纳斯夫利岛（the Lake Isle of Innisfree）"一样，在留下与远走之间有一种复杂的紧张不断持续。旁边有一座红木雕塑《心》，发出阵阵的波涛声和来自远方的号角。

雷姆·库哈斯（Rem Koolhaus）的巨大天赋与精力在杰出的描绘和讥讽的对策两者交汇处进一步发展。它的《珍珠河三角洲项目》聚集了这座亚洲城市现在与未来的多样数据。它是计划、分析、抨击、促进、童话故事和"湿漉漉的梦"。这些"轻率的"方面由他对版权标记和问号不能当真的热衷而表现的，促使参观者进入兴奋的狂想或清醒的反思——几乎同时发生。不过，他的真正贡献可能是其他、是真实的"新城市"建筑，这样他没有选择，只能解决实际实行中的冲突。

这场当代艺术的大型展会中只有三位艺术家展示了油画：洛杉矶的同性恋画家拉里·皮特曼（Lari Pittman），同样来自洛杉矶的非裔美国人凯利·詹姆斯·马歇尔（Kerry James Marshall）和以色列人戴维·利伯（David Reeb）。马歇尔的巨幅油画是绝对的黑色幽默，用一种最陈规的田园风格描绘黑人，似乎指涉他们作为隐形人的状态从未改变。利伯的《我们再来一场战争吧》Let's Have Another War（1997）中，艺术被规训在报纸插图的层面而非审美优点的追求。他见证了巴勒斯坦的暴动，个人政治信念和艺术意愿变得统一而没有产生紧张状态。从这些作品可以看出，dX 有关独立油画的一贯立场是重大而全面的抨击。回想格哈德·里希特（Gerhard Richter），这位或许是德国战后最重要的画家没有任何画作展出，除了他的《阿特拉斯》项目，戴维决定的严肃性因此不可辩驳。她对密切融入全球市场经济和新殖民主义的艺术产业公开宣战。

左派对文献展 X 的批判

左派对 dX 的指责有三点。首先，据称该文献展有一种西方的偏见。现在仍然能够登录坚决反对 dX 的另一个网站，根据是它没有充分代表第三世界——"100 位客人只有五分之一来自'非西方'国家，其中半数长期生活在西方的都市中。"① 以在"100 天/100 客"发表演讲的印度人吉塔·卡普尔（Geeta Kapur）为最佳代表，这些评论家智慧而善于表达。他们指出展会对民族国家概念和油画地位显示的现代性理念不适于印度、亚洲、南美和需要更多表述的世界其他地方。他们还抨击戴维的言论，象征性的多文化主义只是为欧洲中心主义开脱。显然，这些问题颇有难度，学术界和媒体界的许多人处处为此争论。一方坚持包含与多样化表述的原则，仅此便可促进全球正义。另一方认为国家和地区认同不再具有历史合法性，因为全球经济的弊端会被这样古板的地理学所掩盖，也许事实上会让外来殖民和异族统治死灰复燃。因此，对 dX，排斥具体化艺术——无论哪里制作的——是一件紧迫的事情。这些矛盾的观点不可能很快解决，在去欧洲化的历史进程中，双方必须注意圆满解决彼此的分歧。当然同时，如卡普尔（Kapur）所言，dX 上严肃展开这样一场争论本身是一件不可小觑的成就。

其次，批评的第二方面是预算。dX 花费了 2000 万马克，其中——我从几名组织者处得知——800 万马克来自各种国家和地方资源——卡塞尔市、黑森州（省）和联邦（联邦政府）。其余

---

①　网址是 www. kulturbox. de/univers/doc/english/html. ［网站已无法链接］

1200 万马克是募捐的私人资金，来自几家主要的赞助方（德国联邦铁路公司、地方储蓄银行 Sparkasse Landesbank 和索尼公司）和一些小的资助者，需要用卖票和售书的钱返还。这些赞助者的存在显而易见，比如，在《简要指南》的后面，整页地印着赞助企业的名称和标志。我在"100 天/100 客"演说时，观众中一些人提出了资金的问题。显然，我无法代 dX 作答，也不能具体地谈论它的资金，但这个问题很重要，特别是对于拒斥艺术商品化的这样一个项目。我大概说了几句：首先，公共扶持未必比公司支持更加纯粹。其次，排斥所有可能的污染必然导致无为与怠惰——在可接受和不可接受的补贴之间必须保持审慎的差别。最后，组织者应当确定，项目不会受到任何来自资助者的干扰——务必严厉清除任何广告。如果这些条件达到，私人资源赞助的公共事件和机构就当免于共谋和串通的指责。我并非公共审计员，无法调查 dX 管理的道德独立性。但是，我在《伦敦卫报》读到一篇文章："戴维女士命令一间卡塞尔咖啡屋移去屋顶阳伞，因为阳伞违背了她的思想、上面悬挂的广告标语污染了她的追求、关于艺术的反商业观点。"① 这篇文章不是支持戴维对商业依赖的抵制，而是证明她"苛刻和唐突的可怕名声，为现代艺术世界主要的商业和批评黑手党所不容"。

最后的批评是针对戴维强硬的智识主义。例如，我读到，6 月 19 日卡塞尔举行的开幕式，有 1800 名之多的记者出席，她驳回了记者的多数问题，认为纯属"白痴"，还取消了"没有意义的"会议中场。我问她这篇报道是否属实。她笑着说："我可不是政客。"我执意问她对这些言论的后果作何感想。展会人群熙熙攘攘，她的回答听不大清楚。但是，她没有显示出任何的担忧或懊悔。我在卡塞尔的四天里，戴维毫不吝啬自己的时间。我问

①　*Guardian*, June 2. i, 1997.

了很多杂乱的问题，她都耐心幽默地予以回答。

争夺文化

　　我回忆文献展 X 的完整经验，非常清楚戴维和她的小组——一个成员称之为"家庭"——做了一个巨大的赌博。她要在必然政治性的艺术观之上，保留自己的馆长生涯、事实上即是她和文化产业的关系。演讲者论坛第一天，戴维询问爱德华·赛义德的第一个问题是，作为在美国生活的"要人"，他如何协调自己的政治学（"斗争"）和"文化"①。我们许多人担忧艺术状况、批评活动和世界形势、发表了很多反对和颠覆主流的言论，但我们极少承担个人职业的风险。当我们畅所欲言，我们一般知道说的什么言论不会被关注，因此也不会危害我们的职业位置。戴维介入的光辉之处在于她的确愿意冒前途的风险。人们也许对此不屑一提，认为那是存在的哗众取宠的表演、自我膨胀的举动，或者"追名逐利"如《德国艺术：dab Kanstmagazin 怀疑拼写错误，应是 das Kunstmagazin 》（1997 年 8 月）所言，但那种评论对于我们自身的一己私利是多么安全和容易。

　　大众传媒对 dX 的毁灭性回应没有什么出乎意料。他们反对恶名昭彰的记者招待会、反抗早前拒绝与媒体的合作。六月新闻会之后撰写的多数评论无视 dX 的完整文本，现在必须认清，那即是卡塞尔城市自身。dX 包括陈列的所有艺术作品，却不局限于此。在一个消解博物馆为标志的时代，dX 带领参观者离开熟悉的地方、那里人们通过观赏艺术而目睹形成艺术重要背景的城市危机和它的主题。如果城市变成一件艺术作品，那么艺术家是谁？是一些评论家所指责的、施咒和指挥的福斯特·凯瑟琳·戴

---

　　①　采访期间的凯瑟琳·戴维（Catherine David），见注释 5 网站。

维（Faustian Catherine David）吗？未必。像温伯格（Weinberger）和"野草"一样，"艺术家"仅仅是耳闻目睹。是栖居者和参观者共同参与建造了这座"艺术作品"之城，即 dX。这种设想中，艺术家——现代主义的英雄——被果断排除了，伴随着艺术融于生活而源于生活。这件"概念艺术"的制造者远没有一丝傲慢和骄傲，终究低调而谦虚。

艺术评论家和交易商深深地纠葛于一个互相协调的市场。看到 dX 受到如此之多的赞誉——比如来自《法兰克福汇报》《多伦多环球邮报》《纽约时报》、米兰多莫斯设计学院——足以令人惊讶。不久，*Archis* 杂志（1997 年 8 月）、《美国的艺术》*Art in America*（1997 年 10 月）和《第三文本》*Third Text*（1997 年秋季）都发表了基本赞同展会的长文。终于，第十届文献展变得比以前各届都吸引了更多的游客：文献展 ix（1992）游览人次 61.5 万，参加人数历史最多，但 dX 以总数 63 万的入场人次超越了它。① 对于媒体和艺术产业压倒性的负面回应，这是不是能说明什么呢？然而，真正的问题是，在更长的时间内如何评估戴维的展会和她对文化与政治间持久联系的展示。这种关注不止是单个馆长的未来，而是文化生活的现在和将来。如果资产阶级艺术的反对者勉强同意 dX，也许长期都不会有另一个机会去争取一种有意义的文化。dX 是一次罕见而充满希望的运动。我们要让这次机会溜走吗？

---

　　① 关于文献展 αχ 的数据，见肯尼思·强森（Kenneth Johnson）《一届后视网膜文献展》（*A Post-Retinal Documenta*），《美国艺术》1997 年第 10 期，第 88 页。获取的所有 dX 数据来自于卡塞尔的官员。

日 本 无 趣

　　本文最初是三好于 1999 年在安默斯特学院发表的一场演讲，文中，三好从他和日本各类思想家、艺术家的交谈，引发对日本状况的深思。三好的初衷，并非是为批评日本或在那里工作、生活的人们，而是要质疑主导认同形成，进而任何渐进集体化的国家范畴本身。——编者

　　我先讲这个题目，不管怎样，它令人疑窦丛生。作为裸句的这四个字，构成了一个偏执和愚蠢的断言。它没有边际、大而化之、含糊不清。"无趣"是对何人而言？"趣"又指何意？"日本"有何用意？是否只有一个"日本"？这些问题立刻浮现，挑战题目的可信度。何况，也许迄今没有哪个民族国家是饶有趣味的：全世界的工业化国家都大同小异：可口可乐、微软，还有迪斯尼化的旅游标志。明智地说，只有城市、城市的某些部分，或者乡村——更小的空间——可以被称为有趣或无趣。所以，这四个字当然需要一番阐述。

　　或许有人猜想题目是否加了引号。换言之，我是否在引用别人的话，批评它糊涂、受人误导。嗯，那就太容易、老套而且无聊了。事实上，这个题目的确是我的意思，没有加引号。

　　我向一个朋友提及这个题目，他不禁大笑。喘了口气后，他终于说："太棒了，你可以讲。"实际上，我还至少又告诉了 12

个人，我要做一次题为"日本无趣"的演讲，他们所有人——无一例外——都是大笑。一半人还加了句"你可以讲"，暗示他们不能。显然，我没有充分意识到这个题目如此富有戏剧性。这些回应也给本文增加了另一个维度，我会稍后接着论述。

关于题目，还要说一件事。它不是我原创的。1988 年马修·阿诺德在去世前夕发表的最后一篇文章中，曾用过这种表达。如你们所知，阿诺德的《文化与无政府状态》是 19 世纪帝国欧洲关于国家暨霸权文化最重要的文献之一，书中几乎创造了"文化"（culture）这一英文词。他讲的自然不是日本，而是美国（极端东方主义者阿诺德完全没有日本的概念，他毕生只有一次提到了"日语"（Japanese），是列举索邦大学开设的语言课程）。① 他用"美国的文明"一篇回应托克维尔所著《美国的民主》（1848），叹息 19 世纪的美国缺乏"趣味"。结尾处，他说道："美国文明真正令人遗憾的，是缺乏趣味，这主要是由于缺乏趣味的两大要素——崇高和优美。"②

崇高和优美，据他所言，只能源于中央集权和传统。文化主义者阿诺德对美国的评论，简而言之即是，美国无趣，因为它是分权制民主国家，在阿诺德看来，它阻碍了自身的成长、综合、成熟、复杂、精致和完善。这种对新教民主美国的负面观点之后被美国的精英们所继承和信奉，如 20 世纪五六十年代甚至更晚，风靡英美文化圈的 T. S. 艾略特、莱昂内尔·特里林和其他很多作家。③

显而易见，认为多样化的美国没有趣味，这种观点不适于当今的日本。如果日本缺乏"趣味"，不，不是由于日本民主，而恰

---

① Matthew Arnold, "Superior or University Instruction in France," in *The Comptete Prose Works of Matthew Arnold*, ed. R. H. Super, vol. 4, Schools and Universities on the Continent (Ann Arbor: University of Michigan Press, 1963), 137.

② Matthew Arnold, "Civilization in the United States," in vol. 15 of ibid., 368.

③ T. S. Eliot, *The Idea of a Christian Society* (London: Faber and Faber, 1939) and *Notes Toward a Definition of a Culture* (London: Faber and Faber, 1948).

恰是因为它打击异议和抗议，阿诺德可能喜欢这种社会类型，或者还会称之为"希伯来主义"①。虽然我清楚，这种表述容易流于同义反复——如阿诺德那样（"日本无趣是因为它打击有趣的观点和品质"），但是我会直面这个题目，加了引号的"日本无趣"（我说的是1970年左右之后的日本，而非永远抽象的日本）。

1995年我去日本访问了一次，然后开始思考日本的"无趣"。我和不同行业、不同的人们相处——作家、公司经理、教授、编辑、家庭主妇——还花了一些时间和流浪者在一起。多数人对日本的评论可以最好概括为"日本无趣"（或"nihon wa tsumaranai""nihon wa dame yo"）。我和两位作家聊天，他们一男一女，都在国际上备受尊敬。彼时我很钦佩的女作家刚从法国教学一年回来，她批评日本自我中心、歧视少数民族和妇女、漠视批评、最后是贸然接受等级制。男作家可能是当今日本最受官方尊敬的小说家，经常出访国外。他是一个很谨慎的人，避免轻率的评论和冒失的评价。同样，他也为日本当前知识界的死气沉沉深感忧虑。他的书现在没人读，列举的理由往往是"太难了"。没有读者完全是他个人的疏忽。当今之日本，真正严肃的小说、诗歌、历史和"非想象的作品"——都没人买、没人读、没人讨论。朋友指出日本存在一个批评意见的真空；他告诉我，这种怠惰让他的理智也陷入麻木。他需要刺激；需要逃离这种隔绝的状态。

我遇到的第二类人是公司经理（我的意思不是结交商业大亨。他们是我从七年级到大学的同学，无论何时回到东京，我们都聚会交谈，就像日本校友们终身习惯的事）。有一位朋友是日本最大一家旅游／交通公司的董事长。他坦白指出，全日本1/10的人每年都出国旅行一次，而来日本游玩的外国人非常少。去美

---

① Matthew Arnold, "Culture and Anarchy," in *The Complete Prose Works Of Matthew Arnold*, chap. 4 and passim.

国旅游的日本人和来日本的美国人，1989 年的比率大约是11:1，1993 年是 14:1，而日本与澳洲的比率，1989 年是 13:1，1993 年是 26:1。① 出国的日本游客和来日本的外国游客总数之间的不平衡更令人惊讶：除了美国和德国，日本出国游的花费超过任何一个国家，而前 40 个外国游客最多的地区，日本都了无踪影（中国、墨西哥、中国香港、马来西亚、泰国、中国澳门、韩国、波多黎各、埃及和乌拉圭都在这备受青睐的小组中）。② 他不明白为何存在这种差异。当然，日本的消费高，但其他高消费的地区——比如，中国香港或法国、新加坡或英国——都做得很好。为何日本无法吸引游客？

另一个商人朋友生于伯克利，但自高中起就在日本接受教育，后来成为一家大公司的总裁兼董事长（《财富》世界 500 强之一）。他能言善辩，批判日本的官场和学界没有想象力，旧时残余的社会关系正在最终扼杀日本的产业活动，遑论知识界了。他希望日本的产业体系分崩瓦解，以便一切从头开始。如此激进的观点确实来自一个商人（事情比较复杂，我在此就不多说了）。

显而易见，教授们作为一个群体，最为心满意足。我遇见的多数人忙于教研、乐在其中。但是，有一名日本文学的教授却对整个日本高等教育感到彻底失望，无论学生还是教授，没有人学习。他还说日本的人文学科已经消亡多年了。学生们花四年时间只为玩得开心；对多数白领一族来说，这是人生中唯一的假期，之前为准备入学考试过着地狱般的日子，之后则是终身不断的苦差事。教务组知道学生们前途无望，因此也就很少要求什么

---

① 1989 年去美国的日本游客人数为 2773000 人；1993 年是 3067000 人；而 1989 年去日本的美国游客人数为 247000 人；1993 年是 214000 人。1989 年去澳大利亚的日本游客人数为 262000 人；1993 年是 594000 人；而 1989 年去日本的澳大利亚游客人数为 20000 人；1993 年是 23000 人。（Facts and Figures of Japan, 1996, 106 – 7）. 另见 *Balance of Payments Monthty*, No. 364（11/1996：101），关于游客的消费给出类似的数字。

② *The Economist Pocket World in Figures* 1997（London：Profile Books, 1997）.

了——另外，他讽刺地说，他们的教学也会容易得多。那次逗留和最近一次访问，我遇见的十几位学者中只有他一人坚持日本的大学是死水一潭、毫无生机。这位沮丧的教授说，日本的学界迟钝停滞，其他同事们正是症结的一部分，或至少是一个症状。我在此补充一下，这位特立独行的教授和之前提到的女作家结了婚，二人曲高和寡，颇为投契。

所有职业群体中，编辑们最为悲观。我认识一些编辑，供职于仅存的几家享有声望的出版社。他们是 60 年代的激进分子，策划的书卖不出去。他们仍然出版这些不畅销的书，在竞争激烈的出版业中维护自己的声誉，与此同时，发行连环漫画、插图杂志、光碟和各类手册维持公司正常运营。

我试着在新宿车站和一些流浪者聊天。他们很多人烂醉如泥，但也有少数人充满活力，让我想起了 60 年代的反抗者。我印象尤为深刻的是，他们组织人力宣传自己的流浪生活。比如，他们散发小册子，攻击官场效率低下、态度冷漠。一位曾是流浪者的计程车司机坚称，在当今的日本，若想逃离组织严密的公司制度，就只能去户外，也就是流浪者的住所。与此类似的是住在东京贫民区的临时工，他们给我的印象是，去臭名昭著的底层贫民区扎根，除了被迫之外，也几乎同样是为了逃离职场。显然，他们大多都是穷困潦倒、身无长技的工人，但最近却有一个人出版了一本书，名为《这是一个糊口的天堂》。[①]

---

① 日本朝日晚新闻社（1997 年 6 月 6 日）报道了 *Sono hi gurashi wa paradaisu* (*It's a Paradise to Live from Hand to Mouth*) 一书的出版，作者美津浓修罗（Mizuno Ashura）是日本最大的 Doya Gai 或贫民区——大阪釜夕崎（Kamagasaki Osaka）的一名零时工。据记者板仓仁惠 Itakura Kimie 介绍，美津浓坚持说："我喜欢待在这儿。很多其他地方都整洁干净，可是对我好像有点冷漠和排斥。"板仓补充说，美津浓作为一名顾问，花了不少时间帮助非日本籍的工人们。见爱德华·福勒《山谷忧郁：当代日本的劳动生活（San'ya Blues: Laboring Life in Contemporary Tokyo）》（伊萨卡：康奈尔大学出版社 1996 年版）；和卡罗琳·S. 斯蒂文斯《日本社会的边缘：都市社会的义工与福利》（*On the Margins of Japanese Society: Volunteers and the Welfare of the Urban Underclass*）（伦敦：罗德里奇出版社 1997 年版）。

　　可是，和中年家庭主妇们的谈话对我更有启发。她们已经退休，小孩也抚养长大。作为一个群体，她们可能最为痛苦。好些人指出日本妇女的可怜处境，她们谈的不只是工作中的性别歧视、备感羞辱的社会关系，还有沉迷于工作的男人们。这些男人所有身心都投入工作和职场，没有时间关心妻子和家庭。主妇们说，她们几乎无法忍受这样孤独的感觉。很多人包括我一个亲戚在内，都向我诉苦，生在日本真是不幸。

　　事实上，好几个主妇都告诉我，近十年左右，有很多年轻女人逃离日本，去了美国、欧洲、东南亚或非洲。多数人选择了美国。俄勒冈大学的一名人类学家正在写一本相关的书，研究"黄色计程车"现象。①"黄色计程车"是"黄皮肤"日本女人们一种自嘲的说法，她们乐意随便和任何男人发生关系，好像计程车一样。一名日籍犹太人用这个标题写了本畅销书，收集了她在纽约和檀香山的日籍犹太人姐妹的自传式记录。②"白领女性"带着她们毕生的积蓄来到曼哈顿和檀香山，寻找性伴侣兼精神同伴以获得满足。她们尽可能长时间地逗留，直至钱财散尽、签证到期，不过我也得知，她们中的"非法移民"越来越多了。她们选择的美国男性几乎全是非裔，理由是，美国白人或多或少和日本男人一样，忙于钻营事业而生活一塌糊涂。我一点都不确定她们的种族主义是否合理；不可否认，事实上有种族主义和殖民主义情欲的成分。但她们对本国男性的失望也同样没错。我提到的人类学家相信，这些女人流浪海外表明日本男人需要摆正他们生活中的重点，与美国男人

<hr />

　　①　Karen Kelsky, "Flirting with the Foreign: Interracial Sex in Japan's 'International' Age," in Global/Local: Cuttural Production and the Transnational Imaginary, ed. Rob Wilson and Wimal Dissanayake (Durham: Duke University Press, 1996).

　　②　Ieda Shoko, Iero kabbu (Yellow Cab) (Tokyo: Koyo Shuppansha, 1991).

或非裔美国人无关。①

　　这些作家、公司经理、教授、编辑、流浪者和家庭主妇，整体上构成了日本人口无法忽视的一部分。从上层精英到下层贫民，这些有代表意义的人们提起官方主导、公司化的日本都表示深深的忧虑和怀疑，这引出了两个问题。第一，任何社会都是多数人满足、少数人愤慨，为何日本与众不同？第二，如我一路提到的，很多认为日本无趣的人们（当然不是全部）都颇有文化见识、有丰富的欧美都市经历。因此这种不满可能只是精英们受都市氛围影响、对周遭的事物持一种"西方式"的冷漠或轻视，而非通过冷静的自我批判所获得。这两个问题，我定会在结束讨论之前深入解答。但是现在，让我回到刚才"引用"的问题。我一开始就说，这个标题没有引号，刚才却列举了六组说"日本无趣"的人们。这岂不是自相矛盾？我认为并非如此。这些引用还只是材料、数据，最终我会从中得出一些结论，我保证，那一定是我自己的观点。

　　现在把话题转向另一方面：外部的世界。什么人会放言并坚称"日本无趣"呢？答案是几乎没有人。倒不是因为大家都觉得日本迷人，而仅仅是因为这个表述本身。人们不会浪费时间谈论不感兴趣的事物。如果有人花时间说某物索然无趣，他已经有了足够的兴趣去谈论它。若毫无兴趣，就只有沉默——如英国维多利亚时期的马修·阿诺德那样。媒体和学术圈一样，依然普遍对日本事务保持着沉默。

　　另一方面，有日本学专家指出日本文化和社会饶有趣味——

---

　　①　"黄色计程车"一说最初源自哪里存在争议。在纽约甚至召开了一次会议，抗议对该市日本女居民的刻画。另见马凯伦所著《现代蝴蝶夫人：日本跨文化关系中的想象与现实》（*The Modern Madame Butterfly: Fantasy and Reality in Japanese Cross-Cultural Relationships*）（佛蒙特州拉特兰：查尔斯·E. 塔特尔公司 1996 年版），第 3 章。

富有启发、堪作表率，或者奇异古怪、危机四伏。十年之前，这一兴致勃勃的群体在日本学专家中还备受瞩目——最佳代表是埃兹拉·傅高义，他写了一本书名为《日本第一》。自然，我也要提到，当时也几乎有同样多的人鼓噪日本人不能奉行普世主义、威胁西方的资本主义和民主，代表人物是查莫斯·约翰逊，此君刚从我的母校加州大学圣地亚哥分校退休。[①] 不过，这正反两派人物现在都安静多了。自 1990 年日本的房产和股市泡沫破裂，日本就不再视为会严重影响美国经济了。因此得到美国的产业支持变少了，批评者也自然减少。另一方面，经济泡沫的消失意味着从日本源源不断流向美国大学的资金也消失了，所以赞扬者也相应减少。我得知，从那以后傅高义改弦易辙：终究，他会说，美国才是老大；约翰逊则一次又一次地老调重弹。不过有一些日本学专家在这一领域付出巨大心血，因此还想要唤起整个民众对日本的关注。他们热切地看到日本的现代性和后现代性，强调它的文化状态与时俱进或亦步亦趋，抑或关注前现代性，赞颂或批判它的传统主义，但激情与活力都已不再。现在，除了语言和商业管理，美国国内对日本的文化生产和社会状况毫无兴趣；日本学专家也一如既往地集中于通才之间。

因此问题是：为什么美国现在有一种感觉，所有关于日本文化和社会能说的，都已经说尽了？日本仍是世界第二大经济强国，每年的 GDP 4 万亿美元，介于美国的 6 万亿美元和德国的 2 万亿美元之间，意大利、法国、英国分别只有 1 万亿美元，远远落在后面，为什么它无法唤起工业国家学术界和媒体的兴趣？为什么日本无趣？

我只想集中谈一点，我震惊地发现日本的这个特点和其他工

---

① Masao Miyoshi, *Off Center*: *Power and Cultural Relations between Japan and the United States* (Cambridge, Mass. : Harvard University Press, 1991), chap. 3.

业化社会截然不同：日本民众在同质发展中（日本缺乏批评话语）对日本观念的执著。

绝大多数日本人过于看重"单数"形式的集体认同，不论从单一/同源或独特/例外的意义来说莫不如此。国家建构的过程中，所有人都会询问国家认同的问题。因此 18 世纪末至 19 世纪，现代欧洲民族国家纷纷建立之时，国家历史、国家文化和国家文学也一并形成，以增强疆界内部居民的凝聚力。统治阶级掌控各类资本主义或帝国主义企业，需要国家团结的观念为之服务，因此建立和推动"共享社区"（Shared community）。1945 年之后，前殖民地在摆脱殖民统治、追求独立的过程中都曾寻找他们新的认同。澳大利亚考虑脱离英联邦时，也有一段时间经历了类似的追寻，直到现在。

日本的情况是，国家认同的话语先于现代民族国家的建构。部分原因是环绕亚洲大陆的日本群岛孤立褊狭，日本精英对中华文明和印度文明的霸权似乎总是分外敏感。德川的闭关政策使得日本几乎与世隔绝，也导致了本土主义。两个世纪的官方隔绝政策产生了一种社会氛围和意识形态，即日本自立自治、自给自足。明治维新至少有西方帝国主义入侵的因素，因此需要本土的帝国主义作为平衡。日本一方面是可能的、部分的受害者，另一方面又是帝国主义的活动主体：这两种角色都加强了日本观念的重要性。第二次世界大战的前几年是一段痛苦的时期，日本当局有计划地清除并镇压残余的异议人士，直到战争结束带来短暂的机会，去围绕个体、认同、主体性的议题重新学习主体地位的意义。虽然在美国的占领下有过所谓的民主时期，但日本人对集体日本观念的想象从未真正改变。或许一度曾兴起世界公民和反地方主义者；美国的统治不仅深入而且广泛。但对日本人来说，作为参照框架的日本从未消失。美国占领的六年中，日本人眼见异族统治者身处其间，单一日本的意识形态事实上更为加强了。战时的口号"全国一致"（kyokoku itchi）、"为祖国牺牲一亿人"（ichioku gyokusai）转变为战后的"一致忏悔"（ichioku sozange），通过"和平国家"（heiwa kokka）、"文化国家"（bunka kokka），甚至现在人人都是原子弹受害者的"原子弹国家"（hibakukoku），为"经济大国"（keizai taikoku）的国家理念做好民意准备。

因此，无差别日本的理论教条适时地更加确立。我说的这个词不是表征日本人论 Nihonjinron（或日本精神 Japanism），这是坚称大和民族具有基因优越性的爱国种族主义者们心理失常。确切来说，我指一个极为普遍的习惯，把日本视为类似孔德典范式（Kuhnian paradigm）的认识前提（the epistemological horizon）——这是一种语言成瘾，在所有句子前都加上"我们日本人"，句末附上"在日本"，几乎所有名词前都要加一个前缀，要么是"日本的"，要么是"外来的"。最初，这种无差别日本的观念是一项公共政策，由分管教育、财政、外务、国贸、产业之类的政府部门及合作媒体制定推行，现在对大多数百姓来说已成了自发的反应。即使我先前提到已经觉悟的人群——作家、公司经理、教授、编辑、流浪者、零时工和家庭主妇与白领女性——也不能摆脱日本与非日本之间几乎绝对的二分法。批判日本无趣的同时，他们很多人也在恢复日本与国外之间的界线。

我读日本出版的书、杂志和报纸时，发现有一点很特别，日本的作家和学者似乎在逃避发言、交谈、争辩或明确表达自己观点的机会。虽然很多人抱怨公共语境远离大众、日渐衰微，但可以严肃交换意见的论坛依然极少。很多所谓的意见杂志都已消失。极个别设法幸存的杂志（如《世界》（Sekai）和《中央公论》（Chuokoron）也风格大变。《朝日新闻》（Asahi）《每日新闻》（Mainichi）和《读卖新闻》（Yomiuri）这些发行量大的报纸（每份的日发行量为 1000 万至 1500 万，而《纽约时报》《洛杉矶时报》《华盛顿邮报》每份只有 100 万），为了迎合广大读者，减少经济、政治、文化事件这些硬新闻的版面，取而代之的是软新闻——仿佛它们的榜样是《今日美国》（*USA Today*）和《早安美国!》（*Good Morning America*!）。《批评空间》（*Hihyo kukan*）这样极为严肃的杂志本可以填补空白，然而它只是翻译当红人物如齐泽克、让—吕克·南希、布尔迪厄还有福柯与德里达的作品。我虽然和杰姆逊、赛义德等人同为顾问编辑，却无从得知这样的杂志究竟有多少人读。（我的编辑朋友们告诉我，人们把它当作名牌装饰一样随身带着，却根本不打开看）

　　谈论日本的话语缺乏分歧和异议，意味着人们假定一致同意所指的日本。人们想象日本的核心与轮廓，却不去讨论它的确切本质。作为能指的日本重要，作为所指的日本不重要。人们在谈论日本的话语中，抽空了日本自身的意义——实质和内容。形式与风格界定了任何假定的日本观念。日本是独特的，因为它独特、因为日本是日本。在这种没有指涉的循环结构中，日本的经济持续腾飞，首先推行严酷的劳工政策、强加最低的紧缩预算、消除各类的劳资纠纷，然后逐步分配收益，最终在健康和财富两方面实现均等的程度。

　　这种情况至少延续到大约 1990 年。

　　另一方面，日本历史近 25 年，绝非知识活动的黄金时代。随着安保（Ampo）冲突的记忆逐渐消逝，所有议题也被搁置一旁。经济繁荣之下，似乎一切争议都成多余，仿佛知识交流的目的自始至终只是商品供应和身体舒适。应该承认，与美国相比，日本经济没这么冷酷、财富分配远没有如此失衡。虽然日本绝非无阶级国家，但比之英美，它的收入差距极小。单一日本的意识形态无疑取得了非凡的成功。但，并不是没有代价。如今，几乎凌驾于所有其他民生领域的经济政策正在显露它的后果。国民寿命若是世界最长，日常的医疗服务却不仅效率低下而且令人难

受。虽然富名远播，日本的"生活品质"却难以匹配。名牌拜
物教更是失控地风靡于日本。更糟糕的是，中产阶级满足于一种
麻木的舒适，没有方向和目标，即使"和平""繁荣""文化"
这样的空洞概念也无法再掩饰了。如果 1990 年以后的经济停滞
有任何公众内心活动的因素，那么必然要追溯到这种无处不在、
无人幸免的普遍病态。

　　最后还必须说明，日本社会绝不是同质的。不断重复的官方
声明是另一回事，日本存在少数族群（朝鲜人、中国人、其他
亚洲人和伊朗人）；它对妇女抱有歧视；对同性恋持有偏见；财
富分配地区不均；富裕权贵阶层虽然隐秘，却不难察觉。批评话
语首先要承认这些差别，然而不可避免会被否定差别的同质意识
形态所压制。这种观点认为，只要统治阶层与边缘群体"自愿
地"同意一致，那么"和谐"的整体就必定会卓有成效且富有
收益——当然只针对社会的大部分，少数族群的利益则被极大地
剥夺了。而且，每个人都要付出代价，损害自由的好奇心与开放
的知识。这就是日本式的民主吗？

　　批评话语不是同质意识形态的唯一牺牲品。日本社会的权贵
们通过编制和谐的"共识"成功地操纵政治过程，掩盖了实际
存在的差异与不公，取而代之的是和谐公平的表象。简而言之，
幕后实施的是一种惊人有效的政治控制，而呈现出的是一种集体
永恒的非政治文化本质。这就是为何在日本谈及任何说法，都要
回归日本，加上那成瘾的套话"我们日本人"和"在日本"。

　　日本政治因此采取了文化主义的形式。日本文化具有了重大
的政治意义。这种政治—文化的核心则是皇权体系。1947 年宪
法规定，天皇是"日本国和日本国民整体的象征"。尽管它明确
限制天皇"与政府有关之权力"，但天皇的实际地位并不清晰。
作为"整体"的象征，他推动了同质化；作为国家的象征，他
身处法律之外（之上？），是一个元法律实体（a metalegal enti-

ty）。没有政治权力，他也就没有法律义务。同时，作为民族的象征，他有强大的"文化"——实为政治——权力。在这个结合点，作为代表的"象征"巧妙地转变为政治"代表"。他代表，而非象征日本的人民。天皇因此成为最有效的政治制度，将政治转变为仪式、转变为文化和美学，并进而将各个社会阶级融合为一个同质阶层。

从公司到大学，从家庭到社区，人们采取一个潜在的等级结构。比如，大学的研讨会上，学生们几乎从来不和他们高高在上的教授交谈——不过最近我理解了，学生们与其说是敬畏，不如说是厌烦。类似的公司制度至今仍以一种宗族/家族法则来运行。甚至司法体系也受中央权力的利害关系所制约。而且，媒体也与权力结构心照不宣，知道什么可以公之于众、什么不能。学术界和媒体、艺术圈和商业之间都如出一辙。这个等级森严的整体被认为可以避免阶级冲突。所有部分都以某种方式凝聚在整体中央，类似阿诺德的文化观点。

抛弃分歧、异议和抗议也许使得中产阶级多数人的日常生活更为愉快、舒适。平凡琐碎和多愁善感可能比深入的审视更加容易。多数媒体评论员用陈词滥调让读者安心，而不愿用负面的批评扰乱他们。为了统一而共谋，为了共谋而统一——这在日本产业发展的关键阶段发挥了作用。但是，现在它却在破坏日本的批评活力。它在民众中间造成这种弥漫广泛的衰弱消沉。这种后果可能早已超越了国界。日本的人文学术和新闻业一直无法在世界语境中发挥重大作用。日本的"国际化"展现为一种伪装——礼节性地交换友善与客套，而没有批评活动——由本国和来访的学者、记者们为交易的目的共同演绎。真正的交往几乎没有。多数日本学者出国时，以一种精心策划的集体防护的形式随身携带一点日本。外国作家们仍是疏离、客气而不感兴趣，因此也无法激起日本同事的热情。20世纪末期，日本致命的问题是它孤立在亚洲其他地区、太平洋、美洲、欧洲和世界之外，却无法理解这种孤立的本质。日本内部统一而融合紧密，必然导致它和所有"非日本"的东西都隔绝起来。

日本的文化主义已不再有效——对于精英、国家、公司，或者沉默的人群。经济上，日本的生产力一直低迷徘徊，持续之久出人意料。那些跨国公司——我指在日本创立的跨国公司——为亚洲其他地区的业务正在舍弃日本，以寻求产业复兴。[①] 政治上，人们一点都不信任议会制度，它无法从昏庸懈怠中寻找出路，有的只是腐败和串通。文化和知识上，不断回归日本"传统"产生不了任何成果去激发新的热情。近些年来，没有创作出一篇意义深刻的小说、诗歌或戏剧。人们无法在官方"日本文化"的宣传下继续掩盖自己的真实感情。他们似乎彻底厌倦了长期以来灌输给他们的思想；他们需要新的精神食粮去焕发活力、重建信心，却似乎不知从何开始。

日本在国际政治中无法利用它的经济力量，至少有一部分原因是这种政治文化（culturization of politics）。或许有人争辩，日本人若是利己主义者，他们谈到邻国的做法时应该感到自信。相反，日本的自省起到了完全不同的作用。他们总认为自己的整个集体就是边界，超出之外即是空白区域——除了旅游业。"冷战"结束前，日本完全站在"西方联盟"一边。朝鲜战争和越南战争期间，日本作为一个重要的后勤基地发挥作用，美国的军事采购对日本的重建也至关重要。"冷战"期间，日本政府一直听命于美国，甚至它已经成为一个主导经济体之后还是如此。顺从即是日本奉行的外交政策。有人回忆 1947 年《和平宪法》规定"永远放弃武力"。这是由战胜方的美国所强加的，几年之

---

① Michael Hirsh and E. Keith Henry, "The Unraveling of Japan Inc. : Multinationals As Agents of Change," *Foreign Affairs* 76 , no. 2（March-April 1997）: 11—16. 当然，这种资本、劳力和技术的海外转移可能对日本人造成的痛苦和代价，作者们只字未谈。

后，出于美国的利益又悄悄地被重新诠释，解读为允许日本拥有一支自卫军队。海湾战争前，和平宪法的文本与日本政府的实践存在的矛盾基本无人理会，它采取的战略隐秘低调，所以不值得费事讨论和政治斗争。和平服务于日本的经济目标。可是风云突变。美国为了经济原因，要求日本参与军事力量。日本国内于是争议四起，然而当时的争辩更为有趣的是它们的政治投机主义，却不是法律或知识的内涵。日本一方面依赖海湾石油，另一方面从属于美国，在这左顾右盼中，宪法被曲解和歪解。经历了长期痛苦的徘徊和犹豫后，政府采取了一个折中的办法，出钱不出力。有人可能会记得，东京向华盛顿支付了 130 亿美元。

在我看来，令人遗憾的是，日本政府不愿参与军事行动是再正当不过的。海湾战争是美国强权的又一次滥用，即使萨达姆·侯赛因粗暴强硬，也不是战争的充分理由。日本政府本可以反对这样灾难性地使用武力。它本可以指出美国的伪善行径，是美国在两伊战争期间煽动伊拉克，直到它入侵科威特。它本可以将伊拉克的侵占与以色列对联合国决议的违抗相提并论。如果这样牵扯的问题太多，东京政府本可以坚持另一条合理的途径，提议之前草率实施过的外交解决。但是，它却选择了傻头傻脑、含糊其辞地把钱交出去。外交史上，这样的例子也真是极少，付出如此之多，却几乎一无所得，无论是感激、崇拜或是影响力。

这次演讲开篇我就提到几个已经觉悟的日本人，他们严肃地批评自己的国家。我还说过，几乎任何一个社会，都有一些人发表言论、从根本上进行自我批判。但是，日本的问题是，这种失望远为普遍，只是还没有说明而已。沮丧的批评家——遍及社会的各个层次——听从于合唱团陈腐空泛、感情用事的观点，即使合唱团自己的成员都不再相信。大多数失望的人没有起来质疑与抗议，而是沉默地顺从于现状。我之前提到的人们并非出于自我怀疑和憎恨发表所谓西方式的观点。对于都会中心无法解决自身的矛盾与不公，他们也时常质疑。他们的不适发自内心，但却无法抛弃关于日本的集体观念。

被视为边缘化、受歧视的人们当中，却分明正在显示出新鲜创造力的标志，发表出严肃批评的言论。《纽约时报》的尼古拉斯·D. 克里斯多夫最近写了一本书，关于出身既非精英又非传统的韩裔作家 Yu Mi Ri、建筑师 Ando Tadao、拳击手和直言不讳的艺人 Beat Takeshi，认为他们是正在崛起的"另类人物"①。比如，我自己也发现一位做过多年色情杂志编辑的 Eiji Otsuka，是一位眼光非常独到的批评家。但是这些"有趣"的日本人——目前——作为一股重要的潮流鲜有人知，不仅国外如此，日本国内也是一样。而且，努力摆脱任何强权、保持自由的那少数人，正是需要我们联合的人们。

"日本无趣"是一句招致危险的话语。然而，现在美国的媒体和学术话语，正日益表达一个更加危险的立场。因为担心受到歪曲事实的谴责，人们不再探讨任何自己种族/文化/专业/性别群体之外的事物。

显然，表述他人颇有风险，因为它几乎总是以误解收场。但是，我们不能忘记，自我表述也不能保证正确或者权威。况且，即使自我表述也不可避免地会涉及表述他人。媒体和学术界蔓延着对他者的故意曲解，我们自然应当避免。不过，与所有受剥削者的联合是我们自身解放的前提。所有种族和社会群体都有内部的少数派，需要外界的支持。我们不能为了正在或已经总体化的宗族、家庭和所有权的私利，扭曲世界的事物。事实上，我们需要回想，种族或文化群体不是私人财产或公司。我们不能让任何

---

① Nicholas Kristoff, "Where Conformity Rules, Misfits Thrive," *New York Times*, May 18, 1997.

种族群体私有或独占它的认同。① 我们需要尽力看清他人，即使那样会违背少数群体中的主导者利益，更不用说违背主导群体中的主导者。随着跨国公司试图"全球化"它们的经营，我们也有严肃的事情要做——抵制与存活，并帮助我们的邻居同样抵制与存活。现在唯一需要的联盟即是联合所有受剥削者，不论我们之间的差异属于何种类别。

我知道在日本，若有人听到"日本无趣"的言论会备受鼓舞，感到与外界那些同样忧虑的人们息息相关。如果那是真的，那么，它必定应该受到关注——以某种间接的逻辑——对于这尘世中的每一个人。

---

① 1996 年加州大学圣地亚哥分校举办的"区域研究、文化研究、认同政治"研讨会期间，伯纳德 ·S. 希尔伯曼予我以指正，在此对部分宝贵意见致以感谢。

被典当的象牙塔

　　该文发表于 2000 年《边界》（*Boundary*）第二辑，反映了三好将夫对全球化进程对其家园，即当代大学之影响的关切。公司逻辑在大学的结构中大行其道，从迅速膨胀的管理部门、与商界在以营利为目的的项目上合作的急切欲望，到这种逻辑以细致而微甚至是无意识的方式对批判性思考和基础研究造成的影响，莫不如此。——编者

　　高等教育正在经历一场突变。这是尽人皆知而且能够切身感受到的事情，但却没有人意欲洞察其波及的范围或者瞻望它的未来。通过对现实事件的观察、对过往历史的回顾，这篇由两部分构成的论文对这些问题做了一些预判。第一部分描述了在美国社会学问向知识财产、大学向全球性公司的迅速转化——而且这种现象在其他地方也愈演愈烈。在这一时刻，人文科学理当成为批评与介入的力量，而第二章则是对人文科学的失败进行思考。

一　学问转化为知识财产

　　自 1995 年起就担任加利福尼亚大学校长的理查德·C. 阿特金森（Richard C. Atkinson）在坚持不懈地为这所世界最大的研究型大学进行角色定位。按照他的理解，今天的研究型大学其目

标就是与业界结盟："项目的运作是这样的：一位加大的研究人员与来自私人公司的科学家或者工程师共同提出一个研究方案。由来自于业界和学界专家们组成的班子会选出最佳项目提供资金支持。"① 因此，尽管大学的科研包括"基础研究、应用研究以及开发"，基础研究现在被认为是"在对于诸现象纯然兴趣的驱使下……基于好奇的研究"，基础研究应该存在，其理由在于"基础研究可能在达到某一阶段后，就会有潜在的应用，也就相应地有了应用研究的需求"②。开发，换言之就是产业应用，也是研究型大学的首要目标。

　　在另一篇题为《大学与知识经济》（"Universities and the Knowledge-Based Economy"）的短文中，阿特金森指出："剑桥等其他一些欧洲大学几乎都认为，大学的研究应该与私人部门脱钩。"与这种"对商业驱动退避三舍的文化"相反，在美国的大学中总是存在着"在大学和业界之间架设桥梁的倾向"③。在他看来，这正是之所以出现诸如硅谷、128 公路区等地方的背景，他接着指出，美国有 1/4 的生物技术公司与加大校园毗邻，而在加利福尼亚的生物技术公司当中，有 40% 的公司是由加大的科

---

① Richard C. Atkinson and Edward E. Penhoet（president and CEO of Chiron Corp.），"Town and Gown Join Forces to Boost State，" *Los Angeles Times*，December 31，1996.

② Richard C. Atkinson，"TRichard C. Atkinson，"The Role of Research in the University of the Future，paper presented at the United Nations University，Tokyo，Japan，November 4，1997，参见 www. ucop. edu/ucophome/pres/comments/role. html 。

③ Richard C. Atkinson，"Universities and the Knowledge-Based Economy，"paper presented at the California State Senate Fiscal Retreat，3 February 1996. 参见 www. ucop. edu/ucophome/pres/comments/senate. html。事实上，剑桥正与剑桥大学技术服务有限公司进行商业合作，例如自 20 世纪 60 年代以来开发科学公园，组建一个内部的企业孵化公司。尽管起步较晚，牛津大学也通过 Isis Innovation 跟上了发展的步伐。参见 Sarah Gracie，"Dreaming Spires Wake Up to Business"，*Sunday Times*（London），June 6，1999。（Isis Innovation 是牛津大学 1997 年组建的一个专利转让和管理机构。——译者注）

学家创立的，其中包括 Amgen，Chiron，Genetech 这三家世界性的大公司。

这个市场化的大学如何保护学术的完整性呢？对此，阿特金森很有信心："从大约 15 年来的经验当中，我们已经获得了很多东西，知道如何去确保发表研究成果的自由、规避可能的利益冲突、并从总体上去维护大学的学术风气，而且必须让教师和学生明白自己所追求的是重要的目标，在这一点上，要让他们有完全的自由。"① 我们将会发现，在今天这种具有企业精神的大学里，学术自由——以及利益与事业之间的冲突——实际上是一个复杂的问题，而且有被出卖的可能。但是，在阿特金森履职不久所写的这篇文章当中，他将学术自由当做在"学术氛围"和个人兴趣之间已经完成的商兑，对此只字不提，而且在此之后他也再未触及这一问题。

和当今执掌大学的大多数人一样，阿特金森并没有对自己的教育政策进行全面的阐述，更不必说对其教育观念和思想进行充分的说明，所谓的表达也多散见于掐头去尾的讲话或者专栏文章当中。② R. M. 赫钦斯（Robert M. Hutchins）、德里克·勃克（Derek Bok）的时代已经一去不复返了，遑论洪堡（Wilhelm von Humboldt）和 J. H. 纽曼（John Henry Newman）的时代了。即便少数人困惑不解，他不应该如此慢待大学里的人文以及社会科学，这其实不难理解。

---

① Richard C. Atkinson，"High Stakes for Knowledge，"*Los Angeles Times*，April 28，1996.

② 在主政加利福尼亚大学圣地亚哥分校期间，阿特金森与人类学系的唐纳德·图岑合作撰写了《研究性大学中的平衡》（"Equilibrium in the Research University"）一文，*Change：The Magazine of Higher Learning*（May-June 1992）：21—31。它主要是一篇关于大学、教学、普通教育等方面之使命的声明，但是此时，Atkinson 和图岑还是鲜有论及处于人文和社会科学下知识分子的重要议题（intellectual issues）。这篇文章从总体上阐述了大学、教学、普通教育等问题，但即便是在这篇文章当中他们二人也基本上没有论及人文以及社会科学所面临的知识分子问题。

按照阿特金森的说法，大学的确也扮演着另外一个角色，是"性格的塑造者、价值的批判者以及文化的守护者"，但这只是局限于"教育和学术"，而这些活动全然不同于严肃的研究和开发（R&D）。在南加州大学普利亚斯讲座发表演讲时，他也仅仅只是对人文知识两个领域内的特定事例表示敬意。关于社会科学，他只提到了《心灵的习惯》（*Habits of the Heart*）这一本书，该书反映了美国的核心价值，为社会主流所推崇。他明确表示，社会科学塑造了"为我们的社会注入活力的有关价值观的公开讨论"。与此相类，加利福尼亚大学厄湾分校的人文研究所也是"在有关人文科学及其对我们文化和日常生活的贡献的对话中"一个重要的声音。除了这一本书和一个机构之外，阿特金森对人文科学以及社会科学方面的工作没有发表任何看法。他接着强调，在致力于应用科学的大学里，人文以及社会科学领域内的研究项目，其存在本身就很重要。[1] 当然，我也有可能遗漏了他所说的一些话，但仅就我能够搜集到的资料而言，阿特金森就人文和社会科学再无其他论述。[2] 他对研究与开发之外的其他一切研究毫无兴趣，这一点确凿无疑。

1963 年距今不过一代人的时间，加大体系的另外一位校长克拉克·克尔（Clark Kerr）出版了《大学之用》（*The Uses of the University*）一书。这本书本是在哈佛大学戈德金讲座的演讲稿，其中他将大学界定为能够接受各种社会力量的服务机构，而非一

---

[1]　Richard C. Atkinson, "Vision and Values: The Research University in Transition," 19th Annual Pullias Lecture, delivered at University of Southern California, March 1, 1997, 参见 www. ucop. edu/ucophome/pres/comments/pulli. html. 阿特金森的表达有时并不明晰。笔者文中所写也只是重复了以下这句话的意思 "In each case the fact that these activities unfolded in an institution with research as a central mission has been essential to their nature and impact."

[2]　阿特金森另有一篇专栏文章，"It Takes Cash to Keep Ideas Flowing," *Los Angeles Times*, September 25, 1998, 这篇文章正如标题的自然流露，重申了他一直以来所表达的思想。对加利福尼亚大学校长办公室对我调查所给予的慷慨合作谨表谢意。

个自治的学问之所。① 在现实当中，这些力量主要由国防、农业综合企业以及其他的公司化利益团体构成。尽管多科性大学仍然被界定为各种不同期待的调节器，但是它的仲裁也可能是有所偏向的。它还被当做进行干预的一种手段。次年，加大伯克利分校的学生强烈要求言论自由，这些学生大多是从那年夏天来自南方选民登记运动的新生。在这种情况下，克尔的这本书又被重新提起。那些支持多科性的师生坚持认为，大学不应该仅仅只是产出多种技能和应用，还要"丰富和启迪学生的生活——给他们灌注知识的价值"。知识诚信、政治健康以及对于更加美好的未来的社会展望，这些都应该是他们所接受的高等教育的组成部分。② 于是，为争取民权、种族平等、和平、女性主义，还有言论自由的运动在大学校园之内得以立足。

　　克尔所主张的多科性或许是在高等教育的管理者当中第一次公开承认了大学乃公司体系的一个部分这个事实。然而，关键在于要认识到，他对这些多样功能的确认、阿特金森关于大学是致力于研究和开发之所这一顺理成章的理念，此二者之间还是存在着很大的距离。相反，20 世纪 60 年代那些对多科性持异见的大学师生在驳斥克尔关于大学的新理念时，所运用的武器是"自由教育"（liberal education）这一存在已久的传统。从 90 年代回眸望去，标举自由探索的自由教育这一主流童话同样也需要重新审视和阐述。不管怎么说，我们现在需要注意，今日已公司化的大学已经很少听到来自教师、学生或者整个社会的任何不满和批评——距离不到一代人的时间，当时很多人还认为这是对大学难以启齿的亵渎。大学作为调节器和大学作为公司伙伴、大声疾呼

　　① Clark Kerr, *The Use of the University*, 4th ed. （Cambridge, Mass：Harvard University Press, 1995）.

　　② Sheldon S. Wolin and John H. Schaar, "Berkeley and the Fate of the Multiversity," *New York Review of Books* 4, No. 3 （March 11, 1965）: 17.

的 60 年代和沉默不语的 90 年代，这期间到底传达了什么样的信息？缘何形成了这种默许的局面？我们需要回返到现代大学的起源，这样或许会更清楚地看到随着现代历史的发展，大学的体制变迁。

……

1800 年前后，正是欧洲和美国意欲向海外扩张之时，为了满足他们对于知识生产的需求，现代大学应运而生。在启蒙和进步的旗号下诞生，但是科学技术研究却是第一要务。然而，在实用知识之外，当时正在形成的资产阶级实际上也推动了现在所谓的人文以及社会科学。但是，从古代制度向革命性的资产阶级民主的教育转型并不似人们想象的那样激烈。一方面，旧式的大学教育乃是贵族阶层一种高贵的义务，除了维护其阶级地位这一自私自利的功能之外，它明确表示大学教育反对实用，甚至就是无用的。博学、为学问而学问、翩翩风度、知识的乐趣——这些优越和崇高的活动构成了贵族教育的主要目标。另一方面，资产阶级具有革命意义的教育则具有理性、广泛、世俗以及启蒙的特点。同时，这种教育标榜的是中立和客观，而非偏袒或实用。正是在这种背景之下，所谓"自由"的教育才得以成为现代大学一个举足轻重的理念。然而，建立现代民族国家有一个核心的时间表，它要求建设、信息以及民族身份的同化，而这则需要通过反复灌输统一的语言和对历史、文化、文学以及地理进行集权控制来实现。这种国家促进了民族知识与应用知识的高度一致。尽管它在伪饰自己，民族知识具有很强的偏向性，而自由教育和民族教育时常互相抵牾。然而，它们有些时候也不乏一致。19 世纪的国家毕竟是由资产阶级建立的，尽管它坚决排斥快速出现的工人阶级的利益，但却愿意接纳那些残留的贵族。自由教育有助于资产阶级的利益，所以得到了容纳甚至鼓励。它体面地将艺术、音乐、诗歌、戏剧以及历史据为己有，而且在多年之后将其奉为经典，如今其高级和严肃文化的地位已经得到确立。国家通过包容海外的异族、与邻邦竞争以及压制不安分的下层阶级等手段，致力于扩展市场和殖民地的头等大事，在这一时期自由教育和民族教育既有冲突、也有互补。费希特（Johann Gottlieb Fichte）、洪堡（Humboldt）、纽曼（Newman）、查尔斯·艾略特（Charles Eliot）、赫胥黎（T. H. Huxley）、马修·阿诺德（Mattew Arnold）、吉尔曼（Daniel Coit Gilman）、维布伦（Thorstein Veblen）、赫钦斯（Hutchins）以及巴森（Jacques Barzun）等人所构想的现代大学包含了实用的民族主义和反对实用主义的（自由）探索此二者之间的矛盾和妥协。

纽曼既有自己的教堂，而他的大学（与教堂并不在一处）是专门培养"绅士"、莎夫茨伯瑞勋爵所说的有教养的人，这类人超然于实用技艺和职业之外，对底层的生活和追求亦漠然视之。纽曼的心始终属于贵族的牛津，即便是他在为都柏林的天主教大学撰写《大学的理念》时，也是如此。① 从另外一个方面而言，赫胥黎的科学研究注重实践和实用，而且不同于牛津—剑桥传统，它着眼于职业技能和专业水平，而非阿诺德的文化和批评。大学作为自由教育之所其题中应有之义是不分阶级、不受限制、自我激励以及学无成见，这一自由教育的神话一直延续至今。然而，学术总是存在着矛盾。以不分阶级的学问之命，行的是以资产阶级的身份塑造其成员之实。爱默生在《美国学者》一文所采取的策略是将美国的学问界定为非美国的或者泛美国的。简而言之，它将"美国的"等同于"普遍的"，意欲兼有美国的和非美国的特点。这种潜藏的矛盾与阿诺德提出的"文化"理念，即自由和自发的无意识可堪相比，这一理念同样也被认为

---

① John Henry Newman, *The Idea of a University*, ed. Frank M. Turner (New Haven, Conn. : Yale University Press, 1996).

摆脱了阶级偏见和低级的一己之利。但是，为了维护这种文化，阿诺德却义无反顾地乞灵于"神圣的""国家"，而这一行为却无情地粉碎了一切工人阶级的"无政府和混乱"。面对 19 世纪 60 年代末第二次《改革法案》所引起的动荡，他就持这种主张。①

在美国，1862 年亚伯拉罕·林肯签署了《莫里尔法案》，为美国大学的发展，"不分公立还是私立，确定了方向"②。这场赠地运动将农业、工程、家政学以及商务管理引入了学校。及至后来，这些获得赠地的学院和大学被要求开设军事训练项目，也就是后备军官训练队（ROTC）。因此说，没有哪一所现代大学可以超脱于阶级利益之外，而且很多批判性的作家选择、经常是被迫远离大学，马克思、尼采、罗莎·卢森堡、伯特兰·罗素、安东尼·葛兰西、I. F. 斯通、弗朗茨·法农，莫不如此。但是，或许是因为截至目前金钱与权力的关系尚未完全整合，大学在有些时候还是更能够给那些超越切身阶级利益的学者提供容身的空间。这些异乎寻常的人，尽管为数不多，但仍然构成了他们的历史，我们知道 20 世纪就有户坂润（Jun Tosaka），马尔库塞（Herbert Marcuse）、萨特（Jean-Paul Sartre）、波伏娃（Simone de Beauvoir）、雷蒙德·威廉斯（Raymond Williams）、赖特·米尔斯（C. Wright Mills）以及汤普森（E. P. Thompson）等人。现在皆已烟消云散。还有一些人仍然很活跃。大学作为一种制度，在向密涅瓦、克里欧以及其他缪斯示好的同时，永久供奉的却是恺撒和财神。

第一次世界大战、第二次世界大战还有"冷战"（包括朝鲜和越南战争在内），20 世纪的这三次战争使大学为国家利益服务

---

① Matthew Arnold, "Conclusion," in *Culture and Anarchy*, ed. J. Dover Wilson (Cambridge: Cambridge University Press, 1932), 202—212.

② Kerr, *Uses of the University*, 35.

的倾向更加强烈。从诸如曼哈顿计划的武器研发开始，科学研究已经远远超出了物理和化学、工程和生物的范围，触及人文以及社会科学。在一些情报体系的组织（战略服务处）（the Office of Strategic Service, or oss）之后，人文科学很快便与国家/资本主义意识形态在广阔的范围内串通一气。① 在文学方面，对反讽、悖论以及复杂状态的狂热推崇有助于去政治化，换言之，借助将资产阶级现代主义"毫无偏见"的距离化，来掩盖资本主义的矛盾。② 于是就策划经典，并进行强化。在艺术上，标举抽象的表现主义以对抗苏联的现实主义。③ 在历史方面，以进步和发展为目标，民主朝着这个目标残酷地推进。至少在美国，社会科学一直被导向政治和实用。通过将世界划分为不同的地区，所谓的地区研究已经将民族利益在人文和社会科学领域标注出来。④ 在60年代之后，这种大学的民族化渐渐受到挑战，在大概1990年，即"冷战"行将结束之际，显而易见的是，全球市场的巨大威力已经取代了国家霸权。

……

"冷战"结束和经济全球化，不过是资本主义同一发展过程当中的两个方面，但阿特金森和克尔由此有了区分。那么，这个

---

① Robin W. Winks, *Cloak and Gown: Scholars in the Secret War*, 1939—1961 (New York: William Morrow, 1987). On the academic mobilization during the cold war, see Noam Chomsky et al., *The Cold War and the University: Toward an Intellectual History of the Postwar Years* (New York: New Press, 1997).

② See Franco Moretti, "The Spell of Indecision," in *Marxism and the Interpretation of Culture*, ed. Cary Nelson and Lawrence Grossberg (Urbana: University of Illinois Press, 1988), 339—346.

③ Serge Guilbaut, *How New York Stole the Idea of Modern Art: Abstract Expressionism, Freedom, and the Cold War*, trans. Arthur Goldhammer (Chicago: University of Chicago Press, 1983).

④ See Bruce Cumings, "Boundary Displacement: Area Studies and International Studies during and after the Cold War," *Bulletin of Concerned Asian Scholars* 29, No. 1 (January-March 1997): 6—26.

事件究竟是怎么回事？它又如何影响着大学？全球化当然并非什么新鲜事情。资本主义总是四处寻找新的市场、廉价的劳动力，还有更强的生产力。早在 150 年前，马克思和恩格斯已经在《共产党宣言》中指出了这一点。从比例上来讲，从 1880 年到第一次世界大战，这一时期贸易的国际化和跨境贸易同样巨大。[①] 但是这一次的扩张就其强度和数量而言和以前有天壤之别，这是让人惊异不已的技术进步和庞大的生产总量所导致的结果。

第二次世界大战以来，由于交通运输日新月异的发展，资本、劳力、生产、产品以及原材料以前所未有的便利和速度进行着流通，在不同的国家和地区追逐利益的最大化，从根本上不断消解着地方以及区域差异。国家总是为富人和强者服务的，尽管如此，它偶尔还的确能记起自己还要发挥规范和调节的功能。国家并非总是充当那些人的工具。但是现在，随着庞大的多国或者跨国公司的兴起，国家及其进行干预的力量已经明显衰落。大幅压缩规模、削减成本的趋势经常会在劳工当中引起巨大的痛苦和灾难，但是国家却对此束手无策。它也不能遏制世界范围内巨大的资金和投资流向。总之，国家支持公司的利益，由国家对《北美自由贸易协定》和《多边投资协定》的不断推进可见一斑。[②] 于是，没有任何约束的企业力量不断壮大、投机行为日甚一日。对公共成分、总体性以及社群主义大加排斥，对私有化、个人主义以及统一主义青睐有加，此类现象比比皆是。这不但导

---

① "衡量产品市场整合程度的标准之一就是贸易与产出之比。自 1950 年以来，大多数国家这一比值都显著上升。但若以此衡量，英国和法国的贸易开放程度仅仅略高于 1913 年的水平，而日本反比当时为低。"（See "One World?," *Economist*, October 18，1997，79—80）。

② 在以前的殖民地中，民族主义和国家主权主义扮演着不同的重要角色。（关于这一问题的）简要讨论参见 Neil Lazarus, "Transnationalism and the Alleged Death of the Nation-State," in *Cultural Readings of Imperialism*: *Edward Said and the Gravity of History*, ed. Keith Ansell-Pearson, Benita Parry, and Judith Squires（London：Lawrence and Wishart，1997）：28—48。

致了竞争、职业主义以及机会主义的甚嚣尘上，而且最终使得社会碎片化、原子化。

从环境而言，对于这个地球上的人类而言已经踏上了不归之路。地球上已经没有一寸土地没有受到工业污染的侵害。环境恶化已经无法挽回：在资本主义体制之下，人类唯一能做的事情无非就是尽其所能地减缓恶化的速度，同时进行局部的修修补补。①

不止于此，全球化最为邪恶的社会结果是贫富差距不断加剧。在全球范围内，80%的资本在20多个国家之间流通。财富聚集在工业化国家。而且它还仍然在向一个方向流动，那就是北方。仅援引一例，乌干达的人均收入不过每年200美元，对照之下，世界上最富的国家卢森堡公国人均年收入则达到39833美元。乌干达人口的平均寿命仅有42岁，况且还有1/5的儿童在5岁之前就已夭折，而日本的平均寿命是80岁。还有，这个国家20%的人口感染了艾滋病毒。② 即便如此，这个国家每年需要偿还的债务两倍于政府在基础医疗保健上的费用。有些国家的情况比乌干达更加糟糕。③ 事实上，财富分配不均的现象到处存

① 近期简要研究参见 Bill McKibben，"A Special Moment in History," *Atlantic Monthly*，May 1998，55—78. 关于环境议题的全景式研究参见 David Harvey，*Justice, Nature, and Geography of Difference*（Oxford：Blackwell，1996）.

② Michael Specter，"Urgency Tempers Ethics Concerns in Uganda Trial of AIDS Vaccine," *New York Times*，October 1，1998. Donald G. McNeil 认为（"AIDS Stalking Africa's Struggling Economies," New York Times，November 15，1998），9.1%的乌干达成人感染了艾滋病。

③ 关于乌干达每年需偿付的债务总额数据是哥伦比亚特区华盛顿市 Preamble Center 主任与 Mark Weisbrot 在 1999 年 9 月 29 日的一次电话交谈中提供的。至于更加贫困的国家，以以下国家为例，其人均国民生产总值为马拉维（144 美元），埃塞俄比亚（130 美元），阿富汗（111 美元），坦桑尼亚（85 美元），莫桑比克（80 美元），索马里（74 美元），苏丹（63 美元）（*The Economist Pocket World in Figures* 1997 [London：Profile Books，1997]）。关于债务—出口的比率，几内亚比绍共和国已经超过了 7：1，圣多美与普林比西共和国已超过 6：1，而布隆迪已经超过了 5：1（"Helping the Third World," *Economist*，26 June 1999）。

在。这样一来，世界上最富的 225 个人其个人财富总计达到一万亿美元，相当于全球 47% 的最穷人口（25 亿）年收入的总和，而且这些亿万富翁尽管大多集中于北方国家，但在发展中国家也有 78 位。[①]

国家内部的景象也不乐观。1995 年至 1997 年的美国，人们热议的话题是工资和收入的不平等。尽管这些讨论现在我们已经不大能够听到，但这并不意味着这种差别正在缩小。迪斯尼公司的首席执行官迈克尔·艾斯纳巨额薪水和股票期权，[②] 或者比尔·盖茨的资产都是尽人皆知的事情。25 年前的 1974 年，美国大公司的首席执行官其薪水是普通美国工人的 35 倍，而到了 1994 年，首席执行官们的薪水已经是普通工人的 187 倍。根据 1998 年美国《商业周刊》的一份特别报告显示，管理层的平均薪水已经是工厂工人所得收入的 326 倍。[③] 这个差距已经超过卢森堡公国和乌干达之间的差距。随着收入的增长，财富愈加集中——也就是说，从 1979 年到 1995 年间，20% 的低收入者收入降幅达到 9%，而 20% 的高收入者收入增幅达到百分之 26%。[④] 从 1992 年到 1995 年，这最近三年期间，家庭财产增加超过了 2.7 万亿美元，占人口总数

① The United Nations Development Programme（U N D P），*Human Development Report* 1998（New York：Oxford University Press，1998），30.

② 埃斯纳的薪水 1997 年涨了 23%，达到 1065 万美元（from staff and wire reports，*Los Angeles Times*，December 20，1997），根据 James Bates 的报道他已经使用了 56500 万美元的股票期权（*Los Angeles Times*，December 4，1997）。

③ 高管薪酬的特别报告参见 "The Good，the Bad，the Ugly of CEO Salaries Scoreboard：Executive Compensation"，*Business Week*，April 20，1998，64—110。Jennifer Reingold，Richard A. Melcher，Gary McWilliams 和其他机构的报告对此文也有贡献。1974 年和 1994 年的数据摘自 the House Democratic Policy Committee 网站。关于此种现象需要注意的是，加薪和选择权与公司行政管理的表现几乎没有多大关系。参见 Adam Bryant，"Stock Options That Raise Investors' Ire，" *New York Times*，March 27，1998；Adam Bryant，"Flying High on the Option Express，" *New York Times*，April 5，1998；and Adam Bryant，"Executive Cash Machine，" *New York Times*，November 8，1998。

④ David E. Sanger，"A Last Liberal（Almost）Leaves Town，" *New York Times*，January 9，1997.

1%的最富有的人，他们在财富总量中所占份额从30.2%，增加到35.1%。此外，几乎所有这些增长的财富都集中到占人口总数0.5%的最富有的人那里，这部分人的平均家庭财产从800万美元增加到1130万美元。另一方面，90%的底层家庭其财产从32.9%滑落至31.5%。① 尽管近来失业率大幅下降，但是很多工作都只是临时性的，也就是说，兼职或者零工，这些工作没有医疗和退休福利，甚至在1999年春末，在经历了长期的所谓经济快速发展之后，情况也是如此。② 政府对此袖手旁观。相反，在税收结构、③公共设施项目、国防开支、医疗和福利政策、放松企业管制等方面，都从富人和企业的利益出发，进行了调整。穷人所得到的少得可怜，或者只能依靠那微薄的资源。

这样一种跨国的、引人注目的经济显然已经对大学造成影响。最具结构性、决定性的变化莫过于所谓的技术从大学向业界的转移，这种转移在1980年《贝耶—多尔法案》（Bayh-Dole Act）之后越来越快。我在下文中将对此进行详述，现在我还是从最浅显的说起吧。在具体的课程当中，以民族为中心的专业一直在衰落，而且从"冷战"结束以来，连地区研究这样的课程都被重新审查。关于民族文学和历史的研究，几代人以来都是人文科学的柱石，显然已风光不再。日益衰落的中产阶级将子女送到在赠地运动中成立、花费较少的公立学校，而富人则把子女送到那些培养社会精英的私立大学，而这些大学也对自己的学费不

---

① Gene Koretz, "Where Wealth Surged in the 90s," *Business Week*, August 25, 1997, 32. 亦可参见 Jeff Madrick, "In the Shadows of Prosperity," *New York Review of Books*, August 14, 1997, 40—44。

② Robert B. Reich, "Despite the U. S. Boom, Free Trade Is Off Track," *Los Angeles Times*, June 18, 1999.

③ "The Disappearing Taxpayer," *Economist*, May 31 – June 6, 1997, 15, 21—23; and David Cay Johnston, "Tax Cuts Help the Wealthy in the Strong Economy," *New York Times*, October 5, 1997.

断升高而不无得意。富家子弟多喜欢学习人文学科，这和他们第
二次世界大战之前的传统并无二致，但是穷人家的孩子在校期间
就要勤工助学，他们喜欢一些实际、有用的专业，这样毕业后就
可能直接入职。统治阶级总是喜欢无所事事，但却希望工人们无
所不能。在招生方面的这种政治经济对课程就造成了明显的影
响。人文学科在劫难逃。纯粹的科学，比如数学和物理，由于支
持日减也难以为继。学术性的项目就此中断，而有着巨大需求的
专业却日益扩张，但往往并不考虑其是否具有知识上的重要性。[①]

　　在人文科学方面，这种所谓的工作危机实际上并非如 20 世
纪 70 年代那样，是经济衰退的结果。同时，它也不是人口变化
所导致的一个暂时现象。随着民族—国家沦落为霸权想象，民族
文学和文化的基础已经被掏空。一如它目前在学术界的境况，人
文科学早已不再受人重视、有所保障了。在学术观点和政策上，
发生了一个重大的变化，那就是轻视人文科学而将资源转移到应
用科学上去。文化——艺术与文学——就好像在很久以前那样，
被逐出了学术界，并且种种迹象表明，正在被整合进传媒、娱
乐、旅游等各色消费活动当中去。在全球化经济的时代，将给它
分配一个更具合法性的角色。我将在第二部分对此进行讨论。[②]

---

　　① 系科关门不再是偶然的事情。见本人 " 'Globalization,' Culture, and the Uni-
versity," in *The Cultures of Globalization*, ed. Fredric Jameson and Masao Miyoshi（Durham：
Duke University Press, 1998），247—270。

　　② 1998 年秋，美国现代语言学会（MLA）出版了《职业 1998》（*Profession
1998*）一本 "覆盖业界广泛关注的话题" 的小别册。但是，它避开了行业不断变化
的环境和围绕于此的全球文化。当中的最后一篇由前任主席 Sandra M. Gilbert 撰写的
文章 "Bob's Job：Campus Crises and 'Adjunct' Education"，将今日美国文化的历史变
迁与她的朋友 Bob J. Griffin 的记忆结合起来。很令人伤心的是，Bob 的故去，比起在
加利福尼亚大学伯克利分校获得英语博士学位，担任兼职作文老师收入 1.5 万美元
没有健康保险在六十几岁去世的男人的插曲，对 20 世纪 90 年代美国政治经济需要更
为头脑冷静的分析。美国现代语言学会似乎在规避真实的历史情势，以使其在将来
也能像现在这般运行。作为 Bob 的昔日故友，我感到坦诚面对今日学术——行业情
势的迫切要求。

　　除了这些具体专业的兴衰浮沉之外，关于学术生产力的普遍观点和政策发生了根本性的变化，其中最明显不过地体现出了全球性公司化的影响。人们从成本与产出的角度，对大学进行重新考察。课程选择、学位生产、博士点的设置都受到了密切的监控和管理，这些指标俨然成了产业上的数据。① 以发表论文的数量和被引用的记录对学术活动进行量化评价。尤其重要的是，负责拨款和捐赠的发展办公室成为大学中最为活跃的一个部门。② 各个大学的出版社在过去为了独立的学术事业出版学术专著，其目的不在利润，而在学术，但是他们现在对自己的出版计划都进行了调整，以求能在经济上自保。曾几何时，每个大学出版社名下一个微不足道的出版计划都会有数以千计的订单，一个计划出来，

　　① 　落实就业的统计数据自然是必不可少的。问题在于，这些数据的用途是什么呢？一份最近美国现代语言学会报告显示，1990 年到 1995 年间取得英语和其他语言博士学位的 7598 人中，有 4188 人——即 55%——在获得学位的当年没能得到一份有可能终身保有的工作。该报告将工作危机和在此之前的以及其他学科的危机作了比较。该报告还承认了"波及范围颇广的教育学的和行业上的——实际上也是文化上的——危机"。它还指出现有的研究生项目 graduate program 主要"针对主要的研究机构而非保障那些现在承担大部分教学内容的社区大学，二年制专科学校和小的教派学院的未来发展"。它后来提出的一些建议——诸如缩小研究生项目的规模——是应予以审慎考量的。然而，这份报告没有考虑到人文学科课程 humanities program 不断变化的特质，更确切地说，是忽略了高等教育变化根源的大学本身之不断变化的特质。虽然资金上的危机业已解决，但是在美国，或者在任何一个地方的高等教育中知识层面上的学与教上的危机并未发生变化。设想一下若人文学科所有的博士学位获得者今年都能成功保有将来有可能终身留任的职位。这样就能解决人文学科教学内容上的危机吗？请参阅 Final Report: MLA Committee on Professional Employment (New York: MLA, 1997)。Reproduced in PMLA 113, No. 5 (October 1998): 1154—1177。

　　② 　"已筹得 12.8 亿美元资助的哈佛大学，已经在筹得 21 亿多美元资金的征途上走了一半的里程了。"一位经济学家问大学是真的需要 15 亿美元之多吗？资金捐助，就像任何资产积累一样，不管它是不是真的有必要，不管其目的如何，最后都会变成一种"习惯"。参见 Karen W. Arenson, "Modest Proposal," New York Times, August 2, 1998。在"Ballooning Endowments Prompt Rich Universities to Loosen Their Belts,"(New York Times, October 21) 1998, 一文中，Arenson 认为哈佛大学、得克萨斯大学和耶鲁大学现在正将其高额的捐助资金用于建筑，维护和经济资助上。但是，如果更加仔细地考量，这些支出更像是为将来的一种投资：在这些最近变得较为宽裕的大学新建立的院系都是生物工程方面的。

"有人写作、有人出版，还有人购书：这个毫无后顾之忧的流程带来了安稳、长久的工作"。随着图书馆的订单大幅削减，每个出版计划只能有不足三百本的订单，甚至更少。诸如"文学批评或者拉丁美洲历史"等研究领域已经被大学出版社从整体上削减了。①一本博士论文完成之后，一般都是为将其出版而谋取永久教职，然后再为获得完全教授资格出版别的专著，但是现在这一传统的流程已经不可能延续。英语教授斯坦利·费什曾经担任杜克大学出版社社长，坦陈并预测说，大学出版社"已经不再考虑印数只有900—1500的书籍了"，而是转向"销售可以达到5000本甚至40000本的书了"。无独有偶，明尼苏达大学出版社社长悲观地预言"两年之内市场上很难再见到学术著作"②。

学术滑坡被认为是无奈之事，已经被大家所接受。③不再是正式的教师承担教学，临时性的老师——研究生以及不享受福利

---

① Phil Pochoda, "Universities Press On," *Nation*, December 29, 1997, 11—16. 亦参见 Mark Crispin Miller, "The Crushing Power of Big Publishing," *Nation*, March 17, 1997, 11—18："与此同时，学术出版机构面临着有成本意识的大学行政人员施加的压力，要求他们自力更生，而不依赖于机构性的津贴。因此这些机构也开始屈服于市场的压力，放弃晦涩难解的专题，追求更为时兴的学术经费或者更好一点，转投销路看好的边界产品——可想而知，这意味着少有人可对此发表看法。这些出版人面临着巨大压力因而在专门院校的任期变化规则中有了一些争议，因为想要使一项隐秘的研究得以出版几乎是不可能的——这确实是一种隐秘的进步。"（17—18）。

② Judith Schulevitz, "Keepers of the Tenure Track," University Presses supplement, *New York Times*, October 29, 1995. 人们广泛察觉到专题研究出版物的减少。为改变这种趋势，人们付诸了一些努力，诸如由美国历史学会和一些大学出版社采取的以电子出版物取而代之。参见 Robert Darnton, "The New Age of the Book," *New York Review of Books*, March 18, 1999; and Dinitia Smith, "Hoping the Web Will Rescue Young Professors," *New York Times*, June 12, 1999。

③ George Dennis O'Brien, *All the Essential Half-Truths about Higher Education* (Chicago: University of Chicago Press, 1997)，引自 James Shapiro, "Beyond the Culture Wars," *New York Times Book Review*, January 4, 1998。亦参见 William H. Honan, "The Ivory Tower under Siege: Everyone Else Is Downsized; Why Not the Academy?" Education Life supplement, *New York Times* (spring 1998): 33, 44, 46; and Randy Martin, ed., *Chalk Lines: The Politics of Work in the Managed University* (Durham: Duke University Press, 1998)。

和永久职位的临时聘用人员，承担了本科生大部分的教学任务。① 大学还利用互联网网站进行许多本科课程的教学。加利福尼亚虚拟大学（CVU）已经正式启动，它欧诺归国扩展程序开设了数百门在线课程。加利福尼亚虚拟大学的一位策划者称，这所大学联合高等教育领域公立和私立的大学（加利福尼亚大学、加州州立大学各分校、斯坦福大学、南加州大学以及其他高校），组成一个"全球学村"。作为教学的一个补充部分，数字（教学）项目当然不无裨益。但是，加利福尼亚大学的主要目标并不在此。尽管远程学习已经取代了教师面授，而且其人数也没有什么保证，但是它的赚钱空间非常明显。不计其数的虚拟大学在美国乃至世界范围内发展。除加利福尼亚虚拟大学之外，还有纽约大学以营利为目的的附属机构、西部州长大学（Western Governors University）、宾夕法尼亚州立大学的"世界校园"、佛罗里达州立大学，以及经受了检验的英国开放大学。② 还有一个以营利为目的的庞然大物——菲尼克斯大学，目前是美国规模最大的授予学位的私立大学。直到近些年，这所大学也仅仅只是雇佣了七名全职员工，外加 3400 名兼职教师，这些教师每讲授一

---

① 在有博士授予（英语）资格的科系，一般来说，研究生辅导者负责讲授一年级写作部分的 63%，兼职教师负责讲授其中的 19%，全职非终身教职员工负责讲授其余的 14%。在外语系，这些相应的数值百分比值分别是 68%、7% 和 15%。参见美国现代语言学会 MLA，*Final Report*，8。文学系毕业的博士们很大一部分都仍在待业，对他们来说即便是短时性的教职也是梦寐以求的。亦参见 Seth Mydans, "Part-Time College Teaching Rises, as Do Worries," *New York Times*, January 4, 1995; and Joseph Berger, "After Her Ph. D. , a Scavenger's Life: A Temp Professor among Thousands," *New York Times*, March 8, 1998。

② 然而这些商业经营并不能旋即取得成功。1998 年秋，大多数大学——宾州州立大学，纽约州立大学，伊利诺伊大学和加利福尼亚大学伯克利分校——吸引了不到五千名学生。为解决面临的难题，纽约大学正计划使用营利性的附属来构建其网络容量。在 "N. Y. U. Sees Profits in Virtual Classes", *New York Times*, October 7, 1998, Karen W. Arenson 写道，"像纽约大学这样非营利性的大学也急剧地转向营利性的经营来从教授的研究中获利。"亦参见此作者另一文章 "More Colleges Plunging into Uncharted Waters of On-Line Courses," *New York Times*, November 2, 1998。

门课可以领到 1500 美元。这所大学的创办者阿波罗集团所获得的利润直线上升。① 那些有可能被数字虚拟物取而代之的教工也曾经发起过抵制运动。于是，美国的加利福尼亚大学洛杉矶分校、缅因大学、华盛顿大学以及加拿大的约克大学等学校也正在试探教工反对的力度。②

然而，为了在生源、拨款以及捐款方面保持竞争力，对大牌教授的争夺非常激烈。现在很多大学至少都设有一个职位，其薪水和福利可以达到 75 万美元。这一点很像公司的首席执行官们，他们的薪水和低工资的员工相比，有天壤之别。③ 与业界结盟的政策在美国各个高校里根深蒂固。为了不致失去联邦政府的支持，大学不仅仅寻找公司的资助，而且积极组建合作研究中心。仅以南加州为例，加大厄湾分校和南加州大学从一家企业分别得到一亿美元组建生物医学工程中心。④ 下面我们会看到，这样的例子不胜枚举。

这种紧密的结盟关系不可避免地形成了大学和业界管理者俱

---

① Lawrence Solely, "Higher Education... or Higher Profits? For-Profit Universities Sell Free Enterprise Education," *In These Times* 22, No. 21 (September 20, 1998): 14—17. "针对认证方提出的相关疑问，该大学增加了全职教职工的规模——如今已拥有 45 名在职全职教职工"(16)。阿波罗集团，菲尼克斯的母公司，在五年间将其财政收入从 1994 财政年度的 12472 万美元增加到 1998 财政年度的 391082000 美元，翻了 3 倍多。亦参见阿波罗网站 www. apollogrp. edu。

② 参见 "California's 'Virtual University' Aims to Be a Digital Center for Higher Education," *Notice*: *A Publication of the Academic Senate*, *University of California* 22, No. 3 (December 1997): 1, 3; and "Notes from the Chair: Course Articulation," *Notice*: *A Publication of the Academic Senate*, *University of California* 22, No. 7 (May 1998): 5。亦分别参见 Kenneth R. Weiss, "A Wary Academia on Edge of Cyberspace" and "State Won't Oversee Virtual University," *Los Angles Times*, March 31, 1998, and July 30, 1998。对于教员对通过数字化来实行行政缩减的反对意见，参见 David Noble, *The Religion of Technology*: *The Divinity of Man and the Spirit of Invention* (New York: Peguin, 1999)。

③ Victoria Griffith, "High Pay in Ivory Towers: Star Professors Are Subject of Concern," *Financial Times*, June 6, 1998。

④ James Flanigan, "Southland's Tech Prowess Is in Partnerships," *Los Angeles Times*, March 8, 1998。

乐部式的关系，于是很多大学的董事会主席或者校长跻身于公司的董事会，这其中就包括宾夕法尼亚大学（美国安泰保险集团（Aetna Life and Casualty Company）、电子数据服务系统（Electronic Data Submission Systems））、理海大学（派克汉尼汾公司（Parker Hannifin Corporation））、乔治敦大学（迪斯尼公司）、加大伯克利分校（富国银行（Wells Fargo））、德鲁大学（爱玛客（Aramark）、贝尔大西洋电信公司（Bell Atlantic）、联合健康保险（United HealthCare）、Beneficial Corporation[1]、Fiduciary Trust Company International[2]、阿美拉达赫斯公司（Amerada Hess Corporation））、得克萨斯大学（美国自由港迈克墨伦铜金矿公司（Free McmoRan Copper and Gold Inc.））、西方大学（亚乐可株式会社（ARACO）、国际商用机器公司（IBM）、诺斯罗普格拉曼公司（Northrop Grumman Corporation））、加利福尼亚大学体系（Consolidated Nevada Goldfields Corporation[3]、高通公司（Qualcomm Inc.）以及圣地亚哥燃气与电力公司（San Diego Gas and Electric/Enova Corporation））等大学的校长，而这只是豹之一斑。而且这些大学的领导人除在自己学校的薪水之外，还会额外领取一笔不菲的补贴。比如宾夕法尼亚大学的校长每年除在自己学校领取的 514878 美元薪水之外，另有 200000 美元的补贴。[4] 罗伯特·C. 戴恩斯在贝尔实验室曾担任研究员和主任，后来他离开工作了 22 年的贝尔实验室来到加大圣地亚哥分校，出任阿特金森的副手。后来在他取代阿

---

① 美国一家著名的金融服务公司。——译者注
② 美国一家信托投资公司。——译者注
③ 美国一家矿业公司。——译者注
④ Kit Lively, "What They Earned in 1996－97：A Survey of Private Colleges' Pay and Benefits：The Presidents of Rockefeller, Vanderbilt, and U. of Pennsylvania Top ＄500，000，" *Chronicle of Higher Education*, October 23, 1998. 亦参见 Karen W. Arenson, "For University Presidents, Higher Compensation Made It a 'Gilded' Year," *New York Times*, October 18, 1998。

特金森担任校长之后，写了《生意伙伴》这本书。1996 年在圣地亚哥生物商业协会（BIOCOM）的一次早餐会上，戴恩斯说那些主要的大公司已经不再从事基础研究，大学则成了新技术的策源地。在讲话之前，圣地亚哥生物商业协会董事会的一位董事，介绍戴恩斯是加大圣地亚哥分校的"首席执行官"，而这位主持早餐会的先生本人则是加利福尼亚大学的董事，同时也是推选戴恩斯出任圣地亚哥分校校长的那个委员会中的一员。

　　无独有偶，许多业界的领导几代人都在大学的受托人和董事会任职。关于这些权势阶层对于学术领地的侵蚀，维布伦多年前就曾表示过不满。关于大学所有权问题的其他研究，在 20 世纪初就有人涉足。① 或许偶有例外，但是几乎所有州立大学的受托人和董事都是行政任命的，无非是为了确保有人能够代表公司的利益。最近以来，尽管就我所知，对这一问题的系统研究尚不充分，这也反映了学者对这一问题普遍表示冷漠，但是公司似乎已经明显地主导了（大学）董事会成员的选任。②

　　尤为重要的是，首席执行官现在已经成为大学校长和董事会主席唯一的楷模。普林斯顿大学校长夏皮罗（H. T. Shapiro）便是如此，他说："大学校长就是大学这一机构的首席执行官。"③过去那种以学术、眼界、性格，甚至政治和军事荣誉来选择大学

----

① Thorstein Veblen, The Higher Learning in America: A Memorandum on the Conduct of Universities by Business Men, American Century Edition（New York: Hill and Wang, 1969）. 亦参见 Clyde W. Barrow, Universities and the Capitalist State: Corporate Liberalism and the Reconstruction of American Higher Education, 1894—1928（Madison: University of Wisconsin Press, 1990）.

② Charles L. Schwartz 是伯克利大学物理系的荣誉退休教授。他独立承担了加州大学伯克利分校董事会行为研究的工作。但是在获得详细报告结果后，由于缺少支持和鼓励，最近，他放弃了努力。

③ 见 Harold T. Shapiro, "University Presidents—Then and Now". 这是他在 1996 年 3 月，第 250 届普林斯顿大学周年纪念，普林斯顿高等教育会议上演讲的论文，收录于 William G. Bowen and Harold T. Shapiro 的 Universities and Their Leadership, ed（Princeton: Princeton University Press, 1998）.

校长的古老传统注定一去不复返了。至少在可预见的将来，这种学术领导人只会是公司经理，他应该做的只是扩大学校与公司的基础和结盟、积累知识财产经费募集和捐款、提高劳工生产力、协调与包括政府机构在内的外部组织的公共关系、熟练驾驭这部机器。大学—公司的互相认同已到了无以复加的地步。①

……

现在让我们不妨审视一下目前大学的"技术转让"，这对于知识产业的结构转型而言是一个举足轻重的问题。本文开头所引阿特金森的话，尽管这些言论在修辞上很是直白，不似当今学术界那样谨慎，但既非个别亦非极端。比如，另外一位高等教育的领导，也是他的近邻、斯坦福大学校长格哈德·卡斯珀（Gerhard Casper）也曾有过类似的言论，② 而且他们的言论准确地表达了当今美国大部分研究型大学的政策与实践。

1980 年 12 月 12 日，参议院贝耶和鲍勃·多尔代表两党提出并通过了贝耶—多尔法案（商法 96—517），即《1980 年专利和商标法案修正案》。当时，全球经济竞争激化已见端倪、对联邦研究经费的削减不无担心（尽管还未成为现实）、③ 公司衰退

---

① San Diego Biocommerce Association On-Line，获取途径 www. biocom. org/index. html。

② Gerhard Casper，"The Advantage of the Research-Intensive University: The University of the Twenty-first Century"，这是 1998 年 5 月 3 日，他在北京大学作的报告，获取途径 www. stanford. edu/dept/pres-provost/president/speeches/980503peking. html。1998 年 3 月 11 日，在 "Defining Successful Partnerships and Collaborations in Scientific Research" 会议期间，通过了技术小组委员会，科学委员会审核。麻省理工大学校长 Charles M. Vest 说道，"Universities should work synergistically with industry; they must not be industry"（获取途径 www. house. gov/science/vest – 03 – 11. htm）。

③ 至少，在大学科研情境下，由联邦政府资源提供的大学科研费用是稳定增加的，从 1991 财政年度的 8119977073 美元上升到 1996 财政年度的 13040581674 美元，再到 1997 财政年度的 12317829551 美元。参见 Association of University Technology Managers, Inc. , *AUTM Licensing Survey*, *Fiscal Year 1996: A Survey Summary of Technology Licensing (and Related) Performance for U. S. And Canadian Academic and Nonprofit Institutions and Patent Management Firms* (Norwalk, Conn. : autm, 1997), and its fy1997 version (1998)。

（包括其研究和发展）压力日甚、由此也引发了对学术研究的迫切需求，这一法案的制定便是对此种情势所作出的反应。在里根—撒切尔经济时代，将公共资源用于私营企业很快便获得人们的推崇，其重要意义也得以凸显。这一法案经过后来数次修订，使大学实现了商业化——也就是说，拥有了专利，获得了由联邦资助的研究项目所做发明的所有权。大学和研究机构的商业化最初是通过尚未赢利的新公司或者小型的本国公司来实现的，后来则是通过任何公司来实现的，而不管规模大小、是否本国的公司。在 1980 年之前，大学每年获得的专利不足 250 项，而 1996 财政年度超过了 2000 项，1997 财政年度达到 2740（增长率达到 26%）。自 1980 年以后，成立了 1500 多家新公司，其中 1997 财政年度有 333 家（相比较于 1996 财政年度的 246 家，增长了 34%），而这些公司都是在大学以及研究机构所创造的技术基础上成立的。包括许可证、股本、期权以及咨询费等形式在内的收入仍然相对较少。1997 财政年度从许可证以及给大学技术经理人协会（AUTM）的期权所获得的整个许可证毛收入仅仅只有 698.5 百万美元（但是，它仍然比 1996 财政年度的 597.1 百万美元增长了 18%，而相比于 1995 财政年度的 494.7 百万美元，1996 年的收入增长了 19.6%。换言之，在技术许可活动方面，一直存在着"潜在的"增长可能）。尽管直接收入仅仅占大学财政预算的一小部分，甚至只是大学承担的科研项目支持的一小部分（在 1%—5% 之间），但是这小小的数字后面却隐藏着大学研究与开发的真正的经济动力。①

　　大学—业界的关系比我们以前所了解的更加紧密。首先，新成立的公司构成了一个附属的研究和开发共同体，比如说，可以

---

　　①　参见 the Council on Governmental Relations（cogr）brochure，*The Bayh-Dole Act：A Guide to the Law and Implementing Regulations*，November 30，1993，获取途径 www. tmc. tulane. edu/techdev/Bayh. html。

给本科生以及研究生提供工作和培训的机会，而公司本身却能从大学方面获得信息和技术。同样，据说 1997 财政年度，学术许可证给美国经济贡献了 25 万个高薪职位，创造了 300 亿美元的价值（前一年创造了 21.25 万个职位，248 亿美元的价值）。其次，其中一些与大学相关的实验室和公司成长为股份公司，然后又组成了产业研发园区，比如硅谷、128 公路区、（杜克大学、北卡大学、北卡州立大学所组成的）科研三角、普林斯顿通道、（得克萨斯的）硅丘（Silicon Hills）、（宾夕法尼亚大学和天普大学的）迈尔斯医疗、（亚利桑那大学的）光谷以及（加大圣地亚哥分校的）金三角。这是 20 世纪末的校园景观，它已经取代了有决斗、有圣歌、有浪漫史的海德堡大学的哥特式钟楼，或者取代了有着教堂、酒馆和图书商的剑桥大学和牛津大学。①

为了争取到更多的研究和发展资源的份额，大学竞争日炽，它们既追求项目拨款和自身的许可收入，同时也追求顶尖研究型大学的地位以及由此而来的声望。加州大学系统是目前为止最大的研究型大学，1997 财政年度，其研究经费已经超过 16 亿美元，紧随其后的是约翰·霍普金斯大学 9.42 亿美元、麻省理工学院 7.13 亿美元。② 在许可毛收入方面，加利福尼亚大学同样以 6730 万美元位列第一，其后分别是斯坦福大学（5180 万美元）、哥伦比亚大学（5030 万美元）和麻省理工学院（2120 万美元）。加利福尼亚大学同样也是联邦研究经费主要的受惠者，

---

① 参见 the Council on Governmental Relations（cogr）brochure，*The Bayh-Dole Act: A Guide to the Law and Implementing Regulations*，November 30，1993，获取途径 www.tmc.tulane.edu/techdev/Bayh.html.

② 参见 AUTM Licensing Survey，fy1997。亦参见 1998 年 9 月，Richard C. Atkinson "The Future of the University of California," 获取途径 www.ucop.edu. 1997 年财政全部赞助研究经费支出中，紧随这三所大学的是华盛顿大学，密歇根大学，斯坦福大学，威斯康星大学，麦迪逊大学，纽约州立大学，得克萨斯 A&M 大学，哈佛大学，宾州州立大学。

它吸引了用于大学研究的联邦拨款（1996 财政年度是 123 亿美元）的 10%。① 必须明白，这些联邦基金催生了大学的发明，然后这些发明被授权或者按照合同给商业开发者（1996 财政年度，给业界的相应资金为 15 亿美元，占联邦拨款的 1/10 强）。在这个日益活跃的经济行为当中，大学教师（"发明者"）被组织研究活动或者拥有该项专利的机构通过给予许可获得版税收入的 20%—25%，这取决于金额的数量和所在的机构。② 按照阿特金森的说法，加利福尼亚大学是"年收入 115 亿美元的企业。在这 115 亿美元当中，加州政府贡献了 20 亿美元，这就意味着加州政府每提供 1 美元，我们就可从别的基金那里获得差不多 5 美元"③。关于美国或者世界范围内研究型大学的未来，难道其信念的根源就在于此？

　　联邦资助的科研成果转让给企业、不以营利为目的的学术活动转变成以营利为目的的研究与开发，这或许是正当的，原因在于这样一来，为了公众的利益，私营公司利用并激活了联邦政府缺乏活力的资金。私营公司赚得了利润，也因此扩大了经济基础；学生也得到了直接的锻炼。由此，大学也可以直接服务于公众了。同时还可以说，高科技的流入造就了生活水平的直接提高和该地区的城市化，造福于大学周围的社区以及上文所提到的研究园区。

　　然而，在这一过程当中还是存在着很多的风险和陷阱，那些被热情所支配的管理者和政策的制定者就是再急切，也是不应忽

---

　　① 见 Atkinson，"Future of the University of California"。

　　② 各大学和大学之间许可收入分配不同，各有变化。密歇根大学给发明者的待遇是：50% 上调到 20000033.33 美元，33.33% 20 万美元以上（University of Michigan Technology Management Office，"Working with Faculty and Staff"［未出版的文件］），而加州大学的比率则相对更具灵活性（UC Office of Technology Transfer，"UC Equity Policy，" February 16，1996，获取途径 www. ucop. edu/ott/equi-pol. html）。

　　③ 见 Atkinson，"Future of the University of California"。

视的。首先，对于专利的强调，或者说当知识转化为知识产权之后，这就意味着其他人不能分享这一知识。担心专利被人所知，这就可能扼杀专利的商业可能性，而要收取许可费用也会阻碍信息的自由流动，而这些信息本来会以传统的纸媒方式出现在学术刊物上，从而得以推广。在联邦的赞助之下而产生的发现和发明，联邦基金应该让它们更加开放。专利延宕了信息的传播、自由探索的原则也因此而大打折扣。"当'商业法则高于学术法则的时候'，研究人员之间的交流就很痛苦；同事们不愿意共享他们的数据。"①

其次，受惠于学界技术发明的人并非消费者或者广大的纳税人，却是公司和企业，而他们经常通过不甚公正的手段攫取巨额利润。如果贝耶—多尔法案旨在使联邦资金支持的发明能为广大公众所用，那么这个初衷并不能得到完全实现。我这里不妨援引两个滥用联邦资金的案例。声名最为狼藉的就是1993年斯克瑞普斯研究院和山德士公司之间签订的合同，山德士公司总部在瑞士，是一家生机勃勃的从事生物技术的跨国公司。以3亿美元为条件，在联合科学理事会当中，斯克瑞普斯给予山德士一席重要地位，山德士甚至可以在告知基金管理方（"全国卫生研究所"（National Institutes of Health））之前就可获得研究成果，以及斯克瑞普斯全部成果的市场推广的许可，而联邦政府对于这些研究的资助总额达到10亿美元。后来美国国会下设的一个委员会对这桩交易进行了调查，斯克瑞普斯和山德士被迫对合同进行了缩减。斯克瑞普斯或许不算是一个严格意义上的大学，但它也是有学位授予权的学术机构。山德士还和达纳法伯研究所（Dana-Farber Institute）签订了类似的合同，而达纳法伯研究所是哈佛

---

① 参见 Seth Shulman, *Owning the Future* (Boston: Houghton Mifflin, 1999), 51. 里面引用 Steven Rosenberg 在 *New England Journal of Medicine* 中的一篇文章。

大学的教学医院。以 1 亿美元为条件，达纳法伯研究所将原本由美国政府资助的克隆基因研究的权利交给山德士公司。① 合同还规定，拿了山德士公司钱的任何人，必须将他们研究成果的许可权交给山德士公司。通过让大学进行研究，公司节省了巨额资金，他们只需投入相对微薄的报酬和版税即可攫取利润。这一研究在某些方面的资金难言充裕，甚至不敷使用。那么公司的部分利润是不是应该返还给公众，也就是纳税人呢？

利用联邦拨款的研究实际上是利润与事业、利润或事业之间的冲突，同样值得警惕的还有，这同时也涉及学术独立、自由的知识探索以及学术自由的问题。这里有一个案例，虽然与技术转让没有直接关系，但也和我们现在讨论的问题密切相关。这一案例反映出大学—业界结盟的风险所在。1998 年 4 月，阿特金森成立了一个专门机构，调查本校活跃的职员在校外以专业谋取利益的合法性问题。来自加利福尼亚大学的自然资源学院院长、一名商学教授、一名经济学教授还有一名法学教授，他们共同组建了一个名为"法律与经济咨询集团"（Legal and Economic Consulting Group）的有关法律和经济事务的咨询公司。根据加利福尼亚大学学术委员会的简报报道，《旧金山新闻》（San Francisco Chronicle）披露，在该公司首次公开发售股票之后，其身家最少的成员亦达到 1400 万美元，最多的达到 3300 万美元。来自全国各地的学者担任该公司的顾问，其中有几位和华盛顿特区有非同一般的关系。该公司的一位法学教授是经济咨询委员会的资深经济学家，另一位来自加大伯克利分校的法学教授是主要股东，目

---

① 参见 Lawrence C. Soley, *Leasing the Ivory Tower: The Corporate Takeover of Academia* (Boston: South End, 1995), 41—42。在写这篇论文时，我很晚才留意到这本书，像 Soley 的虚拟大学一类的文章，里面有很多关于大学合作方面的有趣信息。还有 Kristi Coale's 的文章 "The $ 50 Million Question," 见 *Salon Magazine*, October 15, 1998。报说该协议被国家健康机构发现了，就更新了 Scripps deal，5 年里，每年按比例削减到了 2000 万美元。

前正在休假，他在司法部担任反垄断的首席检察官的副理，该公司的一位经济学家此前曾任此职。作为该公司的主要成员之一的劳拉·D. 安德里亚是加大伯克利分校海斯商学院院长。据有人回忆，她曾在克林顿首届政府当中先任白宫经济顾问委员会主席，后来担任总统国家经济顾问以及国家经济委员会主席职务。在反垄断、环境和自然资源经济学、知识产权、国际贸易及政策、私有化等诸多领域，该公司都很专业。该公司的客户不仅包括一些大公司，还包括阿根廷、日本以及新西兰等国家的政府。在利润与事业之间或者是选择利润还是选择事业这件事情上，戈登·劳瑟尔（Gordon Rausser）院长并未发现存在什么矛盾，而且加利福尼亚大学官方明确表示"对本校职员在校外的专业性工作不但可以接受，而且要鼓励，因为此类工作是双向受益的事情"①。在我看来，这是一个能否将事业做到最好的矛盾。这件事情将评判者分为两类：一方认为一个人在其业余时间做什么，这与他人毫无关系；另一方则怀疑事业可以截然分开的假定。② 从法律上而言，对于从事学术工作的雇员而言，其在工作分配上的时间安排（工作时间和个人时间）几乎是不大可能进行明确的区分（难道不会三心二意吗？），但是从伦理上而言，将学术工作公然和完全的商业化则有悖于大学是自由探索之所的理念。实际上，在今天很多研究型大学里，这种传统意义上"纯粹的"科学家与"着眼未来"的企业家职员之间的确存在着张力。

　　第二个利益冲突案例，即另外一桩技术转让的例证同样也牵

---

　　① 参见 *Notice*：*A Publication of the Academic Senate*，University of California 22，No. 7（May 1998）：1，3，4。

　　② "一些大学认为'学年薪水'覆盖全体教员在学年九个月期间 80% 的时间。在学年里，教员可以自由考虑'升至 20% 的时间'（通常理解为每星期一天）。'夏天数月'报酬通常是分开计算的。"见 1993 年 11 月 30 日的 Council on Governmental Relations，"University Technology Transfer：Questions and Answers，"获取途径 www.cogr.edu/qu. htm。

扯到个人的利益、时间以及精力在非营利的治学和营利性的研究与开发二者之间的划界问题。戈登·劳瑟尔，加利福尼亚大学伯克利分校自然资源学院颇具胆识的院长，卷入了另外一桩与山德士有关的事件当中，此时的山德士已经与汽巴—嘉基公司合并，并且更名为诺华制药公司，成为世界上最大的生物化学公司。这期交易和山德士与哈佛的合作颇为相似。诺华公司——一家总部设在拉荷亚市的新成立的子公司，农业发明研究所（责任有限公司）将给加利福尼亚大学投资 2500 万美元，用于植物基因组学、家政以及这所学院研究生的津贴。作为交换，诺华将获得 30%—40% 研究成果许可谈判的优先权。研究应该在由三名诺华科学家和三名伯克利教师所组成的委员会的指导下进行。另有一个委员会将决定资助项目的选择，这个委员会由三名伯克利的教师和两名诺华的科学家组成。这是大学一个完全意义上的教学部门和一个以营利为目的的公司之间签订的首份研究合同。这种校企联盟是 1980 年法案制定者的初衷吗？公众能够成为这些已经发布的研究成果的受益者吗？还是说这家瑞士跨国公司和加利福尼亚大学的企业家们成了受益者？难道公众成了私有的，而私有的成了公众？不管怎么说，长此以往，这种科研上的偏向将会给大学学术活动从根本上造成巨大而持久的影响。

我们同时也应注意到，诺华公司在德国生产基因工程玉米，该玉米与周围的自然玉米产生异花授粉，这件事情在欧洲激起抗议风潮。由学术自由将会引发的问题是不难预测的。似乎是为了提前消除人们对这种侵害的恐惧，加大伯克利分校负责科研的副校长说："这一科研上的合作完全是在公开的程序下达成的，充分考虑了公共利益以及学校对学术自由的一贯关注。"然而，拉荷亚诺华公司的首席执行官却是这样说的："在我看来，这项研究才是关于学术自由的最终立场。它不仅仅只是希望你做什么的自由，而是给你提供资源，让你有了付诸实施的自由。"显而易见，此公并不明白所谓学术自由这一概念与学术领域的自由企业截然不同。截至我写这篇文章时，诺华公司给加利福尼亚大学伯克利分校提供2500万美元的实验室，并且指派诺华的科学家到该校作为助理研究人员一事尚在磋商当中。由于这次谈判已经公开，也就引发了不少抗议，这其中就包括自然资源学院的研究生。但是，还尚未征求包括学术委员会在内的全体教职员工的意见。①

　　本该是非营利的大学现在却热衷于与商界建立合作关系。大学寻求更多的资金和资源，以期生产出具有市场潜力的知识产权，而这又能反过来助益于学术与商业。那些能够给大学提供资助和基金的公司就会复制这一循环模式。仅以芝加哥大学为例，芝加哥、斯坦福还有哥伦比亚等几所大学在技术转让方面展开了竞争，本没有工程学院的芝加哥大学，眼看自己在科学基金这一指标上的全美排名，20余年间从前10名跌落到大约前20名。为了迎头赶上，1986年芝加哥大学成立了内部风险投资公司。这家名为"ARCH 开发公司"（ARCH Development Corporation）的机构是芝加哥大学与阿贡国家实验室（Argonne National Laboratory）合作所建，旨在政府官员、教职员工、"潜在的CEO、顾问、合伙人以及发明家"当中"培育一个不断扩大的群体"。它旗下的生物制药公司负责人从哈佛招聘而来，部门领导他已经更

①　前述两个段落是以下面的报告为基础：Coale, "The $ 50 Million Question"；Peter Rosset and Monica Moore, "Research Alliance Debated: Deal Benefits Business, Ignores UC's Mission," *San Francisco Chronicle*, October 23, 1998; Joseph Cerny, "UC Research Alliance," letters to the editor, San *Francisco Chronicle*, November 7, 1998; James Carter, "Concerns over Corporation Alliance with uc College of Natural Resources, *Berkeley Voice*, November 19, 1998; Michelle Locke, "Berkeley Celebrates $ 25 Million Novartis Grant, but Some Have Questions," *Associated Press*, November 23, 1998, 获取途径 www.sfgate.com; "Bay Area Datelines," *San Francisco Examiner*, November 24, 1998; Charles Burress, "UC Finalizes Pioneering Research Deal with Biotech Firm: Pie Tossers Leave Taste of Protest," *San Francisco Chronicle*, November 24, 1998; 见伯克利大学天然资源学院政策与管理、环境科学部门、负责研究的学生 Arielle Levine, Susan West, 致编者信, *San Francisco Chronicle*, November 26, 1998。

换了一半。据他所说，这个公司现在配备的是"既能负责筹资，又能负责具体产品生产的具有创业精神的人才"。这家公司的负责人谈及一种新的行为准则："我跟员工们说，在发现新的知识之外，你们还有别的责任……再不能将工作简单地说成坐在各自的实验室苦思冥想，指望我给你们提供所有的资源。"①

匹兹堡大学和卡耐基梅隆大学（Carnegie Mellon University）共同组建了一个创新工场（Innovation Works, Inc.），以提供启动资金的形式，为研发、营销以及其他商业活动助力。② 加利福尼亚大学本身就有"生物技术联合研究的战略目标"（Biotechnology Strategic Targets for Alliances in Research），简称 Biostar，这项计划同样也是为了给生物研究吸引私人投资。这所大学还有专门为微电子学和计算机产业而设立的 MICRO 项目，同时还计划设立数个更为系统的项目，支持工程和通信技术。它的"技术转让办公室"（Office of Technology Transfer），是遍布每个校区的完整体系，通过在学校研究成果和积极寻找（技术）转让许可的人之间牵线搭桥，来引导这些成果在实践中得到应用。"技术转让所获得的收益给学校里的发明家和创造者（也就是教师和研究人员）注入了动力，使得他们参与到技术转让（也就是推销）这一集体性的过程当中来，为学校进一步的研究提供资金，并且支持大学技术转让项目的实施。"③ 每个校区都有自己的项目，比如圣地亚哥分校的 Connect，这一项目就是为了促进该分校和当地企业之间的联系与合作。加利福尼亚州立大学系

---

① 参见 芝加哥大学 ARCH Development Corporation，"About arch，"获取途径 www. arch. uchicago. edu。亦参见 Richard Melcher "An Old University Hits the High-Tech Road" *Business Week*，August 24—31，1998，94—96。

② 参见 University of Pittsburgh faculty and staff newspaper 上的一篇文章，"Pitt, CMU Form New Non-profit Corporation，Innovation Works，Inc.，" *University Times* 31，No. 7，November 25，1998，获取途径 www. pitt. edu/utimes/issues/112598/ 06. html。

③ 见 UC Office of Technology Transfer，"UC Equity Policy"。

统、斯坦福大学、南加利福尼亚大学以及加利福尼亚理工学院，这些加利福尼亚的大学都有各自诸如此类的项目，而所有这些项目无不表明业界与学校日益紧密的协作关系。① 正如皮埃尔·布迪厄所说，这种官僚体制自身不断再生并扩展，② 在这一过程当中将学者蜕变为公司的雇员和管理者。大学管理层依然成为一个不断壮大的资方群体，不管在哪个学科他们都远不只是传统意义上的学者了。劳伦斯·利弗莫尔国家实验室（Lawrence Livermore National Laboratory）产业合作与商业化方面的负责人说："从历史上来看，直到五年前我们还是一个封闭的所在。但是现在我们越来越重视经济效益的最大化。"③ 从东海岸到西海岸、从美国到日本、从澳大利亚到欧洲，在但凡有能力吸引商业利益的几乎所有的大学里，学术界的蜕变都是毋庸置疑的。④

　　……

---

　　① 见 Kenneth R. Weiss and Paul Jacobs 的 "Caltech Joins Rush to Foster Biotech Spinoff Companies," *Los Angeles Times*, September 16, 1998。

　　② 参见 Pierre Bourdieu *The Inheritors: French Students and Their Relations to Culture*, trans. Richard Nice（Chicago: University of Chicago Press, 1977）; *Homo Academicus*, trans. Peter Collier（Stanford: Stanford University Press, 1988）; Jean Claude Passeron, *Reproduction in Education, Society, and Culture*, trans. RichardNice（Newbury Park, Calif.: Sage, 1990）。

　　③ 参见 AlexGove, "Ivory Towers for Sale," Red Herring, August 1995，获取途径 ww. her ring. com/mag/issue22/tech1. html。

　　④ 参见 Sheila Slaughter and Larry L. Leslie *Academic Capitalism: Politics, Policies, and the Entrepreneurial University*（Baltimore, Md.: Johns Hopkins University Press, 1997）。这是一本针对澳洲、英国、加拿大和美国大学公司化现象进行系统研究的书。尽管方案设计时，该书不以诸如人文主义，社会科学，学术自由和政治职责等具有直观知识性的议题为中心，但这些议题还是会时不时地浮出水面。同样参见 Jan Currie and Lesley Vidovich "The Ascent toward Corporate Managerialism in American and Australian Universities," in Martin, ed. *Chalk Lines*, 112—144。技术转让通常是由大学转向公司。波士顿大学校长 John R. Silber，通过对 Seragen 公司投资，为其进行制药研究，扭转了方向。然而，作为主要投资者的大学，可能不会像其他方式那样成功：据报道，波士顿大学在30 年里投资了 8400 万美元，而它现在的价值为 840 万美元。见 David Barboza, "Loving a Stock, Not Wisely but Too Well," New York Times, September 20, 1998。

　　虽然不能说与技术转让没有干系，但归根结底还是公司对学术研究的直接介入激化了利益冲突，而且危及学术项目和学术判断的完整。塔夫茨大学（Tufts University）城市与环境政策专业教授谢尔登·奎姆斯基（Sheldon Krimsky）对 1992 年该领域 14 家重要刊物所发表的 789 篇有关生物和基因的专业论文进行了调查。这些论文皆为马萨诸塞州一些非营利性研究机构的生命科学家所撰写。如果具备以下三种情况之一者，该文作者即被认为有经济收益：（1）如果某项专利或者专利申请涉及他们的姓名；（2）在从事相关产品研发的生物公司下设的科学研究委员会供职；（3）在与科研机构有商业关联的公司供职或者持有其股份。奎姆斯基的研究结果表明，在所调查的文章当中，34% 的论文都与所涉及的研究存在经济利益关系。顾问以及咨询费用尚不包括在内，原因是其难以查证。如果将这一因素考虑在内，谢尔登认为实际比例可能还要高得多。[1]

　　这一事关利益冲突的问题绝非简单问题。是不是经济介入本身就必然会增加科学研究的可靠性？持有股份是否也会导致同样的问题？但凡与经济活动有关的论文，是否都应该予以披露呢？很多科学家对此并不以为然。波士顿大学公共卫生专业教授、《流行病学》（*Epidemiology*）编辑 K. J. 罗斯曼（Kenneth J. Rothman）在《美国医学协会杂志》（*Journal of the American Medical Association*）上撰文指出："尽管披露出来或许会给某人贴上一个标签，表明这其中有利益的冲突，但是这并不能表明这项工作本身是否就真的存在问题，或者这种隐含的预判是否一个

---

　　① 参见 Karen Young Kreeger, "Studies Call Attention to Ethics of Industry Support," *Scientist* 11, No. 7 (March 31, 1997): 1, 4—5；获取途径 www. the-scientist. library. upenn. edu/；谢尔登·奎姆斯基，*Biotechnics and Society：The Rise of Industrial Genetics*（New York：Praeger, 1991）；and Roger J. Porter and Thomas E. Malone, eds. , *Biomedical Research：Collaboration and Conflict of Interest*（Baltimore, Md. ：Johns Hopkins University Press, 1992）。

'虚假的事实'。"他称这种行为是"新的科学麦卡锡主义"①。
自 1992 年以来，包括《美国医学协会杂志》、《科学》（*Science*）、《柳叶刀》（*Lancet*）、《新英格兰医学期刊》（*The New England Journal of Medicine*）以及包括《美国国家科学院院刊》（*Proceedings of the National Academy of Sciences of the United States of America*）② 在内的数家刊物都已实行了披露经济资助的规定，然而像《自然》（*Nature*）等其他刊物认为此举并无必要。后者认为对于科研工作的评价应该就事论事，而不应该针对作者的社会关系，因此他们不去考虑明显的利益冲突。那么，这种解释会不会导致与习以为常的法律概念的彻底背离？

有不计其数的复杂案例基本都涉及"明显冲突"，这本来必须有详尽的合同细节，但是实际上只是做了表面文章。如果对这些案例做详尽描述会让本文偏离主题，因此我只涉及注解中所列的文献。③ 数个不甚具体的例子或许就足以拼出大致的轮廓：身兼刊物编辑和大学教授的某人决定是否刊用有关某药品的论文，而他本人与这个药品存在着利益关系，结果是质疑该产品的文章被悉数退稿，而肯定该产品的文章全被留下；研究人员对某个药

---

① 由 Kreeger 引用，"Studies Call Attention."See Kenneth J. Rothman，"Conflict of Interest：The New McCarthyism in Science，"*JAMA—The Journal of the American Medical Association* 269，no. 21（June 2，1993）：2782—2784。

② 原文是"*Proceedings of the National Academy of Sciences*"，实指"*Proceedings of the National Academy of Sciences of the United States of America*"，故译为《美国国家科学院院刊》。——译者注

③ 除了在前注释中列出的，还请参阅 David Blumenthal，E. G. Campbell，and K. S. Louis et al. "Participation of Life-Science Faculty in Research Relationships with Industry，"*New England Journal of Medicine* 335（1996）：1734—1739；Edgar Haber 的"Industry and the University，"*Nature Biotechnology* 14（1996）：441—442；Sheldon Krimsky，L. S. Rothenberg，P. Scott，and G. Kyle "Financial Interests of Authors in Scientific Journals：A Pilot Study of 14 Publications，"*Science and Engineering Ethics* 2（1996）：396—410；Rothman "Conflict of Interest"；and Daniel Zalewski "Ties That Bind：Do Corporate Dollars Strangle Scientific Research?"*Lingua Franca* 7，No. 6（June/July 1997）：51—59。

品盛赞有加，可能就是因为他在该药品的生产商那里有大量投资；某气象学家可能会否认全球气候变暖这一事实，同时他不会说自己拿了石油公司以及石油出口国政府的钱；赞助商，比如一家制药企业，坚决要求掌握对研究报告进行审阅、修改和批准的权力。很多这样的压力被成功地顶回去了，但并非总是如此。不管怎么说，高疗效药物的研发耗资巨大，但由于联邦和公共资金时有缺口，于是来自业界的研究经费就成为竞相追逐的对象。另外，有些项目会给公共卫生带来巨大的福祉。然而，最终生产出来的产品事实上的重要性并不能保证该项目免受侵害。尽管大部分基金都是合理合法、光明正大的，但是研究工作日益严重的商业化也显然带来了更大的风险。

最后，高科技企业果真能造福于大学周围的公众吗？当然，那些公司享受着低成本的研发，联邦的纳税人为这些研发提供了资金，而大学则承担了研发本身。那些跻身于公司董事会的大学领导得到了薪酬、也得到了满足。毋庸置疑的还有，许许多多刚刚起步的公司，大概有1/4，最终都成为成功的企业，即便是那些失败者也还可以从头再来，甚或它们训练有素的职员也可以在别的公司找到职位。但是这个"商业圈"之外的情况又如何呢？毫无疑问，科学园区创造了工作、增加了收入。高薪科研人员的到来促进了商店和市场的发展，也就相应地为服务业创造了商机。另一方面，如此迅速的城市化就意味着房地产价格的飙升，从而导致房地产业无序发展和交通拥堵。这样就引发了无序开发、交通拥堵，更重要的是环境恶化这样一个恶性循环。在这样的发展形势之下，基础设施的维护就得地方和该州的纳税人买单。硅谷对其周边地区并不关心，针对这一现象所造成的负面影响，有观察家指出："圣马特奥市（San Mateo County）房屋的平均价格超过了40万美元；圣克拉拉市（Santa Clara County）的房价也与此不相上下。推动高科技引擎的劳动大军，他们其中的大部分人花费数个小时往返奔波于硅谷与另一个山谷，即中央山谷（Central Valley）之间，因为只有在那里这些人才能找到负担得起的住所。空气污染、校舍拥挤、贫富分化严重，所有这一切都是高科技经济国际化所造成的恶果。"① 匹兹堡、宾夕法尼亚，或者波特兰、俄勒冈等较早形成的城市，经过了数百年的发展，在不断调整着经济、文明与其地理环境的关系，与此不同的是，散步的道路、公园、纪念性建筑、剧院、老商业区、广场等休闲设施，这些生活中必需的柔性元素在高科技研究园区则付诸阙如。有的只是大型的购物中心，这些购物中心连同其徒有其名的公共空间只能为小年青和成年人提供一个相聚的场所。在尚未为晚之时，大学难道不应该成为一个可以进行反思的地方吗？

……

在当前的经济形势之下，大学的公司化同时也意味着全球化，因为重量级的公司都是不折不扣的跨国公司。不计其数的跨国联系，已经将大学编织进一个网络当中。比如，在任何一个工业化国家的大学里，你不可能找到这样的学者，他从未以学生或者学者身份在哪怕至少一个国外机构里有过较长时间的经历。在学术生活当中，访问、交流以及会议已经司空见惯。出版业往往也是互相合作、跨越国界的，而且其发行流通也是全球性的。在这些大都会，来自第三世界的工程师和知识分子也受到欢迎。诸如菲尔兹奖（Fields Medal）、普立兹克建筑奖（Pritzker）、京瓷奖（Kyocera）以及诺贝尔奖，这些奖项日益成为重要的学术肯定，同时也理所当然的全球化。曾几何时，招徕外国学生仅仅是出于地缘政治的考虑，而如今争先恐后招收外国学生却是为了这些来自第三世界的富家子的学费。正如我们亲眼所见，研究经费

---

① 参见 Steve Scott, "Silicon Valley's Political Myopia," Los Angeles Times, July 4, 1999。

的来源，即制度性拨款、项目支持、定向捐赠、基金以及奖学金，这些往往已经跨越了国界。伴随着资本与技术的流通，这种发展显然有助于信息传播和彼此了解，有助于消弭地区以及文化上的误解与误传。因此，这种发展的确具有积极的方面。

然而，同时还存在着一个不容忽视的威胁，这便是全球性学术产业的形成，它有力地吸引和同化着学生和学者。这种产业绝非虚拟大学的管理者所设想的"村庄"，而恰恰是去地方化（deterritorialized）的公司。跨国学者，也就是现在的职业化的专业人士将自己归并进一个排他性的机构之内，不管是在他们的故土还是新家，这机构都和周围毫不相关，但是却和跨国公司的解构密不可分。随着它的扩展，在全球范围内，诺华俨然成为一个将管理者、教授、研究人员以及研究生尽收毂中的榜样。英语这商界的通用语成为他们的标准语言。研究、阐释以及批评社会、文化以及社会关系，这是多少代人所宣扬的人文以及社会科学的目标所在。但是今天的现实似乎已经完全揭穿了这一假象。全球性的信息和知识产业对于学术研究的巨大影响，这本来应该成为我们最为关切的话题，但是时至今日人文以及社会科学界所谓学者对这一问题并没有进行探讨，甚至都没有认识到这一问题的存在。但是，随着全球性话语的流布，诸如"全球化"、"跨国的"以及"多元文化主义"，凡此等等的说法就像商品一样大行其道。在这一过程当中，专家们将全球化话语隔离、保护、消毒，以至驯化得服服帖帖，似乎全球化话语本身就是一个蓬勃繁盛的文化和知识活动。尽管还存在着可供从学术上进行严肃叩问和批评的逼仄空间，即便是这样的空间也在迅速萎缩，特立独行的学者也日渐稀少。针对大学不断的商业化，这些"无所用的"学问门类应该对其进行探讨和干预，但是教授们在这一问题上的失败显得越来越刺眼，至少对于部分评论家来说就是如此。到底是哪些知识上的因素导致了这一失败？导致这一失败的外部因素又有哪些？莫非就是这震耳欲聋的沉默吗？

二　作为批评和干预的手段，人文主义是失败的

最近出版的一些著述已经对全球市场与大学之间的联系展开了讨论。① 比如，克拉克·科尔（Clark Kerr）所著《大学之用》（*Uses of the University*）1995 年版新增的数章当中，表明了对大学私有化和公司化的深刻忧虑。1998 年出版，由希拉·斯劳特（Sheila Slaughter）与拉里·莱斯利（Larry Leslie）合著的《学术资本主义》（*Academic Capitalism*）一书指出，"支持某项（学术）活动的具有自主权的基金，以撤资为手段基本上限制了教授们为求职而研究的自由，这种自由同时也受到不断增加的商业研发预算的限制。"该书甚至预言："没有参与到学术资本主义当中的教师将不复既是教师，又是研究人员，而沦为纯粹的教书匠，这样他们的工作就只能依靠不稳定的合同，而非终身教职，

① 请参阅 Sheila Slaughter and Philip G. Althach, eds., *The Higher Learning and High Technology：Dynamics of Higher Education Policy Formation（Frontiers in Education）*（Albany：State University of New York Press, 1990）；Howard Dickman, ed., *The Imperiled Academy*（New Brunswick, N. J.：Transaction Publishers, 1993）；Arthur Levine, ed., *Higher Learning in America*, 1980 – 2000（Baltimore, Md.：Johns Hopkins University Press, 1993）；Ronald G. Ehrenberg, ed., *The American University：National Treasure or Endangered Species?*（Ithaca：Cornell University Press, 1997）；Hugh Davis Graham and Nancy Diamond, *The Rise of American Research Universities：Elites and Challengers in the Postwar Era*（Baltimore, Md.：Johns Hopkins University Press, 1997）；Donald Kennedy, Academic Duty（Cambridge, Mass.：Harvard University Press, 1997）；William G. Tierney, ed., *The Responsive University：Restructuring for High Performance*（Baltimore, Md.：Johns Hopkins University Press, 1997）；Roger G. Noll, ed., *Challenges to Research Universities*（Washington, D. C.：Brookings Institution Press, 1998）。虽然前任芝加哥大学校长 Hanna H. Gray，谈论了关于人性危机的话题，但她的主要兴趣还是停留在传统的人性奖学金上（见 "Prospects for the Humanities", Ehrenberg, American University, 115—127）。斯坦福大学前任校长 Donald Kennedy，对大学管理很有见地，尤其是对技术转让，但是对人道主义却无只言片语。以上目录没有全部列举完，但还是能明确显示出对企业化大学中存在的人道主义问题的漠不关心。

在有关课程设置或者研究型大学的方向等问题上也就甚少发言权。"① 然而这些著述所关注的还仅仅只是传统的经济,对于人文科学不置一评,好像学问的这一分支已经全然消失一样。从另一方面而言,W. B. 卡诺坎(W. B. Carnochan)、大卫·达姆罗施(David Damrosch)、威廉·V. 斯潘诺斯(William V. Spanos)、约翰·比佛利(John Beverley)、迈克尔·贝鲁比(Michael Bérubé)、卡里·尼尔森(Cary Nelson)以及尼尔·波兹曼(Neil Postman)② 等人文学者在他们的著作中,关于大学的企业转型及其对人文科学的影响也几乎没有发表什么具体的意见。这两方面都没有看到对方的存在。斯劳特和莱斯利的语言"大学作为学者的共同体,这一概念将进一步分裂",但是这种分裂已经开始了。③

　　人文科学已经撤离了知识和政治抵抗的前线,为了对造成这一现象的环境进行思考,我还是想仔细审视"进步的"人文学者当中对总体性以及对多样性、独特性青睐有加的普遍性这些观念的逐渐抛弃,以勾勒出战后知识分子转型的大致轮廓。这种意识形态上的转变目的在于纠正启蒙集体主义,而这无疑是有益的。但与此同时,我们也必须认识到多样性和差异的观念与本文第一部分所描述的经济全球化是并行不悖,甚至可以说对后者是

---

　　① 参阅 希拉·斯劳特,拉里·莱斯利, *Academic Capitalism*, 211。

　　② 请参阅 W. B. Carnochan, *The Battleground of the Curriculum*: *Liberal Education and American Experience* (Stanford: Stanford University Press, 1993); David Damrosch, *We Scholars*: *Changing the Culture of the University* (Cambridge, Mass.: Harvard University Press, 1995); William V. Spanos, *The End of Education*: *Toward Posthumanism* (Minneapolis: University of Minnesota Press, 1993); John Beverley, *Against Literature* (Minneapolis: University of Minnesota Press, 1993); Michael Bérubé and Cary Nelson, *Higher Education under Fire*: *Politics*, *Economics*, *and the Crisis of the Humanities* (London: Routledge, 1995); Neil Postman, *The End of Education*: *Redefining the Value of School* (New York: Vintage, 1998)。

　　③ 见 Slaughter and LesliE, *Academic Capitalism*, 243。

肯定的。

　　回望 20 世纪 60 年代，世界范围内的学生运动并非是对互有联系的历史事件的统一回应。墨西哥城、巴黎、伯克利乃至东京，在每个城市所发生的各不相同的偶发事件都可追溯到不同的历史。尽管如此，如果并非所有、也是绝大部分的校园暴动自有一些特定的背景：第三世界独立运动无远弗届的影响；对于殖民主义和种族主义的愤怒和负罪感；第二次世界大战之后出生的一代所带来的代际挑战；东西方对"冷战"所带来的禁锢的强烈的憎恶；重新焕发起来的对居于支配地位的核心权力的怀疑，这其中既包括对家长制、男性之上的怀疑，也包括对中央集权和同性恋的质疑；与高雅艺术相对立的反主流文化的兴起，以及对欧美现代主义以及启蒙极端主义的拒斥。在不同的社会当中，这些反抗的形态以及结果也相去甚远，但是在世界范围内，这些抗争都以这样或者那样的形式在因斗争而分裂的校园里出现了。况且，在全球性这个愈来愈小的范围内，地区性事件之间也盘根错节、联系紧密。

　　越南和阿尔及利亚解放运动对法国知识分子的影响既深且远，然而 1956 年赫鲁晓夫对斯大林主义的揭露、同年以及后来苏联分别对匈牙利以及捷克斯洛伐克的入侵却粉碎了它们与苏联共产主义在历史上的同盟关系。随着战后这些发现所带来的恐惧深入欧洲人的思想，马克思主义的人道主义便首先受到了质疑。这种怀疑主义质疑任何形式的普遍性——其中就包括欧洲的中心性（Eurocentricity）这样的观念，同时主张将"差异"作为认识的框范，而延异（differance）则是策略。语言是界限，超越了这一界限，所谓"真实"则渐行渐远。后现代转向由此开始了。

　　第二次世界大战之后，最杰出的知识分子当属萨特，他的马克思主义追求人道主义和普遍性，他从存在主义出发对本质的摒弃、他那至少隐而不彰的结构主义，这些都是对集体主义的淡化。

克洛德·列维—斯特劳斯（Claude Lévi-Strauss）的文化人类学则将萨特的存在主义的人文主义取而代之，成为法国当时最强势的思想。在列维—斯特劳斯看来，正是索绪尔的差异语言学模式被阐释，为解放的平均主义提供了基础。按照他的理解，对总体性和普遍性的放弃事实上来自集体主义、中心主义以及启蒙人文主义的彻底幻灭，而这对形形色色的结构主义和后结构主义的兴起至关重要。正如列维—斯特劳斯所说："文明意味着诸种文化的共存，这些文化彼此给予了最大限度的多样性，甚至正是在这种共存当中，文明才得以存在。"[①] 他的这种差异认识论引起了对于多样性的认可和保护，而且多元化有力地促进了第三世界主义、毛主义（一种马克思主义的变种）、女性主义、反种族主义、反东方主义以及反极权主义的出现。尤为重要的是，他对总体性、对欧洲中心性的挑战影响到知识的各个分支，从人类学、社会学，到艺术、文学、历史、政治以及法律，也影响到学生以及当今著名的后结构主义理论家，如雅克·拉康、罗兰·巴特、路易·阿尔都塞、保罗·德·曼、让—弗朗索瓦·利奥塔、吉尔·德勒兹、菲利克斯·瓜塔里、迈克尔·福柯以及雅克·德里达。

存在已久的欧洲中心性破灭了，列维—斯特劳斯的结构主义则应运而生，这一结构主义在知识分子的历史上发挥着举足轻重的作用，不独在法国如此，在今日世界的各个角落莫不如此。然而，它本身也引起了一些问题，在这个全球经济的时代，人们已经开始感触到其终极后果了。首先，正如列维—斯特劳斯后来一本书名《来自远方的目光》（*the view from afar*）所暗示的那样，正是由于要维护文化的多样性，所以我们不应、不能与任何文化产生亲密的认同。其结果不仅仅只是对异域色彩和表面知识的偏

---

① 见 Claude Lévi-Strauss, *Structural Anthropology*, Monique Layton 译, Vol. 2（New York: Basic Books, 1976），358。

好，而且还表现为对他者的疏离、放任和漠然。其次，多样的文化无不是独特的、自治的，就此而言这种文化之间就毫无共同之处可资比较，比如他指出："断言一种文化比另一种文化优越是荒诞不经的。"① 他的意思是文化以及时代总是应该、或实际上就是同样让人满意抑或同样让人不满意的吗？认知相对主义是不可避免的，而且唯我主义以及随意性也就因此而产生。再次，索绪尔语言学建立在词汇的差异系统（the lexicographic system of difference）这一基础之上，按照索绪尔语言学来讲，应当按照一个符号与其他符号的关系、而非它的指称（referent）来理解这一符号。在列维—斯特劳斯的运用过程中，指称不可避免地丢失了，于是"真理"也就被认为是不可呈现的。于是世界就一变而为文本，历史也就成了叙事。复次，每一种文化、每一个时代都有其自身的关系（terms）和话语，于是便做出这样的判断，即跨越了文化和历史的界限，它们是不可比较的。最后，从某种程度上而言，多元文化的不连贯性是预设的，可以认为某种文化必然决定了诞生于该文化当中的独立主体。这就与斯特劳斯关于差异的基本前提构成了不可调和的矛盾，这一基本前提否认总体性和集体性（即某种特定的文化具有毫无差别的整体性吗？）；然而，尤为重要的是，这就否定了主体性（subjectship）——个体动机（individual agency），如果这样一切政治契约（political engagement）便都不可能了。还有，由于政治动力被消解，吊诡的是，文化的多元性复又臣服于那个霸权中心——它与所谓"没有边界"的全球性经济如出一辙。

　　显而易见，这是一种简化，而且如果称其为在法国结构主义/后结构主义传播过程中所产生的、美国文学和批评界对其进行的阐释，这样或许更为恰当。此外，在后结构主义者那里，对普

---

① 见 Lévi-Strauss, Structural Anthropology, 354。

遍性、集体性、指称的摒弃，注重差异、独特性、不可比较性的动力，以及结构，此三者不可能达成统一。况且，正如我们在美国理论家所处的语境中看到的那样，在他们当中存在着一种不可否认的倾向，那就是从根本上反对人文、文明、历史以及正义诸如此类的总体化概念，也反对诸如地区、国家、地方性甚至微不足道的群体的次总体性（subtotalities）。好像他们都呼吸着区分和差异这一时代精神，他们每个人都认为基础的观念和概念都是历史以及文化的结构，比如托马斯·库恩（Thomas Kuhn）所说的"范式"（paradigm）① 或者福柯所说的"知识型"（episteme），同时他们还认为，并不存在一个万应灵药似的判断或者昭示因果的解释。总体性被视为必然的极权，对其恐惧至今仍未稍减。差异理论并不仅仅只是局限于历史，而是延伸到社会与文化的关系当中去了。总体被分为多数和少数，少数再被分为更少数，然后再被分为更少的少数，以此类推。这一逻辑强大的力量使得区分和碎片化永无止境。粗疏的概括足以消灭存在于一切范畴当中的差别，鉴于这种情况，精确的认同倒是不无裨益的尺度。这有助于反对边缘化和抹除（erasure）。然而总体性作为碎片化和抹除的语境，如果不能对碎片化和抹除有所抑制和调节，那么碎片化和抹除就有可能有违初衷，最终导致普遍的边缘化。

　　个体、群体乃至某项规划都需要有一个可以在其中为自身定位的总体。反过来说，一个总体并非总是一个对一切差异和边缘造成压抑的严整体系。在各个层面上，都存在着具体和特殊，此二者与语境、与其他具体和特殊的商兑。同理，一切概念和观念都被确定于某个特定的时空点上，但是这一确定的时空点并不能产生统一和同一的概念及观念。进而言之，无论是在总体性还是

① 见 Steven Weinberg, "The Revolution That Didn't Happen," *New York Review of Books*, October 8, 1998, 48—52。

特殊性当中，本质主义有可能在场、也同样可能缺席。

1974 年，诺曼·乔姆斯基和福柯之间围绕"人之本性：正义与权力"而展开的论辩，再清楚不过地证明了总体性和特殊性之间的这种矛盾或曰悖反。这场论辩的后半段他们就正义这一概念展开交锋，二者之间的分歧在这一部分一目了然。福柯认为，正义作为"特定的政治和经济权力工具，或者反抗权力的武器"，乃是历史和社会的创造，然而乔姆斯基认为，正义应该是有"一个绝对的基础……（它）存在于根本的人性当中"。福柯对乔姆斯基过时的启蒙元叙事并不苟同，其依据就是正义仅仅只是众多话语当中的一种。乔姆斯基不仅仅只是以普遍主义知识分子的身份，而且也是为了替世界上的被压迫者进行抗争才发出这样的呐喊。他深信真理与虚假可以区分，而且作为主体行为人应该承担道德责任。对于福柯而言，这套说辞不过是权力欲望的作用而已。相反，于福柯对于争议和真理的放弃当中，乔姆斯基发现的却是犬儒主义，透过精巧的知识诡辩，它反映的是道德和政治上的失败。①

和欧洲国家相比较，差异理论在美国、加拿大和澳大利亚受

---

① 参见 Fons Elders, ed., *Reflexive Water*: *The Basic Concerns of Mankind* (London: Souvenir Press, 1974), 133—197。这些重要的辩论应该被广泛阅读和讨论。据我所知，Edward Said 著名的随笔, "Traveling Theory," 是最早在 (*in The World*, *the Text*, *and the Critic* [Cambridge, Mass.: Harvard University Press, 1983], 244—247) 上讨论过的。很久之后，才讨论到 Christopher Norris's 的 *Uncritical Theory*: *Postmodernism*, *Intellectuals*, *and the Gulf War* (Amherst: University of Massachusetts Press, 1992), 特别是 "Chomsky versus Foucault," "The Political Economy of Truth," and "Reversing the Drift: Reality Regained," 100—125。以及 Norri 的相关作品，比如：*What's Wrong with Postmodernism*: *Critical Theory and the Ends of Philosophy* (Baltimore, Md.: Johns Hopkins University Press, 1990); *Deconstruction*: *Theory and Practice*, rev. ed. (London: Routledge, 1991); *The Truth about Postmodernism* (Oxford: Blackwell, 1993); and *Reclaiming Truth*: *Contribution to a Critique of Cultural Relativism* (Durham: Duke University Press, 1996), 审视 Richard Rorty, Stanley Fish, Jean Baudrillard, Foucault, 以及其他的务实的后现代主义者。

到了更为热情的欢迎，原因就在于这些国家作为出类拔萃的移民社会已经有着悠久的历史，不同的种族和族群一直"共处"于此。正如我们所知，20世纪60年代的校园暴动肇始于50年代末、60年代初的民权运动，以及愈演愈烈的反越战运动。何况美国是建立在长时期的种族灭绝和奴隶制之上的，其流弊在20世纪末期仍未完全消除。正如我们所见，再后来的全球经济又极大地促进了移民和交换，而且人们得时时面对和适应差异问题所面临的前景以及所带来的问题。因此多元文化主义已经成为美国大学在教育和政治经济方面所面临的一个紧迫问题。

长久以来，多数垄断压抑着除占支配地位之外的所有历史和文化，而反对边缘群体歧视的文化多元主义则是针对这一现象的民主改善。在多元文化主义之下，所有的部分和派别都有权要求公平的包容和代表，而且在一些现实的社会计划当中，已经出现了成功的信号。反对性别和少数族裔歧视的行动是一个实践性的计划，它根植于形形色色的文化多元主义，而且已经使越来越多的女性和少数族裔获得工作、进入大学。虽然代表还远未实现公平，但是我们不应忘记仅仅在一代人之前对边缘群体的排斥是多么的彻底。然而在欢庆之前，我们需要直面下列问题。首先，针对性别和少数族裔平等的挑战又有抬头之势，它重又对女性和少数族裔的就业和入学构成威胁。尽管有联邦法律的保护，但是这些平衡计划的未来并非安然无恙。我要不厌其烦地强调：在一切社会范畴之内，对于边缘群体的公正和包容仍然远远不够。

更为重要的是，我们必须关注在文化多元主义这一计划内部所出现的自相矛盾的趋势：一方面是对他异性更加认可；另一方面是对自我身份排他主义的再次确认。前者是文化多元主义的冠冕堂皇说法，按照这种说法世界是多元的，一个人的位置就寓于这种多样性当中。多元性和多样性原则要求，我们应该将一个人的族群或者身份视为多中之一。如果这个平等的限制和界定被

"全球社群"的所有成员所接受，那么文化多元主义在推进公平、公正的人类社群之实现的进程当中取得了长足的进步。然而，在改善普遍而抽象的人类福祉过程中，自律几乎没有得到切实地贯彻——当其为了有关各方而要在物质上有所节制和牺牲时尤其如此。① 此外，从族群到阶级、从地区到发展、从性别到民族、从贫穷到富足、从种族到年龄，以所有这一切范畴中的特殊性为前提的文化多元主义有无尽的差异，即便是在这个无远弗届、变动不居的时代，即便对于这种种变体极其微小的部分，也不会有人对其有切近的了解。可以想见这参差多态的图景：一贫如洗的白人同性恋老妪、操着英语的韩国富翁、属于中产阶级的黎巴嫩裔的美国男同性恋者，而且他孑然一身又刚刚丢了饭碗。尽管想象丰富、富于同情甚或忧心忡忡，但一个人了解并接受他者的能力终归非常有限。这种目光注定是"遥远的"。随着财富上的差异——鸿沟——日益加剧，就像目前的局面一样，这种跨越范畴的理解变得愈发艰难。事实证明这处于同一时代的相遇愈发困难，文化多元主义的声浪就愈发响亮。文化多元主义抽象的原则、所谓心胸豁达、日以宽容的说辞往往成为一种为既存的特权、不平等和阶级差异开脱罪责的借口。

在差异和多样性计划内部还存在着两种可能的危险。首先，与产业全球化极其相似，文化多元主义沉湎于国际主义和世界大同主义的假象里，为存在于世界各个地区的精英联盟的形成推波助澜，反而对生活在万劫不复的经济孤立和停滞当中的芸芸众生视而不见。其次，设若有一种联系能够超越身份，那么吊诡的是，文化多元主义素来对此漠然处之，而这种冷漠径直演化为一种断然的拒斥，对他者所拥有、所享用并付诸行动的事情概不参

---

① 见 Terry Eagleton，"Defending the Free World," in *The Eagleton Reader*，ed. Stephen Regan（Oxford：Blackwell，1998），285—293，在这点上很有建设性。

与。于是，文化多元主义往往就意味着另一种开脱：以避免对以前的殖民地再进行"殖民主义的"代言为托词，文化多元主义将土著抛弃在"后殖民"的权力真空或者混乱当中，而这种状况往往就是此前殖民主义直接的遗祸。关于这所谓的新状况，有无数的例证，最引人注目的莫过于撒哈拉沙漠以南的国家，那里饥饿、贪腐、劫掠和暴力永无休止，然而北部国家却隔岸观火、拒施援手。在（美国）国内，内陆城市与之何其相似。以后殖民性这一观念为支撑，将殖民主义定位成过往的事件，文化多元主义基本上发挥了许可证的效力，放弃了不能给他们带来利益的边缘群体的福利，而专注于主流群体的利益。当斯拉沃热·齐泽克将文化多元主义归结为"这种全球资本主义意识形态的理想形式"①，他所指的正是这一现象。

被压迫、被剥削的群体有权力和责任自保，这就要求建立牢固的群体身份以图自保。然而，一旦生存和自保不再是不得不为的事情，身份政治就摇身一变而为一种自我抬高的策略，或者更准确地说是，成了自我兜售以求一己之利的手段，受难的历史也就成为待价而沽的商品。② 这就可能堕入投机取巧和同类相食的境地，它可能不一而足地体现在种族、性别、民族、社会等方面。以文化多元主义为幌子，抬高自己的身份的同时，对他者身份认同不过是象征性的——果真有机会对他者给予帮助的时候，他就会无视对方的存在。似乎自我身份成了私有财产当中的一个物件，这个群体——但极有可能只是这一群体当中的领导精英——将其据为己有、不容他人染指。不管对于统治者还是被统

---

① 参见 Slavoj ˇziˇzek, " Slavoj ˇziˇzek, Multiculturalism, or, the Cultural Logic of Multinational Capitalism," *New Left Review* 225（September/October 1997）: 44. 议题封面上的名称缩写为"Multiculturalism—A New Racism?"。

② ˇZiˇzek's 的 *New Left Review essay* 被 Wada Tadashi 翻译成了日语，其中又增加了一些英国版本里没有的页数。在这一部分里，齐泽科提出了和政治身份被害人使用相类似的观点。见 *Hihyo kukan* 2, No. 18（1998）: 79。

治者而言，排他主义都极具破坏性。野心勃勃的自雄足以分裂与其他边缘群体可能的政治同盟，使其变为步调不一、分崩离析的自我兜售的动机，而这在组织有序的其他主流力量的操控下，走向万劫不复的境地。鉴于这种关系，想想茨维坦·托多洛夫（Tzvetan Todorov）关于人性普遍特点的评说也许不无裨益，他说："人类在世界上生存的环境将人置于多种多样的影响之下，而且这个环境随着时空的不同而不同。每个人与其他一切人的共同之处是都有能力拒斥这些影响。"① 而我本人并不认为这种自由是人皆有之的，然而间或对改变这些影响的愿望以及对他人的身份进行揣测的愿望却的确是一个极其普遍的经历。人与人之间的界限则肯定是可以跨越的，至少在想象里是这样的。

　　让我们重新回到对文化多元主义的公司化利用，全球主义赋予私有化和企业化以价值。尽管公司体系没有任何理由，或者说利润，去消灭种族主义和男性至上，同样它也没有任何理由，或者说利润，总是去孤立种族主义和男性至上。实际上，公司体系在其扩张过程中，通过鼓吹族群和性别的多样性而获利，仅就目前而言，公司体系仍然会维护阶级差异和发展的不均衡——这是资本主义获得廉价劳动力必不可少的条件。在这种情况下，几乎必然由多元化这一观念发展而来的身份政治就轻而易举地被利用到公司管理当中去。在其族群代言人的引导下，每一个边缘群体都将会被排斥并疏离于所有其他群体之外，而这些族群代言人各自工作在封闭的企业精神之内，将其身份当作个人投资、当作资本。跨国公司需要的仅仅只是低成本的劳力，并不在意其族群来

---

① 参阅 Tzvetan Todorov, *On Human Diversity*: *Nationalism*, *Racism*, *and Exoticism in French Thought*, trans. Catherine Porter（Cambridge, Mass. : Harvard University Press, 1993），390；这是他所谓的重点。

源和地理根源。至于属于哪个族群、来自什么地方并不重要。①
实际上，在这种排他的身份政治鼓噪之下，跨国资本主义或者说
新的世界大同主义找到了堪当族群管理者之任的红颜知己。

……

在大学机构这一语境之下，身份政治注定会产生派系和分
裂。但是这一现象如今已经从差异哲学那里获得了通行证。对区
分的狂热愈发加剧了观点、条件和资格的多样化。所谓共识本身
就是大可怀疑、可有可无的。互相攻讦取代了政治交锋。于是，
在人文学系科里，女性主义既与少数族裔交锋，也与不一而足的
男性派别交战；即便是在女性主义内部，本质主义者与反本质主
义者互不相让；抨击"荒唐的后学"成了"后荒唐的"学术事
业；后马克思主义者排斥正统马克思主义者；中规中矩的老派学
者对从事文化研究的写家不屑一顾；小说家对连作品都卖不出去
的理论家嗤之以鼻；理论家对从事创作的作家低看一眼，认为他
们天真愚昧还孤芳自赏；经验主义史学家认为理论家是异想天开
的反启蒙主义者；酷儿们觉得自己是最优越的，因为他们的身份
就是没身份；形式主义者因其纯粹而自豪，但是在热衷于政治的
那部分人那里，他们过时而封闭，成为嘲弄的对象；在白人眼
里，少数族裔就是机会主义者，然而边缘群体认为白人愚昧无
知、无情无义。

不同派系之间几乎在所有问题上都会存在歧见，无论是对硕
士和博士的要求、招聘和招生过程中的偏好，还是晋级、终身教
职的签订以至讲座教席人员的遴选，莫不如此。如今不管在哪个
学术部门，最难编订的文件或许莫过于以手册或者指南的形式对

---

① 1989 年 9 月 24 日，众议院批准了旨在为美国引进 150000 个高技术的外国工
人的举措。高科技工业声称紧缺高素质工人，但此申明被美国电子和电子工程学会
否定了。工作申请没有人种、国家或地方限制。见 Jube Shiver. Jr. "House Lifts Visa
Cap for High-Tech Workers," *Los Angeles Times*, September 25, 1998。

本部门的历史以及目标进行总体描述。尽管如此,纷争并非是最不堪的事情,尽管都吵吵嚷嚷,最起码彼此之间还是在交流。于今最为普遍的倒是于冷淡和疏离中彼此保持着沉默,这就使得人人都躲进自己子宫一般的封闭空间,与尽可能少的人说尽可能少的话。于是,不再有会议上的公开讨论与争辩,而是通过例行公事的通信投票,而且通常会通过电子邮件,来议定事情。本科生的教育无非是传输经过安全包装、且没有被基本原理和难解之题所污染的信息;研究生教育似乎应该有更多的参与,但是这种参与也往往留给了学生自己。还算单纯的研究生希望在人文学科得到高屋建瓴的指导,但是往往发现最好的教育乃是从同学们自己的集体读书当中获得的,并非来自体制内的学术研讨课。在这些课堂上,导师们被其他的文本和读物所困扰,经常是隔靴搔痒。一切都充满了变数,作为管理者的校方制定了产出至上的规定,在短短的几年里,研究生们的未来也就取决于这些条条框框,因此对于他们来说没有什么讨价还价的余地。校方对于以数量计的产品的压力强化了学术界的内部机制,尽管对这种压力无人能道其详。比以前更为常见的是,现在人文科系被置于处理破产事物的境地,这类似于学术上的破产,在这种境况之下普遍认为人文系科难以自保,原因就在于不可调和的内部纷争。①

　　教师们乐意为之的是那些可能促进其职业生涯的事情。那些未能拿到长期聘用合同的助理教授处于可以理解的恐慌当中;他们有可能拿不到终身教职。况且,他们明白不管是真正的还是虚构的资金紧缩,都有可能合法地取消他们辛辛苦苦期望能够参与的项目。但是在不测发生之前,他们必须先跻身其中,哪怕他们

---

　　① 见 Charlotte Allen, "As Bad as It Gets: Three Dark Tales from the Annals of Academic Receivership," *Lingua Franca* 8 卷, 第 2 期 (March 1998): 52—59。亦参阅 Janny Scott "Star Professors, as a Team, Fail Chemistry: Once a Model, English Department at Duke Dissolves in Anger," *New York Times*, November 21, 1998。

不可预知的遥远未来没有任何的保障。然而，人文科学以及社会科学的边缘化不但使那些尚未获得终身教职的人，同时也使那些已经获得终身教职、大家认为可以高枕无忧的教授们心存恐惧。这些教授们也面临着同样的不测。他们的职业还要延续许多年，而且在这些年当中，他们即便不是为了在同行（即商业竞争者）、也要在学生（即客户）面前表现出自信和魅力。可悲的是许多渐渐老去的教授们发现一个无法掩盖的事实，那就是已经很难有什么项目能够让他们投入自己的兴趣和精力，遑论激情和想象。但是他们大多都不愿直面这一事实。让人心酸的是，我们不得不目睹这些数年前还以反叛者的姿态出现的教授，现在却低眉顺眼地大谈曲意逢迎管理者的妙法，似乎这种屈尊就下的谎言能够改变学术公司化的进程，哪怕只是杯水车薪。对于人文学科之外的所有人而言，人文学科的研究即便不是百无一用、有害无益和兴味索然，也大多是无关宏旨、矫揉造作且大而无当。半个世纪之前，人们迷狂于反讽、吊诡和复杂性，比这更糟糕的是，混杂性、差异和多样性则成为在今日人文教师当中大行其道的行话。因此他们根本难当反对、抵抗与交锋的大任，只能在麻木中退缩，成为所谓的"否定的知识分子"（"negative intellectuals"）[1]——这简直无异于新批评的旧调重弹。如果说在大学公司化的过程当中，阿特金森以及其他领导者忽略了对人文学科的严肃思考，似乎也不能完全归咎于他们。

如果这仅仅只是一幅漫画，事实上也的确是漫画，对于人文学科当中的大多数人而言，这也是他们熟悉的一幅画。这是一幅凄凉的画面。但是，我要说这种沉沦堕落和分崩离析、这种迷失方向和不知所为的局面，乃是在高等教育正在经历的彻头彻尾的

---

[1]　见皮埃尔·布迪厄，"The Negative Intellectual," in *Acts of Resistance: Against the Tyranny of the Market*, trans. Richard Nice（New York: New Press, 1998），91—93。

公司化过程当中，让人震惊的沉默、使人恐惧的逃避而造成的结果。

……

在这种宏观管理的图景之下，已经不大可能回转到往昔的民族—国家主义，而在过去的两百年间，民族—国家主义使民族历史、民族文学、民族文化以及民族经济得到了建设。显而易见，民族—国家的结构不会在短期内消失，但是这并不意味着它依然是知识和文化想象的沃土。那个时代已经烟消云散，而且从许多方面而言这未尝不是幸事。然而，失却了民族和地区的阻隔，在全球化经济之下悄然形成的无所不在、匪夷所思的控制焕发出比以往更为强大的效力。批评的诘问和文化的抵抗或可提供一个基础，以挑战资本的一统天下。然而，现在已经基本没有它们存在的空间。这是不是意味着对抗政治（oppositionist politics）的终结？

只要权力和利益关系上的极端不公继续存在，就会有不满和怨恨，而且时机成熟就会一触即发。当然，这种机会并不是知识领袖能够召之即来的。当工人和底层阶级感到再也无法承受这种苦乐不均的生活时，他们终归会揭竿而起。正如我们所见，数十年来人文学科已经不再发挥作用了。然而批评家却依然能够捕捉到民间的信号，并且把自己的所见形成思想和规划加以传播。那么，在这个俨然市场化的世界上，学术工作就是在其所能及的一切地方去了解和观察问题，不是在特定的地区、民族、种族、时代或者文化当中，而是在所有的地区、民族、种族、时代或者文化当中。换言之，人文学科的批评家和学者绝非要抛弃主人叙事（master narrative），而必须恢复元叙事的公共刚性。除了已经提及的几位之外，我还看重并乐意倾听其他几位的高见。我们知道在每个机构当中，总有一些思想严肃的人，他们于沉静中执著地思考、教学，值得重视的是，除了他们的学生，他们的劳作往往得不到其他方面的回报和承认。也许广大的民众愿意与这些人分享未来。我们现在所需要的正是社会，这个得到有效重新整合的概念。在这一概念之下，所谓多元性并非意味着各种少数和派别的纷争，以及由此而产生的孤立。对于那些已经习惯了殖民、帝国以及"冷战"时期，民族—国家之间界限森严的人们来说，目前正在形成当中的学术方向可能显得面目不清、界限模糊。大学已经日益沦为一个除研发再无其他的所在，在这种境况之下，要明确自己的学术方向绝非易事。当政者似乎急不可耐地要将人文学科毁掉——仅仅将其当作控制少数群体的一个工具、要不然就是将其当作一个管理培训项目，为社会"精英"机构培训所需的大同世界的方式、风格和时尚。我们需要新的介入性规划，以此来对抗大学和思想的公司化。

　　"象牙塔"这一雅号是由 tour d'ivoire 迻译而来，如今已经是一个妇孺皆知的说法，理所当然指的就是大学。然而切近观之，大学的这一雅号所透露的信息远比我们从这个雅号本身所了解的要更为丰富：现代大学的确是用象牙这种从非洲和印度掠夺而来的材料建成的，而在这些地方大象已几近灭绝，象牙也因而成了禁运的走私品。① 仔细想想，现代大学最大的恩人莫过于比利时的利奥波德国王，也就是维多利亚女王的舅父，成千上万的非洲人死于非命，他功莫大焉。如果不提约瑟夫·康拉德《黑暗的心灵》，我们就永远不要再谈论什么现代大学了。已故的比尔·

---

① "象牙塔"这一雅号是由法语词 tour d'ivoire 迻译而来（据 *A Supplement to the Oxford English Dictionary*, Vol. 3 记载）。该词在 1837 年，首次由 Charles-Augustin Sainte-Beuve 使用（据 *Webster's Third New International Dictionary* 记载），在 1869 年也有人使用过（据 the OED Supplement 记载）。英语短语第一次出现是在 1911 年，而且是出现在 Henri Bergson 的 *Laughter: An Essay on the Meaning of the Comic*, trans. Cloudesley Brereton and Fred Rothwell（New York: Macmillan Company, 1911），iii, 135. 一书里。没有解释为什么会选择象牙来暗示远离粗鄙，远离真实的世界或避难所。就我所知，没有人曾在短语中发现过学术界和象牙，以及大学和殖民主义之间的关系。而这可能重新唤起深植于短语中的极其准确的谴责情感。

芮汀斯（Bill Readings）的杰作《废墟中的大学》（*The University in Ruins*）有关人文学科的探讨不无道理。①

　　然而，换个角度来看，如今的大学的确非常繁荣而富有。大学不再远离尘嚣，越来越多的大学跻身于购物中心之间，而购物中心也与大学为伍。大学不再待价而沽，它已经被卖出买入。契约已经写好并签字，而支票也已经签署。但是，这个契约尚未登记生效，支票也尚未支付。为了纠正这种局面、为了使这份合同

---

　　① 参见 Bill Readings, *The University in Ruins* (Cambridge, Mass. : Harvard University Press, 1996)。

　　Turn to the Planet

　　（1）见 Edward Said, *Orientalism* (New York: Pantheon, 1978)。

　　（2）见 Masao Miyoshi *As We Saw Them: The First Japanese Embassy to the United States* (1860) (Berkeley: University of California Press, 1979)。

　　（3）见 Eric Hobsbawm *The Age of Empire*, 1875 – 1914 (New York: Pantheon Books, 1987), 15; 以及 David S. Landes *The Wealth and Poverty of Nations: Why Some Are So Rich and Some So Poor* (New York: W. W. Norton, 1998), xx。

　　（4）见 Roland Barthes, *Writing Degree Zero*, trans. Annette Lavers and Colin Smith (New York: Hill and Wang, 1967), 30—31。

　　（5）请参阅 Jack Goody and Ian Watt "The Consequences of Literacy," in Literacy in *Traditional Societies*, ed. Jack Goody (Cambridge: Cambridge University Press, 1968), 27—68; Claude Lévi-Strauss, "A Writing Lesson," in *Tristes Tropiques*, trans. John Russell (New York: Atheneum, 1972), 286 – 97; WalterOng, *Orality and Literacy: The Technologizing of the Word* (London: Methuen, 1982)。

　　（6）请参阅 Jacques Derrida, *Of Grammatology*, trans. Gayatri Chakravorty Spivak (Baltimore, Md. : Johns Hopkins University Press, 1976); BrianStreet, *Literacy in Theory and Practice* (Cambridge: Cambridge University Press, 1984); Roger Chartier, *The Cultural Uses of Print in Early Modern France*, trans. Lydia G. Cochrane (Princeton: Princeton University Press, 1987)。

　　（7）参见 Ezra F. Vogel *Japan as Number One: Lessons for America* (Cambridge, Mass. : Harvard University Press, 1979)。

　　（8）见 Masao Miyoshi, "A Borderless World? From Colonialism to Transnationalism and the Decline of the Nation-State," *Critical Inquiry* 19, No. 4 (1993): 726—751。

　　（9）2000 年 2 月 7 日，《纽约时报》报道说，印度孟买一家仿配方药制造商——Cipla 有限公司，连同其驻泰国、巴西公司等，正在以低价向非洲国家销售他们的产品。当然，"也寄希望于美国、英国和德国的主要专利权持有人能发起行动，抵制仿版药品流通分配"。参见 Donald G. McNeil Jr. "Indian Company Offers to Supply aids Drugs at Low Cost in Africa," *New York Times*, February 7, 2000, A1。

失效、同时也为了世界上所有人的公正，我们或许必须重新理解世界以及总体性，因为分属每个种族、阶级和性别的所有人都被包容其中。

放眼全球:文学与多样性,
生态与总体性

该文最初于 2000 年的一次东亚文学讲座上公之于众,后发表于 2001 年的《比较文学》。本文的时间跨度为 17 年,梳理了这一时期文学研究、政治经济以及加州大学的一些走向。伴随着资本主义全球化的加剧以及从形式主义向更为深刻的文学批评的演进,三好剖析了自己的学术与批判追求中的变化,这些变化将把对总体性的反思放在了对差异性的赞美之前。——编者

1983 年的文学研究

1983 年,那是 18 年前,我去首尔参会并宣读论文。会议主题是东亚文学,和我去年在同一城市参加的另一场会议差不多。17 年作为一个正常的历史时期而言不算太长。比如 1715 年到 1732 年,甚至是 1918 年到 1935 年,虽然并非风平浪静,但历史的延伸感是不言而喻的。但是 1983 年到 2000 年,首尾间的变化之大,不仅令人难以把握,而且所谓"正常的历史时期"这一说法本身也开始失去意义。人类正飞速奔向未来,步伐不断加速,对历史的关注将在奔流不息的日常生活中失去意义。因此,

我首先将回顾 1983 年那个年代至关重要的观念，或者说是对当时的我而言所谓重要的。这些观念被记录在了 1983 年学术会议议程中。其次，我会将当时的这些观念与当今加以对比，以反映造成影响的事件。这样也有可能发现经过这一时期而没有产生变化的观念，揭示在未来仍将保持不变的可能。毋庸置疑，我将探讨文学领域内外的变革与延续，因为文学内外的两个世界在历史长河中本来就是不可分割的一个整体。

20 世纪 70 年代末，1978 年出版的爱德华·萨义德的《东方主义》席卷中东，对全世界和殖民史均产生重大影响。[①] 萨义德用以描述权力概念的尼采式和福柯式谱系在现代历史的叙述体系中得到总结。东方主义彻底质疑了历史、人类学、地理、社会学以及文学批评等学科中的正统观念，这已被人熟知。人文社会学科的很多分支均于殖民时期形成，欧洲北美文明中心主义的许多未受审视的假设被全盘接受，而从刚刚被解放的前殖民地国家崛起的知识分子发现萨义德的批判不仅是革命性的，而且对从历史和地理角度勾勒未来至关重要。"东方主义"这一字眼被许多语言收录，作为霸权主义的征服意识形态的代名词。这被看做是一种平等和开放性思维范式之始。但是，在欧洲中心主义的对知识的统治性阐述中，反东方主义批评却被看做是一种令人不快的质疑。对于学术界而言，东方主义是一种反叛与抵抗行为——至少在初期是被如此认为的。

东亚领域（我对此领域略为熟悉）的研究一直以来是从殖民角度进行的，所以萨义德的批判并未被立刻接受，尤其是在著名学者当中。批判的道统从欧洲借用至东亚，其适用性未经详查，当时被广泛使用。文体，形式，结构，周期（如现代性、现代化等），意向性，刺激，作者身份，创造性，受众，文本

---

① 　Edward Said, *Orientalism* (New York: Pantheon, 1978).

性，媒体，情节，人物，调性，"文学"这一理念本身，以及其他很多文学与文化的基本概念，用以描述和分析欧洲文学与文化的术语，根据其相似程度被随机采用。即使是 1983 年在首尔举行的会议，对于当时刚刚提出的重估主张的价值，参会者的观点大相径庭。在此，我应当仅从自身出发简单说几句，以免被误认为代表其他学者的思想。

当我再次阅读当时提交的论文"对本土之粮说不：在美国读日本小说"时，回忆起当时发生的几件属于私人却相当紧要的事情。我逐渐熟识萨义德，是他在斯坦福大学行为科学系高级研究中心完成《东方主义》的终稿，而我在伯克利写我的出版于 1979 年的《日美文化冲突》的时候。①　并非将拙作与萨义德的巨著相比：本书是对文化冲突的简单分析，采用叙事角度，风格讽刺，而《东方主义》理论性强，并采用反对角度，就是说，既富哲学深度，又具政治价值。我被这部书深深折服，它反对的力量如此巨大，彻底撼动了自由派的根基。当时虽然我对学界的唯理智论和自由主义已经日趋怀疑，但我的勇气还不足以与其告别。萨义德的反对立场与福柯的不同，他拒绝认同权力的普世性，也不认为正义是中性的。当我与萨义德在关于巴勒斯坦与以色列进行的求生存斗争的种种活动中，包括 80 年代数次受萨义德之邀前往约旦河西岸与突尼斯，他给我带来了更大的影响。在关于权力与抵抗的问题我与他的共识程度上，我已经接受了他的观点，将日本文学和欧洲中心主义对立起来。当然，我在《日美文化冲突》一书中也有类似的重估尝试，因为书名中共存着"我们"和"他们"，不同之处则在于，我的书站的位置更远，没有萨义德无法推脱而且也情怀满腹地擎起地那种反对与抗争。

---

① Masao Miyoshi, *As We Saw Them: The First Japanese Embassy to the United States* (1860) (Berkeley: University of California Press, 1979).

我给 1983 年首尔学术会议所作出的贡献是某种意义上我第一次明确的抵抗宣言，并在随后的起伏中坚持不懈。

1983 年，我的研究兴趣远比现在更贴近文学。在我眼中，小说中的问题只存在于文学领域，只能用文学术语解释，尽管这些问题与术语几乎总是指向外部的历史沿革。我选择了散文性叙事小说作为不同文化间的比较与冲突的焦点。诗歌与戏剧对古代的指向处处皆是，这些指向早于种种经济与工业发展将世界划分为有产和无产的两极。而篇幅足够长的"小说"，或者说"散文性叙事小说"印刷出版、广泛流通、描述普通人的行为与事件，则是在工业革命与殖民主义将这种鸿沟扩大后才出现的（埃里克·霍布斯鲍姆与大卫·兰迪斯皆以为，国家间财富的差距在 1900 年以前只有一位数，而之后逐渐扩大到两位数，最近则又扩大到了三位数。极富与赤贫间的差距远远扩大了，差距不仅存在于国与国之间，而且随后逐渐在一国之内也产生了）。① 在我看来，散文性叙事小说的形式对现代历史对艺术的影响的揭示，远超诗歌戏剧，使我能够避免文化与文学的本质主义。因此，如果我们将不同国家的散文叙事的形式置于小说这一种类，我们可能会忽视发展与权力所带来的不同历史变形所派生出的形式上的不同特征。在此观点下，差异是通向启示之路。

在这篇 1983 年的论文中我探讨了"小说"（shosetsu）这一现代日本叙事形式，其特征无法被纳入西方小说的范畴。仅举一例，日语的"体"，即关于时间的语法种类，分为完成体和未完成体，与英语的过去时、现在时和将来时不同，叙事次序倾向于共时，而非相承而生，从而不利于叙述事件中的因果联系。这里罗兰巴特在《写作的零度》中将其归于过去时或历史过去时，

---

① Eric Hobsbawm, *The Age of Empire*, 1875—1914 (New York: Pantheon Books, 1987), 15; and David S. Landes, *The Wealth and Poverty of Nations: Why Some Are So Rich and Some So Poor* (New York: W. W. Norton, 1998), xx.

即是"建构一个世界的理想手段,宇宙进化论的非真实的时间,神话,历史与小说",无法使用。[1] 日本的"小说"因此倾向于并列,而非纵向,结果是故事情节被削弱和松散,或者说更加自由与开放性。类似地,由于缺乏创世记和启示录的神话,日本小说拒绝清晰的开始,而且更重要的是,缺乏清晰的结局或解决办法。叙事不断延续,拒绝大结局的可能性。仅就是这些宽泛的时间与次序,就说明西方小说与日本小说的差异相当之大。

这里我并非要重新宣读一篇 18 年前的论文,而是提出它的立场,从而可以回忆起并思考这些年所发生的变化。所以请允许我再提出一个对我的总体观点至关重要的问题。西方小说与日本小说的差异在全面的现代主义/现代化阶段,即 19 世纪后期到 20 世纪中叶,可能可以用明显的残留下来的日本小说的口头化特征所揭示。当然,我的意思并非是说日本小说仍然是口头化的表达。它与其他任何种类的小说一样,是印刷的叙事文体。而即便是在其印刷的形式里,日本小说仍然保留了很多口语化的特征。现代小说的标志是虚构,特殊的风景,修订,分析,空间性,举例,理解力,扩展性,巨大的篇幅,如雕塑般的文字自主,任务刻画的深度和内部性,而口头叙事的特征则是记忆,公式,重复,展示,暂时性,接近,亲密,褊狭,仪式主义,片断性的简洁与分裂,上下文的集体性,以及人物的社会角色/关系。大众的识字能力需要印刷的基础设施、分销、空闲与财富,而口头性依靠村落或者其他的社区空间与物理场所,说话人与受众可以互相见面。这样的亲密性场合要么已经消失,要么被机械替代,如识字的工业社会产生的广播、电视。如此看来,将识字看做资本主义、都市、殖民社会的核心标志,而口头性为农业、边

---

[1]　Roland Barthes, *Writing Degree Zero*, trans. Annette Lavers and Colin Smith (New York: Hill and Wang, 1967), 30—31.

缘、被殖民社会的标志，并不算太谬误。

必须尽早说明的是，我无意将识字与口语化打上不同的标签，一个表示有能力而另一个表示无能。或者如杰克·古蒂和伊恩·瓦特所认为的，一个分析性强而另一个抽象揣测，或者如李维史陀和沃尔特·翁①所认为的，一个平和天真，而另一个暴力和富侵略性。我也不同意雅克·德里达、布莱恩·斯特里特和罗杰·查迪尔所坚持的：口头与书面最终无法区分。任何社会作为整体总是一种口头和书面的混合（这里我与德里达、斯特里特和查迪尔意见一致），但此两种活动在方式与交流环境上有所区分。② 而且，都市社会与边缘社会对识字的用途也不尽相同。但是请让我重申，口头性向书面演化的方向不一定就是进步，口头性也并非是被识字所摧毁的人类在堕落前的纯真。它们是两种不同的言语活动，在历史的各种条件下进行了不同的演化。给二者定性的优劣毫无意义，正如西方和日本小说相对而言的优劣一样。换言之，我试图证明一种文学形式产生的批判属于不适用于另一种文学所产生的。回顾过去，这是我试图将日本小说和其他边缘叙事形式，如汉语、阿拉伯语、乌尔都语的叙事方式从都市文明的识字统治解放出来的尝试。

我想象，几乎是与殖民主义同时产生的西方小说作为书面文本，与口传不同，特别适合跨越长距离传播，因为居住于城市的

---

① Jack Goody and Ian Watt, "The Consequences of Literacy," in *Literacy in Traditional Societies*, ed. Jack Goody (Cambridge: Cambridge University Press, 1968), 27—68; Claude Levi-Strauss, "A Writing Lesson," in *Tristes Tropiques*, trans. John Russell (New York: Atheneum, 1972), 286—297; Walter Ong, *Orality and Literacy: The Technologizing of the Word* (London: Methuen, 1982).

② Jacques Derrida, *Of Grammatology*, trans. Gayatri Chakravorty Spivak (Baltimore, Md.: Johns Hopkins University Press, 1976); Brian Street, *Literacy in Theory and Practice* (Cambridge: Cambridge University Press, 1984); Roger Chartier, *The Cultural Uses of Print in Early Modern France*, trans. Lydia G. Cochrane (Princeton: Princeton University Press, 1987).

作者向遥远的殖民地送出自己的作品，正如殖民事务办公室的外交使节与世界各个角落的总督与长官进行联系。我相信西方小说不可避免地带有殖民主义色彩，即便它有反殖民主义的主题。但是，我的文学修正主义中的反对主义在探讨日本小说这一形式时必须加以收缩，因为日本在殖民史中的特殊地位。一方面，不可争辩的是日本曾从19世纪中叶起面对着英美霸权与冒险主义。尽管军事占领的可能性不大，但美国和欧洲列强对日本经济与政治的遏制与其他任何亚洲国家所遭受的程度并无不同。更重要的，欧美在文化领域对日本的漠不关心令欧美知识分子既感到困扰又无法理解，他们对启蒙时期的普遍主义非常熟稔。到了20世纪30年代，九鬼周造、田边元、三木清，以及其他一些日本作家求助于海德格尔、胡塞尔、雅斯帕斯，而当他们发现这些德国哲学家对日本不仅不了解，而且不在乎时，感到非常失望。他们的民族主义哲学体系的构建最终成为了日本扩张的辩解书，这可以追溯到对欧洲中心主义的体验。另一方面，日本是第一个发展为现代帝国主义的非西方国家。将卑斯麦与其他欧洲领袖的建议铭记于心，日本的寡头与军国主义者很快学会了把权力政治与殖民主义手段用以进行工业发展。在世纪之交战胜中华帝国与俄罗斯帝国后，日本对于亚洲内陆的昂首阔步在日本小说中得到了明显的体现，不仅体现在主题上，也体现在当时的作家加以尝试的叙事形式上。萨义德将东方主义的理念加以拓展，包括了政治压迫，因而在巴勒斯坦与伊斯兰教国家的问题上采取了一种毫不让步的反东方主义立场。我自身的解放修正主义在关于西方与非西方国家方面，却必须得到严肃的认可。它不能只从历史角度投眼于西方，而是要同时关注西方与日本，即不论出处的压迫的力量。明显地，在首尔曾经的殖民总督府官邸附近宣读这篇论文，更加需要修正我的萨义德式反东方主义观点。但是，我必须说明我也并未忘记欧美的压迫。

这些都是 18 年前发生的。

2001 年：走向衰落的学科

目光转向 2001 年，我刚才描述的文学行为在美国和其他很多国家的文学批评领域不再流行。首先，对文学作品的语法与形式分析几乎无人问津，从会议内容和书籍期刊就能看出。文学由自决的形式创新所构成这一观点只在少数传统领域存在。民族国家的权力与民族文学的关系的论证也消失了。事实上，民族国家这一概念本身也在走下坡路，当然不仅是在文学研究领域，而且在总的知识界亦然。如果提到殖民主义，经常是用殖民统治之后的术语，属于后殖民话语的范畴。在此观点中，殖民主义和当今的事物摆脱了干系。萨义德的名字被霍米巴巴、斯图亚特·霍尔、阿尔君·阿帕杜莱所取代，标志着政治经济作为核心范式已经被文化所取代。政治经济的压迫性结构被解释为混合性的文化体系，被压迫者进行生存斗争时，对压迫者的文化带来巨大影响。从政治经济到文化的转变，被压迫者的苦难不再重要。这还没有演变到将殖民主义打扮成善良的开化行为，但对历史的审视已经变得更为宽大和仁慈。

至于文学的总体性下滑，可以马上归因于传统作家与作品、知名主流学者、传统文学风格以及民族文学史的减少。首先，白人男性大师被女作家所取代。几乎同时，少数派作家开始作为新的主流而浮现，起初既有男性也有女性，随后女性少数派作家则占据了中心位置。但然后，小说总体而言失去了对大众的诱惑力，也许大众言情小说除外。除此之外，对异国文化的兴趣，尤其在欧洲文学与语言中，在最近十年呈现明显的消亡趋势。

这种极端变化的最简单的表现，是近年来人文学科的本科生、研究生以及教职层次的入学与安置人数。在俄国、意大利、法国和德国文学领域，在本科和研究生阶段，数字都在明显降低。总体而言，社会对文学研究的兴趣大幅下滑。本科生进修文学专业或者课程的数量大量减少，这意味着博士的位置、研究生和研讨会都会更少。而修习文学课程的少数人则来自社会与自然科学专业，他们想在大学时代找点"乐趣"。这并非是微不足道的变化，因为这些学生可能将成为文学研究的主要顾客。仍有一些大学教师，其中以美国东海岸尤甚，活跃于文学研究的专门领域，但教室不再熙攘，他们的专著出版发行的数量也减少了。

　　但是，即便就是这些正在下滑的学科，并非一切都已完结。一些院系和领域在总体性下滑中快速发展。其中最明显的，"理论"作为研究对象，似乎已经替代了想象性作品如小说、诗歌与戏剧。学生与青年学者无法耐心读完没有尽头的文本，对他们而言，这些只是分析性论点的研究材料而已。跳过对小说、诗歌、戏剧或历史文献的阅读，青年与年长的学者们更愿意阅读由理论家提供摘要与总结，作为一手文本的繁复审视后的终端产品。小说与诗歌，至少是那些过气的作品，不再被直接阅读，许多胸怀大志的学者将此看做是过于自我纵容和缺乏效率。理论目前被认为是普世性的，可以产出成果。因此理论被热烈探讨。学术出版物、研究生讨论课已经日益增多出现在本科生讲座中，关于想象性文本的知识不再被认为是理所应当地需要。或者说，学生对作品的无知才是基本假设。基于普遍主义和重新审视偏见性的扭曲与排外的理论现在被商业化为好莱坞电影或名牌服装。那么，什么才是建构理论的理论？主题又是什么？

　　正如之前提到，文学形式的自治现今已无法吸引学者的目光。文学现在几乎总是与文学以外的历史事件与情况联系在一起。作为扩大文学领域的一种尝试，这是值得庆贺的。但建立理论与意义系统的研究主题又是什么？它们集中于社会团体间的关系：种族身份（少数派研究，如美国的非洲裔、拉美裔、亚裔等），性别研究（男同性恋，女同性恋，酷儿，以及其他各种女性主义研究），后殖民研究（霸权/次级，民族散居等），本土/区域研究，以及关注被统治和被边缘化群体的大众文化研究。民族国家是过于总体性和男权主义的概念，在现今的文学实践中几乎总是被分化成为更小的单位。因此，例如美国研究协会并非是霸权性的白种人男性精英，即"传统"的历史与社会所表现的，而其实变成了研究少数种群的学术机构，意味着对历史主体的争辩。在此情况下，总体性的理念自然地变成了禁忌，被避免，被质疑，被忽视。总体性与普世性在此观点下不可避免地意味着压制与排外。新的社会日程是认可并坚持个人的多样性，以及无法互通的差异。这样通向"差异"的发展，即文化多元主义，从普世的中央性就对集权和权威的拒绝而言是有益的，例如世界霸权、欧洲中心论、美帝国主义、独裁、精英主义、种族主义、父权制以及其他任何总体性、正常化体制的主张。文化多元主义是由追求平等与自由的民主推动力所策动的。但是，在进一步探讨文学与文化学术领域的民主性上分散，我将就80年代初以来所发生的这种变化的历史进程加以研究，即在首尔举办的东亚文学国际研讨会的时期。

SUV 精神

继续之前中断的讨论，萨义德的批判无疑是解放性的，而且在20世纪80年代逐渐开始具有影响力，即使是在总体而言保守的东亚领域。但80年代有一个稍微改变了反东方主义路线的一个发展，尤其是在日本领域。当时美国在60—70年代极端浪费的冒险主义的实际效果正在显现。贸易失衡每年都在加剧，日本从当时直到现在积累了巨大的贸易顺差。1985年的广场协定将日元兑美元的汇率翻倍，以遏制日本对美国的出口。美国的战略

并未成功。通过减少劳动力成本和利润空间，日本的产业在整个
80 年代进一步增加了全球市场的份额。美国国内的保护主义情
绪在增长，日本被描绘为美国最大的威胁，在 21 世纪将从世界
第二大经济体跃升为世界经济领袖。日本国内，随着前所未有的
富裕一扫第二次世界大战时期积累的贫困的屈辱，自信与傲慢甚
嚣尘上。现在看来非常愚蠢，日本房地产业开始收购美国土地与
房屋，激起了美国人狂热的爱国主义。这正是哈佛的傅高义教授
写下《日本第一》以警告自负的美国人，同时也奉承日本产业，
希望能够成为其首席代言人并获得报偿。① 当美国的保护主义寻
求激起不祥的爱国主义之时，日本的反爱国主义同样令人不安。
再一次，我对美国霸权的批判必须被日本国内的民族主义所
中和。

除了日美关系，80 年代和 90 年代的全球还有三个互相相
关的更为巨大的变化，彻底改变了所有国内和国际关系：第
一，所谓新自由主义经济取得支配地位；第二，冷战的结束；
第三，社会关系脱离的个人主义的扩散，或者说日常生活中将
自身兴趣和纵容作为理性选择。这些变化可以被放置于"全球
化"的大标题之下，三者都在文学研究乃至人文学科的变迁中
起到了深远的作用，后面我将在下文中用更多篇幅探讨。首
先，新自由主义。在撒切尔和里根分别于 1979 年和 1980 年当
选后，英美加速了私有化政策，产业的非国有化和放松管制，
经济紧缩方案，为了大企业和富裕阶层的减税，以及各种反劳
动党派的措施。商界重新构建生产流程来增加效率和赢利，以
抗衡日益加剧的日本和新兴经济体的竞争。除了减小规模增加
生产力，企业将生产、资本和市场转向海外。即是说，它们在

---

① Ezra F. Vogel, *Japan as Number One*: *Lessons for America* (Cambridge, Mass. : Harvard University Press, 1979).

国外找到了廉价劳动力，并通过机器人和数字技术的使用，杜绝了罢工运动，降低了工资。另一方面，当需要国外的熟练工时，企业向本国和当地政府提出要求并经常得到满足。企业也搬迁至商业税更低、环境与人权规定较为宽松的地区，从外国的各级政府寻求让步。从而，企业遏制了国家监管的权力，却可以随时利用它们的权力。虽然在宣传上保守，资本主义政府并没有停止对产业的补贴，只是将受益人从贫民变成了富人和企业。这些变化预示了即将到来的后冷战经济秩序，将跨国公司的利益放在了国家政策的核心位置。

整个冷战期间，国家能够通过直接的军事采购来支持企业，这占据了国民经济中巨大的比例（参见拙作《无远弗届的世界?》）。① 1990 年以后的世界，国家安全体系被防御少数流氓国家威胁的国防需求所取代，以国家防务之名对企业进行直接而大量的补贴变得难以站住脚。新的情况需要新的解释。因此，国家坚持宣称实际上不存在和平。局部战争，内战和部落战争混乱不堪、无法预测，所以相较于冷战对美国的威胁更大。宗教与文化冲突迟早会爆发。而且最后，美国和其他工业化国家必须保持富有与强大以捍卫文明，而企业的财富是给大众带来繁荣的最佳途径。新自由主义的意识形态便如此成型。放任其发展的话，制造与服务业企业应可达到产能最大化状态。解除管制降低价格，造福消费者。大型企业效率最高，所以对公众有益。自力更生不仅令公民增强道德感，而且鼓励生产。公众措施不仅浪费资源，而且造成腐败。所有这些观点成为律令，更成为信仰。这些政策一起施行的话，不管效果如何，都会创立一种新的经济秩序，将财富与权力集中在少数人手中，而且将中央团体与边缘团体的所有

---

① Masao Miyoshi, "A Borderless World? From Colonialism to Transnationalism and the Decline of the Nation-State," *Critical Inquiry* 19, No. 4 (1993): 726—751.

未来的挑战永久性对立起来。

　　冷战的结束与这样的经济发展当然密不可分。由于无法再跟上西方资本主义国家联合起来的力量,苏联及其卫星国在1990年崩溃。冷战的影响有两层:全世界无可置疑的新自由主义经济范式以及第三世界国家的重新结盟。首先,现代民族国家的结构长期以来构成了资本主义和殖民主义的基础,社会组织突然显得多余和过时。当东西方的对峙仍在延续时,国家需要人民的团结以提供可靠的军事资源用以自保或扩张。同理,控制国家的富裕阶层需要人民作为可靠地劳动力资源以获取更大的财富。简言之,国家需要民族。但当冷战结束,世界变成了实际上没有缝隙的整片经济领域,庞大的跨国企业将资本、劳动力、技术、工厂、市场和产品投放到最有效率和利润的地方,正如我们已经见证的。对于企业来说,国境常常是一种障碍,它们需要有在无国界的空间里任意游走的自由。

　　第二,在冷战的过程中,东西方阵营都和第三世界国家结盟。美国国务院战略和中央情报局活动遍及非洲、中东、东南亚、远东和南美。为了将这些国家团结在自己周围,它们不择手段,通过对外援助、宣传、汇率、秘密暴力行动、操纵选举,或者出动海军陆战队、舰队、轰炸机和导弹。即就是说,只要冷战仍在继续,贫穷的不结盟国家可以在美苏间左右逢源,获取一些利益。尽管这些巨资大部分中饱了独裁者的私囊,如莫布托、马尔克斯、苏哈托、沙特和科威特的国王,皮诺切特将军,这名单之长,和美国国务院与中央情报局的越界与无能恰成对照。多多少少这些财富还是渗透了一点到贫民手中。但是当冷战结束,连这些微薄的救济也几乎停止了,除了以色列和埃及这一对奇特的组合。私营企业对于救济穷人毫无兴趣:他们受人之托,追逐利润。它们的职责是,将下撒哈拉非洲地区划为缺乏利润、无用和不必考虑。即便这些国家大约1/4的青年正罹患艾滋绝症濒临死亡，制药企业也不会为他们开发足够便宜的药品。[1] 流入下撒哈拉非洲的资本仅占全世界的不到 2%，除去南非。而当私营企业进驻南非时，那里的种族屠杀也被人视而不见。

　　贫富差距古已有之。但国家间的差距曾经小得多，如上文已交代的。人均国民生产总值最高的瑞士和最低的缅甸，1999 年分别是 43060 美元和 100 美元，是 430 倍。[2] 而这个比例还赶不上美国企业总裁的平均年收入与蓝领工人收入之比。2000 年春季，这一比率是 475 倍。[3] 这里要说明的不仅是财富分配本身的不均等，也不仅是差距的扩大，尽管两个问题都非常严重。重要的是，巨富与大众间的鸿沟将二者彻底区分开来，毫无共同之处。即是说，不同国家甚至是来自地球东西方、南北方的富人间的共性，比和他们的同胞要大得多。对于那些无法移民或出国的人而言，世界才是被划分为不同国家的。对于富人而言，世界的确已经没有国界，没有区域的划分了。[4]

　　现今，世界贸易的关键不是产品，而是每天千亿计的货币投机、债券和金融衍生产品。随着数字技术的发展，金融资本的转移更加容易，快捷与廉价。尽管从理论上讲，记录所有的金融交易是可能的，但现在还没有任何机制令任何国家、中央银行或者国际组织来控制，甚至于监控这一庞大的跨国流动过程。[5] 由于

---

　　① 据《纽约时报》2000 年 2 月 7 日报道，印度孟买一家在巴西和泰国等地设有分支的名为 Cipa 的生物制药公司，计划以非常低廉的价格向非洲国家出售他们的产品。当然，拥有主要专利的美国、英国以及德国公司坚决反对销售与它们同类的药品。Donald G, McNeil Jr. , "Indian Company Offers to Supply AIDS Drugs at Low Cost in Africa," *New York Times*, February 7, 2000, A1.

　　② *The Economist Pocket World in Figures*, 2000（London: Profile Books, 2000）.

　　③ Kevin Phillips, "The Wealth Effect," *Los Angeles Times* April 16, 2000, Ml.

　　④ One of the most concise and forceful arguments on the subject is found in Jeff Faux and Larry Mishel, "Inequality and the Global Economy" in *Global Capitalism*, ed. Will Hutton and Anthony Giddens（New York: The New Press, 2000）, 93—111.

　　⑤ Manuel Castells, "Information Technology and Global Capitalism," in *Global Capitalism*, ed. Will Hutton and Anthony Giddens（New York: New Press, 2000）, 52—74.

民族国家日益失去其功能，负责勾画世界经济的专家也在丢弃曾经孕育出统一的民族国家的社会建构。

第三个近期的变化很难清晰地定义，但是其影响显著和广泛程度与新自由主义经济和冷战结束这两者不遑多让。即是说，成功的欲望远远超出了企业的范畴，渗透进个人的生活。新自由主义或者全球化不仅是企业和政府的运行政策而已。个人财富凌驾于公众利益之上的合法性是建立在人类的基本状态是竞争这一观点上的，而胜利则是人生的终极目标。这意味着，需要帮助的人被看做无能、懒惰和多余而受到鄙视，而白手起家的"胜利者"则被尊为有能力、迅速和聪明。财富与权力被看做这些能力的理所应当的回报；贫穷和边缘化则是失败的沙漠。在这样的情况下，自身利益不仅是个人应当对抗他人的侵蚀加以保护，而且本来就应当猛烈追求，对他人事实上采取不管不问的态度。机会主义作为灵活和聪明的象征而得到鼓励。财富和权力的加剧集中既是这些社会心理变化的原因，也是其结果。

新自由主义的也是对消费主义的广泛接受的原因和结果。如果没有大量和迅速的消费，资本主义经济就会崩溃。大多数经济学家从不质疑经济扩张是社会的根本需求这一说法。消费现在被看做是一种为了增加生产而不可或缺的必要。通过自行过时的为了消费而消费以及永远无法满足的欲望，事实上是最佳的浪费，被公众平静接受，纳入日常生活。巨大浪费带来的生态后果已经逐渐被感知，环境保护无疑正在探讨和实施中。但是这些目前还没有在经济领域得到严肃的考量，正如大多数其他公众需求与计划一样。即使没有怀旧的情怀，我们仍然可以回忆起仅仅几十年前，即便是富人阶层，节俭也是光荣而普遍的，炫耀性消费不仅粗俗，而且少见。随后发生的社会行为的变化在绝大多数工业化国家中都是巨大的。在富裕人群中，所有的一切都必须大，新，而且价格惊人。即使是小富之家也必须渴望财富的炫耀。SUV

型车的精神渗透进日常生活的方方面面，从建筑到城市规划，到生活方式，夸耀性展示不再受到部落式的监视。不受任何传统和权威的控制与监管，自我放纵几乎成了毫不令人难堪的成功标志。并且，富人的行为与过去不同的是，并不受到穷人的憎恶。穷人愉快地相信消费主义将会很快触及他们。穷人乐于在自己的梦想与欲望中等待。除掉近来一些城市爆发的抗议，如西雅图，华盛顿，布拉格，达沃斯等，这些抗议积蓄了一些力量以外，世界经济正在目前的轨道上加速通向未知的方向。①

通向包括一切的总体性

回到关于文学研究的问题，全球的新自由主义也大幅改变了一些基本的理念。20 世纪下半叶初期，差异的逻辑是一种解放的策略。从 60 年代于法国诞生的结构主义和后结构主义理念，在这 20 年间在美国获得了被远为广泛接受的程度。这种进步本身是令人激动的，尽管本文篇幅不足以全面探讨。但是，在这里合乎次序的做法，是指出比较文学研究中的一些事件。对民族国家的整体性的拒绝意味着更加具体的社会单位的存在。在一个有移民政策并多民族并存的国家，如美国或澳大利亚，文化多元主义是一种明显的共识性选择，每个族群、少数派与多数派，要求它们自己自治、独立，即互不相通的空间。毫无疑问，文化多元

---

① 迄今为止，关于新自由主义以及全球化的研究并不鲜见，其中颇有价值的著述有 David Held et al., *Global Transformations: Politics, Economics, and Culture* (Stanford: Stanford University Press, 1999); William Greider, *One World, Ready or Not: The Manic Logic of Global Capitalism* (New York: Simon and Schuster, 1998); John Gray, *False Dawn: The Delusions of Global Capitalism* (New York: W. W. Norton, 1998); Thomas Frank, *One Market under God: Extreme Capitalism, Market Populism, and the End of Economic Democracy* (New York: Doubleday, 2000); Juliet B. Schor and Douglas B. Holt, *The Consumer Society Reader* (New York: The New Press, 2000).

主义相比于单一文化的多数派对少数派的压迫而言更好。但是差异的逻辑自相矛盾地带来了三个问题,可能会永久性地造成少数派被排除在外和忽视。

第一,有关于每个族群与它者的互不相通,意味着完全的独特性,本族群的事物不与,也不应该与其他任何族群相关。如果这种互不干涉原则得到彻底的实施,少数派由于本来就应该拥有较少的资源,必然会放在一边无人问津。多数派族群现在对于少数族群不仅没有义务也没有责任。

第二,国家分成了种族或性别群体,整体性的问题并不会消失。每个族群将自然地形成更小的群体,其对自身总体性的控制和需求和国家是相同的。比如,叫做亚裔的美国少数族群如何?这个宽泛而抽象的整体不应该被细分为美国华人,美国朝鲜人,美国越南人,以及很多其他小族群吗?然后美国华人又如何?来自中国大陆的和来自台湾的是否应当被看做一类?香港华人呢?海外华人?华人女性?同性恋者?酷儿群体?还有阶层?差异的逻辑在哪里止步?某一个体在这里的不受代表的地位,不是和在国家中的情况相同吗?

第三,在差异的三种类别中(种族,性别,阶层),阶层和其他两个类别不同,因为如果离开这个类别,就再无保持身份认同的理由,而种族和性别则没有放弃认同的理由。种族和性别因此和阶层相比,其作为身份认同要更为真实,而阶层则想要努力抹杀这种差别。近年来文学研究已经被身份政治问题所占据,这三种类别的区别是被默然接受的,阶层很少被提起,而族群和性别则不同。很明显地,统治阶层喜欢对阶层问题的讨论沉默不语。仅在这一点上,文化多元主义有种种理由得到跨国公司的欢迎。在此问题上,多样性是有利的公共政策,而不再是颠覆性的计划。

如果每一种文学和文化体系都是互不相通的,那么"比较"文学的理念就讲不通。不可比较的问题是无法比较的。事实上,比较国家与地区间这一领域的文学几乎没有任何严肃的作品问世。这些做法正在被一种文化或文学体系内部的研究所取代，它们互相之间应当是不同的。但是，作为构建要素的权力几乎总是被提及，将每一个族群和性别的少数派置于类似的角度，例如受害者研究。

差异的逻辑的问题不仅仅是在类别上。在寻求自治和独立时，每个族群，不管是什么群体，宣布独立，拒绝与他者的相同性。然后，要求内部的统一。但这种对一致性的需求在功能上至少和国家要求效忠和爱国主义是相同的。而且每个族群的权威从何而来？权力和代表权是如何被合法化的？即使是议会民主在这里也会被拒绝，因为选举代议需要定义全体选民，即一种总体性。如此而言，少数派的领导权可能是基于自我宣布，从而打开了机会主义和混乱之门。另一方面，如果地方主义和分裂被任意允许，少数派群体的社会结构将坍缩为原子主义。文学话语也将被派系所分裂，如最近被妮娜·奥尔巴克在《讥讽》和K. 安东尼·阿皮亚《右翼之战》中关于现今女性主义研究所指出的。① 这样的情况实际上只会鼓励团体内机会主义者篡夺权力，他们熟知如何通过利用同情、忠诚和名人效应来代表原子化的多样性群体。而且这样最终符合统治群体领袖的心意，他们可以在追逐自身利益时不需要考虑少数派，正如在族群解放前他们所做的一样。

不仅是比较文学，文学研究作为一个整体的解体可能已经开始。如果各个小群体都埋头于自身利益，外人有理由认为受到该群体的排斥。大众需要了解在"全球化"的世界里的位置和角色。对基于浪费的经济也有深切的担忧。然而传统上介入这些事物的人士在用自己的语言和说理体系去进行互相残杀式的斗争。

① Nina Auerback, "Acrimony," *London Review of Books*, July 6, 2000, 68；K. Anthony Appiah, "Battle of the Bien-Pensant," *New York Review of Books*, April 2：7, 2000, 42—44.

公众由于不愿意去学习党徒的行话以变成其中一员，被排除在外，不受欢迎。而且正如我们目睹的，公众日益在他处寻求文化阐释与批判。文学作品：小说，戏剧和诗歌目前仍然存活，但它们不再与大学的批判和分析群体紧密相关。

另一方面，全球经济正在给当今世界各地的大学带来深远的影响，正如我在《被典当的象牙塔》一文中描述的。① 商业化了的大学沉浸在信息技术和生物工程等市场力量最明显的领域里，应用科学以外的基础研究，现在被称为"好奇研究"，明显地被忽视。技术转让是商界与学界管理者与经理人的当务之急，所以学习被迅速转变为知识产权，以及信息在商业中的自由交互。由于"全球化"全速前行，文学学者陷入了令人不快的自我隔绝和无用的内斗中。在此情况下，文学研究赢得竞争的机会渺茫，在大学院墙内生存也成问题。

但是，此处我的兴趣并非恢复和振兴我的专业领域。我关注的是将总体感在学术界和知识界重新建立起来，在知识上和政治上皆然。没有总体性的特性，我们现在已经知道那个，无理，死路，无用。文学与文化批评者必须放眼世界，将所有的政治经济、艺术和文化产出互相联系起来。我们必须时刻提醒自己，"全球"经济根本就不具备全球性，而是一种排外的经济。我们必须发掘出真正的总体性，包含世界上每一个个体。

为了这个目的，回归民族国家的做法将没有作用。过去的权力结构在它自身历史的两个世纪里已被太过频繁地证明是失败的。也许我们需要一种新的组织，真正全球化，包括所有人在内。这种包括性有一个核心位置，尽管目前它整个是负面的：即全球环境的未来。人类历史上首次面临一种共性涉及地球上所有生物的情况，如由于人类消耗自然资源而造成的地球环境恶化。

---

① Masao Miyoshi, "Ivory Tower in Escrow," *boundary* 2 27, No. 1 (2000): 7—50.

无论穷或富，东方或西方，进步或保守，教徒或无神论者，没有人能够逃避空气污染、臭氧层耗竭、海洋污染、毒素累积、全球变暖等问题。当然，富人将尽量离污染远一些，但即便如此也不能长久保持安全。我们可以从认识到这一共同问题开始，去勾画世界，进行学术研究。文学与文学研究现在有了一个基础和目标：在我们和地球之间建立共同的联系。为了取代排外的家族主义、地方自治主义、国家、族群文化、地方主义、"全球化"甚至人本主义，用地球主义的理想取而代之。一旦我们接受了全球为基础的总体性，我们可能将首次谦逊地达成协议，发展出一条道路与所有人共享公共空间与资源。

当然，关于如何存续这个地球的研究的形式还无法弄清。它必须把环境工程与经济学、政治学以及文化研究结合起来，从而所有领域的学者将可以首次去研究一种不牺牲就业而减少消费的经济理念。减少第一世界中的浪费必须与增加第三世界中的消费同时进行。他们必须发展出一条道路来培训和容纳第三世界的闲置劳动力以平均财富。这项工作中最难的，是讲师如何在文化和政治层面发明一种办法去说服，而不是去宣传，人类的未来别无选择。要么通过学校、大学、非政府组织、联合国，附属机构，媒体，或国家机关的任何剩余组织，我们必须克制自身的物质主义梦，在我们无可避免的未来问题上建立共识，每个人将共享前所未有的共同性。为了这样的未来我们需要重新勾勒我们的共同、普世的文化，这是人类历史上前所未有的。

当然，这也很可能会是失败的尝试。但是如果我们失败了，也就看不到失败的结果了。而且我们本来也就应受到消亡的结局。另一方面，面对全球性的无可逃避的毁灭与消亡的命运，也许可能会最终找到一种办法共同面对，找到一种办法和所有人共存。希望的承诺至少是存在的，我们和地球上的每一个人都被允许拥有的希望。

与三好将夫的对话：
跨越岛屿与大陆
——围绕太平洋及周边地区的对话和争论

采访者：陈光兴（Kuan-Hsing Chen），台湾清华大学，国立
编辑：柏艾格（Steven Bradbury），台湾中央大学，国立

对于从事亚太文化研究的人而言，很少有学者可以像三好将夫这样，无须多做介绍。但是，对那些不熟稔这位杰出的批评家与历史学家作品或声望的人来说，作一些介绍似乎很恰当。如果说爱德华·赛义德使东方学作为主要的文化探寻和政治参与领域得以确立，三好的成功之处在于：他不仅极大地扩展了赛义德关于西方与东方在"远东"（Far East）冲突问题上的表现与手腕的评论，而且引入了急需的互惠、对等观点以研究东西方关系。上述成就体现在下列作品中：《沉默的共犯》（*Accomplices of Silence*，1974）、《日美文化冲突》（*As We Saw Them*，1979）和《偏离中心：日美间的权力和文化关系》（*Off Center*：*Power and Cultural Relations between Japan and the United States*，1991）。三好与赛义德有很多相同的政治信念、批评同感以及知识分子间的友谊与个人交情。如赛义德那样，三好是一个雄辩的、好斗的移民知识分子，他开始是一位研究维多利亚时期文学的专家，而后成为主要的西方霸权主义理论家和批评家之一。在三好所著的大量

文章中，他论及惊人数量的学科，并自如地论述了与他一直从事的批评相关的任何话题或文本，它们是关于欧洲中心论和西方学术对日本、东亚、东西方文化关系方面学术上的褊狭。近几年来，在《评论探索》（*Critical Inquiry*）与《疆界 2》（*Boundary 2*）这类刊物中，三好仔细研究了全球化对处于中心和边缘地带的文化及文化关系的影响。在最新的研究中，他将注意力转向了大学——尤其是人文学科——在"全球化"经济环境下正在经历的根本性改变。然而，或许三好最有影响力的成就在于他对学生的政治影响：最初在加州大学伯克利分校，现在在加州大学圣地亚哥分校，那里很多毕业生和仍在校学习的学生现在成了从事后殖民和文化研究的最有力的批评家和学者。这篇访谈的采访者陈光兴就是其中之一。陈光兴创作了《霍尔：文化研究的批判对话》（*Stuart Hall：Critical Dialogues in Cultural Studies*，1996）和《轨迹：亚洲国家间的文化研究》（*Trajectories：Inter-Asia Cultural Studies*，1995）以及他称为文化研究的"新国际本土主义"（New Internationalist Localism）的大量重要的文章。作为那些在第一世界接受培养、作为从事第三世界文化研究的学生回到台湾的最重要的人士之一，他现在在台湾清华大学讲学并指导文化研究学会的很多介入性研究。进行此访谈之时，陈光兴对迄今为止在很大程度上还未被书写的战后知识分子流散历史很感兴趣；对于后殖民批评、文化研究批评的形成和正在起作用的批评，这种流散起到重要作用。柏艾格教授转录、编辑并引进了这篇采访。

　　陈光兴：我们现在在三好将夫位于加利福尼亚德尔马的家里。现在是一个夏末的下午 1：30 左右。我对理论和历史的轨迹的交集很感兴趣，尤其对历史和社会条件对知识分子流散的发展造成的影响感兴趣。如果可以的话，我希望你能够追溯其根源，谈谈你的家庭和社会背景以及更大的历史环境如何影响了你的思想发展。

　　三好将夫：我想流散始于第二次世界大战时期，尽管当时我的确不知道它产生的特定环境会怎么样或对我意味着什么。首先，我太年轻了。1941 年，我 13 岁。那个时期有着非常有效的审查制度，它完全控制了信息的流动。尽管如此，人们对紧张局势有奇怪的感觉，而我作为正在成长的孩子，时刻都能感受到。原因之一是哥哥对我的影响；作为东京大学主修物理学的学生，他对战争非常怀疑。他怎么会变得怀疑战争？我想我们必须将此原因归功于他的舍友——一个来自中国的交流生，以及他的另一个中国朋友——中国驻日大使的儿子，一个很善于表达的人。我通过哥哥见过他一两次。哥哥对战争至少持半信半疑态度。他比我大 8 岁，经常告诉我他所听到的日本人在中国的所作所为，尽管那只是很模糊的轮廓。我开始觉得一定有问题。最令人吃惊的事情之一就是在 1945 年战争结束时，我再次怀疑美国所做的包括对战争的分析在内的宣传。事实上，在 20 世纪 70 年代，我让一个研究助理翻阅了所有伯克利分校能找到的从 1931 年到 1945 年的日本报纸——总共 15 年的报纸杂志——试图寻找有无关于日本对中国的野蛮行径的任何报道，但她未能找到只言片语。无论如何，从 1945 年到 1950 年左右，我们一直猜想到底发生了什么。找出上述情况与江户和明治时代的审查相关历史花去我们很长时间。日本一贯是被有效控制的社会。这成为很多年轻知识分子想来这儿的原因之一。当然，这很像被殖民者的渴望，或许和边缘与中心的关系有关。我当时并未意识到这一点。但甚至在战争时期我也在学英语，对此，每每想起来都觉得相当奇怪。

陈：三好将夫先生，您谈得太快了。我们能否退回去一点？

三好：我还觉得我进展得太慢了。［笑声］

陈：关于你的基本的信息，我们能否知道得多一点？比如你的阶级背景等。你的家庭是什么样子，你又流散到了什么样的社会环境中？你受到了什么样的学校教育？关于这些有没有特别值得一提的？

三好：我不觉得自己在什么特殊环境中被抚养长大，但我们家是一个相当复杂和享有特权的家庭。我的兄弟姐妹几乎都上了东京大学。我们认为这理所应当。他们不断给我们灌输"西方文化"（Western Culture）和大量新闻，但是我不认为这些对新闻的分析构成了重要的知识或解析规划。没有那样的东西。我们家相当受尊重，所以我的身份属于统治阶级而不是工人阶级。如大家所知，美国知识分子和工人阶级的关系很微妙。但是我认为这同样适用于日本知识分子。不管我的政治立场为何，它都来源于抽象概念而不是日常生活。我的意思是说，如果我对工人阶级有所了解的话，那也的确很少；尽管我的一些老师曾努力启发我。在上小学 4 年级的时候，我的一个老师借给我一些关于工人阶级的小说。那在 30 年代末期的确是一件很危险的事情。幸好那并未导致任何相关的批评。

陈：你早期的日常生活是什么样子？

三好：我不愿承认，但确实很资产阶级。我们专注于西方艺术和文学。

陈：你那时读什么文学作品？

三好：大部分是欧洲文学，特别是 19 世纪、20 世纪的小说。例如，大概九十岁时，我读福楼拜和巴尔扎克、陀思妥耶夫斯基和托尔斯泰、曼和黑塞的作品。

陈：日文版的吗？

三好：日文的。到 13 岁时，我已阅读了大量的日译版西方小说。然后，在战争还未结束之时，我开始读英文版的。

陈：你所受的日本传统教育呢？例如，你读日本文学或中国哲学吗？

三好：不。我最早的阅读全是关于西方文学的。对于日本文学，我那少得可怜的了解要晚得多。

陈：你在什么样的学校上学？

三好：我上的是有名望的公立学校。我到一所中学上学仅仅因为我极想穿那所学校的制服，制服包括领结和衬衣。我确实不能忍受穿大部分公立学校那种像军服式的服装。你一定记得从1931年到1945年，日本的民族主义充斥着本土文化保护风气的各个方面。然而，我最终当然必须穿上军服式的制服，因为战争一进入白热化，我们学校就被迫丢掉黑领结、白衬衣和海军蓝上衣：那很有趣，但我仍不明白戴领结能否代表向西方殖民主义投降或是代表一种反对日本军国主义的姿态。我想对于我读西方文学也是如此。我确实不知道那是不是一种反抗或投降形式。

陈：你们对这场战争是什么看法？

三好：很有意思。我父亲是一个股票经纪人。他完全反对这场战争。并非由于他认为战争本身有错，而是由于他认为日本不可能取得胜利。我母亲也反对战争。她是一个复杂且愤世嫉俗的女人。她认为战争不会带来任何好结果。我的哥哥也反对战争，因为他害怕被杀死。哥哥对我的生活产生了极大的影响。被征召入伍时，他在就职仪式上公开哭喊。那确实是闻所未闻的事情。这就是我的家庭情况。

陈：学校的情况如何？

三好：在1942年或1943年时，我被说服，认为日本会取得战争胜利。我们都被动员起来到工厂工作。我有几个朋友在珍珠港事件发生之前刚从美国回来。一天，我们正在用英语说只有上帝才晓得的东西，突然受到整个班同学的袭击；48个孩子围过来把我们两人打了一顿。我仍然和这些同学中的很多人保持着联系，他们现在是成功的商人、政府官员、教授，诸如此类。无论何时我回到日本，他们都会举行欢迎会，有时我们会谈起那次经历。但是当我问他们当时为何打我之时，他们不作回答。除了保持无法解释的沉默，他们没什么可说。经常会出现此类奇怪的疏远现象。

陈：如果战争时期的军事民族主义非常强大，所有陌生的东西都遭到反对，你一定被认为是个古怪的人。

三好：是的。这是我一贯的模式。有一天，一架美国飞机在日本被打落，但是飞行员得以成功跳伞。当邻居们看到他落下来，都拿着竹矛追赶他。我记得自己问过他们为何要追赶一个在自己国家显然是个爱国者的人。现在听起来很平淡无奇，但我当时确实不理解为何人们那样做。我一定是一个让人讨厌的家伙。

陈：你在日本读完了大学？你修的是什么专业？

三好：英国文学。然后我在学习院大学教了一年学；那是一个曾隶属于日本内宫的学院，皇族成员在那儿受教育，但这所学院战后变成了私立大学。

陈：在这段时期你是否已经下定决心要去美国？

三好：是，就像我说过的那样，美国是殖民地人的渴望所在。对此毫无疑问。

陈：为什么选择美国？

三好：因为富尔布莱特奖学金。

陈：家人对你去美国有什么看法？

三好：总要外出的，他们认为那不是大问题。他们以为我只是去一年就回来。

陈：然而，你似乎永远留在美国了。

三好：我1952年来的美国。战后的7年间，我是美国军方的翻译。

陈：你的工作怎么样？

三好：我的大部分工作在夏季完成。那是一份比较容易的工作。除了无所事事和读小说外，我几乎没什么事情。

陈：这就是你来美国之前的知识形成程度？

三好：是的。我刚收到一封来自老同学的信，他说很难相信我在学生时期能在日本学到很多东西。再次说明，除了听美国占领军说我们在战争时期被告知的大部分事情都是不真实的所带来的震惊外，我不确定我那时知道些什么。所以我觉得我学到了"真理"（truth）的不确定性。但是，它不如警惕的怀疑论形成那样具有系统的知识结构。

陈：我想我们可以把它描述成一种知识启蒙。

三好：对这个词在18世纪的意义来说，是的。但只是因为认识上的冲击，即战争时期我们被告知的很多事情都是假的，并不意味着我相信战后被告知的事情的真实性。在一定程度上，它是我战时持有的怀疑论的延续。

陈：所以你不把它描述成意识形态上与日本价值体系的决裂？

三好：我不会，迄今为止我从未真正与日本传统发生共鸣。另一方面，我也确实与西方传统没有同感。对此，我的家人也不。

陈：或许我们可以继续谈谈耶鲁。在耶鲁发生了什么事情？

三好：实际上，我无聊死了。尽管我认识了诺曼·霍姆斯·皮尔森（Norman Holmes Pearson）并熟识起来。他是个很有趣的人。在战争时期，他是美国战略情报局（OSS）的接线员。20世纪50年代是一个意识形态上最受压抑的时期。我1953年被逐出美国。那时我已经结婚，而前妻的母亲是美国革命女儿会（DAR）的成员。它在现在不算什么，但当时仍是一个政治上很有影响力的社团。她不喜欢女儿嫁给日本人。结婚后，我在图书馆工作；事实上，拿富尔布莱特奖学金的学生不允许参加工作。她使我受雇的事情引起移民局的注意，他们逮捕了我并将我驱逐出境。这是一件逐渐改变了我的观念并将我卷入政治的事情。[笑声]

陈：那你去哪儿了？

三好：我回到了日本，大约一年以后我才又回到美国。

陈：你是怎么样回到美国的？

三好：不管你信不信，我以战时新娘的身份回到美国。［笑声］我仍保留着来自移民规划局（INS）的信件。信中写道："亲爱的女士。"［笑声］当时，即使有日本男人娶美国女人的情况，也实属罕见；通常情况正好相反，所以他们认为我是一个女人。无论如何，我回来了，但是我与学院没什么关系了。事实上，在很短时间内，我找到了一份洗盘子的工作，而后在钢铁厂做工人。1953 年发生了罗森伯格（Rosenberg）处决事件。这是麦卡锡（McCarthy）就要达到高潮之前的事情。我记得在工厂里做过一个反对处决的演讲。那次讲话很不连贯，但是我记得自己很激动地维护罗森伯格。虽然我逐渐被卷入这类政治事件，总的来说，还不能说我的政治意识非常浓厚，因为那至少还需要另外10 年时间，直至美国人权运动结束之后，越南战争进入白热化阶段。

陈：你在工厂的工作经历与观念的改变有很大关系吗？

三好：我告诉你我有多么愚蠢。我在水牛城的镇上图书馆工作。这个图书馆是水牛城托洛茨基主义（Trotskyite）运动的中心。有一个基层组织在图书馆会面，它处于美国联邦调查局（FBI）的监控之下，而我对此一无所知。托洛茨基主义者出于对我的保护考虑，没有邀请我参加他们的会议。之后，我发现了他们是什么人，但是我不知道该怎么办。图书馆处于监视之下，最终我被捕了，回到日本，又在东京的学习院大学教了一年课。我在那儿教书的时候，日本皇太子，即现在的天皇，还是学生。到那时为止，我逐渐褪去了无知。1955 年发生了大范围的罢工。我记得自己在晚会上与皇太子讨论过罢工事件。他的导师不停地在桌子底下踢我想让我闭嘴。

陈：从那时开始你被塑造成了左派（Left）？什么又使你回到了美国？你觉得在日本很艰难吗？

三好: 首先,我与美国人结婚了;其次,当时在日本生活很难,现在也如此。

陈: 对你来说吗?

三好: 是的,我不够谦虚或谦恭。

陈: 那你回到哪儿了?

三好: 我先到纽约。我找到一份在新泽西一所私立学校教课的工作。那是一个很小、学费很昂贵的学校,学校的基本纲领是教会孩子生活有多么不幸,以便他们懂得在家生活多么富足。我确实不相信他们会如此残酷地对待孩子,就像狄更斯笔下所写的那样。当我试图向一些家长解释他们的孩子受到什么样的虐待时,我却震惊地发现这正是他们所期望的。我记得跟一个家长说——他是一家美国最大的出版公司之一的副总裁,在新泽西一个高级住宅区有所巨大的房子——他眼睛都没眨一下。他认为我有点白痴。[笑声]我不得不说那是某种教育。我甚至到新泽西教育委员会(New Jersey Board of Education)抱怨孩子在这所私立学校受到的虐待,然而,我却被告知除非孩子父母提出抗议,他们也爱莫能助。不管怎么说,大约三个月之后,我辞职了。那是我首次理解到社会弊病是社会的合理部分。[笑声]大约在1956年,我开始上纽约大学(NYU)英国文学专业的研究生。然后我得了结核病(TB)并且在医院治疗了一整年。在那之后,我开始获得奖学金。

陈: 能再谈谈越南战争如何加强了你的政治信念吗?

三好: 我1963年到伯克利分校,而言论自由运动第二年爆发。我记得大概在那个时候我开始签署反战声明。到1964年之前,我对战争的了解还并不多,但是我至少已经彻底怀疑所有关于美国在战争中的行为的官方声明。

陈: 这是诺姆·乔姆斯基(Noam Chomsky)对你的影响吗?

三好: 不是。主要影响来自第二次世界大战中的经历和战后所揭露的日本在战争中的行为。我对美国的行为的怀疑无疑得到以下事实的支持：我在纽约北部地区遇到过很多越南移民。无论如何，直到越南战争开始之际，我已是一个彻底的怀疑论者。乔姆斯基所做的是帮助我理解正在发生的事情，包括战争和很多其他事情。乔姆斯基有助于加深我的政治激进主义。尽管在那时——乔姆斯基 1967 年来伯克利时我认识了他——与其说他是个政治激进主义者，不如说是一个独有见地的思想家。乔姆斯基到来后，我提议策划一次反对芝加哥港口的示威游行——位于伯克利北边——美国在越南战场所需的战略物资大约 90% 从这里运送。实际上，我们 1967 年策划的示威游行是伯克利分校英文系成员参与的最早的政治行动之一。

陈：你积极参与了美国人权运动？

三好：我到伯克利分校的时候，加州湾区（Bay Area）存在人权激进主义，尤其是在汽车行业。我妻子很积极参与其中。我得承认最初我持模棱两可的态度。但后来，伯克利分校英语教工的激情在于"拯救湾区"（Save the Bay）。人权被视为与暴露狂行为的形式差不多。事实上，我记得一个很有影响力的教师告诉我人权并不重要——黑人可以来去自由——但是，一旦湾区没有了，就无法挽回了。当然，言论自由运动改变了一切。

陈：那么，你积极参加了言论自由运动？

三好：是的，非常积极。倒不是我当时极受重视。亚洲人非常少，至少到 60 年代末 70 年代初亚美激进主义才开始升温。

陈：你对此也很积极吗？

三好：我的确赞助了一些亚洲民族研究的课题，然而，诚实地讲，甚至直到今天，我都不相信存在任何可称为亚裔美国人的生物体。这不是说我不相信某些亚洲少数民族中存在严重社会问题，例如越南、柬埔寨移民和很多其他种族团体。但是，我们需要保持保留这些社会团体和阶层间的区别。我们不能简单地以某种被称为亚裔美国人这一混合体的名义把所有人混为一谈。

陈：1978年，你离开伯克利分校去了芝加哥大学。

三好：我作为访问教授在芝加哥大学待了几年，那是一个相当理想的情境，因为当时的芝加哥大学，尤其在日本研究领域，是一个非常令人兴奋的地方。那个时候我已经建立与爱德华·赛义德和弗雷德里克·詹姆逊的友谊。

陈：你什么时候认识詹姆逊的？

三好：当时我与乔姆斯基已经很熟。他把我介绍给赛义德，而赛义德又邀请詹姆逊和我以及海登·怀特（Hayden White）和另外几个人，参观西海岸正遭受以色列占领军蹂躏的几所大学。自那时起，我们常常聚在一起。所以当我到芝加哥大学时，我邀请了詹姆逊、赛义德和乔姆斯基。芝加哥大学享有那种私立大学的自由，而伯克利分校没有。有些事情在伯克利分校不能做，而一旦到了芝加哥大学，我开始着手和很多人一起创立一种广泛的政治。在伯克利分校，我和一些反犹太复国主义的学生和教工组织了一些有明确的正义观的课题和政治活动，但是最终，我们几乎疏远了每个人。

陈：在伯克利分校期间你从未获得东亚研究方面的职位？

三好：天哪，我完全忘了自己曾花了一整年时间与东方语言学院抗争。那是一场惊人的斗争。它大概发生在70年代中期。当时我在英文系已经讲了一年学，但东方语言学院让我开设一门日本小说课程，我照做了。只有很少学生听课。那是一个研究生课程，但是也有本科生。其中一个学生碰巧说到伯克利分校的东方语言学院要花相当长的时间才能产生一个博士学位。这个学生现在在美国常春藤联盟八校中的一所大学教学。我建议他从学生协会申请助学金并做一项比较研究，课题是关于美国主要大学的东方语言学院花多长时间产生他们的博士学位。他认为这个主意棒极了，很快就动手研究。结果发现伯克利分校花的时间最长，如果我没记错的话，大概需要 12 年时间。东方语言学院的院长发现这个研究后，给这个修他的课程的学生的学期论文的评级为"C"。这个学生极其震惊，不只是因为他以前所有科目都得"A"，还因为学校的制度规定有一门研究生课程拿到"C"或以下的学生会直接被淘汰出局。他找我看他的论文。那不是一个大论文，但是当我将这篇论文与同是写给院长并获得"A"的论文作比较时，我没发现它存在质量上的重要差异使它理应得到如此低的评级。因此我总结出论文拿到"C"是对这个学生所做的对比研究的报复行为。

那是我与东方语言学院斗争的开始。我首先努力寻找学院对研究生有什么要求，但是没找到任何印制的内容。所以我开始写信给东方语言学院院长以说明这个问题，当他不予回应时，我开始写公开信。但他们所做的仅是用铅笔起草了一系列要求。就我而言，用铅笔书写的要求不能被视为官方要求，因为它们可以随意擦除。最后，我找到研究生院院长，告诉他东方语言学院发生的奇怪事情，并要求他实施学院的部门审查。由于他了解一些关于学院和我的事情，或者至少了解我的工作，他同意组织审查委员会。

陈：你是委员会成员吗？

三好：当然不，因为我是挑起组织这个委员会的人。不过委员会有一些既定的学者，其中一个学者就是我的朋友，他悄悄告诉我委员会报告以及其他文书的内容。这花了相当长的时间——我不清楚，或许一年吧——在不可思议的大量面谈之后，委员会最终建议采用接管制度，这个制度会使一个学院失去自主处理其事务的权力，将其事务交给由研究生院院长任命的人接管。所以，换句话说，我胜利了。但在当时，研究生院院长选择不按委员会的建议执行，仅将整个报告扔进了保险箱。唯一的结局是东方语言学院被告知需要接受为期两年的审查，当然，这对我而言还不够好。你不能想象这场斗争持续了多长时间。

陈：那个研究生怎么样了？

三好：因为在审查期间受到保护，他没有被驱逐出校，但学院拒绝为他写推荐信或支持他继续攻读博士学位。他写了一篇非常棒的学位论文，而学院不承认他很出色。他不得不在学院之外寻找读者。然而，他成功地在常春藤联盟中的一所大学得到了职位，但我认为那是我当时和那所学校的一个教员关系很好的缘故。这个案例只是其中之一。在此审查过程中，东方语言学院院长夫人，也是学院的教授，写信给她的一个女研究生，这个学生曾参加了一个我组织的关于讨论如何应对东方语言学院问题师生会。信上说自从她参加了师生会，她显然成为我的支持者，因此，她考虑今后把自己视为我的学生之一，而不是她的学生。换句话说，这个学生再也得不到东方语言学院的任何支持。我想我指导了五六个东方语言学院研究日本文学的博士学位论文，他们不得不在东方语言学院之外寻找读者。通常，我们通过比较文学学院这样操作。那真是一场见鬼的斗争，我不知道这是否带来了什么好处。一些学生想忘记他们在东方语言学院所受的待遇，因为那是一种相当强大的官僚体制，而他们还得依靠这种官僚体制找工作并寻求事业发展。我想，我的斗争在一些美国的日本问题专家中产生了一些积极影响，不过我也不是非常确定。

陈：东方语言学院的情况有所改善吗？

三好：官僚体制没什么改变。就我所看到的，状况还是不好，但是谁又知道呢？

陈：你什么时候开始讲授日本文学？

三好：那是我获得英语终身教授之后不久的事。斯坦福大学一个朋友邀请我去讲日本文学，但我拒绝了，因为我希望首先在英语方面确立自己的地位。即使是后来，我也没有很大兴趣讲日本文学。不过到那时候，我认为自己已经学到了一些东西，其中之一就是忽略国界以及忽略学科界限。

陈：但是你仍保持了某种学科责任，例如，如果你开设维多利亚时期文学课程，你会教授维多利亚时期文学，不是吗？

三好：不仅如此。即使在我经常讲维多利亚时期文学的时期，我习惯于囊括 20 世纪美国或 19 世纪欧陆小说。当我讲日本小说时，我又习惯于将鲁迅、纳博科夫（Nabokov）、曼斯菲尔德（Mansfield）和恩古吉（Ngugi）包括在讲稿以内。

陈：你知道吗，你有这样的名声：一个将经典文本弃若敝屣的人。

三好：是啊，我也听说过。

陈：到了 80 年代，对你的工作和生活的主要影响是什么？

三好：跨文化、跨国界、跨民族、跨种族和其他跨类别的思想充斥着整个时期。那是我关心局外人和外围事务的原因之一。

陈：这看起来是个一致性的主题，它将你的学术工作和你的背景连接起来；迄今为止，你是一个日本文学方面的局外人。然后你也是美国文学方面的局外人。

三好：你可能是对的。我一贯关心的就是界限问题，包括我的个人生活和职业生涯：当超越界限时，我们如何做出相应的调整？

陈：所以，你会这样说吗：到 80 年代为止，你所注意到的自己的政治活动与对知识的专注之间的鸿沟很可能已经消失了？

三好：是的。

陈：80 年代你都卷入了什么样的政治活动中？

三好：从 1956 年到 1980 年，巴勒斯坦问题是核心问题。然后，通过在芝加哥的朋友，我开始增加自己对日本的关注——例如，我开始在日本媒体上发表对日本天皇制度的批评。当然，我继续支持巴勒斯坦人，至少持续到我来圣地亚哥之前。在这儿，不存在为巴勒斯坦人争取权利的以学院为基础的激进主义，不过至少我成功地介绍了一些巴勒斯坦演说家来学院,这是一些学院从未有过的。另外,我一直与像乔姆斯基、赛义德和詹姆逊这样的学者以及政治上积极的年轻人保持网络交流。我与杰出的芝加哥日本历史学家交往甚密,如 Tetsuo Najita 和哈利·哈鲁图年(Harry Harootunian)。我与一些欧洲马克思主义者经常碰面。实际上,我说的网络交流,不只是指通过电话或传真交流,而是在不同地方聚会,更重要的是,使学者们对他们专业领域外的文化和地区产生浓厚的兴趣。例如,使佩里·安德森或阿赫默德(Eqbal Ahmad)谈论日本——我想这效果很不错。我很高兴听到斯图亚特·霍尔对中国和中国台湾等地方感兴趣。当然,对非西方地区有浓厚兴趣的西方学者的数量仍然极小。

陈: 你为何离开伯克利分校到圣地亚哥分校?你的学生一定很不情愿你离开。

三好: 在伯克利分校时我属于英文系。对于知识和政治,大学的英文院系很保守,而伯克利分校的英文系显得格外迟钝。由于我没有与日本相关的领域的学位,很多从事日本研究的人认为我只是一知半解,不重视我。而在这儿,我属于文学系;一般地讲,文学系并不在乎文学的籍别(尽管事实上在乎),所以我几乎可以讲授任何我想教的东西。如果我讲日本文学、非洲小说或中国短篇故事,没有人会眨眼睛。另一方面,圣地亚哥分校文学系是"开明的",但整个学校的官僚体制非常严整、保守,这点与伯克利分校有所不同,伯克利比较开明,然而所谓的"开明"实际上可能比保守更糟。在伯克利分校时,大家知道我在做什么,所以会试图控制我;而在这儿,他们全力投入到严整的科技中,以致不关心人文学科的人在做什么。例如,我第一个邀请来这儿做讲座的学者——这儿有一个获得资助的系列讲座制度可以为这类活动提供资金——就是赛义德。然后我请来了乔姆斯基,之后是戈尔·维达尔(Gore Vidal)。假如是在伯克利分校,我永远不可能以官方或组织的资格邀请乔姆斯基。每次乔姆斯基到伯克利分校讲政治，都是应学生团体组织之邀。而在圣地亚哥，受资助的系列讲座制度允许引进所有人，这正是因为学校专注于科技而不关心人文学科。学校认为知识分子的话语不重要。同时，圣地亚哥分校文学系与伯克利分校英文系一样分散；人们既孤僻又冷漠，不过我想现在到处都是如此。

陈：然而在伯克利分校时，就培养学生的政治性而言，你很有影响力。

三好：那是在任何地方都能做的事情。例如，当我作为哈佛的埃德温·赖肖尔（Edwin O. Reischauer）访问教授时，我很可能政治化了一些学生，虽然这种对学生的临时激进化，尤其在哈佛这种地方，实际上意味着疑问。赖肖尔是冷战政策制定者之一。他有功于现代化理论的建立，并将其作为替代冷战的模式出售给社会学家，这使我感受到这个头衔的挑战性。类似的是，假如在伯克利我确实可以做些有建设性的工作，那非常好，但是最终我被英文系的保守搞垮了。在伯克利分校，你不能独立于等级结构及其特权和排斥之外。甚至最重要的教师队伍中也存在等级之分。

陈：圣地亚哥分校怎么样？

三好：没那么保守，至少文学系如此。例如，终身教授的评定是公开而非秘密进行的。当然，我不好说这是否意味着忍耐与票数差或只是了无兴趣与漠不关心。

陈：你在文学系很开心？

三好：我想是的。但是在教师中我几乎没有亲近的朋友。大多数和我通过网络联系的朋友都在其他地方。这就是我经常打电话和在路途中的原因。对我而言，圣地亚哥是一个精神上的沙漠。但我这样安慰自己：沙漠要比毒葛丛好得多。我确实承认这儿的每个人的政治思想正确得乏味，无可救药地墨守成规，而且对政治并不那么认真。不过,我想到处也都如此。

陈:那么学生怎么样?

三好:是的,我想念伯克利分校的学生。我在这儿确实有一些很棒的研究生,但我认为在伯克利时,我与本科生的关系要近得多,这是在伯克利分校讲学有趣的原因。通常,我的每个本科生班里至少有两三个很有意思的学生。我在芝加哥大学教课时却从未遇到伯克利分校那样的本科生。在这方面,伯克利分校确实很自成一格。

陈:所以在圣地亚哥,你有更多的空间可以找机会做自己的事情?

三好:是的。比起伯克利分校,在这儿我能得到更多来自学校的支持。在伯克利分校时,我从未真正了解自己的作用,尤其是置身于日本问题的专家之中;他们不但认为我奇怪、政治上无法接受,而且当他们开始勉强接受我作为学者和教师所做的工作之时,也不承认我的工作可以成为学校结构的一部分。在一定程度上,我也很想念伯克利市具有的知识文化,尽管它在很多方面都相当浮夸和空洞。另一方面,圣地亚哥市不但非常保守,而且官僚化严重,受到军队和社团利益的支配。它环境清洁、待人客气;空洞单调、了无生气;生活富裕、枯燥乏味。

陈:能谈谈你有待研究的事情吗?

三好:我想我有待做的事情确实非常简单:我们如何找到全球的对立面?或者更具体地说,我们如何帮助穷人和受压迫的人?这样做的知识和政治途径有哪些?说到这儿,我确实对其他的不感兴趣。

陈:迄今为止,我发现你的激进化过程与其他从日本流散来的知识分子的经历很不相同。看来你的情况很独特。比如说,我想没有其他日本人会关心中东政治。

三好:就日本而言,我认为在想象力和知识层面上,人们仍然被局限于自己的范围之内。他们沉迷于日本观念和自己的身份，几乎再无其他。我能找到这个问题的历史原因，也确实衷心希望他们能够在不久的将来克服这个问题。

陈：我还是不能完全理解到底什么原因使你卷入了左派政治。是你与乔姆斯基和赛义德的友谊，还是越南战争？

三好：我确定这些朋友帮了大忙。但我的政治性可能要追溯到第二次世界大战时期。对于第二次世界大战，战争期间我不理解它，而战后很多年仍不能理解。然后，愤怒在越南战争期间爆发了；这种爆发得益于乔姆斯基对战争的清楚理解，但也相对独立。第二次世界大战让我没有选择余地，我只能寻找公平与正义的基础，即一种审慎的乌托邦观点。这种观点认为人们不需要为盲从与无知而羞愧。你不清楚60年代时每天早上读报纸有多么压抑。我对中东事务的关心，则开始于赛义德给我的指导，他当时正在创作《东方主义》（*Orientalism*）。大体上说，尽管我的政治的发展又慢又曲折，它可以追溯到第二次世界大战和青春期。对我而言，正义是非常清楚的思想观念，不论它是关于中东问题、非洲问题、亚洲问题、美国民族问题或是性别问题。

陈：就我所理解的，比起日本知识分子的流散，中国知识分子的流散在中国具有更深远的政权影响及对本土更大的政治干预影响。你为什么认为情况如此呢？

三好：我认为答案一方面在于特有的中国台湾/中华人民共和国/中国香港与美国的历史关系；另一方面，在于知识分子与权力结构之间的关系方面的国家差异。因此，比起日本知识分子，更多台湾知识分子和政治领导人在美国得到锻炼。各国知识分子的社会作用不尽相同。甚至在英国和美国，区别也很大。这会随着政治环境而改变。例如，对我来说，似乎法国知识分子现在的地位很可怜。他们完全愤世嫉俗，基本上只关心他们自己。另一方面，在英国至少仍存在像斯图亚特·霍尔这样的人。我认为美国介于英国和法国之间。在我看来,对于挖掘知识分子在国内的政治影响方面,至少撒切尔夫人(Mrs. Thatcher)远不如里根(Reagan)成功。散居在外或是其他的日本知识分子,在政治领域没什么影响。日本政治由少数权力精英掌控,这个群体与知识分子群体几乎没有关联。日本政治受一个不可思议的模糊的联盟操控,这个联盟由自由民主党权力掮客与生产、金融和黑社会社团领导组成。奇怪的是,为了使其强有力而不被定位,这种权力结构没有被正式阐明。事实上,这非常可耻。在很大程度上,这超出法律规定或元法律范畴,是一种犯罪行为。有这样的权力结构存在,知识分子对国家的实际活动的影响事实上为零。这不意味着知识分子在公共领域没有发言权。日本出版商会刊发所有意见相左的知识分子可能写的关于任何问题的文章,但读者很少。此外,这对国家在国内外的管理不会产生哪怕最轻微的影响。甚至在文化领域,知识分子也没有太大影响。日本的知识分子基本上是装饰品。他们提供了调剂。[笑声]

陈:所以,你的意思是说日本知识分子的定位和日本政治的特定结构有碍于知识分子干预政治?

三好:没错,我不知道有什么办法能克服这种妨碍。之前,詹姆逊、奈地田哲夫、哈鲁图年和我,以及不少像保罗·鲍威(Paul Bove)和唐纳德·皮斯(Donald Pease)等研究美国问题的学者,到东京细致地讨论以下问题:假使某种知识分子干预在日本成为可能,结果会怎么样。我们受到礼遇,然而我们此行绝对没有产生任何影响。我们的谈话被忠实地刊发在一个主要的舆论杂志上,但从未产生任何反响。我们说话,但是没什么会发生。这就跟日本遇到的翻译问题相似。例如,福柯和阿尔都塞的作品被翻译成日语,很多日本知识分子会提及他们——他们的名字和思想在文学中得到讨论——但他们对日本目前散乱无章的管理有影响吗?我的结论是没有。他们只是消失于静默之中。

陈：今天的谈话有没有遗漏你希望谈及的必不可少或重要的事情？

三好：我想提一下最近困扰我的一些思想问题的核心。其中之一就是单一民族国家的结束——几乎到处可见作为社会规划机构的单一民族国家的消失现象。另一个是日益增强的种族分裂问题，印度、加拿大、大不列颠群岛、巴尔干半岛、非洲和很多其他地方都存在这个问题。我尤其关心种族分裂对经济发展的影响。这在很多层面都非常清晰：在大学里，知识分子团体的分裂确实存在。举例来说，鉴于意识形态的连贯性，今天不可能讨论女性主义。但女性主义已经被割裂为很多不同的思想流派和思想家，每一个都力争取得主导权。这种情况对于种族研究和任何其他事情都适用。我认为日益增加的对种族身份的关注相当危险。人们彼此之间不能过多谈论。这变得有点可怕。

陈：下一个问题是：假如你处于自己所在国家的国界之外，那么你的立场到底是什么？

三好：你可以在任何地方探讨关于文化研究的问题。对了，有另外一个看待这个问题的方法。单一民族国家这一概念是随着殖民主义出现的。在欧洲殖民主义之前，没有单一民族国家这类东西。当殖民主义确定了国界，各国需要民族主义使国家界线合理化。民族主义的一个方面就是研究民族文学和文化。换句话说，研究民族文学是作为合理化进程的一部分出现的。殖民主义、帝国主义、资本主义已被传统地用民族术语定义了。当我们批判民族主义、帝国主义、资本主义时，重述独立的各民族文学的思想就显得妥当。国际文化研究的困境是：围绕各民族发展的不同制度部门仍在形成。

陈：我在想是否可以通过以下论述结束今天的对话：你的大部分知识能力源于你的流散经验和准确定位，并且事实上，你大多数时候是作为一个文化局外人，将局外人的视角引入你实际从事的所有事情。

三好：在日本、美国和其他地方，我都有朋友——虽然我的大部分好朋友是在美国——但不论在日本还是美国，或者在其他地方，我经常问自己：我真的在和其他人谈话吗？这种不确定性伴随着我。当然，我很高兴与这种不确定性同在，因为我的工作正变得无场所。

陈：在文化研究领域，你的角度很特别，因为大多数从事文化研究的人——澳大利亚和中国确定如此——正在研究"本土"（the local）。然而你的文化研究立场为国际主义立场。我将你的国际主义立场归结于你的国际主义政治观。在我看来，这两者都源于你的流散经历。

三好：不再是流散这个词的旧含义：例如，被迫背井离乡。除了大多数落后且无法想象去其他地方的人，住在任何一个特定地方的原因正在消失。人被困住了，但通常困住是好事。在被我们称为全球化的时代，全球化只有少数幸运者可得。我显然是其中之一，因此我觉得有责任不断思考那些没有希望的受困者。社团现今可以自由地跨国界活动，知识分子成为参与这种跨国自由的活跃分子。但是那些被落下的人通常因为同样的社团流动受到压迫。我想在了解此问题后想出还击的方法。

陈：我再提最后一个问题。几乎所有我采访的流散知识分子都保持着与自己国家的某种联系，尤其是中国知识分子。事实上，我认为大部分中国知识分子流散者，特别是在美国大学的那些人，最终会回到自己国家，因为有时候让他们在自己国家里发挥其作用和能力了。但对你来说不是这样，对吗？

三好：我曾有一两次想过回日本讲学，但那不是很重要。真正重要的是愿意跨越自己的国家、文化和学科界限。那是我非常钦佩詹姆逊的原因。他的目的很确定。

陈：说到詹姆逊，我并不关心他的目的，我担心的是他对本土正在发生的事情的认知能力。

三好：是啊，但是詹姆逊是极少数能积极努力了解每个地区、每种文化的学者之一。他研究或者已经研究了中国文化和阿拉伯文化；他确实阅读越南和日本作家及批评家的作品。我没有听说过有很多学者如此乐意跨越自己专业的文化。我钦佩詹姆逊的好奇心以及他不论在哪儿都表现出的自在。实际上，我们应该无处不在。我告诉我的孩子们，他们应该在我死后把我的骨灰顺厕所冲下去，让它最终流入太平洋。[笑声]

陈：说了这么多，我诚挚地感谢与您的交谈。现在快下午3：30了。

越界者:三好将夫的生平与事业

［美］ 埃里克·卡斯汀 （Eric Cazdyn）[①]

那些举足轻重的知识分子和我们相比，似乎不是快半拍就是慢半拍，而这种速度上的差异总是能够给尽显疲态的探讨注入力量，或者使强弩之末的思潮焕发生机，而三好将夫就属于这样的知识分子。这样的速度的确与众不同，如果能够结合我们所思考的某些总体性的问题、从较长的时段观之，它更是不同凡响。不管是就文学形式、跨文化关系、建筑与摄影、全球经济，还是就生态效应而言，差异和总体性的问题在三好将夫的思考当中总是居于中心地位。前者是指不同的种族、民族、艺术形式以及历史瞬间，何以存在着不可比拟的特质，而后者则是指总体性逻辑如何将这些看似各不相干的实体联系起来。但是，当我们在三好将夫的学术中去追寻关于差异或者总体性的综合性理论时，却又无迹可循。其中的原因就在于，他对差异或者总体性的强调总是在一些具体的历史必要性的激发下产生的——这些具体的历史必要性塑造了他理论的重点和学术的选择，而这些重点和选择是不能预先抽象出来的。

我们不妨以此为例，在 20 世纪七八十年代三好将夫把差异

---

① 埃里克·卡斯汀 （Eric Cazdyn）：加拿大多伦多大学东亚研究系、比较文学中心教授，研究方向为文化研究、日本文学及电影、全球化理论。——译者注

当作一个策略性的政治行动来强调。三好将夫指出不应该如此草率地将日本散文叙事等同于西方小说（这种现象在日本研究领域司空见惯，而且在很多翻译成外文的日本文学作品护封上言之凿凿的"就像陀思妥耶夫斯基那样"、"下一位福克纳"，此类话语也反映了这一点），由此他揭露，所谓诉诸理性只不过是赤裸裸的统治的基本逻辑。因而在当时的地区研究、文学研究当中，将差异性分离出来并加以强调是揭露隐含于现代化理论当中的暴力的一种方法。然而，在三好将夫看来，截至 20 世纪 90 年代，强调差异本身已经失去了其进步的优越地位，转而成为针对立足于人文科学的批评的一种反动形式。它为独特性与根本性的差异而辩护，从某种程度上而言，这种辩护不仅与多元文化主义的新自由主义观点而且与非常隐秘的新本土主义的话语不期而遇。那么问题现在就转而成为如何看待相似性和连续性（意即如何看待总体性），同时还能对众多普遍主义者的欲望那肮脏的历史不致忘却。① 换言之，在这样一个人人都是东方主义者的时候（这些东方主义者其中既包括对亚洲无所不知的专家，也包括路标都不认识的外行；既包括为亚洲辩护的人，也包括抨击亚洲的人；既包括对自己的亚洲之根表示强烈自我认同的本地人，也包括强调亚洲非我族类或者无法对亚洲视而不见的域外之人），处在这样一个时期，一个可以将东方主义者适用于任何人，但对任何人都不适用的时期，我们便可知晓时代已经发生了变化，而此时的我们的确需要重新思考那些司空见惯的方式，我们也正是通过这些方式接受了所谓亚洲与世界的关系。三好将夫的最新回应就是，关注全球并重新思考当代大学的角色和可能性（这一观点

---

① 　三好将夫在一篇题为《放眼世界：文学、多样性和总体性》（*Turn to the Planet: Literature, Diversity, and Totality*）的论文当中详述了这一转变。这篇文章发表于《比较文学》（*Comparative Literature*）2001 年秋季号上（总第 53 期，第 283—297 页），该期是以"全球化与人文学科"为专题的特刊。

体现在本书《文学之阐发》（*Literary Elaborations*）一文当中，该文此前从未公开发表）。

　　上面所说的重新思考足可证明，三好总是不断地背离主流，先人一步开辟新的领域，并在那里掀起波澜，当他人尚在忙于消弭分歧的时候，他已经在别处搅起更具智慧的风暴。这种对越界的喜好、对别求新声、独辟蹊径的追求，一直可以追溯到三好将夫早年在日本的那个时期。三好 1928 年出生于东京，家境殷实，是三兄弟当中最小的一个。尽管三好的祖先可以追溯到前现代的武士家族，但是明治维新之后随着封建等级制度的结束，他的父亲依靠股票和经商为生（同时也非常留意收集亚洲的艺术品）。三好青年时期正逢昭和初期，即 20 世纪 20 年代末期和 30 年代。那是一个大变革的时代。大正时期（1912—1926）对于文化杂合的尝试结束了，对所有来自日本之外的事物的兴趣已经消退，而且 1929 年的大萧条也从根本上打击了东西方的资本主义制度。对于日本而言，这使得国家集权得到进一步强化，从而导致军国主义猖獗，1931 年出兵中国并公然宣传帝国计划便是标志。所以，三好的童年恰逢这样一个充斥着检查制度和默然顺从的社会阶段，而这两个特点却和他后来果敢大胆的批评风格格格不入。

　　三好小小年纪便开始阅读英语小说，并且还为此付出了代价。在 20 世纪三四十年代之交的日本，极端民族主义大行其道，对于英语语言的热衷会招致政治上的怀疑，此时三好已经意识到自己是一个异类。和兄长英次一样，三好曾经就读于久负盛名的第一高等学校，简称"一高"，这使得他能够遍览从德国唯心主义哲学到亨利·詹姆斯小说的众多著作。这所学校在知识和为人处世方面的影响远远超过了他后来所就读的东京大学，尽管后者是日本最有名气的大学，在培养日本统治阶层方面发挥着非常重要的作用。在这所大学，三好仍然很少听课，且以善于自学而自骄，他用功最勤的仍然是英语，仍然要对同学们的怀疑视若无睹。英次入伍当兵了。目睹了他入伍那天的悲伤，三好对战争、对日本那些堂皇的政治神话的质疑不由得愈发强烈，尽管这种质疑还是不自觉的、散乱的。在当时的情况下，允许表达这些质疑和忧思的空间几近于无，但是挑战那些俨然顺理成章的事、质疑那些普遍认为毋庸置疑的事，这种冲动已经成为三好长久秉持的倾向之一，而这在他年轻的时候就已露端倪。

在三好一生当中，第二次世界大战（也就是日本人所说的"十五年战争"，（1931—1945））向来是他最为重要的经历，也是一个起点和存在的依据，这在他后来的思考和写作当中明显有迹可循。在三好的作品中，贯穿始终的不仅仅只是日本横扫亚洲时那大规模、毁灭性的暴力，以及与之伴随的让人恐惧万端的燃烧弹和两颗原子弹的影响，更有这场战争对于个体意识的戕害、对熬过了这一恐怖时期的脆弱的主体性的戕害——对三好本人的意识而言尤其如此。三好这样写道，在战后几乎四十五年的时间里：

> 我所处的环境决定了我的出发点：作为一个生活在美利坚合众国的公民，我一直生活在过去那两次战争的梦魇里，而且仍然为持续不断的全球性危机而愤懑。我去竭力教导他人，自己也努力想弄明白这一切。在我经历第一场战争的时候，作为一位日本国民，我对周围正在展开的历史茫然无知。第二次战争，也就是越南战争的时候，作为一位已经归化的美国公民我清醒地认识到，在被日本称为十五年战争的那个时期，我曾经是多么的无知。这时，我对自己立下誓言：我要了解真相、我要付诸行动——在必要的时候，我要抵制美国。但是，我做到了吗？①

---

① Miyoshi, *Off Center: Power and Culture Relations between Japan and the United States* (Cambridge, Mass: Harvard University Press, 1991), 97.

1952 年，三好以富布赖特学生身份赴耶鲁大学，后来在纽约大学攻读英语专业博士学位。此后他曾短暂返回日本任教于（学习院大学）皮尔斯学院教授英语，当时的天皇就在此学习。此后，他重返美国进行研究生学习，并于 1963 年获得加利福尼亚大学伯克利分校英语系教职。三好是最早一批母语并非英语，而在其母国之外教授维多利亚时期的文学的人之一（而且可以肯定在日本人当中他是第一位，尽管他当时已经成为美国公民），他的这种身份引起了同事和学生的关注。但是，他出版的第一部重要著作《分裂的自我》（*The Divided Self*）在英美两国都受到了欢迎。

三好在战争期间曾经有过深刻的反省，而维多利亚时期的作家们也经历了类似的、自己的时代所特有的矛盾冲突，并通过自己的作品将其表达出来，毫无疑问，三好将这两者联系了起来。显而易见，要追寻如此之多的充满智慧的方式，作为先行者的三好在《分裂的自我》这本书的序言中说，要探索维多利亚战争中的自我，大致不外以下三种不同的途径：（1）关注这些主观的断裂如何随着小说在形式上的展开来表现自身（尽管这种表现是不自觉的）；（2）关注作家的自我意识及其对这些断裂的认识在文本中如何主题化并以意识形态的方式对其进行描述；（3）追踪作家的生平事略，在这些事件当中特定作家的生活和艺术并非是泾渭分明的。三好并非要淡化这三种途径（形式、意识形态以及生平）的任何一个，更不必说这三者本来就不是可以截然分开的，但是三好更看重意识形态上的探索，或者说更强调那些有着明确自我意识的维多利亚作家在那个帝国时代如何面对这种分裂的自我，以及他们在创作中是如何描写这种意识的。终其一生，三好总是执著于清醒而直接地面对问题（这一点体现在他解读文学、批评以及世界的方法上），这一特点在这个问题上同样得到了体现。在《分裂的自我》出版数十年后，三好这样说："在教学当中，我想尽可能地做到对自己的过去不做怀旧式的追忆，对世界也不做乌托邦式的幻想。如果想洞悉世界的构成，而且能不借助讽喻对其进行描述几乎是不可能的，但是我们所有的人却都不得不栖息于这种不可能当中。"①

1974 年三好出版了一部关于日本现代文学的著作《沉默的同谋》（*Accomplices of Silence*），而对于这个世界的描述，该书所要解决的核心问题便是呈现这个世界，这个不可能而又无法回避的问题。在这个推崇隐忍和死一般沉寂的文化当中，从事现代日本散文小说创作的作家们，发现自己总是处在一个背道而驰的状态。写作，特别是不像日本诗歌那样格律严整的写作，就是对法力无边的社会陈规的背叛。"于是要通过作品来打破这种沉默，作家就要经历挫败、身心俱疲，往往无异于自我牺牲。"②《沉默的同谋》在文学和东亚研究领域引起一片哗然，这和三好不同寻常的个人经历不无关系。三好是说着日本话的日本人，在日本读完了中学和大学，然后他接受的却是作为维多利亚文学研究者的教育，获得的是美国的博士学位，而且没有任何有关东亚研究的正规训练。如此异乎寻常且自成一格的养成在这一领域无异于平地惊雷，它对于东亚研究，特别是日本文学研究领域的许多人都构成了威胁。在 70 年代初期，美国东亚研究的格局仍然受制于冷战的铁律。这一领域的大部分学者不是自第二次世界大战以来派往日本的传教士就是退役军人，他们对于日本的了解是在美军占领日本期间（1945—1952）形成的。能说流利的日语且在为数不多的那几所美国大学接受过专门训练，这便获得了通往这个排他、且有几分自我封闭的所谓日本问题专家圈子的敲门砖。这些人往往对于自己的政治角色并不像冷战分子那样忠贞不贰，

---

① Miyoshi, *Off Center: Power and Culture Relations between Japan and the United States* (Cambridge, Mass: Harvard University Press, 1991), 97.

② Ibid., XV.

他们往往不大和其他学科的学者进行交流。而且，他们往往以没有受过专门训练（语言、现代化理论以及将种族差异本质化的人类学本能）的人很难从他们那里学到什么东西为托词，将外界的挑战拒之门外。早在萨义德《东方主义》出版之前六年，三好就已经在揭露对学术知识的政治性使用和误用，揭露跨文化交流当中危险而不均衡的权力关系。①

在 20 世纪 60 年代中期，加利福尼亚大学伯克利分校的学生发动言论自由运动（free speech movement），要求学校当局取消对校内政治活动的禁令，在教工当中，三好本来就是这一运动举足轻重的支持者，但是三好参与更多的还是在 60 年代末至 70 年代初如火如荼地反对越战的抗议和时事辩论会。此时的三好已经与诺姆·乔姆斯基（Noam Chomsky）关系密切，在伯克利他们一起组织当地的反战活动。其中的原因在于他们二人都对当时美国知识群体持一贯的批评态度，不明白学术何以自甘沦落为国家的工具。随着美国在越战中的失败，三好的政治活动更加活跃、也愈发怀疑自己的职业，此时的他在与萨义德相识之后，转而关注中东地区。面对那一地区残酷的政治局势，他以独立观察员的身份曾经到访西岸地区（同行的还有弗雷德里克·詹姆逊（Fredric Jameson）以及海登·怀特（Hayden White））。尽管当时的他对这一地区，也就是巴勒斯坦和以色列所知甚少，这样一个结构性的陷阱却已经引起了三好的思考。不管是个人还是民族，当他们想对自身进行一个明确的界定时，总会遇到这一陷阱。他所思考的是，为什么这一陷阱不但能有效地限制敌人和他者（这往往会导致暴力），而且还能同样以破坏性的方式限制自我。关于这一问题，三好在其出版于 1979 年的著作《日美文化冲突》

---

① Edward Said, *Orientalism* (New York: Pantheon, 1979).

(*As We Saw Them*: *The First Japanese Embassy to the United States*)
(1860)① 中很好地阐述了这一问题，本文集也收录了该书中的
一章。

三好既读了旅美日本人的游记和回忆录，又读了旅日美国人
所留下的有关文献（尤其是 1856 年汤森·哈里斯（Townsend
Harris）访问日本时的资料），并对双方当时的话语习惯和行为
模式进行了重新解读，这样做的原因就在于当我们通过只有一个
焦点的单镜头来观察和了解对方时，结果往往是什么都看不到。
很多不解和误解其实就由此而生，甚至时至今日仍然影响着日美
关系。对于"我们"与"他们"的不期而遇，三好在该书的题
目当中并未表明自己的态度，但是在这个相遇的过程当中，差异
无处不在，因此我们必须时时小心，既不能以西方为前提理解日
本人，也不能以日本为前提去理解美国人。比如，三好在研读日
本人和美国人的旅行见闻时，既考虑到这两个国家文学日记的不
同传统这一背景，同时又要顾及个体对于时间与空间在主观感受
上的差异。赴美的日本人习惯一五一十地记下海上航行的路线，
按照时间顺序记录所发生的事情，而美国人总能赋予事件以意
义，他们欠缺的就是美国人这种高度的自觉和浪漫的个性。日本
人之所以如此，就是因为明显缺乏自我意识，同时还受到德川时
代根深蒂固的影响，严格按照时间顺序记述旅途经历。三好没有
将日本人和美国人这两种没有可比性的经历生拉硬扯到一个框架
之内，而是将他们并置在一起，由此也为文化研究别开新面，这
种方法既无偏倚之弊，也无浮泛之嫌。萨义德坚持认为，所谓东
方主义不过是西方人从自身的概念出发，对于东方的理解罢了。
这样一来，《日美文化冲突》一书就与萨义德的这一观点不谋而

---

　　① 该书汉译本已经由中国社会科学出版社于 2008 年 7 月出版，译者为李宝润、
王义国，汉译本更名为《日美文化冲突》。——译者注

合。然而,三好所强调的是许许多多的结构性误解,这使得《日美文化冲突》在一定程度上超越了东方主义。结合美日关系的实际,这就意味着美国人即便是从日本人的概念出发,也难以理解日本人(从美国人的概念出发也是如此)。

正因如此,跨文化交际并不仅仅只是要做到对他者保持应有的尊重以及避免使用一些自说自话的概念,更是不断地拆解一切僵化刻板的身份,然而(或者不妨说正是因为)这僵化身份多从本土自我当中生发而来。针对多元文化主义和身份政治的主流话语,我们必须做出什么样的回应,三好对此进行了详细的阐述。然而,这并非意味着三好轻视了种族以及族群特点。种族和族群特点属于差异的范畴,也是歧视的渊薮。事实也是如此,1986 年他离开加利福尼亚大学伯克利分校,转投加大圣地亚哥分校担任日语、英语以及比较文学 Hajime Mori 讲座教授。当初在伯克利的时候,东方语言系对三好不乏兴趣,在《沉默的同谋》和《日美文化冲突》受到如潮好评之后更是如此,但终归与他保持着一定的距离。然而,当时系里有少数学生还是发现三好不拘传统的批评形式、渊博的知识和广泛的兴趣使三好对于日本既不逢迎、又不轻慢的态度得以体现,也使其增色不少。当时一位日裔美国博士生觉得受到了东方语言系一些人的歧视,便求助于三好将夫。三好经过调查,觉得这位学生的确受到了不公正的待遇,而且这种不公并非皆因种族之故。于是三好开诚布公地表达了自己的不满,为这位学生声辩,这位学生在三好的指导下最终很好地完成了自己的博士论文。但在此过程中,他也和系里的那些同仁更加疏远了(有关这件事情可以参看本书中对三好的采访部分)。尽管英语系对于三好来说并非不可接受,但其以欧美为中心的视野愈益狭隘,他对此不能安然接受。在这种环境下,加利福尼亚大学圣地亚哥分校的文学系邀其加盟(一个面向非西方和跨学科的更具实践性的项目),这两种因素促使三好作别工作了 25 年的伯克利。

　　1986 年转职圣地亚哥，其时正值日本世界角色的转换。在战后不过 40 年，日本在经济上俨然成为超级大国，是世界第二大经济体，对美贸易顺差达到 500 亿美元。先是与美国为敌，继而被其占领，然后成为美国举足轻重的盟友和对抗东亚共产主义浪潮的桥头堡，如今竟又成了美国最大的威胁。诸如《日本国力之谜》（*The Enigma of Japanese Power*）和《贸易地位：我们何以坐视日本占领先机》（*Trading Places*：*How We Allowed Japan to Take the Lead*）这类并非小说的畅销书加深了这些恐惧。① 美国的政客们经常在电视上以破坏公平竞争、利用其邪恶的"禅宗资本主义"（Zen capitalism）为由对日本大加抨击。1988 年日本东芝公司向苏联出售先进潜艇技术的丑闻被曝光，至此美国对日本的再次妖魔化才算得以完成。仅仅 40 年间，日本就经历了从满目疮痍到百废俱兴，终成美国对手这样一个过程。为了使这种趋势得以扭转，日本文部大臣、三菱、住友等日本大公司，还有像日本奖学基金会此类文化机构加大对于美国大学的投入，从经济上资助讲座教席、语言项目和学生奖学金，即便不能使这种日本模式获得欢迎，至少希望能够消弭对立。这使得美国的日本研究出现了一种断裂，它完全不同于冷战期间所形成的研究路径。1991 年三好所著《偏离中心：日美权力与文化关系》（*Off Center*：*Power and Culture Relations between Japan and the United States*）出版，并以此介入这场辩论。他对日本既未声辩，也未抨击，而是通过明确强调资本本身何以对这种差异视而不见，来揭露在日美双方背后发挥驱动作用的隐蔽的臆断。只有对三好以前所为，特别是他与日本研究之间的关系进行反思之后，方能洞

---

　　①　Karel Van Wolferen, *The Enigma of Japanese Power*（New York：Knopf, 1990）；Clyde Prestowitz, *Trading Places*：*How We Allowed Japan to Take the Lead*（New York：Basic Books, 1988）.

悉他此时的态度。

正如前文所述,对于日本研究这一领域,三好本来只是一个旁观者而已,而且年轻的三好在日本时也是浸淫于西方文学。1970 年 11 月颇负盛名和尊崇的日本小说家三岛由纪夫在东京路上自卫队司令部内的一次展览上切腹自杀(这是一种仪式化的自杀方式),这一事件激发了三好对于日本研究的兴趣。就在三岛自杀之前数周,伯克利英文系主任曾经问三好如何评价三岛足以成书的长文《太阳与钢铁》(*Sun and Steel*)。这简单的一问却成了三好研究三岛以及日本的契机,在三岛自尽之后,三好将夫在研究上的这一重点转移愈发迫切。事实上,正是随着这一新的转变,旋即出版了《沉默的同谋》一书。除此之外,还另有原因。三好之所以要写《沉默的同谋》和《日美文化冲突》这两本书,就是为了回应他在日本研究领域觉察到的偏见。尽管不排除对日本纯然的学术兴趣,但是在日本研究领域仍然存在着一股潜流,它想当然地预设了西方的优越性,然后以西方标准来判断日本。为了对此进行回击,三好从中立和对称的角度披阅了日本人当年的散文体记述,以及日本派往华府的第一支使团的有关记录,以期复原日本研究对象的自治性。在三好看来,这是时代所要求的关键的一步。然而,及至 20 世纪 80 年代末期,这一对想象中的对称研究构成威胁的转变势在必行。以下是三好在《偏离中心》一书序言中所写:

因此,《偏离中心》旨在复原我们观念中的不对称。本书意欲观照日本与他者的相遇,不是从所谓"中立"或者"客观"(意即欧洲中心)的观点,而是从对立的角度观之。本书并不刻意做普世之态,因为普遍主义当前除了隐瞒与遗忘之外,别无所是。本书力求能够包容,明确反对排外。它摒弃的不仅是欧洲的中心性、种族的优越性,而且力求规避开种族性、民族主义以及种族偏见和国家主义，如是或许才能完整地解读历史，不受随着殖民主义的扩张而构建起来的边界与疆域的羁绊。①

三好仍然要强调他所使用术语（此处乃是指日本和美国）的根本性区别，然而这种区别是通过地缘政治体系更为显著的特征显示出来的——殖民主义绵延不绝的历史给这一体系打上了烙印。在《偏离中心》的开头两章，三好进行了这一转变。在这两章当中，三好把日本人的散文体记述当作小说的另一种形式进行解读（他在这里更乐意用日本说法"小说"（shosetsu）来指代这种散文体叙述，来代替作为广义分类的小说。② 在《沉默的同谋》中也沿用了这一做法）。第三世界的文学是从口头传统演化而来，从这一角度出发，三好解读了日本小说的形式因素，诸如叙事、情节、观点、人物、结构、篇幅以及作者等，他最后认为现代日本的散文叙事，总体上而言对西方霸权和殖民主义是拒斥的，对西方小说更是如此。

在世界体系的总体性之内，这个有关日本之差异性的问题也就成了"后现代主义与日本"的主题。"后现代主义与日本"乃是《南大西洋季刊》1988 年的一期特刊，由三好将夫和哈里·哈鲁图尼恩（Harry Harootunian）共同主编（该书后来由杜克大学出版社出版）。③ 尽管日本极具现代化的奇迹和伟大传统使得它本身成为幻想后现代主义的理想之地，在日本意义的内爆以及历史的非时间性好像都要将许许多多"声名不堪"的形而上学

---

① *Off Center*, 3.

② 日语"shosetsu"相当于小说，而"novel"一词倒是指通常意义上的散文。——译者注

③ Miyoshi and H. D. Harootunian, eds., *Postmodernism and Japan* (Durham: Duke University Press, 1989), first published as a special issue of *South Atlantic Quarterly* 87, No. 3 (summer 1988).

语汇（其中也包括"历史"本身）给毁掉，但是这一欢庆何以危险地应和了第二次世界大战之前那一时期的文化例外主义（日本文化），关于这一问题，三好和哈鲁图尼恩告诫说："这一近乎本能的反应所导致的结果就是，作为一个观念的日本不过是一个所指，它的独特性被固定在一个不能化约的本质当中，而这个本质是恒久不变且不受历史的影响，而并非一个能够将自身与可能意义的多重性联系在一起的能指。"① 他们二位进而指出："日本是一个独一无二、与其他所有文化全然不同的所指，应该说，正是在那些就日本的所谓后现代性声嘶力竭、歇斯底里的聒噪之下，才形成了人们对日本的这种理解。"② 哈鲁图尼恩乃是至今仍在工作的、最为重要的知识分子历史学家当中的一员，也是在日本研究领域不断进步的一个变节者，而奈地田哲夫（Tetsuo Najita）是专治日本史的著名历史学家，三好将夫与他们的合作可以追溯到 20 世纪 70 年代中期，当时他是芝加哥大学的访问教授。事实上，《后现代主义和日本》以及其后的《世界当中的日本》（*Japan in the World*）和《了解地位》（*Learning Places*）最为突出的贡献在于促使研究日本的学者重新思考他们的臆断，思考他们是否忠诚于目前大学当中日本研究所扮演的角色。③

从某种程度上而言，三好和哈鲁图尼恩已是非常成功。他们后来要将西方理论"应用于"日本的冲动存在着理论上的欠缺，不妨视为一个并非多么必要的、职业化的策略而已，而这一策略

---

① Miyoshi and H. D. Harootunian, eds., *Postmodernism and Japan* (Durham: Duke University Press, 1989), first published as a special issue of *South Atlantic Quarterly* 87, No. 3 (summer 1988), xvi.

② Ibid.

③ Miyoshi and H. D. Harootunian, eds., *Japan in the World* (Durham: Duke University Press, 1993), first published as a special issue of *boundary* 2 18, No. 3 (autumn 1991); *Learning Places: The Afterlives of Area Studies* (Durham: Duke University Press, 2002).

与上一代日本专家们的狭隘视野不期而遇。此时，三好的应对之策就是抽身离开日本的研究领域，转而在更具全球化的语境当中思考不对称和后现代主义。后现代主义问题之于三好，正如它之于詹姆逊和大卫·哈维一样，就是一个如何叙述历史变化的问题，确切地讲，就是在紧紧抓住资本主义本身那持续的逻辑的同时，如何表明目前的断裂。① 在这个钢丝上行走绝非易事，面对如此种种政治正确的盗用，尤其是北美学界和大学管理者的盗用，后现代主义所标举的差异这一概念，其严密性已经开始削弱。当此之时，这个钢丝就走得殊为不易。文化已经被视为一个探索后现代性的独特性的专属领地（经济也被回归到另一个进行特殊研究的领地），于是三好又一次做出了重大的转变。这一次转变的方向是全球经济，以及民族—国家角色的转换，有关研究体现在下面这两篇重要的文章当中：一为《无远弗届的世界？从民族主义到跨国主义以及民族——国家的衰落》（*A Borderless World? From Colonialism to Transnationalism and the Decline of the Nation-State*），该文发表于 1993 年，收入了本书；一为发表于 1995 年的《全球经济下抵抗的所在》（*Sites of Resistance in the Global Economy*）。事实上，这一转变在《偏离中心》一书的序言中已经可见端倪，在这篇文章当中三好写道："如果有一天我真觉得有必要对本书进行修订，或许我会从消解民族和地区界限和边界的工作开始，诸如存在于日本和美国、东方和西方的界限，以取代经济、种族和性别的差异，因为它们与全球历史当中的问题和事件息息相关。"②

在 20 世纪 90 年代的早期，"全球化"一词还鲜有人用，只

---

① David Harvey, *The Condition of Postmodernity* (London: Blackwell Press, 1991); Fredric Jameson, *Postmodernism, or The Cultural Logic of Late Capitalism* (Durham: Duke University Press, 1991).

② Off Center, 3.

是到了 90 年代中期和末期，全球化话语才大行其道，很快便在北美及其以外的学界占据了主导地位。事实上，这场论辩的一个重要文本是由三好和詹姆逊合编的《全球化的文化》（*The Cultures of Globalization*）一书。在该书出版的几年前，曾经在杜克大学召开过一次与此有关的国际会议。在此之前，大行其道的是"后福特主义"、"后现代性"、"弹性积累"、"晚期资本主义"以及"跨国主义"。全球化这种弥散的主导地位所带来的损失之一便是经济维度在重要性上的式微。三好的介入，其重要的关切点也在于此。

在详陈了殖民主义的历史以及现代民族—国家的形成之后，三好为从多国公司向一个跨国的整体的转变进行辩护，在这个跨国的整体之下，民族身份在削弱，而公司自身的利益变得愈加重要。借助媒体和学术这两方面的资源，三好着眼于财富从穷人向富人触目惊心的转移，不厌其烦地描述了这一转变（他一直强调的是这一过程并未停止，以及相较于目前的现实，跨国公司的逻辑更是一个未来的目的）。在《无远弗届的世界》一文中，三好并未流露出对民族—国家的怀恋（然而标题中的这一问还是流露出他不无矛盾的心理），他所关注的是跨国资本主义的负面效应。受利益驱动的跨国公司能够担当起民族—国家福利的重任吗？流动的工人阶级，它的成员追随着全球资本的轨迹，谁又能眷顾他们的健康和生活状况呢？环境破坏的状况又是如何？在这一转型的过程当中，学术又何以自处——难道就是心甘情愿地奉迎跨国资本主义？数年之前，当大部分学者仅仅着眼于文化的全球化（有关离散人群和消费主义的小说以及电影；文化工业的世界统和）之时，三好已经预见到了目前这个时刻的核心问题。他写道："我们所需要的是在政治和经济上审慎的省察，而非因好为人师而做的姿态。我们不应该仅仅满足于确认来自不同地域、不同背景的各色人等不同的主体地位。我们需要探究这些差异之后的原因，最起码是政治和经济方面的原因，而且提出消弭这些'差异'的途径，而我所说的差异乃是指政治和经济上的不平等。"①

《抵抗的所在》一文进一步阐述了这巨大的不平等何以在世界上大行其道，揭穿了众多媒体鼓噪的"乌托邦"谎言。三好借助了诸如报章、杂志以及美国政府报告等主流资源，该文的风格直截了当、直指肯綮。至于字斟句酌学术风尚以及在一些细枝末节的理论问题上纠缠不休，三好早已厌倦。在他的建言当中，三好直言不讳地提出要驯服国家，培育一个被充分赋予权力的、州际间的代表性组织，要强化草根运动，并且要整合跨国的劳工组织。通过文末激情洋溢的呼吁，三好对自己、也对他的同行提出挑战：

> 我们能够打破学者之间陈陈相因、彼此吹捧的龌龊圈子。具体而言，在这个过渡的时期，我们能够重振知识与学问，其途径在于：改变我们的论说、忽略僵化的历史、寻找新的语境、更新引用文献、使实践更具针对性、搁置陈规、抛弃武断的规矩、荡涤匠气、消除学术光环、革除学术呓语、鼓励异端学子、重设评价标准、剖析制度主义死气沉沉的流弊。简而言之，即便是我们在探讨后现代主义、多元文化主义、后殖民主义、女性主义或者身份政治的时候，也要对学术刊物、著作以及会议，乃至有关知识之事的大学制度、系科条规进行审慎的明察、存有可靠的怀疑态度。②

① Miyoshi, "A Borderless World? From Colonialism to Transnationalism and the Decline of the Nation-State," *Critical Inquiry* 19, No. 4 (summer 1993): 751.

② Miyoshi, "Sites of Resistance in the Global Economy," *boundary* 2 84, No. 1 (spring 1995): 61—84.

显而易见，这两篇文章中都缺失了文化对象。当然，对那些从社会科学的角度就世界体系进行的论述而言，这种缺失是正常的，但是对于从事文学研究的学者而言（且不管他是将文化视为乌托邦、反乌托邦抑或风马牛不相及），在文章里自始至终对文化分析不置一词，确属罕见。但是，三好在这两篇文章中对于文化避而不谈，绝对不是将文化置之度外。相反，这是对另外一种独特的知识活动的兴趣——这种知识活动并不倚重于专业知识和技能，而是勇于探索新的知识，并就其发表意见。因此，对于三好而言，不伪饰这种业余性、不以炫目的文化分析来弥补这种业余性，不失为一个途径，算是对自己颠覆专业主义这一挑战的一种严肃的回应。

在 90 年代的中后期，当三好就文化进行写作时，他还同时关注着在跨国社团主义的情景框架之内如何创造、批评和感受艺术。三好无意追捧与社会保持着（也不乏批评性）距离的陈旧的现代主义，他也拒绝赞美种种后现代艺术的所谓总体融合。在 1994 年大江健三郎获得诺贝尔文学奖之后，此时吉本芭娜娜（Yoshimoto Banana）①、村上春树等年轻一代日本作家以其空洞的句式从形式上反映了其作品由以产生的商品文化，并因之誉满全球之时，三好就在思考为什么在这样的时候大江健三郎的作品仍然如此重要。② 1995 年在参加了在韩国首尔举行的"Anywise"会议之后，三好将夫又从建筑的角度将关注的目光投向当代艺术生产的问题。彼得·艾森曼（Peter Eisenman）③ 主张"让建筑从其自身当中消失"，作为回应，三好写道："我提出一个更加

---

① 吉本芭娜娜（Yoshimoto Banana, 1964—），日本畅销书作家，著有《泡沫》《哀愁的预感》《白河夜船》等，家庭以及个人的分裂是其作品的主要元素。——译者注

② Miyoshi, "Modernist Agonistes," *The Nation*, May 15, 1995.

③ 彼得·艾森曼（Peter Eisenman, 1932），是美国在当今世界上著名的前卫派建筑师。

开放、但并不那么理智的消除建筑的方法：让建筑接近物质环境、接近外围空间，而普通的工人阶层就生活和工作在这里，他们甚少参与建筑的语言、文本和话语。"①

在与建筑学家 R. 库哈斯②的对话中，三好褒扬了库哈斯与物质环境中的丑陋进行斗争的意愿，但他同时也质疑库哈斯何以保证自己不会变得丑陋——意即如何才能不彻底屈服于跨国社团主义。③ 三好和哈库斯都认为，这种商兑（negotiation）是作为艺术家、批评家和公民的每个人都必须面对的重要问题。在《建筑之外》（本书亦有收录）一文中，三好提出了这样一个权宜的答案："或许，不是将愧疚之心融入在美学、理论以及智识上可敬但却无用的形状与形式，我们或许应该漫步街头……去了解人们在'肮脏不堪'和'让人生厌'的地方如何生活。建筑从有些屋舍当中得到了恩惠，而住在里面的恩主们并不见得就更心满意足、逍遥舒适，但是在那些'肮脏不堪'和'让人生厌'的地方或许更有生机。"④

1997 年三好曾在《新左派评论》上发表一篇有关第十届卡塞尔文献展的文章（本书亦有收录），卡塞尔文献展是世界上最为重要的当代艺术展览之一，在德国卡塞尔每五年举办一次。当时对这届展览的抨击之词、对展览组织者，即激进而坚定的凯瑟琳·戴维，严苛的批评铺天盖地，三好在这篇文章中给予回击。对戴维在专业上的胆识三好推崇备至，戴维她不曲意逢迎艺术工业和媒体，她在知识上的洞察力，坚定不移地强调文化与政治之

---

① Miyoshi, "Outside Architecture," in *Anywise*, ed. Cynthia C. Davidson（Cambridge, Mass. : mit Press, 1996）.

② R. 库哈斯（Rem Koolhaus, 1944），荷兰建筑师，曾获 2000 年普利策建筑奖。——译者注

③ Miyoshi, "XL in Asia: A Dialogue between Rem Koolhaas and Masao Miyoshi," *boundary* 2 24, No. 2（summer 1997）: 1—19.

④ "Outside Architecture," 47.

间永续不绝的联系。要对这样的景象进行评说并非难事（对那些激进的艺术家和批评家而言尤其如此，更不用说众多左派学者了），然而三好却引导我们从更加广阔的范围内进行思考："如果资产阶级艺术的反对者也默认了这次展览，或许在较长时期之内就不会有为一种合理的文化而奋斗的机会了。"①

十年之后，三好含蓄地表示，这样的机会已经失去了——对于艺术从这种全球性不平等的危机当中复原的空间实际上已经被堵死了。比如说，我们总是将小说与其销量联系在一起，因此如今它已经完全沦为一个统计学问题，与营销和消费主义的风气沆瀣一气。批评自然也就很容易受到晚期资本主义这一逻辑的影响。这些年三好的摄影作品也已经出版，而他本人的确在思考这样一个问题，在摄影当中是否就不可能存在某种独特的东西？在反思自己的摄影活动时，他这样写道：

> 摄影当然也是消费主义的一个重要部分，但是我认为还是存在着一种将消费主义搁置一边言说摄影的方式。照片可以脱离观者而存在。你在摄影的时候完全可以将观者置之度外，但是如果不考虑读者，就无从进行小说创作。当我一旦开始考虑读者，那就堕入消费主义了。反之亦然。但是摄影却可以给予你某种自由，可以不用考虑观者而拍摄照片。与照片有关的只不过是我本人和（拍摄的）对象而已。②

尽管批评以及文化的处境让人叹惋，但是三好还是发现了至关重要的问题，这一问题不但吸引了他当时全部的注意力，而且促使他反思自己以前所倾注了心力的工作。这便是环境问题。尽

---

① "Radical Art at documenta X," *New Left Review*, No. 228 (March – April 1998).

② Unpublished interview with author, New York City, August 24, 2007.

管在三好早年的作品中我们还是能够发现对生态的关切，但只是
到了《文学的阐发》发表之时，这种关切才臻于成熟——至此
他将对于大学和全球经济的兴趣（更不用说他对于文学本身以
外问题的推动，或曰阐发所持有的兴趣了）合而为一，并使之
与已经成为我们这个时代最为根本的问题联系起来。"在环境危
机面前无人可以独存（尽管到那时富人当然想尽办法想比穷人
多活些时日），也没有哪一部分生命可以幸免。"① 在一个人人都
面临着同样风险的世界上，不对称于是就归于对称，而差异同样
也归于相似——这样说并非为了较少差异或者对差异视而不见，
而是为了在目前这样一个稍有闪失便会导致物种灭绝的时刻，给
其加上括号（悬置起来）而已。

　　《文学之阐发》分为三个部分。第一部分关注的是当代的大
学问题，以及建立在效率和实用基础之上的公司逻辑如何强化了
学术上的专业主义和职业主义。三好将夫对于诸如文学研究这样
"无用"专业的凋敝并非恋恋不舍，但与此同时，他对取代文学
研究的有关身份、地区和文化的研究也非欣欣然。在这一部分之
后，三好对现代学术的历史进行了详尽的描述，并在中世纪早期
的大学当中探寻现代大学的前现代根源。通过追溯几个世纪以来
赞助以及基金来源的演化，三好将当今之时市场何以侵蚀高等教
育、当代研究性大学何以迎合信息和技术，而非批判性的省察进
行了情境化的研究。在最后一个部分，三好提出了一个出人意料
的解决之道：一个独一无二的有关环境保护的跨学科、全球化的
研究，这一方案应该从根本上重组不同的学术门类，并形成人文
科学、社会以及自然科学：

　　　　我希望各学科的所有课程都充满环境及社会意识。大学

---

① "Literary Elaborations," 19.

管理人员可能不情愿，甚至不同意，但受学科分类限制是相对容易的，既然个别讲师能选择课程内容，多少削弱了官方的监督力度。个别讲师必须采取主动并负起责任，因为早在几十年前，他们就开始了女性主义及民族研究一直到这些关注被认可，然后渐渐展开，最后在主流课程里被接受和确立。①

文学、历史、政治科学以及其他的学科不应该仅仅只是在自身教条的范围之内修修补补（将僵硬的成规用之于生态问题），而是要用生态保护的视角来改造传统学科本身。不足为奇的是，对于三好而言，经济学——特别是围绕着定价和生产的概念——最需要重组，而这种重组要求对社会关系进行改造，并且对我们劳作和生活的目的进行严肃的反思。"但这也正是生态研究的终极要求。"②

最后，三好疾呼即便人类确实可能灭亡，环境保护所保护的不仅仅只是人类的生命，而是地球的存亡。当然，我们必须对自己的集体性谋杀行为进行反思，因为这种反思能够将哲学关怀融入环境研究的前沿。但是在《文学的阐发》结尾，三好思考的却是在人类灭绝之后、地球毁灭之前，可能有什么样的其他生命形式存在？三好的这一转折出人意料，直接指向了未来本身："现在，新的生态研究需要决定是否应对人类灭绝进行思考。……虽然希望渺茫，至少我们可以期待地球上会有生命继续存在。只要还有一线希望，我们就会找到勇气并继续努力尝试。"③

这个其中不乏幻想的梦魇实际上比其初现之时更为温和和现

---

① "Literary Elaborations," 58.
② Ibid., p. 60.
③ Ibid., p. 62.

实。三好感受到了一种张力，一方面分析大学（它的历史、现在和未来），另一方面还要对更广阔的社会和生态境况进行剖析。然后，他向我们表明，在大学里此两者如何难以摆脱、无由逃避。他同时也意识到在大学之外，所需要做的事情还很多（而这是否会引发革命，并不是他所要考虑的），但是这些与大学相关的种种事情终归需要一个出发点。和在《纽约时报》上连篇累牍地发表专栏文章、没完没了地参与政府的（资政）班子相比，改造大学及其课程是一个更好的起点。尽管行文夸张、观点激进，今天看来，《文学之阐发》不失为一篇切合实际、有理有据且发人深省之文。

　　纵观三好的生活和所作，一以贯之的是，在面对似乎是难以决定的两难选择时，他总能千方百计想出意料之外（在众人看来也是匪夷所思）的另一种方案。但是之所以能够如此，并非只是简单地在两端之间割裂差异、满足于折中调和。相反，三好对于不同立场（东方和西方、理论和反理论、知识分子和艺术家、土著和外来者、环境保护主义者和无度的消费者、文学和经济学）的批评和复原，总能以己之力另辟蹊径，从而在一个新的领域展开周详和大胆的研究。三好不仅准确无误地为我们预报了某一特定时刻的气温，还对即将到来的气流以及海洋变化施加了影响。

　　然而，三好勇于创新的批评实践，其标识并非全在其不断变换的内容，还在于在此期间他在形式上的变化和理论上的逆向而动。维多利亚时期的作家在单一的现代性框架之内创造了分裂的自我形象，当三好对此进行分析的时候，他从对称的相似性入手，强调的是（就像在《日美文化冲突》和《偏离中心》中所表现出来的东西方之间）对称的差异性，然后是不对称的差异性（正如在《偏离中心》的等式之外北方和南方所体现出来的），再到不对称的相似性（正如在《无边的世界》和《抵抗所在》中所描述的全球性不平等），最后回返到对称的相似性（正如《文学的阐发》一文中所说的共同的生态威胁）。三好持续不断地转移所呈现出来的圆圈，与其说是固定的，毋宁说是不断扩展的，这一圈圈不可阻挡地向世界和未来推进。三好已经证明，所谓真正地面对世界就意味着尽可能地正视它，不惮于进入其未知的部分；与其过分倚重已有的成就，或者重复过去的方案，不如依靠新的冒险，想方设法应对其哪怕极其痛苦和绝望的方面。但是，正如面对目前时代的残酷，我们一相情愿的思考经常显得让人沮丧和无能为力，接近并回望这个世界的现实——让人鼓舞的批评或者批评性的鼓舞在于，在对这个世界半个多世纪的密切干预之后，我们发现三好的所为仍然在发挥着作用。

就在本书杀青之时，经诊断，三好罹患绝症。面对这样的诊断肯定意味着面对医疗机构。三好曾经批评过现代大学的过分专业化、山头之争，以及商业利益妥协性的影响，现在俨然成为医疗体系的驱动性特征。在这一体系邪恶的逻辑面前，人不分贫富都是脆弱的。不管是求医无门，还是过度治疗，都使我们惊恐万状。在这一抗争过程中，三好不由得发现自己又一次扮演着越界者的角色，这一次他闯入了医疗领域。从文化到政治再到我们最为细微的生存体验，三好顺着这条将眼前的医疗活动与看似迥然不同的日常生活细节紧密联系在一起的线索前进的时候，他总是带着自己偏离中心的诸多问题。三好最终成型的有关医疗文化的分析会是怎样的一种面向，现在还无从得知。但可以肯定的是，其研究应该是缜密的、视角也应该是广阔的，而且不管是对这个话语之外的、还是之内的所有人来说，都应该是"让人鼓舞的"。在"越界者"这一名号之外，我们也不妨称三好为"鼓舞者"，原因就在于此。他不仅给自己足迹所至的领域注入了新的生命，而且他还鼓舞着生命历程中相遇的许许多多的人。不管是简洁明快的行文，还是信手拈来的机智，三好的批评风格中有某种东西，它绝对不会使周围的人心灰意冷或者才思枯竭。三好活力无限。作为一位知识分子，同时也作为他的朋友，这就是我可以与他人、与世界一同分享的三好最为重要的品质。舍此无他。

……

2009 年 10 月 1 日三好将夫与世长辞。

译后记

早闻三好将夫教授的大名，但是他的文章我以前并没有看过。2008 年以访问学者身份去美国南加州大学学习，在从北京离境之前去向王逢振老师告别。王老师书房的地上堆放着一摞新书，其中就有三好将夫的 *As We Saw Them：The First Japanese Embassy to the United States* 一书的汉译本，更名为《日美文化冲突》。王老师赠我一本。这本书陪我度过了飞越太平洋的十多个小时，使无聊的旅程有了几分趣味。到了南加州大学，与导师 John Carlos Rowe 一次聊天，谈到了三好将夫，他很兴奋地问：“你读过他的书？他可是我的朋友啊。”

一年之后，我又把这本书从美国带了回来。当时，没有想到这份机缘还要延续。

后来，王逢振老师邀我翻译三好将夫文集 *Trespasses*，此时三好将夫教授已经去世。接下这个任务之后，我的生活却越来越忙乱，这本书的翻译也就一再延宕。这里，我必须为此向王逢振老师致歉。同时，我还应该向王老师表示诚挚的感谢。感谢他这么多年来所给予我的热情而无私的帮助和提携、宽容和理解。

这本书的翻译是众多师友合作的结果，我曾经的学生、后来的同门师妹冯子悦翻译了《无远弗届的世界？》、《日本无趣》、《放眼世界》、《建筑之外》、《日本研究的“乡下观光”》等章节，我的学生、同事赵静翻译了《谁有决定权？谁有发言权？》

以及《与三好对话》两章。文集中所收的《日本人日志中的第一人称代词》则来自李宝洵、王义国老师翻译的《日美文化冲突》，我只是做了部分改动。在此向二位老师表示谢意。我翻译了其余章节、通读校对了全部译稿。

我还要感谢 John Carlos Rowe 教授，感谢他耐心的答疑解惑。

感谢我的研究生陈佳、郭丽娜、李冬亭同学，他们做了大量的校对和资料搜集工作。

感谢我们"理论学习小组"中的每一位成员，我就不一一列举他们的名字了。

感谢我的家人所给予我的最大支持。

当然，更应该感谢本书的责编，没有他们的辛勤劳动，这本书当然无法面世。

书中肯定存在讹误，请读者指正、批评。

苏仲乐于西安外国语大学

2012 年 12 月